漫娱文化
异界幻想系列

全职军医 4

绝世猫痴 ☆ 著

长江出版社
漫娱文化

孤独是一种绝症，即使以种种手段施与刺激、理想、抱负、亲情、仇恨……终究杯水车薪，灵魂仍不免缠绵病榻。
　　直到遭遇真正的治愈。

绝世猫痞

前情提要

在总统金辙的委托下,巫承赫开始了在向导学校的学习生活。金轩却因为狂躁症得不到安抚,生命垂危。

忙于《向导法案》修改的金辙,为拯救亲弟操碎了心,却还不知疲倦地谋划着刷取沐与女儿壮壮的好感度。

同时,巫承赫和金轩也在为了结为合法 GLT 而在蓝瑟星将管辖的实验室,进行着危险的卧底工作。却不料,野心勃勃的汉尼拔抢在危机时刻对他们发起了攻击。所幸NTU第一舰队及时赶到,塔尔塔罗斯之战他们获得胜利,制裁了蓝瑟星将。

CONTENTS
- 目录 -

CHAPTER 31 — 星核 — 007

CHAPTER 32 — 惊变 — 037

CHAPTER 33 — 总统和院长 — 063

CHAPTER 34 — 保护、伤害与宿命的分离 — 083

CHAPTER 35 — 阿尔法阵线之殇 — 109

CHAPTER 36 — 收割者 — 133

CHAPTER 37 — 信天翁计划 — 155

CHAPTER 38 — 终极一战 — 181

CHAPTER 39 — 尾声·变装舞会 — 203

CHAPTER 40 — 尾声·星墓公祭 — 221

CONTENTS
- 目录 -

番外一	路人粉	225
番外二	熊孩子	235
番外三	退休生活	245
番外四	重返母星	255
番外五	宿命的相逢	267

芝罘链星云，阿尔法防御阵线。

天槎舰队医院一片繁忙，从首都来的医科实习生马上就要到了，行政人员忙着安排宿舍、准备岗前培训，医生们则摩拳擦掌，准备在接下来的一年里美美地虐一把小菜鸟。

天槎舰队医院，顾名思义，是隶属海军独立纵队"天槎"舰队的军医院，就设在阿尔法阵线最大的一个小行星基地——星核上，原先是第二集团军的一个小医疗所，两年前改建为医院，今年还是第一次接收首都高校派来的实习生。

巫承赫匆匆忙忙从办公室出来，一头撞上行政助理，忙拉住他问："新人来了吗？飞船降落没有？"

"还有半个小时降落，港口刚刚接到消息，外勤已经去接了。"行政助理解释道，诧异地问，"您怎么在医院？舰队长昨天不是带着一分队出发巡航去了吗？您没有一起去？"

"哦哦，这次巡航时间短，我有点儿事情要处理，就没跟过去。"巫承赫按规定必须在金轩出任务的时候陪同，但星核这地方山高皇帝远的，偶尔偷个懒也没人问，何况他的好朋友陈苗苗今天就要来医院实习了，他怎么说也该迎接一下。

反正金轩是属忍者神龟的，忍啊忍的早习惯了。

巫承赫跟随金轩来到阿尔法阵线驻防已经两年多了。芝罘链星云是一个呈链状分散的弥漫星云，因为包裹着许多恒星，反射恒星之光，远看呈现出极为瑰美的形态，简直动人心魄。

但在这里驻防可一点儿美感都没有，巡航舰队随时面临着强烈的辐射，以及恒星波动带来的能量风暴，对人体伤害极大。好在巫承赫身为全职军医，只要金轩不出外勤，就可以待在环境比较温和的星核基地，这里是"天槎"舰队的大本营，有指挥中枢、军医院、后勤中心和补给站等等，防护措施非常完善。

除了金轩，还有两个特殊成员和他一起生活在星核基地。两年多前巫承赫自愿参加小山一美的胚胎干扰剂研究项目，捐献了自己的基因，九个月后他刚刚驻防星核不久，就收到了来自索罗斯军港的特殊包裹——两个新鲜出炉的人工婴儿。

星际扩张时代，政府鼓励生育，单身人士只要满足生育资格就能合法孕育后代，因此巫承赫就这样成了一名新晋单身奶爸。可惜养孩子远远不像他想象的那么容易，虽然在儿科方面他现在也算是半个行家，但面对两名精力旺盛不讲人话的双胞胎宝宝还是手忙脚乱头皮发麻——吐奶了怎么办？这个刚吐那个就爬过去全吃了怎么办？这个抢着吃结果俩人打起来了怎么办？打完两个一起拉肚子了怎么办？

两个孩子创造的麻烦绝对不是一个孩子的两倍那么简单，巫承赫每天都被双胞胎花样翻新的各种"节目"折腾得头昏脑涨，只能苦着脸向金轩求助。金轩对育儿没有什么心得，好在作为异能者精力十分旺盛，背一个抱一个还能腾出手来写巡航报告外带做饭，有时候哪一个莫名其妙哭起来哄不好，他直接架脖子上戴着耳机出去跑圈，五十公里跑下来就算哭神也被他跑睡着了。

巫承赫对他这种简单粗暴的育儿方式完全拜服，为了表达自己的感谢，将双胞胎中的弟弟以金轩的姓命了名，于是大的那个叫巫成功，小的那个叫金胜利。

然而入籍登记的时候，户籍官对这两个充满乡土气息的名字表示十分不赞同，委婉地建议监护人先生改个像样的大名。巫承赫本来不想改，但金轩严重附议，金辙又大力支持，他也就从善如流地查了查字典，给两个儿子换了一组高大上的名字——巫骞、金骁。

你别说，标签一改整个货物都不太一样了呢，瞬间就高冷起来了有没有。

只是为什么听上去巫先生好像有点儿穷？

小孩子的适应力永远要比大人强，巫承赫初到星核足足适应了半年才渐渐调整好状态，巫骞和金骁两兄弟却只拉了两天肚子就活蹦乱跳了。现在两人刚过两岁生日，长得健康可爱，平时和巫承赫一起生活，遇上巫承赫出任务的时候就被寄养在医院下属的托儿所里。大概是集体生活过多了，他们俩的性格都十分开朗，和什么人都能混在一块儿玩得不亦乐乎。

飞船半小时后降落，巫承赫趁着这点儿时间去托儿所查了个岗，看见俩儿子高高兴兴地在往对方身上抹南瓜泥，抹得还挺均匀，便放心地跑去港口接闺蜜……不对是好哥们了。

虽然跟医院的同事相处得也还不错，发小的感情到底是不一样的，巫承赫一想到就要见到陈苗苗，便心情愉快，开着气浮车一路飙到港口，正好看见来自天阙的飞船到港，几个年轻的医科生混在士兵和医务人员里走了出来。

"苗苗！"巫承赫一边喊一边挥手。

陈苗苗立刻看见了他，拖着行李箱飞奔过来，扑到他怀里："学长！我可想死你啦！"

和往常一样，两人抱在一块就开始拼了命似的勒对方，最后还是巫承赫败下阵来——陈苗苗力气太大了，比两年前有过之而无不及，波波娃虽然没给他遗传异能者基因，却给他遗传了一把子好力气。

学医真是浪费了，他应该去港口扛大包！

"走吧，先去医院，安顿好住宿带你去我宿舍，给你接个风。"巫承赫松开陈苗苗，拍拍他的肩膀，将他的行李架到气浮车上，"真是没想到，你居然申请来这鸟不拉屎的地方实习，我上周接到你的信息，还以为你跟我开玩笑呢。"

"我还不全都是为了你！"陈苗苗跳上车，捧住他的脸深情凝视，"为了弥补你内心的孤独，不至于在King神不在的时候感觉到空虚寂寞冷，我决定牺牲我自己，来这个鸟不拉屎的地方给你当备胎。学长，我对你是真爱呀！"

巫承赫被他雷得浑身发毛，掐着他的脸蛋晃了两下："学长虽然比你大，可还没到老糊涂的地步，我知道你确实是来填补某人内心的寂寞的，不过那个人不是我。"

一年前，马洛军校毕业，主动申请来独立纵队服役，汉尼拔和莉莉兹都对他的决定表示反对，但中二病犟起来十头牛都拉不住，最终他还是进入了拉蒂卡准将的"月槎"舰队，成为一名导航员，负责在天阙空间港和阿尔法阵线之间做星际巡航。

陈苗苗对马洛这个丧心病狂的决定十分赞叹，一年后毅然向学院申请来星核军医院实习，追随好基友的脚步——星核有着阿尔法阵线最大的后勤补给站，"月槎"每隔一段时间就要来这里补给，作为"月槎"的中尉导航员，马洛也会定期来这里休整。

对于他们神奇的友谊，巫承赫只能说世事难料，当年陈苗苗作为加百列基础学校有名的马洛黑，基本上每个掐马洛的帖子里都能看到他孜孜不倦的身影，没想到不过几年而已，他们已经成了生死相随的好友。

陈苗苗嘻嘻一笑，扒开他的手，搓着自己的脸佯装叹息："学长你是不是吃醋了？放心，我不会只闻新人笑不闻旧人哭的，咱俩啥关系？马洛毕竟是后来的，你是我的皇后，他充其量就是个贵妃！你们都是我的后宫，以后我会雨露均沾，一碗水端平的！"

"就你？还后宫？"巫承赫嫌弃地瞟他一眼，"没听说逗逼还能开后宫的，你先照照镜子吧。"

陈苗苗哈哈大笑："我不是说笑哦，学长，我真是为了你才来星核的，要是光为马洛，我就待在天阙军医院了，那边的太空城市还繁华一些。你看，我以后天天跟你待在一起，跟马洛三五十个标准日才能见一面，所以你就不要拈酸吃醋了，你才是我的宠后哦。"

"滚蛋，要宠也是我宠你，你才是我的后宫，你和你家 King 神都是我的后宫！"

两人一路斗嘴，很快就到达了宿舍区，巫承赫先把陈苗苗带到实习生宿舍，帮他归置了行李，然后带他去接双胞胎，一行四人一起回了自己的宿舍。

作为契约 GLT，巫承赫的住处和金轩的在一起。金轩在首都只能寄人篱下，住在金辙的总统官邸里。到了星核，他这个"天槎"舰队长摇身一变，成了土皇帝，给自己分的宿舍大得吓人，足有两百平米，光厨房就有四十平米，专为闲暇时研究各种美食。

陈苗苗一进他们的宿舍就啧啧道："哇！你们不是吧，四个人占了这么大的地方，我说当初在首都你们怎么不着急置业呢，敢情在这地方有个这么大的行宫。"

"我也是来了以后才知道他们给安排了这么大的宿舍，不过住着确实挺爽的，儿童房够大，双胞胎能在里面开气浮碰碰车呢。"巫承赫一边说着，一边一手一个揪着双胞胎去浴室洗澡，然后把他们换下来的脏衣服拿到水槽里去冲——这俩小货太能霍霍了，衣服上全是南瓜泥，再牛逼的自清洁材料也分解不了这么大规模的垃圾！

陈苗苗在宿舍里转了一圈，把给双胞胎带来的玩具放到儿童房。巫承赫收拾完脏衣服，去卧室给孩子们拿干净的来换，大声道："你先坐，吧台上有水果，冰箱里有果汁，还有酒，自己拿，就当在自己宿舍一样。"

"知道了。"陈苗苗坐在高脚椅上，拿了一瓶啤酒打开，还没来得及喝，浴室门忽然"嘭"的一声被撞开，两个豆丁光着屁股跑了出来，大的人高腿长跑得快，小的虽然腿短，但平衡能力不错，就着脚底板有水，一个侧滑居然绕到了哥哥前面。两人一前一后站在陈苗苗面前，扑闪着大眼睛异口同声道："哥哥你在喝啥？我也要喝！"

"什么哥哥，要叫叔叔！"陈苗苗板起脸道。

"叔叔叔叔。"两个光屁股小孩跟饿狗看到肉骨头似的，星星眼盯着他，"我们也要喝。"

"这个是大人喝的，小孩子只能喝果汁，等着我给你们拿。"陈苗苗放下啤酒去拿果汁，一回头就看见两个豆丁已经爬上了吧台，抱着啤酒瓶正往嘴里送，顿时吓得魂儿都飞了，一把抢下来，"喂喂谁让你们偷酒喝的！"

巫承赫拎着衣服从卧室跑出来，一手一个把俩儿子从吧台上拎下来，照着屁股两巴掌，打得轻车熟路又清又脆："滚去穿衣服！谁让你们光着跑出来的，感冒怎么办？"

两个豆丁嗷嗷叫着爬走，拖着衣服去沙发上穿了，巫承赫一人一条毛巾往头上一扔："自己擦干净！"

双胞胎已经两岁多了，因为亲爹经常跟干爹出去巡航，自理能力那是相当强，拿着毛巾先把自己正面擦了，又彼此擦了背，七手八脚把衣服套上，顶着毛巾蹭头发。

"你别凶他们啦，看他们多乖。"陈苗苗是独生子，还从没接触过这么大的小男孩，稀罕得不行。巫承赫常年和两个小鬼斗智斗勇，已经对他们的萌各种免疫，呆滞地"呵呵"了一下，拿冰箱里的东西出来解冻，准备给大家做晚饭。当然，他的厨艺还是那么坑爹，还好金轩临走的时候做了很多半成品给他留着，吃的时候只要稍微处理一下就好了，味道总算不会太差。

"你有这么可爱的两个宝宝，King神羡慕吗？"陈苗苗趴在餐台上八卦地问，"他没打算申请造个自己的孩子？"

"他好像没有这个打算。"巫承赫耸肩，"大概是被双胞胎吓怕了吧，这俩小东西太能闹腾了，每次我搞不定都推他出去解决，可能他被孩子弄出心理阴影了……唉！罪过啊罪过，总统还指望他多生几个孩子过继过去传宗接代呢。"

"我们有空一起劝劝他吧，他太帅了，那么好的基因不传下去多浪费？再说小孩子太萌了，两个太少，四个还差不……"陈苗苗唏嘘道，结果回头一看，一个"多"字就卡在嗓子眼里出不来了——两兄弟擦头发的方式简直丧心病狂，毛巾被铺在地上，俩人撅着屁股把头搁在毛巾上，跟狗似的蹭啊蹭啊，一边蹭，一边还吐舌头。

陈苗苗头上垂下三条黑线，站起身："我去帮他们擦。"

"不用。"巫承赫见怪不怪，连眼皮都不抬一下，"他们早擦好了，那是在玩呢，以前总统官邸的狗就是这么蹭毛的，他们在用这种方式表达对狗狗的怀念。"

陈苗苗开始觉得小孩子好像也不是特别萌了。

两兄弟怀念完他们的狗狗，巫承赫也收拾好了晚餐，敲了敲吧台："孩儿们，吃饭了！"

"是的大王！"两兄弟听到爹的召唤，立刻顶着毛巾跑了过来，在各自的位子上一跪——他们太矮了，坐着吃不到——然后眼巴巴等着放饭。

巫承赫收了毛巾去浴室放好，把加工好的四菜一汤摆在吧台上，给陈苗苗倒了酒，给自己和孩子倒上果汁："来，先给你接个风，祝你学业有成，早日找到梦中情人。"

"有成！"

"情人！"

双胞胎不明所以，接着爹的话茬附和了一句，咕噜噜地把半杯果汁都灌了下去。

"……"陈苗苗满头黑线，"学长你也是当爹的人了，在小朋友面前说话要注意影响啊！"

"我怎么不注意影响了？"巫承赫面无表情地喝果汁，"再说现在的小孩什么不懂？"

"对哟。"金骁舔了舔上嘴唇的果汁，得意道，"情人就是女盆育！"

巫骞不甘落后："有成就是棒棒哒！我叫巫成功我是巫棒棒哒！"

"噗！"陈苗苗彻底喷了，"学长你是怎么教出这么俩奇葩的？"

"很显然不关我的事，他们都是金轩带的。"巫承赫无辜地耸肩，"这是你家 King 神诲人不倦的结果。"

"King 神是我二爸！"金骁叉着一个四喜丸子，汤汁洒了一脸，"我爸和我二爸是好基友，我都知道！"

巫骞再次不甘落后："我也知道，我二爸是男神！"

巫承赫嘲讽地"呵呵"了一下，道："他不是男神，是男神经病！"

双胞胎好奇地转向他："爸爸，神经病是什么？"

"吃你们的四喜丸子吧。"巫承赫摸两个儿子的狗头，"这不是小朋友应该关心的事。"

有了两个豆丁在餐桌上，大人基本上什么话都说不成。这年月人类进化太快了，两岁的男孩口才已经相当吓人，说起话来堪比一百只鸭子，俩人你一句我一句，一顿饭的工夫问了足有二三十个问题，连"盘子为什么是圆的"这种问题都问了出来，差点儿把陈苗苗给逼疯。还好巫承赫十分老练，每个问题都能用似是而非的回答糊弄过去，最不济就是"回来问你二爸去"，于是陈苗苗才稍微挽救了一下自己的智商，不至于被两个豆丁问得哑口无言。

饭后邻居家的小孩叫两兄弟去他家玩，巫承赫给他们洗了脸换了口水巾，把他们打发到别人家霍霍去，两个大人总算能安静下来说说话了。

巫承赫泡了茶水，跟陈苗苗坐到沙发里："你来之前有没有帮我去看沐院长？他怎么样？"

"去了，他很好，还是老样子，对菜鸟们像冬天一样寒冷，对大体老师像春天一样温暖。"陈苗苗道，"壮壮长大了，现在都到我腰这么高了，漂亮得不得了，号称医学院幼稚园园花，整天有无数小男生唯她马首是瞻，比她爸爸还女王。"

巫承赫微笑起来，他隔一段时间会和沐通话，但因为这里离首都太远了，除非军方专用线路，普通民用线路无法即时全息通信，所以收到沐和壮壮的影像不是很多。不过就陈苗苗这么一说，他也能想象出那父女俩的样子，那肯定是女王加女王的组合。

"他和总统怎么样了？"巫承赫又问。

两年前金辙在总统就职演讲上那番话，就像一枚炸弹，把整个联邦的八卦分子都给炸晕了，演讲之后所有人都在猜测他的"意中人"到底是谁，结果有心的人发现，当天就职演讲的时候，坐在原本属于第一夫人位子上的那个小萝莉居然是阿斯顿医学院院长的女儿！

这是怎么个情况？女儿替爹来压场子吗？难道总统阁下所说的"生命中不可缺少的一部分"居然是阿斯顿医学院的院长？

八卦界彻底炸了窝，金辙的私生活多少年来那都是一片清水，清得都能照见人影，现在忽然爆出这么大的"绯闻"，"绯闻"对象还是一名在学术界地位如此超然的男性，不可谓不惊人！

更加惊人的是，这名男性他还不是向导！

沐的身份、职业、家庭情况，对外界都是公开的，很快便有人发现他也是个独身主义者，那个女儿并不是他妻子所生，而是通过IPSCs技术制造出来的！

这下好事者更加鸡血了，有演讲当天在现场工作的异能者爆料，那个坐在第一夫人位子上的小萝莉，她的量子兽也是个巴巴里狮子！和总统阁下的量子兽一模一样，就是小上几号而已！

难道沐院长的女儿，另一半的基因来自总统？

就在八卦界众说纷纭扑朔迷离之际，又一个重磅炸弹砸了下来：沐院长居然将女儿的第二监护权授权给了总统！

哎哟我去，这下连猜都不用猜了，巴巴里狮子小萝莉，百分百有着总统阁下的血统啊！

一夜之间，全民鸡血，互联网上出现了无数以总统和院长为蓝本的同人故事，狗血版有之，凄美版有之，逗逼版有之，掉节操版也有之……直到出现了十八禁版，总统阁下终于发了火，要求信息中心网监立刻查处不法分子，并将自己和沐的名字设为屏蔽词。

从此以后，互联网上再提到他们俩，就变成了口口和口。

陈苗苗听巫承赫问起总统和院长的八卦，眼睛立马亮了："嘿！说起院长和总统，那可真是神了，天呢，我打死也没想到他们的关系这么复杂，太刺激了……"

巫承赫眼皮抖了一下，陈苗苗不愧他八卦小天王、江湖百晓生的威名，立刻将最近两年内社会各界对"联邦第一CP"的各种推演给巫承赫说了一遍，从沐喜欢的咖啡和总统是一个牌子，壮壮日常穿的衣服经常和总统是一个系列，到总统家的狗金三胖每逢大假就出没在沐约克市的家中……事无巨细，连一根头发丝的情报都没有漏掉！

巫承赫云里雾里地听了一个多小时，双胞胎回来了，他收拾完小孩把他们塞进被窝，陈苗苗的鸡血还没褪去，拉着他在客厅又足足说了三个小时，才稍微告一段落。

"于是，你是说他们现在经常来往？"巫承赫凭借自己被我朝小学教育锻炼出来的惊人总结力，从他毫无逻辑的叙述中找到了清晰的线索，"壮壮经常去总统那里小住，沐也会把总统的狗带到约克市的家里养？"

"对！"陈苗苗道，"我们都在纠结啊，他们到底什么关系啊？"

"……"巫承赫现在也有点摸不清他们到底是什么关系了。随着自由向导组织和内阁秘密合作，沐的向导身份对于金辙也差不多算是公开了，如果金辙在继任演讲上那番话真的是为了向沐"表白"，那么沐给了他壮壮的监护权，是不是意味着某种回应？

他们现在这样频繁地接触，是不是打算公开身份，建立GLT契约？

不，不会！巫承赫随即推翻了自己的猜测，沐一旦公开身份和金辙建立契约，就必须放弃自己的事业，成为总统的专属向导，而赛亚娜是不可能把自由向导组织的领导权交给总统的契约GLT的，因为向导和异能者一旦精神融合，就很难保持自己人格上的完全独立，即使沐这样的强向导也不一定能抵抗臣服性，像从前一样冷静地站在组织的立场上。

她不能冒这样的险，只能换一个人代表组织和内阁接洽，而现在双方合作正进入蜜月期，这样的人事变动必然会带来巨大的动荡，一个不小心，就会给整个计划造成无法挽回的损失。

所以沐不可能在这个节骨眼上公开自己的身份，和金辙缔结契约。

巫承赫不禁为他们感到遗憾，他们牺牲的已经太多了，为了联邦的未来，势必还要继续牺牲下去，不知道什么时候才是个头。

这种看不到未来的感觉，一定非常痛苦和绝望吧，毕竟他们都是人，有血有肉有灵魂的人，在这样的漆黑中踽踽独行，即使再坚强，也需要一点微小的慰藉。

金辙在继任演讲上隐晦的"表白"，沐默许他接触壮壮，大约就是这种微小的慰藉。

巫承赫默然叹了口气。陈苗苗敏锐地察觉到了什么，迟疑地问："学长，你是不是知道些什么内情啊？"

"唔？"巫承赫倏然惊觉，掩饰地摸了摸鼻子，"我能知道什么内情，星核这鬼地方，山高皇帝远的，连和总统官邸通一次话都要转接无数次，我知道的八卦还没你多呢。"

"八卦有什么用。"陈苗苗脸上的八卦鸡血慢慢淡去，沉默少顷，忽然换上了一副极为认真严肃的表情，低声问道："老实说，学长，内阁和圣马丁中心的合作，仅仅是为了医学研究吗？是不是有什么更深层次的内容？"

巫承赫语塞，立刻联想到他的身份——作为第三集团军星将之子，他只是随口一问，还是受了他母亲波波娃星将的"指点"？

难道远航军已经察觉到了什么？

陈苗苗观察着他的表情，欲言又止，隔了数秒才沉声道："我知道你们有保密条例，学长，我不想为难你，只是……联邦和远航军之间，真的已经紧张到这种地步了吗？独立纵队对芝罘链星云严防死守，内阁和圣马丁的秘密计划……是不是联邦和远航军之间即将发生些什么？"

即将发生些什么，谁也不知道，恐怕连金辙和汉尼拔也无法确定。

巫承赫无法回答这个问题，只拍了拍他的肩膀："这不是你我该考虑的事，苗苗。"

"但它已经影响到我们了啊。"陈苗苗却格外坚持，黑亮的眸子直视着巫承赫的眼睛，"学长，两年前你提醒我注意和马洛之间的界限，我就感觉情况不对。去年马洛想进独立纵队，受到了统帅和莉莉兹夫人非常坚决的反对，要不是他执意坚持，恐怕这时候已经回远航军了！我这次申请到星核，我父母也持反对态度，要不是我以死相逼，他们就是绑也要把我绑回锡灵去。"

"这不正常！"陈苗苗一反平时嘻嘻哈哈的模样，语气分外认真，"当年教育法案出来的时候，虽然远航军内部有一些反对的声音，但大多数军官还是愿意把后代送到联邦求学的，我父母更是一点犹豫都没有。隔了不过五六年，现在情况完全不同了，今年医学院甚至一个远航军委培生都没有！"

巫承赫皱眉，过去两年，随着独立纵队在芝罘链星云驻防，打破了远航军原本铁板一块的局面，联邦和远航军之间的局势越发紧张，虽然在金辙的调停下没出什么大乱子，但小冲突接连不断。作为星将的儿子，陈苗苗对这一切肯定有所耳闻，以他的政治敏感性，问出这些问题一点也不意外。

但是，他不能给他任何确定的回答。

"局势到底怎么样，谁也没办法有什么定论。"巫承赫对陈苗苗说，"但既然最终你们都能说服家长来独立纵队辖区，说明情况还没有那么严重。"

陈苗苗沉默了，他能听出巫承赫话里的敷衍，但他知道自己不应该再多问什么，让他为难。实际上他之所以来到星核，很大一个原因就是想亲自证实一线局势是不是真的像他想象的那么严峻，毕竟待在首都，仅靠一些二手消息，是很难弄清真相的。

他是星将的儿子，他的母亲掌握着远航军三分之一强的军力，他相信她对联邦的忠诚，但隐隐怀疑汉尼拔统帅的态度。第三集团军处于星际扩张第一线，和联邦之间隔着极为广阔的星域，中间完全是汉尼拔统帅的辖区，他担心如果真的有那么一天，他的母亲很可能会被隔离、被胁迫，甚至受到攻击。

他不知道自己待在一线能够给母亲什么样的帮助，他只是直觉自己应该在这里，无论是为了母亲，为了学长，还是为了自己最好的朋友马洛。

谈话深入到这里，已经有些越线了，陈苗苗没有再追问什么，巫承赫也默契地放弃了这个话题，两人聊了聊医学院的同学和师长，以及星核军医院的大致情况，便结束了谈话。

第二天开始，陈苗苗正式进入天槎舰队医院，巫承赫为了锻炼他的临床能力，特意将他安排在急诊科工作，几天下来就把他整了个四脚朝天。

"天槎"舰队主要负责在芝罘链星云阿尔法阵线巡逻，但他们的工作可不光是巡逻而已，还要完成芝罘链星云附近的一些开发项目，比如能源、矿产的发掘，科学勘测，基础建设等等。工兵们长期在空间港和小行星上工作，因为自然条件比较恶劣，意外事故时有发生，于是天槎医院的工作也是非常繁忙的，尤其急诊科，简直一天二十四小时连轴转。

陈苗苗半个月的工夫就彻底领略了这里可怕的工作量，不禁连连哀叹，指责他亲爱的学长毫不顾念旧情，居然一上手就把他扔到全院最苦最累的地方。

"你好歹也给我个过渡呀！"休息日，陈苗苗毫无形象地瘫在巫承赫宿舍的沙发上，气息奄奄地道，"我时差还没倒过来呢，你也不先让我到内科五官科之类的地方调整调整，一上来就是地狱模式，你是想弄死我吗？说好的基情呢？我还是不是你的后宫了？"

巫承赫趴在吧台上哈哈大笑，一边给双胞胎榨果子泥，一边谆谆教诲："我对你可是真爱啊亲，一般人想进急诊科还进不了呢，一天几十个病例地过，你的实操能力很快就能赶上你伟大的学长我了！"

"你还是弄死我吧，我不可能赶上你的，你根本就不是人。"陈苗苗气馁地翻了个白眼儿，将试图爬到他身上骑大马的巫成功拎到地毯上，又躲过了试图往他头上抹果子泥的金胜利，"学长你是不是变异了？你才二十三吧？二十多岁的人怎么可能有这种水平？我看整个外科都把你当神了，提起你的时候每个人脸上都像是散发着圣光！"

"我爸就是变异啦！"巫成功在地毯上打了个滚儿，得意地道，"我爸是毛毛虫变哒！我将来也要变毛毛虫！"

金胜利不甘示弱，将吃完的果子泥碗儿扣在头上当帽子，跟着道："我二爸是黄猫变哒，长大了我也要变黄猫！"

"你是不是傻？"巫成功捧腹大笑，嘲讽道，"你又不是二爸生的小孩，怎么可能变黄猫，最多和我一样变毛毛虫啦。"

"你是不是傻？"金胜利顶着饭碗反嘲讽，"你也不是爸爸生的小孩，你是培养皿生出来的，怎么可能和爸爸一样变毛毛虫？咦……我知道了，你会变成培养皿！"

"你才傻！"巫成功一脸鄙夷地给弟弟科普，"培养皿怎么会生小孩，是爸爸的基因生出来哒，基因懂吗？你是爸爸的基因，我也是爸爸的基因，但是我们没有二爸的基因！"

金胜利被"基因"这么高大上的词儿绕晕了，一脸懵逼地看着哥哥，想要反驳但完全不知道从哪下口，半天才悻悻地嘟哝："你才傻！"

陈苗苗目瞪口呆地听他们斗完嘴，忍不住大笑，捶着沙发扶手问："学长你是怎么教出这么两个奇葩的？居然还知道基因！这知识面广的，吓死人了！"

巫承赫嘴角抽搐，又装了两碗果子泥塞俩儿子手里，道："我不知道，我什么都没教，他们应该是变异了！"

"嘿嘿，我要变异！"巫成功信心满满地喊道。

"我也要变异！"金胜利忠心耿耿地追随着哥哥的脚步。

巫承赫面无表情地挖了两勺果子泥，左右开弓塞进他们嘴里："变吧变吧，好好吃，吃饱了才能变异，变异是需要很多能量的！"

双胞胎深信不疑，抱着小碗大口大口吃了起来。

陈苗苗笑岔了气，抱着肚子在沙发上抽抽。巫承赫叹气，拧了毛巾给他擦被金骁抹在头上的南瓜泥，语重心长地说："我把你弄去急诊科，是真的为你好啊，苗苗，你的理论课成绩非常好，如果能趁着这几年把实操能力刷上去，将来前途不可限量。"

陈苗苗渐渐平静下来，依稀听出了他话里的萧索。作为金轩的全职军医，巫承赫能力再强又有什么用？要不是待在星核这种边远地带，又有金轩的支持，他连在天槎军医院挂职都不可能，只能时刻追随在异能者的身边。

原本他完全有能力成为沐那样驰名联邦的医学专家，甚至超过沐，但就因为向导的身份，他必须放弃一切，成为一个人的影子。

面对现实，每个人都有不得已的妥协，作为全职军医巫承赫放弃了自己的理想，作为战士金轩放弃了自己的艺术。而他和马洛，作为星将的儿子，也必须放弃任性的自我，活在父母的影响之下。

每个人活着都不容易，陈苗苗完全了解了巫承赫的执念——他这辈子不可能在医学上走更远了，如果能在自己这个学弟身上看到希望，也是一种安慰。

想到这里，陈苗苗不禁充满了斗志，诚恳道："学长，我明白你的心意，我会好好努力的。"

"乖。"巫承赫慈祥地摸了摸他的狗头，"好好干，我会让他们给你的成绩单评优的。"

在急诊科搏命般实习了两个标准月之后，陈苗苗终于接到了马洛的信息，月槎舰队完成了一次星际巡航，即将来星核基地进行补给。

飞船在港口只停二十四标准时，陈苗苗下了夜班连宿舍都没回，直接开车去了港口，躺在长椅上昏沉沉睡了两个小时，被定时公告吵醒，看到列表栏上"导航员，马洛·辛普森"的名字，立刻擦擦口水跑去接机。

飞船降落，"月槎"的士兵们三三两两从闸口出来，陈苗苗等得都快睡着了，才看到马洛大步走了出来。一年多不见，这小子看上去结实了一些，穿着中尉制服，肩背宽阔厚实，头发理成极短的毛寸，精神利落。

混得不错嘛……陈苗苗努力挥走瞌睡虫，正要和好基友打招呼，忽见一个皮肤微黑的中年女子从后面赶了上来，叫住了马洛。那是一名印度裔女军官，穿着常服，但衣领上别着准将徽章。

整个"月槎"舰队只有一个人是准将衔——舰队长拉蒂卡。

公告列表上似乎没有拉蒂卡啊……陈苗苗打开个人智脑和港口接驳，果然没有看到补给名单上有舰队长的名字，不禁有点疑惑，站在原地等他们说完。

拉蒂卡对马洛说了些什么，马洛摇了摇头，随后她往陈苗苗的方向看了一眼，向马洛歪了歪头，似乎是示意他带路。

马洛脸色冷淡，虽然他的脸色一向不怎么暖和，但这回似乎更加冷了。他稍微犹豫了一下，带着拉蒂卡朝陈苗苗走来。

"嗨，马洛。"陈苗苗向他挥手。

马洛嘴角浮起一丝极为浅淡的笑意，眼中阴霾散去些许，隔着护栏和他拥抱："苗苗！"

"介绍一下，这是我们舰队长，拉蒂卡准将。"马洛放开陈苗苗，向他介绍道。

"您好，准将。"陈苗苗和拉蒂卡握手。马洛退后一步，在拉蒂卡看不见的角度给他使了个眼色。

"你好，陈先生。"拉蒂卡暗棕色的眸子十分深邃，仿佛看不到底，"听说你在星核实习，我特地过来看看你。"

"特地"？陈苗苗的眉端跳了一下。

拉蒂卡看出他的疑惑，微笑着解释道："我和波波娃星将是军校同期，虽然很多年没见面了，但一直保持联系，听说她唯一的儿子来我们独立纵队的辖区实习，我非常高兴，特意趁着这次补给来看看你。怎么样？对星核的环境还适应吗？"

陈苗苗从未听母亲提起过这个校友，对她这样熟络的态度感觉有些违和，但出于礼貌还是很诚恳地表示感谢："谢谢您准将，我很好，在实习中学习到了很多东西。"

"那就好。"拉蒂卡准将的表情堪称温柔，像个长辈一样拍了拍他的肩膀，"你长得和你母亲真像，看见你我就想起我们年轻时候的事情，日子过得真快啊……"唏嘘一番，又特意问了他的通信号码，存入自己的个人智脑，"有什么事可以随时联系我，不要拘束，代我向你母亲问好。"

陈苗苗礼貌地道谢，与她告别，看着她的背影消失在转弯处，才低声问马洛："她怎么会来星核？我没有在港口公布的名单上看到她的名字啊。"

马洛表情有些复杂，皱眉道："是临时决定，我们最后一次跃迁的时候才知道她会一起来星核。"

"……这不符合规定吧？"

马洛摇头，压低声音道："我也不知道，不光是星核港口，就连天阙那边的巡航报告上都没有她这次行程的记录。"

陈苗苗敏感地察觉到了些什么，疑惑地看向马洛，马洛和他对了一个眼神，声音更低了："听说她这半年来经常更改行程，天阙那边已经问责过一次了，要求她严格向独立纵队报备，但……"剩下的话他没有说完，只是摇了摇头。

作为严令手下军衔最高的舰队长，拉蒂卡竟然如此阳奉阴违，陈苗苗不禁愕然，还想再问点儿什么，马洛却给了他一个警告的眼神，长臂往他肩膀上一搭："走吧，别站在这说了。"

陈苗苗明白这里人多眼杂，不适合说这种事，便从善如流地点了点头，也伸出一臂搭上他的肩膀："走走，不说这个了，先去吃点好的，干他三斤伏特加！"

"……"马洛给他一个深沉的白眼，"喝完直接点了你吗？"

"点了你！"

"点你，你体积小，好烧。"

"滚！"

两人嘻嘻哈哈勾肩搭背出了港口，直接驱车去了星核最大的酒吧。难得这地方上午就营业，陈苗苗果断要了三瓶烈酒，和马洛一醉方休。

一年多不见，两人一点生疏感都没有，几杯烈酒下肚，马洛原本沉郁的眼神慢慢开朗起来，问道："怎么样，星核医院待着爽吧？"

"可爽死我了。"陈苗苗一脸苦大仇深，"你试过一晚上接七十三个急诊吗？上周有个能量堡垒出事故,一下子送来七八十个伤员,要不是有学长督阵,估计我们整个急诊科都得发疯!"

马洛虽然很少来星核,但对巫承赫超人的医术时有耳闻,见他一副崇拜的表情,不禁轻轻地"嗤"了一声。陈苗苗对他们家复杂的成员关系十分清楚,加之巫承赫现在算是总统这一方的铁杆,和汉尼拔有着明显的对立关系,便没有多说什么,转而问道:"你怎么样?当导航员辛苦吗?"

"还好。"马洛说,"本来我是想进战斗部队的,但我妈妈不同意……唉,算了,互相妥协吧。"

提起家长们的态度,陈苗苗也是一腔惆怅,叹了口气,抬眼看看四周,见没什么顾客,压低声音问:"你说,现在的局势到底怎么样?为什么他们都反对我们留在联邦辖区?"

马洛眼神一凛,不动声色地四下看看:"具体我也不知道,只是……觉得气氛有点微妙。"

"和拉蒂卡有关吗?"

"嗯。"马洛点头,"独立纵队三大舰队长,只有她是从远航军并过来的,我总觉得她有点诡异。"

"因为私自隐瞒行程?"

"还有一些其他的事,都是零碎的细节……也许是我想多了吧。"马洛说到底只是一个基层的巡航员,即使因为出身显赫,军事直觉比较敏锐,但到底接触不到上层机密,只能尽自己最大的能力保护陈苗苗,"你不要和她接触,最好也不要和她联系,如果有机会,旁敲侧击地问问你老妈,看他们军校时是不是真的关系不错。我总觉得她这次偷偷来星核,还专门让我引荐你,像是有什么特别的目的。"

陈苗苗自然明白他的意思,郑重点头:"我会问问看的,你也万事小心。"

等待是漫长的,相聚却短暂得可怜,二十四个小时倏忽而过,月槎的飞船要离港了。马洛告别陈苗苗,离开了星核。陈苗苗送走挚友,心情低落,直到回到急诊科值班,才强打精神给自己的星将老妈发了一封邮件,而后趴在办公桌上发呆。

下次补给要到两个月以后了,月槎有信息管制,马洛不能频繁地和外界联系,而且所有信息都会在舰队长那里存档,所以即使有什么新消息也不可能及时地传出来……陈苗苗叹了口气,将下巴搭在桌子上晃来晃去,正惆怅间,忽觉脖子一紧,一个熟悉的声音在耳边惊雷般炸开:"苗苗!好消息!"

"咳咳咳!"陈苗苗吓了一跳,定睛一看才发现是巫承赫,一边翻白眼一边扒开他的手,"学长你要勒死我吗?有话好好说,别一言不合就谋杀亲……备胎啊!话说什么好消息?"

巫承赫一脸鸡血地道:"院长要来'天槎'军医院啦!"

"嘎?!"陈苗苗被自己的口水呛住了,"女王大人要来了?他来干什么?"

"临床实验!舰队有四名向导自愿参加联合项目的临床实验,他要亲自来这里做实验啦!"

"啊?真的?"陈苗苗一下子高兴起来,"那小女王呢?她也跟着来吗?"

"什么小女王?"

"壮壮啊!"

"当然一起来了。"巫承赫掐着他的脸高兴地道,"他刚刚给我发信,说下个月带着壮壮来看我和双胞胎,还有金轩。"说完感觉哪里不对,又加了一句,"还有你!"

陈苗苗危险地冷笑:"算你识相,知道加上我。"

巫承赫嘿嘿笑:"那必须的。"

沐的研究小组在半个月后到达星核。

因为胚胎干扰项目被列为联邦一级机密,所以他这次的行程是保密的,只有项目组和天槎医院这边的负责人知道。陈苗苗虽然从巫承赫那里提前得到了消息,但并不知道沐具体要做的临床实验是什么,只知道与变异基因有关,征集了一些异能者和向导的志愿者。

当海军研究所的飞船降落在星核港口,专程去接机的巫承赫又得到了一个意外的惊喜:音波和小山一美这次也作为研究人员跟沐一起来了,小山一美还带着他的儿子塔塔。

塔塔是当初小山一美参加临床实验得到的婴儿,因为卵子配型筛选遇到一些困难,反而比巫承赫的双胞胎晚几个月出生,现在才一岁半,虽然没有表现出明显的向导性,但身体发育比普通人要弱一些,很可能长大后是个向导。

塔塔是被壮壮牵着小手走出闸口的,两个小家伙在来星核的路上已经建立了深厚的友谊。和所有的小粉丝一样,塔塔一见面就被嫣女神的光环彻底俘虏,为了得到女神的夸奖，最近连最最不喜欢的胡萝卜泥都开始捏着鼻子尝试了。小山一美对此表示喜忧参半——喜的是儿子终于肯好好吃饭长身体了，悲的是儿子小小年纪就表现出了胳膊肘向外拐的趋势，很显然以后是个妻管严。

"壮壮姐姐！"双胞胎死缠烂打跟巫承赫来接机，一见到女神从里面出来就兴奋得又跳又叫，迈着小短腿跑了过去。两个人一左一右围着壮壮问长问短，"累不累呀？想我们不想呀？我们想死你啦！你来之前有没有去看大胖二胖和三胖？总统给它们吃好吃的没有？"结果可怜的矮豆丁塔塔就被他们挤到了一边。

塔塔人小力微，连走路也是才刚刚学会不久，奋力扒拉了一下巫骞，没扒拉开，不禁悲从中来，一屁股坐在地上哭了起来："呜呜呜……麻麻麻麻……"

巫承赫紧赶慢赶跑过去把塔塔抱了起来，结果一上手惊讶地发现他居然和音波长得有几分相似，都是金发碧眼、肌肤雪白，只有眉眼之间带着几分小山一美的影子。

怎么会这样？难道他身上有音波的血统？巫承赫心中疑惑，抱着塔塔向自己俩儿子瞪眼睛："你们还有没有礼貌了？小朋友都被你们弄哭了！"又回过头哄塔塔，"乖哦，不哭不哭，哥哥不乖我帮你说他们。"

"哎？"双胞胎这才注意到被女神光环掩盖的矮豆丁，踮着脚尖往巫承赫怀里看，"什么小盆育？在哪里呀？"

巫骞是典型的"没头脑"型，看到塔塔立刻扑上去抱住爹的大腿，小胖手一抓一抓："爸爸给我，我要抱抱，好漂亮的手办！"

"什么手办，这是塔塔弟弟。"巫承呵斥道，蹲下来将塔塔搁在自己大腿上，"来，你们俩快跟弟弟道歉，以后不许仗着力气大把人挤开了。"

"哎哟好漂亮的娃娃哒。"巫骞在颜控这一点上比壮壮有过之而无不及，捧大脸星星眼看着塔塔，"不哭不哭哟，再哭恐龙咬屁屁咯，乖宝宝哥哥喜欢你，对不起么么哒！"说着就付诸么么哒的行为，以迅雷不及掩耳之势在塔塔脸蛋上留了一大摊口水。

小孩子的萌点总是很奇怪，前一秒塔塔还在哭，被他一亲立刻"唧儿"一声笑了出来，大眼睛扑闪扑闪看着巫骞，软软道："嘚嘚。"

巫骞笑得见牙不见眼，开心地拍着小胖手："哈哈哈哈太好啦，我又多一个弟弟啦！"

金骁被他挡在后面，不服气地探出头来冲塔塔嚷："还有我哪，我比你大，我也是哥哥！"

小哥俩本就长得极像，金轩又迷信双胞胎小时候必须穿一样的衣服才好养活，所以一直要求巫承赫把他们打扮得一模一样，要不是巫骞略胖，金骁略瘦，有时连巫承赫这亲爹自己都有些分不清。塔塔嘟着嘴巴看看老大，又看看老小，晕了，干脆一个哥哥也不要，回头找壮壮："姐姐，一样哒！"好困惑嘤嘤嘤嘤……

　　"他们是双胞胎哦。"壮壮不到四岁，已经有普通小孩五岁大小的样子，因为长期当班长，颇有金辙的领袖气质，安慰地摸摸塔塔的小脑袋，"胖一点儿的是哥哥，瘦一点儿的是弟弟。不过弟弟也比你大，所以你都要叫哥哥。"

　　女神大法好，塔塔瞬间被洗脑，乖乖扭头叫金骁："哥哥。"

　　金骁当初出生的时候因为半分钟的差距屈居第二，多年来还是第一次被人叫"哥哥"，顿时眉开眼笑地搓手："弟弟好乖，哥哥喜欢你么么哒。"顺势也在他脸蛋上亲了一口。

　　塔塔毕竟只有一岁半，还有点儿怕生，被两个怪哥哥围着看，羞涩地笑了笑，开始不安地四处找人："我要麻麻，麻麻抱抱……"

　　小山一美正好从后面赶上来，连忙从巫承赫手中把儿子接过去："塔塔好乖，爸爸抱抱。"又跟巫承赫握手，"好久不见，你们都还好吧？"

　　"挺好的。"巫承赫与他寒暄，"你们呢，在海军基地过得怎么样？音波转文职有没有不适应？"

　　"还好，他那个人比较随遇而安，在哪里都做得很开心。"小山一美仍旧是标准日裔那种刻板禁欲的气质，只是大概有了儿子的缘故，看上去眼神温柔不少，微笑也时时挂在脸上。

　　塔塔被他抱着仍旧不老实，在他臂弯里拧来拧去，小手越过他肩头往后一抓一抓："不要爸爸，我要麻麻，麻麻抱抱……"

　　音波拖着箱子扛着包包从闸口出来，腾不出手抱他，先亲了一下他的小嘴唇："先让爸爸抱，麻麻要拿行李哦。"

　　巫承赫黑线，"麻麻"这称呼实在让人无法直视，音波作为一个男人怎么能忍受这么奇葩的称呼？果然未来人的脑子都被加特林扫过吗？

　　音波注意到他的表情，尴尬地咳了一声："没办法，我纠正了很多次，但他就是要这么叫。"

　　"我还以为你变性了呢。"巫承赫揶揄道，"他是不是和你有血缘关系啊？怎么和你长这么像，倒是和小山君不大相似。"

"你看出来啦？"音波得意地挑了挑眉，"他身上有我的血统哟，他的卵子是我姐姐提供的！"

怪不得当初说卵子筛选有困难……巫承赫恍然，随即有点遗憾金轩没有个女性直系亲属，不过现在科技发达，IPSCs技术也可以制造同时拥有他们两个人基因的孩子，像金辙和沐那样。于是有空和金轩商量一下这个问题吧！

寒暄一番，巫承赫问："院长呢？怎么还没出来？"

"在后面，安排人搬仪器和设备呢。"音波腾出一只手，立刻把塔塔接了过来。他力气大，肩膀稍宽一些，胸肌结实，塔塔窝在他怀里很踏实，搂着他的脖子很快就在他脖根找到了最舒服的位置，乖乖趴着啃起了大拇指。

小山一美想把旅行袋接过去，音波没给："你身体不好，多歇歇，这些我拿就好。"

巫承赫关心地问小山一美："你身体不好？怎么了？"

"一点儿小毛病，没什么大碍，他就是太紧张了。"小山一美低调地说。

"哈，躺了半个月没起床，那也叫没大碍？"音波瞪他一眼，对巫承赫吐槽道，"他这个人你都不知道有多顽固，实验出了问题，居然把自己反锁在实验室里几个昼夜找漏洞，简直跟疯子一样！要不是我发狂躁症要死了，他到现在还在超净室里养耗子呢！"

小山一美低着头，一脸"我错了，我有罪"的表情，连当面反驳都不敢，只对巫承赫心虚地笑："他太夸张了，只是几天而已，而且我也不是养耗子，我养的是特种变异鼠，专门为这次项目杂交出来的特种鼠类……"和所有的科学家一样，说起专业范畴的事情他就一反常态滔滔不绝。好在巫承赫是医科，对他那些枯燥的名词并不陌生，所以还能耐心地听下去："这次项目真是不容易，你压力太大了。"

"唉，我还是太托大了，改进药物配方的时候调整太大，导致活体实验推进困难，差点让这批变异鼠全军覆没。"小山一美感叹地说，愧疚地看了看音波，道："对不起，实验一出问题我整个人就懵了，完全忘记了你的狂躁周期，差点让你……"

"行了别说了！"音波打断他的忏悔，"我只是随口一提，你不用整天这么内疚，我这不是好好的吗？好不容易见回面咱们能聊点儿高兴的事吗？"

"是啊，不管怎么样你也别太拼命了，身体是革命的本钱嘛。"巫承赫顺着音波的话安慰他。小山一美当年被蓝瑟利用，差点把自己都给搭进去，塔尔塔罗斯事件之后一直特别自责。沐之前通话时也提起他做研究特别拼命，看来对自己犯过的错误确实十分痛心，尽力想要弥补曾经的过错。

这也是好事，对于他这种性格刻板，有点儿轴的人，只有研究彻底获得成功才能得到内心的救赎吧。

三人在停车场等了一刻钟，沐才和两个助手匆匆赶来，两年不见，他似乎没什么变化，仍旧是从前那种冷冰冰的样子，穿着标志性的黑衬衫黑长裤，不像是来工作，倒像是来上坟。

"院长！"巫承赫激动地冲了过去，给沐来了个熊抱，"可见着你了！"

沐嘴角微微一勾，拍拍他的背，揶揄道："怎么不喊爹了？"

巫承赫不好意思地嘿嘿一笑，酒会那天他喝多了，逢人就喊爹，酒醒了之后从金辙口中得知自己的蠢样，真是恨不得挖个地缝钻进去。从那之后他就发誓戒酒了，现在连啤酒都不沾："院长你就别笑我了成吗？在孩子们面前给我留点儿脸吧。"

沐想起那天跟他通话时的场景，也绷不住笑了，摸了摸他的狗头："行了，给你点儿面子，就不提了，以后记得管住自己的嘴……金轩呢，出航了吗？你不随同可以吗？"

"没有，他在宿舍准备晚饭，苗苗前一阵来这里实习，这会儿在我家给他打下手呢。"巫承赫帮沐拎行李，"走吧，大家别站在这儿说话了，回去再说。"

一大群人浩浩荡荡杀到了巫承赫的宿舍，金轩已经安排好了一桌丰盛的晚餐。陈苗苗在做饭方面点到了技能，最近两三个月跟金轩打了几次下手，已经学到了那么一点儿皮毛，几个沙拉拌得十分不错，受到大家的一致赞叹。

因为有陈苗苗在，餐桌上大家都没有谈论跟项目有关的事，只叙一些别情。四个小孩混在一起，虽然大的大小的小，但很快就在不同位面找到了共同的萌点，在女汉子的带领下，用番茄酱把家里的人偶和动物公仔统统抹了一遍，又把自己也抹了一遍，然后开心地玩起了"丧尸大战"的游戏，场面那是相当凶残。

沐已经对女儿的暴力各种习惯，或者说壮壮长成这样外表华丽、内心恐怖的样子本来就是他老人家悉心培育的结果，所以根本不担心"一个女孩子玩这么糟心的游戏长大了可怎么办"的问题。巫承赫带孩子属于典型的放养，爱怎么长怎么长，只有在明显违背自然规律和道德法制的情况下暴力制止一下，所以对俩儿子满脸"血"吐着舌头满地乱爬的样子也是熟视无睹。

只有小山一美有点儿担心自家小弱鸡被吓到，但音波坚持男孩子就应该玩这种恐怖游戏，塔塔本人似乎也 get 到了新的兴奋点，咯咯咯地笑个不停，于是他也再没说什么，默认三大魔王荼毒着塔塔小朋友的世界观。

一群人一直聊到深夜，四个孩子造光了两瓶番茄酱，都开始抱着玩偶打瞌睡了，大家才意犹未尽地相互告别。陈苗苗的住处离得近，自己回去就可以，金轩开车送小山一美和音波、塔塔，巫承赫送沐和壮壮，大家分头行动，启动气浮车往各自的目的地开去。

"壮壮睡着了？"巫承赫在车上问沐。

沐抱着女儿："快了，这一身番茄酱的，一会儿还得洗个澡才能睡呢。"

巫承赫想起自己俩儿子还滚在玩具堆里蹭番茄酱，忍不住笑了起来："这四个混在一起简直太热闹了。"

"是啊。"沐唏嘘道，"还好平时我只用应付这一个。"

车里没外人，巫承赫便问起项目的事："院长，这次你们在天槎辖区征集到多少志愿者？还需要异能者吗？要不要我劝金轩报个名？"

"志愿者当然越多越好，不过现在已经有将近三十个了，一期实验足够。"沐道，"金轩如果愿意，也可以参加，不过我们更缺女性志愿者，项目组需要收集一些自然分娩胎儿的数据。"

巫承赫"哦"了一声，又问："一期实验都是异能者和向导吗？"

"有五对普通人夫妇。"沐道，"我们的实验属于联邦一级机密，本身志愿者可以征集的范围就很小。现阶段普通人对生向导这种事还是比较忌讳的，相对而言向导更加能理解一些，所以我们这一期征集到的绝大多数是异能者和向导。"

巫承赫点头："这样也好，等一期实验结果出来，确定药物干扰效果好的话，普通人的接受度也许能更高一点儿，毕竟向导越来越多，《保护法》就会越来越宽松，等到和异能者数量匹配的时候，仅凭自然调节就能解决大部分问题。"

"是啊。"沐叹息，"不过这个过程还要很长时间，起码五十年吧……但愿我能看到那一天。"

"有什么不能的，你又不是异能者。"巫承赫道，见沐表情忽地一黯，猜测他大概是想到了金辙，犹豫了一下，问，"话说院长，你跟总统到底什么情况？"

沐皱眉："你问这个干什么？大人事小孩不要乱问！"

"金辙是金轩的大哥啊,我怎么就是乱问了?"巫承赫道,"他在就职演讲上说的那么明显,全联邦都知道他和你关系匪浅,你就一点儿压力都没有吗?"

说起这个沐就一头黑线,金辙太霸道太强势了,虽然对他的决定表示尊重,但绝对不给他产生其他想法的机会,就职演讲上来了那么一出,完全就是宣布对他的所有权——总统看上的人谁还敢觊觎?

好吧他也没打算让别人觊觎,但自愿的和被迫的完全是两码事好吗!

不过摸着良心说,沐对金辙这样的做法并不反感,甚至有些感动,他自己单身是因为身为向导,多少有些迫不得已的成分,金辙作为总统想要一个向导还不简单吗?通古斯几千人随他挑好吗!

可金辙硬是为他等了三十多年。

就是铁石心肠的人,面对这样的守望也不可能不动心,何况他根本就不是铁石心肠,而是个包着女王皮的圣母。沐几不可察地叹了口气,虽然明面上他没有回应金辙的试探,可是心里已经有些动摇了,所以他才会给金辙壮壮的监护权。现在项目进入临床试验,一期实验很快就会有结果,他在阿斯顿的任期还有两年,金辙的任期也还有两年……好吧,也许在任期结束之前,他可以做一个决定。

"我为什么要有压力?"不管心里怎么软,表面上院长大人还是一副棺材脸,"他说什么是他的事,我的生活为什么要受到他的影响?"

"……好吧。"巫承赫对他这种油盐不进的老男人实在是无语了,只能隐晦地提醒他,"金辙都六十岁了。"

"该死的迟早都会死,那都是命。"沐高冷地睥睨着徒弟着急的呆萌脸,心里却暗暗把刚刚确定的期限又提前了半年——总要留出点儿交接工作的时间吧。嗯,就是这样。

巫承赫光剩下叹气了,将车子停在酒店停车场:"到了,壮壮都睡着了吧?我帮你抱她。"

"不用,我自己来,她浑身都是番茄酱。"沐小心地将睡着的小萝莉抱出来,小声对巫承赫道,"你,跟我来,给我说说芝罘链星云的局势,放心,我不会打听金轩他们舰队的机密的,就是想知道汉尼拔有什么动向,最近研究组的风向好像有些不对。"

"啊?研究组混进了远航军的人?"巫承赫吃了一惊。

沐摇头:"那应该不会,只是这次征集志愿者,消息多少扩散出去了一些,我觉得远航军已经在蠢蠢欲动了。"

巫承赫跟沐上了楼，医院给他安排的房间十分宽敞，考虑到他带着孩子，房间里还准备了儿童床。

"你先坐，我去收拾壮壮睡觉。"沐用下巴指了指沙发，抱着女儿去了浴室，不一会儿就给她洗了澡，换了衣服。壮壮玩累了，迷迷糊糊哼唧了几声，抱着她的黄猫睡了过去。沐将夜灯调暗，关了卧室门出来。

"明天可以带她去医院的托儿所，双胞胎都在里面，有他俩陪着，壮壮应该很快能适应。"巫承赫对沐说。

沐点点头："我也是这么想，还有塔塔也要送进去。我们小组这次打算在星核停留一个月，时间很紧，后续观察和数据记录都交给医院的人。我把你的名字安排在顾问名单里，我走以后你多留点儿神，如果觉得有可疑的地方立刻通知我。"

"我知道。"巫承赫在正事上还是很靠得住的，郑重点头，又问，"你之前说研究组风向不对，有什么征兆吗？"

"前一阵研究组有些消息被扩散出去了，没办法，临床阶段要征集志愿者，要在各个试验点确定工作人员，知情范围扩大，机密度降低是必然的事情。"沐皱眉道，"好在核心的技术机密只掌握在我们几个人手中，研制层面的资料绝对不会泄露出去，就怕有人拿应用结果搞事。"

"什么意思？"巫承赫有些听不懂，"应用结果怎么搞事？"

"几个月前宙斯城的实验分组传了一批实验结果给我们，有几名志愿者怀孕后胚胎表现出明显的向导性，实验很成功。"沐低声说，"这批结果可能是中间传送阶段被人渗透，不知道为什么传了出去，被外面的人拿到了。好在我们早期就有准备，资料中对关键词汇和数据都做了代码化，除非有实验组的人对照，否则外人根本看不懂我们做的实验。"

"那还好吧。"巫承赫迟疑道，"外人拿到数据也看不懂你们在做什么。"

沐皱眉摇头："哪有那么简单，事情有一就会有二，这次的泄露虽然暂时造不成什么威胁，不保证下次还一样幸运，而且他们知道我们用了代码，下一步一定会寻找可以破解代码的人。总之我觉得我们研究组已经被盯上了，就是不知道是联邦内部的激进团体还是远航军。要是后者，事情就很麻烦了，所以我想问问一线的局势，你和金轩长期在阿尔法阵线巡航，最了解远航军的动向。"

巫承赫想了想，道："局势不太好。"

沐眉梢轻轻一抖，问："怎么说？"

"联邦在芝罘链星云的能源基地和矿产等等，在叛乱之后被分给了独立纵队和第一集团军，当时金辙是将巴隆部长和汉尼拔叫到一起商量着分的。"巫承赫道，"当时远航军比联邦军团势大，金辙为了让汉尼拔对这一块星域的管辖权松手，不得不做出了一些让步，独立纵队分到的基地和矿源比第一集团军要略少一些。但这些年也许是我们运气好吧，拓荒舰队在星云边缘发现了一些非常丰富的能源点，去年金轩上报开采，今年已经在修建基地了。"

沐若有所悟："所以远航军眼馋了？"

"是啊，因为航道和给养的问题，从去年年底开始两边的纠纷就没断过。"巫承赫叹气，"金轩被贝塔阵线的人烦得要死，'擒杀'舰队整天派巡逻舰骚扰我们的工兵舰队，几个月前还私自设卡挡了我们的补给船，导致一线基地的人差点儿断养。那次金轩发了火，亲自带着舰队过去把他们设的关卡给端了，所有人送到军部受审，所有舰艇设备收缴。"

"哦，我听说过这件事，海军内部提起过。"沐因为长期和海军的人打交道，又是音波和小山一美的间接上级，所以消息还算灵通，"军事法庭不是对这个案子做过审理吗？"

"对，审理了，判定'擒杀'舰队越权，从上到下都做了处分。"巫承赫摊手，"从那以后两边的气氛就更紧张了，'擒杀'的舰艇见了我们'天槎'，就跟见了仇人一样，恨不得掏出加特林把我们全都突突了。真不知道他们有什么可生气的，明明是他们先挑事儿！金轩一点儿错没有，还被军事法庭裁定处置过当，影响了双方友谊，全军通报批评！我都被他们给气笑了，什么叫'影响双方友谊'啊，朋友之间才有'友谊'好吗，是朋友他们会私自设卡挡我们的补给船？"

巫承赫这两年在星核，什么都顺利，学业有进步，孩子嗖嗖长，金轩的中二病似乎也彻底好了……唯一憋屈的就是整天面对远航军的挑衅不能打不能骂，偶尔还个手还被全军通报——他和金轩属于买一送一，金轩被批评，他的名字一准儿缀在后面。

真是坑爹！

沐很少见巫承赫这样义愤填膺的模样，想想他这两年受的委屈，忍不住心疼，温言道："好了，别为了这种事生气，远航军嚣张跋扈，已经不是一年两年的事情了，我看联邦不会一直放任他们嚣张下去的。"

"没错,金辙一直在压制他们。就因为远航军的利益不断被联邦军团压缩,'擒杀'才蹦跶得这么厉害。我们身在一线,这些压力都是必须承受的,这些我都懂。"巫承赫道,"我就是生气他们拿工兵的生命宣泄他们的私愤!你不知道,当时金轩打了他们的关卡,带着补给船到基地,好多人已经因为防护不足得了射线病,尤其一线的工兵,一小半都对辐射检测呈阳性反应。我跟着航医给他们做治疗,那些工兵大多是毕业没几年的年轻工程师,看着他们被病痛折磨,我真是恨不得扫荡了擒杀舰队!还好军事法庭对那些混蛋都做了处分。"

　　医者父母心,面对自然疾病医生尚能平心静气,面对这种人为伤害简直不能容忍。沐理解他的心情,安慰地拍拍他的肩膀。巫承赫平静了一下,叹气道:"你问我一线的局面怎么样,我只能回答你很紧张。去年金轩去贝塔阵线边缘巡航,还会带着我去,前几个月都不敢带我了,怕出事……其实他出事了我也活不了,就是个心理安慰吧。"

　　沐没想到一线局势已经紧张至此,皱眉沉默半晌,道:"你能感觉到联邦政策的紧缩,汉尼拔肯定比你感触更深刻,他在首都星团爪牙不少,很可能我们项目组的泄密事件和他有关。"

　　巫承赫沉吟了一下,道:"这个我也不好说,但未雨绸缪总是对的,院长,你的战场和我不一样,没有硝烟,却更加凶险,你一定得保护好组织,保护好那些隐藏起来的向导。"

　　沐淡淡一笑,道:"我知道。"他看看时间不早了,又道,"好了,你回去吧,我们改天再详谈,孩子们都该睡了,你出来太久他们也许会闹。"

　　"不会,他们都睡着了,再说金轩应该已经回去了,他会看着他们的。"巫承赫说着,还是站起来和沐道别,"不过你也该休息了,明天还有一堆技术会议等着你。那我先回去了,明天医院见。"

　　"好的。"沐送他到门口,又叫住了他,"你跟陈苗苗,私人关系我不好过问,不过现在这么敏感的时候,还是要注意一下距离。他毕竟是波波娃星将的儿子。"

　　巫承赫一愣,点头道:"我知道,实验的事情我没有跟他透露过什么。不过院长,苗苗那孩子你是知道的,单纯得像白纸一样。而且波波娃星将迄今为止并未表现出明显的反联邦意图,金轩和金辙都认为在一定程度上可以信任她。"

　　"你心里有谱就好。"沐说,摆了摆手,"去吧,我相信你有分寸。"

　　巫承赫缓步走出酒店,刚要去开车,忽然感受到一阵熟悉的意识波动,一抬头,是金轩。

"你才把他们送到？"巫承赫诧异，金轩送音波他们，还走在自己前面，怎么到现在还没回家？

"等你呢，刚才回家把双胞胎弄上床哄睡了，这不是出来接你吗？"金轩招招手，把他叫过去，挎着他的肩膀晃来晃去，"说什么呢说这么久，不会是在透露内部机密吧？"

"有点儿。"巫承赫笑，"你想怎么着？军法处置我吗？"

"处置你还用军法吗？"金轩一弯腰就将他抱了起来，作势要往天上抛。

巫承赫早几年被他扔怕了，厉声道："你敢抛一下我试试看！"

金轩嘿嘿一笑，轻轻将他往肩头一扛，往停车场走："想得美，泄露军机这么大的罪，抛一抛太便宜你了，我得想个更残忍的法子惩罚你……"

"放我下来！"巫承赫挣扎两下，被他勒住腰动不了，恼羞成怒抓着他的衬衫从裤腰里拽出来，扒着他的皮带威胁道，"你再不松手我脱你裤子了！"

"你脱吧，我底下还有内裤。"金轩哈哈大笑，不过说归说，还真怕他脱裤子，虽然这会儿路上没人，但万一有人从上面看呢？自己这个舰队长还要脸不要？

巫承赫论力气远远不是金轩的对手，又不能真把他裤子扒了，没办法只好动用思维触手攻击他的意识云。金轩立刻建立思维屏障抵挡他的攻击，两人在停车场你来我往大战一番，直到上了气浮车才气喘吁吁停下手来。

"你太不像话了！"金轩一头汗，一边启动车子，一边抱怨，"我好歹是你的上级，你怎么一点军规军纪都不遵守，居然敢犯上作乱！"

巫承赫揉揉眼睛恢复竖瞳，凶道："你就作吧，总有一天我要造了你的反，让你跪下喊爸爸！"

"你当爹当上瘾了？还给我当爸爸！"金轩转手就来揪他脸，车子在航道上左摇右晃，很快就收到了交通系统的警告。

"好好开车！"巫承赫扒开他的手，将乱糟糟的头发抹平，又趁着他调整路线的工夫抽了一把他的后脑勺，"来，跟你说个正事儿！"

"什么正事儿？"金轩匕斜他一眼，"你的院长爹又给你发布最高指示了？"

"……"自从上次喝醉酒喊了沐"爹"以后，金轩就把这事记下了，有事没事就开嘲讽。巫承赫无语望天，道，"院长问你要不要参加实验，造福联邦，顺便给自己造个孩子。"

"不要了吧？不是有双胞胎了吗？你儿子就是我儿子。"金轩被小孩弄害怕了，想想再来一个就心里发怵。

巫承赫想了想，道："要不，我们试试IPSCs技术，配合干扰项目，造一个拥有我们两个人基因的孩子？"

金轩眼睛一亮，契约GLT除非是男女组合，否则不可能拥有共同的后代，这多少算是一件憾事，如果能通过IPSCs技术制造一个同时拥有他们两个人基因的孩子，想想还挺期待！

而且他们一个是异能者，一个是向导，通过IPSCs技术融合基因，再经过诱导，会产生什么样的孩子呢？

这完全是个全新的科学课题啊！

金轩心潮澎湃，毫不犹豫地同意了："那行，就这么定了，我明天就去项目组申请当志愿者！"

一路兴冲冲开回宿舍，停车的时候金轩才发现巫承赫已经睡着了，于是小心翼翼将他从车里挖出来，横抱着放到了卧室床上。

孩子们已经睡熟了，公文也都处理好了，金轩没什么睡意，便躺在客厅的沙发上看星星。马上就要开始新一轮的阿尔法阵线年度巡航了，远航军和联邦军团局势越来越紧张，他不想带着巫承赫涉险，但这么高级别的巡航全职军医不可能置身事外，而且年度巡航要持续近三个月，他也不能忍受这么长时间见不到自己的向导，只能带着他一起去。

但愿一切顺利吧。

说起来，从认识到现在快六年了，他和巫承赫一直没过过什么消停日子。回想起来倒是刚进医学院那半年最平安快活，那时候巫承赫没有成年，他也没有参军，两个人整天在一起看书学习，游山玩水，像正常人一样。

人生的车轮啊，毫不留情地碾压着青春和岁月，一转眼他都是三十岁的人了，"三十而立"，虽然他的儿子还没"立"起来，巫承赫的起码已经"立"了，而且不久的将来，他们共同的孩子也会慢慢"立起来"。

人生啊，真是出人意表，我居然要当爸爸了……金上校一边回忆他并不漫长的前半生——或者说五分之一生吧——边沉入了梦乡。梦里他梦到自己指挥着一支熟悉而又陌生的舰队在和"擒杀"舰队厮杀。熟悉是因为他的舰队还是"天槎"，陌生是因为所有舰艇上的所有士兵都长着同一张脸，和双胞胎一模一样的脸——

"二爸，一切就绪，请求起航！"

"二爸，切尔诺动力源发生故障，请求取消曲率推进，原地休整！"

"二爸，前方发现'擒杀'舰队哨卡，请求就地歼灭！"

金轩被满脑子回荡的"二爸"活生生吓醒了，大叫一声弹了起来，一头冷汗地在地毯上喘粗气，直到被巫成功骑在头上晃了两下才回过神来。

"二爸起床啦！"巫骞抱着他的脑袋骑马马，揪着他的头发拍他，"爸爸说有急诊他先走了，让你送我们俩去上托儿所，你快点呀！今天壮壮姐姐也要去，我们可不能迟到呀。"

金轩头昏脑涨，"哦哦"地敷衍着答应了两声。金骁拖着毛绒大熊冲了进来："二爸，我可不可以不吃绿粑粑？我想吃巧克力蛋糕！"这孩子中了女神的毒，对含有绿色蔬菜的营养素一概称为绿粑粑。

"太晚了来不及做，只能晚上吃。"金轩好不容易把大的从脖子上薅下来，小的又爬了上来。金骁骑在他大腿上袭胸："二爸你的胸好大，比爸爸大多了！"

他才两岁多啊为啥就开始注意胸的问题了？金轩一个头两个大，深深感觉双胞胎在巫承赫这用手掌柜的放养之下有长歪的趋势，跳起来一手一个将俩豆丁拎到浴室："都去洗澡，哥哥照顾弟弟，弟弟听哥哥话，二爸去给你们弄早饭，时间不够了我们必须在半个小时内赶到托儿所！"

"好嘞！"巫骞拖着弟弟往莲蓬头底下塞，给他身上搓浴液。金骁拨开哥哥，背着一脊背的泡泡探出头来，挣扎着问金轩："二爸半个小时是多长？"伸出小胖手比画了一下，"有这么长吗？"

金轩光着膀子到处找自己的T恤，听到这话心塞得不行，两岁小孩没有时间概念，甚至对长度和时间到底怎么区分都搞不清楚，真不知道平时巫承赫是怎么糊弄他们的，想了一下，干脆破罐子破摔："没错就那么长，你太聪明了！"

"噢！那完全够用嘛。"不知道金骁是怎么得出这个神奇的结论，反正他安安心心蹲在莲蓬头底下洗起澡来了。

兵荒马乱，金轩站在吧台边给双胞胎兑营养素，想起自己昨晚的梦，不禁十分庆幸宿舍里只有两个小孩而不是一个舰队。

于是报名参加志愿者什么的不妨再考虑一下吧！

沐的研究组在天槎医院只待一个月，巫承赫本来打算趁这个机会好好和他们父女俩相处一段时间，可惜"天槎"舰队的年度巡航开始了，作为金轩的全职军医他必须随同前往。

　　巡航开始之前，巫承赫还是说服金轩参加了志愿者。沐对他们的决定表示赞赏，亲自提取了他们的干细胞，列入一期实验序列，最后难得慈爱地拍了拍金轩的肩膀："好好干，等你们巡航回来，就能看到成形的胎儿了！"

　　金轩鲜少见他这样慈眉善目的表情，一路炸着毛回到宿舍，不安地问巫承赫："他没事吧？为什么对我这么温柔？你们是不是有什么事瞒着我？"

　　巫承赫没想到沐给他留下了这么深刻的阴影，安慰地摸头："你想多了，他大概是当爹时间长了软化了吧，再说你现在和以前也不一样了，越来越像个合格的军人了呢！"

　　金轩接受了他的安慰，转忧为喜："哎呀我也要当爹了！我现在就告诉金辙，让他整天跟我嘚瑟，这个老不死……不不，还是算了，等巡航回来吧，那时候我们的小儿子已经成形了，发过去萌他一脸！"

　　"说不定是女儿呢？"

　　"对哦，女儿就更萌了，我比他帅，你比沐帅，我们的女儿一定比壮壮更可爱！"

　　巫承赫对他的审美不敢苟同，不过想想能有个像壮壮那么可爱的女儿，内心还是非常期待的。

　　年度巡航启程那天，沐亲自送巫承赫登舰，临走时谆谆教诲："照顾好你的异能者，坚持攻击力练习，你已经是全职军医了，医科反倒不用太执着，干好自己的本职才最要紧。"

"我知道了。"巫承赫郑重答应，人生价值各不相同，身份决定一切，身为全职军医他注定不可能在医学领域像沐一样出色，只能尽力保护金轩，和他一起守卫好联邦最重要的防线。想到两个孩子这次留在医院还能和沐再待那么几天，便道："院长，有空帮我教教双胞胎吧，我实在是不会带孩子，金轩又是个神经病，他俩被我们养得太皮了，简直让人头疼。"

说到这个沐也是一头黑线："你觉得壮壮比双胞胎能好到哪里去？"

巫承赫想了半天，记忆中的壮壮要么是扛着加特林，要么是满脸番茄酱装丧尸，无奈叹气："起码她乍一看好像还是正常的，我那两个看上去就有点儿不着调啊！"

沐轻轻将他推进战舰："我觉得还是表里如一一点比较好，双胞胎挺天然的，你以后就知道他们的好处了。"

巫承赫带着女王大人的教导踏上了年度巡航的征途。金轩在军事方面极为敏感，因为这半年来和远航军摩擦不断，这次巡航便带了"天槎"舰队几乎四分之一的舰艇，配备了最精良的武器和装备，给养也按最高消耗配给，算是做好了万全的准备。

巫承赫一上船就挂上全职军医的徽章。虽然按规定他只为金轩服务，船上的医疗保健另有航医负责，但大家都知道他在外科方面比较神，所以三不五时请他去医疗舰交流经验啊，会诊啊什么的。于是连着半个多月他都挺忙的，连金轩想见他都要预约。

二十个标准日后，舰队到达一处给养站，金轩带人去站上给养，顺便检修舰艇保养武器。巫承赫留在船上帮航医整理一些资料，忽然收到了来自天槎医院的公务邮件，原来沐的研究组已经做完了一阶段的实验，几名志愿者反应良好，有两名女性已确认怀孕，将会以自然方式诞下婴儿。

和公务邮件一起发过来的还有沐的私人邮件，邮件上沐说自己即日就要起航返回敦克尔星球，壮壮和塔塔跟双胞胎相处十分融洽，已经建立了深厚的友情，哭着喊着不要分开，所以他只得搞了一个小型的告别派对，现在总算把大家都哄住了，同时还嘱咐巫承赫回来以后要紧跟实验进程，千万不要忽略任何细节，和实验组负责人保持紧密联系。

巫承赫给沐写了回信，把双方通信给金轩转发了一遍。十几个小时后金轩从给养站回来，道："真是巧了，我刚刚也收到了金辙的邮件，他已经从首都出发来独立纵队做秘密视察了，估计一周后就会到达天阙。"

"啊，已经出发了？时间不太对啊……"巫承赫诧异。金辙每年都要来独立纵队秘密视察，但往年比这个时候会略晚一些，这次忽然提前一个多月，不会是为了沐吧？

金轩显然和他有一样的猜测，通过意识通感跟他一碰，便心照不宣地笑了起来："他是来接院长的吧？"

巫承赫笑着点头："我看是。"

又过了二十几个标准日，舰队到达阿尔法阵线最边缘。意料中的事故一件也没有发生，没有骚扰，没有设卡，没有偷袭……一切都顺利得让人觉得不可思议。

年度巡航第四十三天，舰队在阿尔法阵线最后一个补给站休整，金轩做出了回航的决定，通知导航员："十八小时后起航回星核。"

"是。"导航员肃然领命，问，"原路返回吗？"

"不，我们换条航线。"金轩迅速计算，在全息星域图上画出一道曲折的弧线，"沿这个方向走。"

"这条线环境很差，离芝罘链星云太近了，湍流和磁暴对舰艇推进装置损伤很大。"导航员有些犹豫，"而且我们沿这个方向推进必然会和贝塔阵线有几处交叉，如果遇到第一集团军的哨卡，很可能起冲突。"

"我就是想试试看他们会不会跟我们动手。"金轩在刚刚结束的航行路线上标出几个点，"这次巡航太顺利了，这几个点离贝塔阵线很近，以往我们靠近的时候他们都会派舰队出来威慑，这次却毫无动静，我觉得有问题。"

"私自设卡案件刚刚平息，军事法庭的裁决才发下来没多久，也许他们是受到了教训，所以短期内不敢再骚扰我们。"导航员说，"我想他们对联邦军事法庭还是比较忌惮的，据说汉尼拔统帅也非常震怒，重罚了涉案人员。"

"我不相信他们会这么乖。"金轩冷笑，"如果懂得收敛，他们就不是远航军了。"用荧光色在自己刚刚制定的新航线上标出几个点，"回航的时候我们去这几个点看看，如果还遇不到他们的人，恐怕有重大问题。"

"什么重大问题？"巫承赫刚刚结束了一次航医内部技术交流，通过穿梭机摆渡回旗舰，听到金轩的话凑过来问，"航行有问题吗？"

"暂时没有。"金轩将他的军帽摘下来，掸掉帽檐上沾染的药粉，"不过如果我们回航的时候他们再龟缩不出的话，问题恐怕就比较大了。"

"啊？他们龟缩不出不是好事吗？"巫承赫对战略并不太懂，趴在控制台上问他。

金轩看着他略显凌乱的短发，道："远航军是擅长以一打三的队伍，如果我们靠这么近他们还不出来揍我们，说明他们大本营的留守人员非常非常少。但我们都知道'擒杀'舰队比'天槎'的规模还要大四分之一，所以……"

巫承赫神色一凛："所以你怀疑'擒杀'最近并没有待在大本营，而是在执行什么秘密任务？"

金轩到底没能忍住，赞许地揉了揉他的头发："是的，所以我必须试探一下他们。"

导航员默默扭头，表示自己什么都没有看见，请舰队长大人自由地揉吧。巫承赫倒是有点儿不好意思，躲开他的脏手，正色道："'擒杀'的任务不就是守卫贝塔阵线吗？我们年度巡航，他们却离开大本营，这不太科学吧？"

"如果他们有更重要的任务，就能说得通了。"金轩道，无奈耸肩，"可惜我们不知道他们的重要任务是什么，我们的情报机构这两年实在是有点儿失职。"话虽这么说，他也知道想要在汉尼拔手里套情报难度有多大，和蓝瑟星将不同，汉尼拔在军事管理方面极具天赋，十几年来把第一集团军铸得像铁桶一般，金辙在NTU时期就一直努力渗透，迄今为止尚未把一个特工送进他的核心幕僚团。

巫承赫对此也十分无奈，但他对金轩的直觉力还是比较相信的，蹙眉道："万一他们在我们巡航的时候偷偷越过阿尔法防线怎么办？'擒杀'成立以来最大的任务貌似就是和我们对着干，如果他们有秘密任务，八成和我们的辖区有关。"

"应该问题不大，'天槎'留守的舰艇会看好咱们的老家，再说还有'月槎'，他们一直在星际巡航，一旦有其他番号的舰队进入独立纵队领地，一定会第一时间通知严令星将。"金轩道，"正好金辙也在这边视察，如果我们能在回航的时候试探出真相，抓住汉尼拔的把柄再把他老人家捅上军事法庭站一次，肯定能好好打一打他的脸。"

巫承赫就喜欢他这种狠呆呆的腹黑脸，嘿嘿一笑："你是老大，我们都听你的。"

"那必须。"金轩继续搓毛，"还有十八个小时起航，趁着这段时间好好休息一下，回程路上不好走，大概要频繁地休眠和唤醒，你身体弱，别弄出病来。"向导身体孱弱，巫承赫又经历了黑珍珠、加百列、塔尔塔罗斯等事件，多次受伤，虽然意识云越来越强大，身体却无法避免落下了一些病根，让金轩心疼得要命。

"没事,我现在健康得很。"巫承赫不愿意让他在这种时候分心，一脸淡定地道，"整个舰队我的医学知识最权威，你就不用质疑我的医术了吧。"

"行了别提什么权威了，以后不许理舰队那些航医。"金轩提起这个就不高兴，"到底你是航医还是他们是航医，病例搞不定的话引咎辞职就好了，老拉你去会诊算是怎么回事？我是不是太好说话了，别人家的全职军医也会被这样借来借去一个人当八个用吗？"

巫承赫连忙给他顺毛："没有的事啦，都是我自愿的，嘿嘿，我是巫圣母你不知道吗？"

"去休息去，起航之前不许出旗舰。"金轩把他往休息舱推，一上手发现原本合身的军装居然有些松了，眉头立刻蹙了起来，叫勤务兵，"告诉他们从今天起没有我的命令不许巫中尉使用穿梭机，也不许其他舰艇的航医来旗舰，我的全职军医需要休息！"

巫承赫拿金轩没办法，再说他也确实挺累的，便没有反驳，将军帽夹在腋下去内舱休息了，只在离开的时候给了金轩一个"鄙视你"的手势。金轩挑眉，一脸"就是这么炫酷你要把我怎么样"的表情。勤务员和导航员表示他们什么都没看见，默默退散。

接下来的五天，他们沿金轩确定的航线一路进发，经过一次小规模的曲率推进，到达第一个测试点。这个点离贝塔阵线已经非常近了，往常"天槎"要是敢离"擒杀"的哨卡这么近，早被拦住了，炮轰示威都是轻的，遇上个辣手的直接能和他们干仗。

但这次哨卡只派了两艘小型战舰出来和他们接洽，警告他们立刻撤离，不要越过贝塔阵线。金轩接到他们的警告，没有回复，也没有多做停留，立刻通知舰队偏移角度，往阿尔法阵线方向回航。

主控室里，金轩脸色十分凝重，导航员站在一旁调度航线，他接通多角通信，将几个主力战舰的舰长召集到一起，严肃道："我刚刚收到哨卡的回音，恐怕事情有些不对，我怀疑'擒杀'舰队主力已经撤出贝塔防线，不乐观地想，他们可能已经跃迁进了我们独立纵队下辖的星域。"

几名舰长都是神色一凛，一名少校迟疑道："我们并没有收到留守舰队的预警，如果'擒杀'越过阵线，他们怎么可能毫无察觉？"

"阿尔法是立体阵线，我们舰队再大，撒开以后防御网也会变得稀薄。"金轩道，"两年来我们和擒杀都在研究对方的防御阵型，我们能找到他们的巡航规律，他们也能找到我们的，凡事不可能十全十美，必须做好最坏的打算。"其实更严重的话他还没有说出来，阿尔法阵线百分之九十都是"天槎"的防区，但也有一小部分属于"月槎"，"月槎"的舰队长拉蒂卡准将曾经隶属于第二集团军，汉尼拔辖下。

当初严令接管第二集团军一半的势力，不可能把原本的老人全部换掉，必须留下几个相对忠诚度较高的人做缓冲，拉蒂卡就是其中之一。金辙对这位印度裔女准将并不完全信任，所以一直提醒金轩注意她的动向。一年前汉尼拔的儿子马洛申请加入独立纵队，最后落在"月槎"舰队，金辙怀疑是汉尼拔私下运作的结果，因此在上半年的时候就安排人渗透进了拉蒂卡的幕僚团，只是一直没有得到确切的证据，证明她和汉尼拔有所联系。

"之前预定的航线要改。"金轩对舰长们说，"我怀疑辖区内部有其他番号舰队进入，我们必须联合留守舰队做详细巡查，所以从现在开始进入高速曲率推进，我们必须尽可能快地赶回星核！"

众舰长纷纷领命，没有人对他的命令提出质疑，金轩的军事直觉非常出色，过去的两年中他们已经充分领略到了他的机敏果断，于是立即纷纷联系导航员制定曲率推进航线。

金轩关闭多角通信，给天阙那边驻防的严令发了一封战报，请他问询"月槎"舰队的情况，之后又单独给金辙写了封信，将自己的怀疑与推断详细告诉了他，让他在天阙多加注意。

安排好一切，金轩去休息舱看望巫承赫，结果一进舱门就看见巫承赫两眼发光地瞪着个人智脑，全息投影里显示着一个半球形的透明容器，依稀是个培养皿。

"快来看，小三成形了！"巫承赫一见他就喜形于色地招手，"刚刚收到天槎军医院的报告，他们半个月前就发来了，路上有信息延时。"

"什么小三？"金轩莫名其妙，"谁的小三？"

"我们的小三！"巫承赫激动地说，"干细胞诱导成功，拥有我们两个人基因的IPSCs婴儿已经在孕育当中了！"

金轩这才明白他说的是孩子，想想巫成功和金胜利，这可不就是"小三"吗？

"你也换个像样的称呼吧。"金轩可不愿意他们共同的孩子有这么个可怕的小名，走过去看看，发现培养皿里飘着一粒小小的"种子"，只有豌豆那么大，根本看不出什么人样，不禁嘟哝，"这么小啊，跟个豌豆似的。"

"还不到一个月，是这么小啦。"巫承赫笑眯眯道，心中一动，"不如就叫小豌豆吧？"

"呃。"金轩知道他起名字比较随便,没想到这么随便,不过想想双胞胎的小名,似乎"豌豆"什么的已经算不错了,便点头同意了,"听你的,那就叫豌豆吧,不过大名还是得好好查查字典……对了,是男孩子女孩子?"

"男孩子。"巫承赫有点小小的遗憾,"初步检测基因,是个异能者,不过胚胎还太小,彻底确定要等出生以后了。"

金轩倒是无所谓,男孩女孩他都喜欢,盯着培养皿看了半天,到底对连人样都看不出的胚胎产生不了什么确切的父爱,便催促巫承赫:"行了,关掉吧,我们该准备返航了。"又将之前跟舰长们通报的情况给他说了一遍。

巫承赫皱眉思索,问:"你说这次'擒杀'舰队的异常会不会和院长他们有关?"

金轩眼神一变,但很快就恢复了正常:"为什么你会把这两件事联系在一起?"

巫承赫挠了挠头,他其实刚才就是顺嘴那么一说,现在想想也觉得自己没道理:"我随便说的,就是赶巧了吧。"

金轩在脑海中将几条时间线理了一遍,也觉得有点蹊跷,便打开个人智脑给金辙追加了一条消息,让他注意下这个问题。

一切就绪,巡航舰队再次启程,顺利的话,二十天之内他们就能返回星核了。

胚胎研究小组所在的飞船在离开星核基地两周半之后,停靠在一个民用港口做短暂休整。这里离天阙空间港已经不太远了,本来是不必停下来的,但船上载着一大堆小山一美的宝贝老鼠,这些小东西太难伺候了,必须定时定点停航休息,否则稍不注意就能死一片。为了避免小山一美再次发疯把自己关起来,大家只能耐着性子迁就他,一路走走停停,龟速前进。

沐解除休眠后在各个舱里走了一圈,确定大人小孩都没事,老鼠也都健在,稍微松了口气,正好壮壮闹着要下船去走走,便将船上的事务交给负责安全的海军上尉,带着女儿下船溜达溜达,顺便到港口超市买点儿小零食解馋。

"院长我们什么时候再去看双胞胎呀?"壮壮一边走路,一边跟她的小黄猫玩耍。淘淘现在已经和小主人相当默契,一路在她脚下穿插着走"8"字,跟马戏团的小狗一样,又欢脱又伶俐。

"大概要很久以后了。"沐从来不对女儿撒谎,多么残酷的现实也会照实告诉她,"这里是军方辖区,没有公务我们是不能来的。"见壮壮忧伤扁嘴,又安慰她,"不过他们的爸爸明年会回敦克尔星球休长假，我到时候让总统把你接过去跟他们住几天，好吗？"

"好哒！"壮壮这才高兴起来，和她的小狮子玩了一会儿，忽然问，"爸爸，他们说总统在追你，是真的吗？你会娶他吗？"

沐听到一个"娶"字，忍俊不禁，微笑着问："你喜欢他吗？想让他和我们成为一家人吗？"

壮壮虽然聪明，但还没聪明到能弄清楚如此复杂的伦理关系，歪着头想了半天，道："那你娶他的话他会变成我的后妈吗？"

沐假装认真地思考了一下，道："那应该不会，他是男的，当不了你的后妈。"

壮壮一下放心地笑了，蹦蹦跳跳道："那好的呀，你就把他娶回来吧，院长我同意哒！"

沐忍不住哈哈大笑。壮壮傻乎乎地跟着笑，又想起自己的秋田犬，问："那如果你娶他的话是不是就可以把金三胖接来跟我们一起住了？"

沐笑得眼泪都要出来了，道："大概可以吧。"

"那你还不赶快娶他！"壮壮马上把爹卖了，"总统可是国王哩，你娶了他，我就是公主了！"所有的萝莉都有一个公主梦，暴力萝莉也不例外，壮壮在得到沐肯定的回答之后立刻兴奋地转起圈来，虽然身上穿着休眠专用的银色连体服，但依稀转出了公主裙的范儿。

沐拎着臭美的闺女一路走到超市门口，刚要进去，忽觉脚下大地一震，接着又是一震。他愣了半秒，立刻意识到不对劲，弯腰一把将女儿抱了起来，回头往飞船跑去。

"轰"一声巨响，刺目的白光在两三米外炸开，沐双眼一阵刺痛，脚下的地面忽然发生了轻微的倾斜！他抑制不住跪倒在地，但仍紧紧将壮壮护在怀里，大声道："闭上眼睛，不要看不要听！"

壮壮尖声大叫，但还是听话地闭上了眼睛，将面孔埋在父亲的颈窝里，小胖手捂着耳朵大喊："淘淘快跑！"幼儿意识力不稳定，她心中害怕，小巴巴里狮子更加害怕，绕着沐转了一圈便倏然消失了。

大地抖震，地面倾斜，四周一片震耳欲聋的爆炸声，沐被白光刺得几乎睁不开眼，只能以意识力分辨周围的情况，抱着女儿跟跟跄跄往飞船跑去。

没有任何预兆，袭击就这么铺天盖地轰了下来。沐拼命往前跑，感觉每一秒都像一辈子那么长。女儿温软的小身体就在怀中，湿热的气息喷在他侧颈，他不知道自己会不会被流弹击中，只知道必须保护好壮壮，保护好自己唯一的女儿。

左手心传来震动，个人智脑被激发，沐通过植入在耳廓中的通信器听到海军上尉的声音："院长你在哪里？请赶快回到飞船，我们遇到不明敌人的袭击，必须马上离开这里！"

"我到了，开右侧后舱门！"沐大声回答，话音刚落便觉左腿一麻，整个人无法控制地摔倒在地，还好落地时侧了一下身，护住了怀里的壮壮。

"爸爸！爸爸你怎么了！"壮壮从他怀里滚了出来，惊恐地扑过来抱住他的胳膊，一眼扫到他大腿，尖叫道，"爸爸你流血了！好多血！"

"别叫！"沐厉声喝止女儿，硬撑着站起来，拉着她的手挣扎着往前跑，"快！上船，自己走，拿出当小班长的样子来，别给爸爸丢脸！"

壮壮还不到四岁，从没经历过这么可怕的事情，忍不住大哭起来，但被沐这么一吼，又有点儿吓住了，跟着他一路小跑往飞船舷梯奔去。

又是一枚炸弹在身边爆炸，沐被气浪掀翻，撞在舷梯上，立刻托着壮壮的屁股将她往上推："进去！自己爬！爸爸马上就来！"

"爸爸！"壮壮看到他整条腿都被血染红了，死活不肯自己走，扶着他的胳膊想把他拉起来，奈何人小力微，根本起不到作用。

千钧一发，一个高大的人影从烟幕中冲了过来，轻轻一手便将沐撑了起来："院长你怎么样？腿没事吧？中弹了还是擦伤？"原来音波也带着塔塔下船买东西了，他走得快，袭击发生的时候已经进了超市，一路跑回来脖子上还挂着给塔塔买的零嘴儿。

沐松了一口气，道："没事，是流弹……我们快上船，得马上离开这里！"

音波将塔塔架在脖子上，一手撑着沐，一手抱着壮壮，长腿几步便跨上了舷梯，将所有人都带进了船舱。

"塔塔！"小山一美就站在舱口，大概是想下去找他们，但被人给拦住了，一见音波上来立刻将儿子从他脖子上抱下来，紧紧搂在怀里，"宝贝儿你没事吧？"

塔塔一路上都被爆炸给吓呆了，懵懵懂懂连哭都没顾上哭，这会儿一见爸爸才回过神来，立刻"哇"的一声，抱着小山一美的脖子哭得肝肠寸断。

音波顾不上安慰塔塔，冲一名负责护送他们的海军士兵大声喊："快！叫船长马上起航！量场保护罩开到最大，飞出敌方攻击范围后立刻开启高速曲率推进！通知天阙空间港和"天槎"舰队,让他们尽快派人来接应我们,快去!"

士兵领命飞奔而去,音波将壮壮放在地上,对她道:"跟小山叔叔去后舱,系好安全带,快!我们要起飞了!"

"我要爸爸!"壮壮扑上来抓着沐的袖口不放,看着他脚下堆积的血渍,又是害怕又是心疼,小脸儿一片煞白,"爸爸你怎么了?爸爸疼不疼?"

"乖,爸爸只有一点点疼,像你被裁纸刀割破手指一样,一会儿上点药粉就好了。"沐忍痛安慰女儿,"听话,跟小山叔叔去后舱,你是大姐姐,要帮他照顾好弟弟,我清理完伤口就来找你,我发誓。"一边说,一边给了她一个轻微的暗示。壮壮从没经历过这么可怕的事情,六神无主地看着沐的眼睛,瞳孔收缩再扩散,很快便接受了暗示,跟小山一美往后舱走去。

"我们去医务舱。"音波将沐打横抱起,往医务舱跑去,一边跑一边喊人,"叫航医来,沐院长受伤了!"

航医飞奔而来,给沐做了简单的检查,发现骨头没有断裂,只是一枚极小的弹片卡在肌肉里,便帮他取了出来,之后粘合伤口,清洗消炎。沐本身就是医生,也知道自己这伤没什么大碍,就是影响走路而已,心里又惦记着外面的情况,一弄完就催促音波跟自己一起去找船长了解情况。

音波推着轮椅将他送到主控室,主控室里一片忙碌,船长正大声发布着命令,导航员即时调整航向,十几名士兵在武器系统前待命,显然已经做好了反击的准备。

"是什么人?弄清楚他们的攻击目标了吗?"音波问船长,"他们是冲着港口还是冲着我们?"

"暂时不知道。"船长表情凝重,"已经探测到的敌舰有十五艘,没有明显的番号,也没有开通公共通信,我们没办法和他们交流。我刚刚已经向就近的兵站发了求救信号,但没有收到回音,我怀疑我们受到对方的信息屏蔽。"

"怎么会这样?为什么我们之前没有收到任何预警?这里是独立纵队的辖区,为什么会有人攻击民用港口?"音波脸色阴鸷地问。

船长一无所知,只能摇头。

飞船缓缓起飞,飞出港口,船长将量场保护罩开到最大,勉强挡住攻向他们的炮火。然而就在他们松了口气,以为可以进行曲率推进的时候,新的打击突然接踵而至——那些攻击港口的敌舰在他们离开之后立即调转炮口,不再攻击废墟一片的船坞,反而追着他们的屁股打了过来。

毫无疑问，对方的攻击目标并非港口，而是他们这艘载着科学家和志愿者的科研飞船！

"准备战斗！"船长再无疑虑，立刻下达了攻击命令，十几名士兵操控武器系统向攻击他们的敌舰开火，大副开启底舱，放出数十艘无人驾驶小飞碟冲入敌阵猛烈攻击，试图在飞往天阙的方向杀出一条血路，可以让他们离开战团，开启曲率推进。

这艘科研飞船是海军强攻击型舰艇改装而成，船体巨大，舰载武器十分精良，底舱除了小飞碟，还有五台战斗机甲。如果遇上小股流寇或星际海盗的骚扰，处理起来都是游刃有余，但这次他们遇到的显然不是杂牌混混，而是装备精良的正规军队——虽然围攻船舰没有番号，但武器装备已经暴露了他们的身份，那是现役舰队！

科研飞船在敌军猛烈的攻击中步步后退，他们没有后援，没有供给，面对十倍于自己的敌人，根本没有任何胜算！很快，派出去的小飞碟被打光了，敌方虽然也有两艘舰艇受到损伤，但剩余的舰艇立刻补了上来，将他们围得水泄不通。

"上机甲。"音波一直在主控室观战，此时不得不亲自上阵，对船长道，"叫机甲战士全部去底舱待命，通知我的全职军医，我在机甲上等他。"

沐眼神一震，连小山一美都要出战，难道已经到了最危急的时刻了吗？抬眼看向音波，音波一向轻快的眼神变得愤怒而坚毅，对他重重一点头："放心，我一定撕开一个口子给大家撤退……帮我们照顾好塔塔。"

沐有心让小山一美留下来，但想想他们生命相连，一个死了另一个也活不成，不如待在一起互相激发潜能，便点了点头："放心。"

音波大步往升降梯走去，船长已经通知了其他机甲驾驶员，很快十名机甲战士便集合在底舱，包括小山一美在内，全部登上了战斗机甲。

沐心神不宁地坐在主控室里，双手紧紧抓着轮椅扶手，通过控制台上方巨大的全息监控注视着外面的情况。五台战斗机甲飞出底舱，脱离量场保护罩，往前方敌舰飞速冲去。淡蓝色的"音波"机甲冲在最前方，因为有小山一美加持，它的飞行轨迹比其他机甲都要流畅迅速，冲到最前方一艘中型驱逐舰面前，肩头和双腿的光炮火力全开，往对方辅助引擎狂轰乱炸。

其他四台机甲在旁边替它掠阵，挡住周围舰艇的近距离攻击。这么一来打在科研飞船上的炮火稍微减少了一些，船长立刻通知大副启动主引擎，压着音波的尾巴往包围圈最薄弱的环节推进。后方舰艇看出了他们的意图，缓缓跟了上来，包围圈进一步缩小，沐坐在主控台前，通过舰艇头部的透明视窗几乎能用肉眼看到远处敌舰的身影。

千钧一发之际，音波一个流畅的侧滑，绕开驱逐舰已经冒烟的侧引擎，机甲头部迅速变形，加载成为一台巨大的粒子轨道炮，袭向对方腹部的主引擎和能源舱！

"全速前进！"船长瞳孔一缩，立刻明白了音波的意图，与大副合力将科研飞船加速到顶，跟着音波往前冲去。

"轰！"一声巨响，整个飞船发出剧烈的震动，四周传来金属不堪重负的咯吱声，沐的轮椅滑向金属壁，他立刻打开刹车，用磁力装置将自己固定在地面上，同时系好安全带。

科研飞船擦着两艘敌舰从包围空隙中冲了出去，音波和两台机甲在前面疯狂开路，剩余两台机甲则护在他们身后阻挡追兵，所有人共同努力，终于一点点挣脱出了包围圈，冲进了浩瀚的宇宙！

"院长！"一名科研助手忽然跌跌撞撞跑了进来，焦急道，"您能去后舱看看吗？孩子们都在哭，我们根本哄不住，壮壮说您再不来她就要出来找您了，她说您发过誓治好伤以后立刻去看她的。"

沐这才想起女儿和塔塔，左右他在这里也帮不上什么忙，便让助手帮忙将他推到后舱去看孩子们。后舱里已经炸开了锅，壮壮歇斯底里地哭着，她的小狮子又出现了，六神无主地在地上转来转去，周围的金属壁发出一点点声音，它都吓得直发抖。塔塔更不用说了，小山一美离开之前本来已经将他给哄睡了，壮壮一哭他被吵醒，四处找不到大人，便也跟着女神哭了起来："爸爸！麻麻！我要麻麻！呜呜呜……"三名研究人员围着两个孩子又是哄又是拍，可惜一点儿用处都没有。

沐一进去先将塔塔抱了起来，给他擦了擦眼泪，柔声道："塔塔好乖，爸爸和妈妈出去打坏人了，塔塔很勇敢，不要让他们担心好不好？"又看向壮壮："好了，没有及时来看你是爸爸不对，但你是姐姐，这样带着弟弟一起哭应该吗？"

壮壮看到他就安了心，收住哭声小声啜泣，低头小心抓着他的衣角："爸爸我好怕，大船一直在抖，我们是不是要死了？"

"胡说什么，有这么多战士叔叔在保护我们，我们很快就能回天阙空间港了。"沐严肃道，"不许再说这种话，吓着弟弟怎么办？"

壮壮有点儿委屈，又不敢驳斥爸爸，只得弯腰将自己的小狮子抱了起来，坐在沐旁边轻轻抚摸:"淘淘也吓坏了,是我不好,我应该保护淘淘……"偷眼看看沐,小小声加了一句,"和弟弟。"

沐心里酸得不行,知道她是在借着安慰小狮子向自己道歉,但无暇仔细安慰她,只腾出一只手摸了摸她的脑袋,便回头哄大哭不止的塔塔。音波和小山一美在外面保护飞船,他必须先照顾好这个孩子。

塔塔在沐的安慰下渐渐平静下来,除了父母,沐算是他最熟悉的人了。他小手抱着沐的脖子,下巴搭在对方肩头一抽一抽地哽咽:"伯伯,我要麻麻,我要爸爸……呜呜呜。"

"他们就快回来了,他们在外面保护着我们的大船,保护小塔塔。"沐轻轻拍他的脊背,等他气息稍微平复一点儿,将之前音波买回来的零食袋子放在大腿上,"宝贝别哭,伯伯给你拿糖果吃,看,都是刚刚妈妈带你买回来的呢,有草莓布丁,还有苹果派……你看,姐姐也饿了,正在看咱们呢,咱们也给她吃一点儿好不好?"

塔塔被零食转移视线,用手背擦了擦鼻涕,抓了一袋苹果派递给壮壮:"姐姐吃。"

壮壮有点儿不好意思,接过苹果派笑了笑:"谢谢塔塔,塔塔不哭哦,我们都不哭,我们是勇敢的小宝宝。"

两个小朋友在沐的安抚下终于平静下来,趴在座位上吃起了零食。这时飞船停止了颠簸,似乎平稳运行了起来,沐稍微放心了一点儿,对壮壮道:"你乖乖照顾弟弟,爸爸去控制舱看看机甲战士回来没有,听助理叔叔的话好吗?"

壮壮见他要走,下意识要哭,但看他脸上严肃的表情,硬憋着眼泪没敢往下流,可怜巴巴点头:"爸爸你快点回来,我、我害怕……但是我会照顾好弟弟的。"

"乖。"沐摸了摸女儿的小脑袋,嘱咐助理看着他们俩,开着轮椅又回到了主控室。

船长正在指挥大副调整航向,见他进来主动道:"我们已经冲出包围圈了,院长,机甲战士在返航,飞船再往前开一段,把敌人甩开一点儿距离,就可以启动曲率推进。"

"太好了。"沐大大松了口气,看着外面的全息监控,只见两台负责开路的机甲已经返回底舱,音波从船头转到了船尾,跟另外两台机甲一起抵御追兵,掩护飞船逃逸。又过了大概十分钟,那两台机甲也撤回了飞船,只留下音波一个人在船尾断后。

"'音波'机甲,请立即返航!"船长开始催促音波,"十五分钟后即将开启曲率推进,请立刻返回飞船!"

"收到。"音波的声音从通信系统里传出来,颇有些疲惫。看到他已经开始撤退,船长对沐道："院长，您回后舱准备休眠吧，这里应该没什么事了。"

沐点了点头，将轮椅转了个向，刚要离开，忽觉整个船体剧烈地震动了一下，接着，整个控制舱不受控制地大幅度倾斜，照明闪了两下，倏然熄灭，全息指挥系统也随之消失。

"大副！怎么回事？"黑暗中传来船长的喝声，然后是大副的回答："前方两点钟方向发现大规模舰队！船长，我们刚刚受到了一波猛烈攻击，侧副引擎停止运转，电力系统紊乱！"

"工兵！立刻修复电力系统！"船长大声喊，"量场保护罩全开！机甲战士全体待命！"他话音刚落，照明恢复，但比之前暗淡了许多，显然电力系统受伤不轻。同时，大副将船体调整平衡，主控室再次恢复到了重力水平状态。

"天……这么大的舰队！"船长通过刚刚恢复的全息监视系统看到了外面的情况，顿时整个人都惊呆了，喃喃道，"这、这怎么可能，这是联邦海军的辖区啊！"

沐顺着他的视线看去，也是一脸震惊的表情。漆黑的宇宙中，他们所在的飞船正前方出现了一个巨大的舰队，目测有三十余艘舰艇，而他们的后面，是之前拦截他们的那十五艘军舰。

近五十艘飞船，他们被彻底包围了。突围，毫无胜算。

新一轮的打击接踵而至，虽然船长努力调配资源，仍旧左右支绌，音波带着四台机甲再次出战，尽管竭尽全力，却无力回天。不过几分钟工夫，科研飞船便已千疮百孔，量场保护罩忽明忽灭，形同虚设。一台战斗机甲不慎被敌方发射的高能音轨炮击中，主副驾驶员同时阵亡，好在主驾驶临死前开启了返航系统，机甲将他们的遗体运送了回来。

"要弃船了。"船长脸色煞白，对沐道，"院长，让志愿者和科研人员上救生艇，我马上挂白旗，让他们接收俘虏。"

事到如今，沐已经猜到对方所为何来——这艘船上最值钱的就是研究小组，他们的行踪泄露了，对方是冲着胚胎干扰剂来的！而且这么大规模的舰队不可能是恐怖分子，对方只能是远航军。

现在该怎么办？把项目和志愿者都交给敌人，还是大家一起死？沐死死捏着轮椅扶手，生平第一次感觉有些扛不起肩头的重担，这个项目太重要了，一旦落到远航军手中，必然会给全人类带来巨大的灾难。

沐眉头紧锁，心中像油煎一样剧烈翻腾，几次欲言又止，始终没能做出决定。每一秒都过得飞快，飞船在剧烈震动，孩子们还在后舱里，音波和小山一美在外面浴血奋战……

"挂白旗吧。"良久，沐长叹一声，他终究不能看着这么多人一起死。

船长无奈点头："是。"刚要吩咐导航员挂白旗，忽听大副发出惊喜的大叫："联邦军团！联邦军团的舰队！有人来接应我们了！"

"什么？"船长大喜过望，他发出求救信号不过大半个小时，还不能确定有没有发出去，怎么这么快就有人来救援了？扑到全息监控前凝神看去，失声惊叫，"联邦一号！总统的舰队！"

总统？！沐惊呆了，连轮椅的磁力吸附都顾不上解开，拖着伤腿一瘸一拐扑到控制台前。

全息监控里，一个小型舰队正全速航行，两艘精干的驱逐舰火力全开，将他们后方的包围圈撕开了一道口子，三艘强击舰紧随其后，向试图还击的舰艇全力反击。五艘攻击型舰艇的后面，一艘银白色飞船稳稳航行，船头标着联邦政府双剑盾牌的徽标，正是总统专属座驾联邦一号！

主控室鸦雀无声，所有人都被这神奇的一幕震撼了，他们一直期待着有人来救援他们，但谁也没有想到第一个赶到的居然是总统！

总统不是应该留守在敦克尔星球吗？他为什么会在这个时候出现在这么危险的地方？

所有人都惊异莫名，只有沐知道这是为什么。他扶着控制台的边沿，手指不受控制地抖动了起来，他不知道是谁给金辙报了信，或者这根本就是巧合，但他知道金辙在这种时候奋不顾身往五十多艘敌舰中硬闯，一定是为了他和壮壮——根据总统安全条例，遇到这种情况总统舰队的第一要务应该是保卫总统的安全，通知最近的兵站，而不是不管不顾地救援一艘即将毁灭的科研飞船！

"这里是联邦一号，听到请回话！"公共通信里传来一个冷峻的男声，"船上是否还有幸存者？人员伤亡如何？"

"报告总统阁下！"船长激动得都要哭了，"有两名机甲战士阵亡，其他人员均无伤亡！"眼角扫到站在他侧前方的沐，鬼使神差加了一句，"沐院长受了点儿轻伤，正在恢复中。"

"你们的飞船即将毁坏，必须在半小时内弃船。所有人从现在开始立刻登上救生艇，投放目标设为三点钟方向红色运输舰，我们会派机甲战士为你们护航。"对方声音仍旧极为冷静，"保护好伤员和机甲战士的遗体，最后一批人员撤离之前，请务必保证所有涉密物体销毁，资料彻底粉碎。"

"是！"船长大声应道，关闭通信，立刻吩咐手下，"安排所有科研人员上救生艇，战士们分批撤离，让音波率领三台机甲协助总统阁下为大家护航！"众人领命而去，他又转向沐，"您带着孩子们和志愿者第一批撤离，资料交给助手处理。"

"不。"也许是金辙到来的缘故，沐居然彻底冷静了下来，勇气与责任感瞬间回到了身上，毅然决然道，"让我的助手带着孩子们先撤，我带两个研究员去处理药剂和资料。"

"可是您受了伤……"

"我没关系，有轮椅是一样的。"沐倔强起来十头牛也拉不回，二话不说坐上轮椅，打开个人智脑联系壮壮，不顾女儿嘤嘤哭泣，厉声嘱咐她带着弟弟跟着助理先走，自己则带着两个研究员往实验室飞奔而去。

广袤的宇宙中，战斗正如火如荼地进行着，总统舰队虽然只有八艘船，但这八艘船可以说凝聚了整个联邦最为尖端的宇航技术，凝聚了全人类的智慧，因此以一当十，极为悍勇。五艘攻击型舰艇很快便撕开了包围圈接近了科研飞船，十几台机甲先后从各个船舱中飞出，与音波他们四台机甲会合，在红色运输舰和科研飞船之间建立了一条牢不可破的救援通道。

第一艘救生艇顺利飞出科研飞船，在机甲小队的护送下缓缓进入红色运输舰，接着，十艘救生艇一一弹出，上面搭载的人员全部安全获救。

"所有人都安全了吗？"联邦一号宽阔的主控室里，金辙面沉似水，手指神经质地在控制台上点着，"沐院长和他的女儿是否已经到达运输舰？"

"嫣小姐已经获救，船里另一名小孩塔塔跟她在一起。"特勤及时汇报着战况，"沐院长尚未撤出，他在和科研人员一起销毁药剂和资料。"

"他不是受伤了吗？为什么还把他留下来？！"金辙闻言大怒，重重砸了一把控制台，将坚硬的金属生生砸了个坑，"通知他立刻撤退！换个人去处理那些东西……不，所有人撤回，我们临走前轰了那艘船，什么都不给汉尼拔留着！"

"是！"特勤打开通信与科研飞船船长联系，结果那边说沐已经去实验舱了，飞船内部损毁严重，通信屏蔽，联系不到他，只能派人去后面找他，要等一会儿才有消息。

金辙一边听他们对话，一边像头困兽一样在原地来回走动，听说沐和船长断了联系，忽然重重喷了一下鼻息，厉声道："给我准备机甲！我亲自出去接他！"

总统亲自出马显然不符合安全条例，但金辙是谁？全联邦有谁能拦住他凶残的脚步？

连沐都不可能好吗！

金辙亲自披挂上阵，所用机甲是他在军队服役时惯用的"鬣狗"，身形灵活，反应速度极快。特勤一号为了最大限度保证他的安全，作为副驾驶与他一同上机，本来还担心他老人家六十岁高龄的身体承担不住机甲神经元强烈的刺激，但见他轻轻松松就适应了介入，不禁深深感叹总统阁下确实不是凡人。

太空中，战局与之前相比发生了巨大的变化。原本围攻科研飞船的舰艇被总统舰队打出了一个豁口，四五艘战舰受损撤退。但剩下的战舰却并没有显示出惧意，反而进一步围拢，将总统舰队和科研飞船残骸再次紧紧包围。

袭击者之前对单独一艘科研飞船只是围攻消耗，力图生擒，现在面对总统舰队，立刻放弃了这种"温和"的战术，放出大量无人驾驶战机攻击总统舰队的薄弱环节，更放出数十架强攻击型机甲向科研飞船疯狂反扑。

显然，他们已经认出了总统舰队的番号，比之于一艘承载向导秘密的科研飞船，这支象征着联邦总统最高威严的舰队更加值得他们拼死围攻——只要杀掉总统，他们就能令联邦政府陷入恐慌，让联邦军团群龙无首！

于是，除了那几十台机甲，其余敌舰的全部火力都集中在了联邦一号上！

这种情况下，金辙的出马可以说对战局起到了至关重要的作用，在他的率领下，机甲小队迅速组成有效的防护阵型，将之前接应救生艇的运输舰紧紧护住。同时金辙还下达命令，让联邦一号推出底舱中二十架太空战车，由他的近卫队驾驶，攻击敌方舰队的旗舰和护卫舰。

擒贼先擒王！

双方在太空中展开面对面的围攻与反围攻战，金辙在军方摸爬滚打二十余年的优势真正显示出来，八艘战舰在他的调度下硬生生挡住了四十多艘敌舰的正面全力攻击，人数稀少的机甲小队发挥了最大的作用，将科研飞船团团护住，打退了对方机甲兵团的好几波疯狂攻势。

最后一艘救生艇从船舱中弹了出来，金辙松了口气，通过多角通信命令机甲小队："所有人员撤离完毕，准备放弃科研飞船，为总统舰队护航，飞出包围圈！"

各小组齐声领命，金辙从来办事小心，见救生艇飞进运输舰，临撤退前接通了那边的通信，问道："沐院长回来了吗？"

"还没有！"通信中传来舰长焦虑的声音，"刚才那艘救生艇上只有他的两个助手，他们说院长还在里面，正在第八号实验室处理核心实验数据！他们说那里的科研主机使用了军方最新研发的'黑匣子'保密技术，即使飞船被炸毁，承载技术秘密的芯片也不会毁坏。万一落到敌人手中，被他们破译密码，所有技术都会泄露出去！"

"船里还有救生艇吗？"金辙沉声问。

"还有几艘备用救生艇，但船长说之前备用弹射舱被敌舰打中，系统报错，不确定还能不能使用！"

金辙脸色铁青，脸上的咬肌绷得死紧，却一句愤怒的话也没能说出口。备用弹射舱报错，沐就是处理完数据，八成也出不来了，何况他还受了伤……这么说，他已经做好了自我牺牲的准备了。

金辙坐在"鬣狗"驾驶舱内，电光石火之间做出了六十年来第一个冲动的自私决定："所有人员撤退，请国务卿霍伯特先生和副总统、国会主席共同负责，准备启动《联邦总统继任法案》。"

多角通信瞬间静谧，继而传来幕僚长颤抖的声音："您、您确定要准备启动《联邦总统继任法案》吗，总统阁下？！"

"责令国防部长巴隆，独立纵队严令星将，共同维护《法案》运行。"金辙的声音低沉有力，没有丝毫犹豫，"我即将进入科研飞船残骸搜寻幸存者，二十分钟之内如果没有生还，总统舰队立刻撤离，赶往天阙空间港，并启动《联邦总统继任法案》！"

沉重的静默，片刻后通信中传来幕僚长、卫队长以及特勤组长低沉的应答："是！"

《联邦总统继任法案》规定，联邦总统一旦离开其职务，或无法执行总统之职责，将由副总统、国务卿、国会主席及其他内阁成员依序递补，直至本届总统任期结束，再启动正常总统大选，选举出新的总统。

金辙要求顺位继承者共同负责，准备启动《联邦总统继任法案》，说明他已经做好了离开职务的准备，或者说，他已经做好了与沐同生共死的准备。

六十年了，从出生的那一刻起，金辙就被父母赋予了最高的期待，成年以后，他一直遵从父母的遗命，将维护联邦统一当作人生第一要务。他以为自己会一直这样下去，他以为自己六十年来经历过无数血与火的洗礼，早已心如磐石，绝对不会为任何人、任何事物转移。

但他错了。

也许是我老了吧……金辙发布完最高指示，操纵机甲挡开敌舰攻击，艰难地往科研飞船残骸飞去，他做出这样的决定并非一时冲动，而是深思熟虑的结果——当他听到沐身陷残骸，很可能无法全身而退的时候，他第一个直觉反应不是撤离，而是立刻冲进去把沐救出来，或者和他一起死。

人的第一直觉反映了人最直观的欲望，搁在五年前，甚至是两年前，他都不会有这样的想法，但今天，这一刻，他热血冲脑，最强烈的愿望却是和自己苦等了三十五年的向导死在一起。

他老了，不再是那个铁血无敌的战神，不再是那个头脑冷静、能做出正确判断的总统，他的意识，他的身体，都已经无法承载这巨大的压力，不是今天，就是明天，他一定会做出令自己后悔的决定。

与其如此，不如死得其所，他这一生为联邦考虑的已经太多太多了，在生命的最后几年，也许他可以任性一下，自私一下，干上一票冒险的事情。

"鬣狗"机甲冲向科研飞船残骸，尽管金辙发布了"全员撤退"的命令，他的特勤组还是忠心耿耿地维护着他的安全，甚至违背了他的命令，将两台机甲调到他身后，跟着他一起往科研飞船残骸飞去。

"鬣狗"终于接近了残骸，右臂变形，伸出一条长长的救援通道，接驳残骸后舱一个完好的出口。机甲内部，金辙撤去身上的神经元触丝，站起身来："你在这里留守，十分钟内如果我不出来，即刻自行撤退。"

"是！"特勤一号追随他已有六年，对他感情极深，目送他走向升降机，不禁眼眶发红，"请您一定平安归来，总统阁下！"

金辙并起两指在额前一挥，潇洒离开。特勤一号等他进入救援通道，立刻联系跟着他们的两台机甲，命令两名副驾驶即刻尾随总统进入残骸，保卫他的安全，每台机甲仅留一人在外部待命。

金辙从救援通道进入飞船残骸，依靠过人的臂力将变形的金属板一点点撑开，终于深入到了飞船内部，他依据之前看过的飞船内部构造图确定了八号实验室所在的位置，借助一条损毁比较轻微的通风道一点一点往目的地爬去。几分钟后，两名特勤找到了他的行踪，跟着进入了通风道。

只有十分钟时间，这个时间是金辙经过反复估算才确定下来的，总统舰队已经在硬撑了，如果半小时内不冲出包围圈，恐怕就再也冲不出去，所以他得在二十分钟内把沐带回联邦一号。而机甲从残骸返回总统一号大约需要八分钟左右，也就是说他必须在十分钟内把沐从实验室拖出来，弄上"鬣狗"机甲。

我能做到，一定能！金辙快速爬过通风道，不顾破损的金属板划破衬衫，将他的脊背割得鲜血淋漓，以最快的速度爬到了八号实验室上方。身体的疼痛影响了他的意识力，他觉得自己眼底浮上少许红雾，不禁更加着急——他的年纪已经太大了，长期使用抑制剂让他的自我调节能力很差，稍微严重一点儿的外伤就能引起意识云波动，甚至于引发狂躁症。

"沐！"金辙掏出射线枪切割通风道的金属壁，一边大声喊着沐的名字，他听到实验室里传来微弱的回应，依稀是沐熟悉的声音。

"砰"的一声，切了一半的金属壁被他一脚踹开，金辙撑着边沿跳入实验室，发现这里已经损毁大半，主机变形，冷却器破裂，里面的干冰迅速挥发，整个空间都弥漫着浓郁的二氧化碳。

"沐！"金辙戴上滤镜，透过白雾寻找沐的踪迹，忽听头顶侧上方传来一个惊讶的声音："总统？！"

金辙心头狂跳，一抬头便看见沐趴在高处一根粗壮的冷凝管上，正目瞪口呆地看着他。

"快下来，我带你走！"这个时候金辙已经无暇顾及融合热的问题了，一个加速跑冲向金属壁，脚尖在垂直的墙面上轻轻一点便跃上了冷凝管，将沐拦腰一抱，从上面救了下来。

"你腿怎么样？还能走吗？"金辙大声问。

沐憋着气点头，哑声道："能走……门变形了，打不开，二氧化碳泄露，我只能爬到高处尽量呼吸……氧气不够用了，得马上离开这！"

"我们走。"金辙顾不上和他再说什么，抱着他双腿往上一递，将他推进通风道，自己跟在他后面也跳了进去，两人一前一后往机甲守候的出口爬去。

狭窄的通风道，直径只有半米见方，即使是沐这样消瘦的身材，在里面也几乎能将管道塞满。他奋力往前爬着，用尽全力控制着自己的身体，不让自己发散信息素，但他和金辙的相容度实在是太高了，不过数米之后，他就崩溃地发现自己根本无法抑制本能，只能任由向导信息素一点一点从自己全身的毛孔里渗透出来。

金辙就跟在沐身后不到二十公分，他不敢离沐太远，他知道他们离得近了会发生融合热，但他更怕中途可能会出现的意外，万一金属壁受到外力忽然变形，或者起火，他必须第一时间保护他的向导！

这样的结果导致他们的信息素疯狂地散发出来，互相影响彼此，短短十几米通风道，他们花了近三分钟才爬到临近出口的地方。

沐满身大汗，水滴沿着下巴砸在管壁上，发出轻微的声响。金辙偶尔一抬头，能看到他后颈湿透的发梢，透明的水渍在他光洁的皮肤上反射着几不可察的微光。

金辙自己也不好受，融合热对身体强壮的异能者作用最为强烈，他甚至能感觉到自己的每一根肌肉纤维都在充血和颤抖。

"总统阁下！"刚刚爬进来的特勤听到了他们的响动，大声喊道。

金辙立刻道："我在这里，我已经找到沐院长，你们退后，让我们出来！"

"是！"两名特勤大喜，立刻退出了通风道，在入口处等着接应他们。

就在这个时候，守候在外面的机甲通过多角通信传来警报："快！快撤出来！敌舰派出大型舰艇压上来了！我们要顶不住了！"

金辙听到耳廓内特勤一号焦虑的声音，心中一紧，伸手握住沐的脚踝，用尽全力将他往前一送："走！"

沐被一股大力推动，整个人顺着凹凸不平的通风管蹿了好几米，一头从出口栽了下去，两名特勤立刻扶住他平安落地。通风道里，金辙脚下没有踩稳，因为推动的反作用力，反而往后落了一米，他双手紧紧扳住金属壁，刚要往前继续爬，忽觉身下一轻，通风道在他腰部的地方发生了断裂，轰隆一声裂成了两截。

断裂的通风道往下倒去，形成一个陡峭的斜坡，金辙疾呼一声，双手抓着管壁想要固定身体，却无法抑制下坠的冲力，手一滑，整个人从裂口滑了出去，摔进了损毁的动力舱！

"吼！"他的巴巴里狮子发出沉痛的闷吼，震得守候在外面的特勤心惊胆战，异口同声大叫："总统！"

金辙摔在动力舱一扇巨大的涡轮叶片上，右臂被叶片狠狠切入，痛彻心扉，他忍不住痛呼一声，继而强忍疼痛，抱着肩膀将胳膊从叶片上硬拔了下来。殷红的血液顺着伤口喷了出来，溅了他一身一脸，他动了动手指，发现只有拇指轻轻颤了一下，其他手指都像是脱离了他的身体，丝毫不听使唤。

骨头、肌腱和神经都断了……金辙心中一凉，感觉自己的意识云因为这巨大的创伤而翻涌不定，眼底浮上红潮，大脑中一波一波的狂躁正袭击着他的理智——他要发狂躁了！

"带着院长立即撤退！"金辙用残存的意念接通智脑，所幸他的左手还是健全的，"我被涡轮卡住了，无法出去，时间不够，你们也不必来救我，启动《继任法案》，请副总统阁下务必守卫联邦，粉碎汉尼拔想要分裂人类的阴谋！"

说完，他切断了通信，抱着血流不止的右臂静静躺在叶片上，不再和任何人联系。

他有很多很多话想要对沐说，但他知道不是时候，沐是个面冷心热的人，此时此刻他任何一句话都有可能把沐拉下来，和他一起死。

一起死，这个想法有种残酷的甜蜜，但他不能让它变成现实。他从来没有像这一刻这样庆幸过，他还没有标记他的向导。

他要死了，他的向导和他的女儿还能平安地活下去，对于一个异能者来说，人生最大的幸事，莫过于此。

金辙阖上眼帘，掩住眼底弥漫而出的红雾，静静等待着生命最后一刻的到来。

"嗷呜——"他的巴巴里狮子发出一声垂死的哀嚎，庞大的身躯穿过凌乱的残骸，因为狂躁而红雾弥漫的双眼眷恋地看了一眼沐，然后义无反顾地转身，从通风道断裂的缺口里跳了下去。作为高维生物它可以突破维度界限逃出废墟，却无法拯救自己的主人，只能和他一起死去。

通风道尽头，两名特勤听到金辙的最后命令，同时浮上痛苦的神色，但他们是训练有素的联邦军人，在危急时刻必须遵守上级命令，一左一右去扶沐："院长先生，总统阁下请您先走！"

沐瞪着眼睛，像石化了一样呆立在那里，直到他们碰到他的衣袖才猛地醒悟过来，哑声道："不，你们走，我去救他。"

特勤对视一眼，默然叹气，强行架住他的胳膊："请您配合我们，院长先生，总统阁下在来救您之前就通知副总统准备启动《继任法案》，请您务必遵从他的遗命。"

"不！放开我！"听到"遗命"二字，沐心头传来锥刺一般的剧痛，猛地挣开特勤，厉声道,"你们无权强迫我遵从他的命令,我不是他的下属!放开我!"

"请您理智点,院长!"一名特勤忍无可忍地吼道,"您以为我们愿意放弃总统阁下吗?他是为了救您才被涡轮卡住的,他现在已经爆发了狂躁症,即使我们下去也救不了他,您下去会被他撕成碎片的!"

所有人都红了眼眶。金辙虽然脾气大,要求严苛,但他为联邦做出的努力令周围的所有人都对他极为尊敬,要不是他下了死命令,谁也不愿意放弃他离开这里!

"不,他不会伤害我。"沐一眨不眨瞪着双眼,缓缓摇头,一滴眼泪抑制不住从眼角滑下来。他努力深呼吸,声音却仍旧像是风中的树叶,抖得不像话,"你们走吧,我下去找他,他是总统,不应该这样不堪地死去,不应该被狂躁症杀死……我要陪着他。"

说着,沐忍不住哽咽着哭了起来,他这辈子都没有像这一刻这样脆弱过,他觉得他人生五十多年所坚持的一切都像镜花水月,毫无价值,不值一提!

他后悔没有在三十五年前让金辙标记了他,他宁可跟他一起被流放,像默默无闻的囚徒一样在荒僻的矿山度过余生!他后悔没有在两年前接受金辙的建议,他宁愿那时候自己放弃事业,像个影子一样守护在他的身边!他后悔刚才没有跟金辙一起从断口掉下去……

沐像个孩子一样泪流满面,他拨开特勤的手,低声但清晰地说出了自己压抑了三十五年的心声:"我是他的向导,我必须和他在一起,他死了,我无法独活。"

在特勤震惊的目光中,他强迫自己的量子兽显出本形,橙红色的伊卡鲁幻色蛱在幽暗的飞船废墟中翩然飞舞,像一个不真实的梦。它绕着沐的肩膀飞了一圈,在他的指示下穿过凌乱的残骸,飞进了金辙掉下去的断口。

"请转告我的女儿嫣。"沐擦了擦脸上的水渍,跟着他的蝴蝶往断口走去,"她有两个爸爸,一个是沐,一个是金辙,无论我们在哪个世界,哪个时空,都会一直一直爱着她,祝福她,请她为了我们快乐地长大,坚强地活下去。"

刹那死寂,敌舰的轰鸣、残舰的哀嚎、机甲的催促……一切声音都被一种无形的力量屏蔽。两名特勤如木桩一般站在废墟之中,看着沐瘦削的身影一点点消失在黑暗里,良久才回过神来。

"怎么办?"一名特勤问同伴。

同伴摇了摇头:"来不及了,我们的舰队不可能坚持到他把总统救上来,总统之前设定的时限还没有到,《继任法案》实施之前他还是总统,我们必须遵守他的最高指令。"

特勤默默点头,两人一前一后往机甲所在的出口跑去。

五分钟后,倒计时开始,总统舰队撤回所有机甲,开始向敌舰包围圈冲击。一小时后,他们艰难地冲破了对方的封锁,甩开追击,启动曲率推进飞向天阙空间港。

同一时刻,霍伯特遵照金辙的遗命,启动《联邦总统继任法案》,宣布由副总统暂代总统职务。严令率领独立纵队"星槎"舰队奔赴总统遭袭的民用港口,寻找总统和沐院长的遗体。

遥远的阿尔法阵线,返回星核的"天槎"巡航舰队,金轩收到霍伯特的公函,像个石像一样站在控制室的舷窗前,既没有发疯,也没有哭喊。半个小时以后,他平静地吩咐导航员:"继续返航,任何人不许将总统和沐院长遇袭的消息告诉我的全职军医,违者军法处置!"

紧接着,他通知留守大本营的小型舰队,命他们将星核上所有的家属和后勤人员撤往天阙空间港,又通知留守各个空间堡垒的大型舰队,即刻整装集合,包围"月槎"舰队在阿尔法阵线的所有基地,务必一个散兵都不要放出去!

星历 858 年末,人类历史上最大的分裂战争,徐徐拉开帷幕。

Chapter 33
总统和院长

岌岌可危的飞船废墟。

制氧系统苟延残喘，勉强维持着氧气饱和度，不时有炽热的风从破损的舱壁吹进来，刺鼻得令人窒息，只有重力系统还在顽强地运转着，却给沐的行动带来巨大的麻烦。

沐的左腿带着伤，即使在平坦的地面行走也十分困难，在这样崎岖不平的废墟中一路下行，简直难如登天。他硬撑着越过一重重坍塌的金属壁，拖着伤腿爬到了断裂的通风管上。这节管道一头还连着风机，另一头跌落下去，搭在动力系统冷却装置的涡轮上，金辙，就被卡在某个涡轮叶片的中间。

"金辙！"沐双手抓着通风管，探头嘶声大喊金辙的名字，回答他的却只有嘈杂的噪音。长久的跋涉让他有些脱力，手指几乎抓不住管道上的凹陷，他大口大口喘着粗气，忽然在纷乱的噪声中听到了一声嘶哑的狂吼——那是金辙狂躁发作发出的呐喊！

"金辙！"沐大喊一声，眼一闭心一横，双手一松，整个人沿着几乎垂直倾斜的通风管往涡轮上滑去！

粗糙的管道摩擦着他单薄的衣物，衬衫后背很快破裂，皮肤刮在金属上又烫又疼，裤子也被不知道哪里冒出来的铆钉刮破了，尚未愈合的伤口烙在滚烫的金属板上，简直能嗅到蛋白质被烤熟的气味。沐咬牙强忍痛楚，"砰"一声摔在一片巨大的涡轮叶片上，撞得五脏六腑都搅成了一团。

"咝……"沐忍不住倒吸一口凉气，但事情还没完，因为叶片并非水平，而是有一个倾斜的弧度，他落地后在冲力的作用下沿着斜面滑了下去，差点掉到下面的动力源上。

"啊！"沐大叫一声，手忙脚乱在四周乱抓，好不容易抓住了叶片边缘一块翘起的金属片，虽然手掌被割破，但下坠的趋势却稳住了，整个人在叶片上趴了下来。

涡轮在他的带动下转了半圈，停住了，他小心翼翼爬起来，发现四周一片黑暗，几乎什么也看不清，只好闭上双眼，改用意识力探查四周，寻找金辙的下落。

"吼！"一声熟悉的吼声在侧后方响起，沐大喜，猛地转身："金辙！"

一只巨大的巴巴里狮子向他飞扑过来，双眼泛着通红的光，淡淡的红雾从眼角溢出来，像血一样染红了皮毛。它显然已经筋疲力尽，扑到一半就失去了力气，颓然跌落在旁边一个电机上，喉咙里发出疯狂而可悲的哀鸣："呜呜……嗷呜……"

"金辙！金辙是你吗？你在哪儿？回答我！"沐手脚并用爬下叶片，拖着伤腿爬过电机，到达动力舱边缘的一小块平地。通过意识力，他"看"到一个微弱的亮点正在墙角附近徘徊，应该就是金辙。

"金辙？"沐轻声叫金辙的名字，犹豫着不敢走过去，从巴巴里狮子的状态看，金辙的狂躁症已经发作得相当厉害，万一他压制不住，很可能被金辙不小心杀死——异能者的力量太可怕了，向导的身体在他们面前简直比稻草还要不堪一击。

听到他的呼唤，角落里的黑影动了一下，两只通红的眼睛慢慢张开，像地狱的火一样跳动着，往他的方向看来。

"金……"沐试探着向他走去，一边走一边唤他的名字，然而一句话还没说完，金辙忽然发出一声野兽一般的号叫："吼！"紧接着，魁梧的身躯便一跃而起朝他猛扑过来！

沐不敢后退，他站在金属平台边缘，退一步就是深渊，下面是燃烧的动力源。他也不敢让开，因为金辙正在狂躁，万一扑过来刹不住车，很可能会掉到下面去。电光石火之间，他无暇思考更好的办法，只能迎上一步，硬着头皮用身体挡住金辙的飞扑。

"砰"的一声，沐一个倒仰摔倒在地，脊椎发出艰难的咯吱声。金辙魁梧的身体狠狠压在他身上，几乎将他肺部所有的空气都挤了出去！

窒息感瞬间便攫住了沐的意识，他用颤抖的胳膊勉强撑起金辙的身体，总算缓过来一口气，强忍后背剧痛，哑声安慰道："没事了，没事了……"说着张开双臂紧紧抱住了金辙滚烫的身体。

隔着衣物，沐感觉金辙的心脏正疯狂跳动，那是狂躁症重度发作的表现，他一定是受了什么重伤。

伤口呢？在哪里？沐摸到金辙的右臂，和他高热的身体不同，这条手臂明显温度偏低，像是有些供血不足。沐摸索着找到了他的右手，握住他虎口捏了一下，没有任何反应，心中不禁一沉——他的胳膊断了！

沐轻微的检测动作给金辙带来一阵锐痛，他焦躁地吼了一声，左手抓着沐的肩膀将他在地上狠狠一掼，发出"咚"一声闷响。沐被他掼得后背剧痛，胸口发闷，双手挣扎着撑住他的胸口，道："别、别动，冷静点儿，金辙，是我，我是沐，我会救你的。"

他在声音中用上了一些暗示，虽然这种暗示对重度狂躁状态的异能者来说作用非常微弱，但多少能起到点儿效果。果然，听到他的话，金辙稍微平静了一些，虽然鼻息依旧粗重，但抓着他的手指微微放松了一点儿。

"别怕，我会救你的……"沐柔声安抚着金辙的情绪，在黑暗中向他说，"我不会让你就这样死去，你是联邦的王者，全世界最伟大的人，就算死，也要死得体体面面。"

金辙喉咙里发出艰难的"咯咯"声，在人性与兽性之间纠结徘徊。沐抬手抚摸他的面颊，忍不住气息哽咽："对不起，我害了你两次，每次见面，都是这样不堪的情景，对不起……"

浓郁的向导信息素源源不断从沐的身上散发出来，这次他没有压抑自己的本能，放任自己向百分百相容的异能者发出请求标记的邀请。

金辙的鼻息急促起来，带着血腥味的身体渐渐散发出单薄的异能者信息素，他失血太多，身体太弱，即使沐用尽全力诱导，也只能反馈出微弱的回应。

但这已经够了。无边的黑暗中，他们的信息素在污浊的空气中相遇、碰撞、融合，渐渐焕发出令人心悸的气味，很快，融合热被最大限度地激发了出来，缓缓地，将他们团团包围。

"不要伤害我，和我精神融合吧。"沐通过思维通感向他发出恳求，"我是你的向导，我等了你三十五年……"

四周一片黑暗，沐看不清金辙的面孔，但他知道金辙一定看清了自己，他牵着金辙完好的左手按在自己左胸，向他表示自己的臣服："我发誓，我今后再也不会伤害你，躲避你，离开你。我会永远永远追随你，照顾你，安慰你。"

哪怕我们的"今后"可能只有几十分钟那么短暂，哪怕我们的"永远"很快就要定格在生命的最后一刻。

三十五年的等待，异能者的本能……终于，金辙在极度狂躁之中短暂地找回了自己的理智，艰难，但无比坚定地与自己守望了半生的向导建立了精神融合。

Chapter 33
总统和院长

残破的废墟，闷热的动力中心，千疮百孔的飞船外壁不时被炮火打中，发出震耳欲聋的轰鸣。残骸在颤抖，地面在摇晃，涡轮叶片不时被晃动，中轴发出艰涩的咯吱声。亮橙色的蝴蝶在污浊的空气中翩然翻飞，找到倒在电机上的巴巴里狮子，背起双翅停在它面前，通过量子兽之间特有的精神共鸣呼唤它，请求它和自己建立精神融合。

巴巴里狮子挣扎着抬起头颅，赤红的双眼看着一尘不染晶莹剔透的伊卡鲁幻色蛱。蝴蝶澄净的颜色如朝霞般绚烂，充满生动的力量。它积蕴了五十多年的精神力像大海一样浩瀚，像冰川一样冷静，一点点渗透进巴巴里狮子的精神世界，温柔地抚慰它暴躁的灵魂。

狮子眼中的红雾渐渐散去，暴戾的眼神平和下来，温柔地注视着专属于自己的精神向导，伸出前爪小心翼翼触摸这精致的精灵。伊卡鲁幻色蛱扑闪着翅膀飞了起来，绕着它的头颅缱绻无比地转了个圈，最后停在它的耳朵上，安静地趴了下来。

飞船残骸遭遇了最后一波打击，彻底安静下来，外面的炮轰声停止了，像是所有的敌人忽然消失无踪。残骸深处，动力源的火却烧得更旺，细碎的火苗从金属底板的裂缝中冒出红光，将黑暗的空间照得忽明忽暗。

平台上，异能者与向导的精神融合已经完成，金辙失血过多，体力不支，融合之后狂躁再次泛了上来。沐伤口剧痛，却硬撑着伸出思维触手，通过刚刚建立的牢固的通感伸入金辙的意识云，精准而轻柔地熄灭他脑海中的怒火。

渐渐地，金辙眼中红雾消散，黑眸怔怔看着满脸汗水的沐，微弱的火光中，朝思暮想了三十五年的那张脸清晰得像一场梦一样，他甚至不敢眨眼，生怕一不小心，就会从梦中惊醒。

"金辙。"沐的嗓音十分沙哑，含着勘破生死般的喜悦。

"真的是你……"金辙百感交集，热血上涌，堪堪说出了四个字，忽然头一晕昏了过去。

沐趴到他胸口，听到他虚弱但平缓的心跳，悬着的心终于放了下来，跪坐在地上长长舒了口气。趁着逐渐明亮起来的火光，他开始检查金辙右臂的伤势，那里应该是被利物用力劈开的，伤口很大，肌肉、骨头和筋腱全部断裂，血液流了不知道多少。所幸金辙是强异能者，身体好，自愈力强，才没有失血过多而死。

截肢是必须的了，这么差的环境，伤成这样断肢肯定保不住。沐心疼得要命，但他是医生，必须在第一时间做出准确的判断，如果再任由金辙拖着断臂拖延下去，很可能会导致死亡……好吧，就他们目前的情况看这应该是免不了的。

但沐毕竟是沐，面对伤患，即使是再危急的环境他也能平心静气地努力到最后一刻，这是一名医生最基本的操守。

外面的炮声已经停了，说明总统舰队已经离开，飞船破成这个样子，救援舰队都走了，敌人肯定不会再进来找人，最多等氧气耗尽，火势彻底熄灭以后派探针和搜索机器人进来找资料、找芯片，于是他们应该还有几个小时可以转圜……沐想通了一切，爬起身来，拖着伤腿沿一道金属梯爬上了动力舱工作室。

这是一间只有二十来个平方大小的舱室，因为机组人员撤退前密闭工作做得比较好，舱里氧气充足，一切设施都没有损伤。沐打开医药柜，幸运地发现治疗箱还在，里面所有的东西都是完好的，犹豫了一下，他决定把金辙弄上来在这里做手术，下面的环境太坏了，氧气不足，温度又高，还弥漫着各种灰尘和有毒气体。

但是他怎么才能把体重几乎是他两倍的异能者扛上两层楼这么高？

就在沐一筹莫展的时候，飞船残骸震动了一下，接着他神奇地发现这里的重力开始降低了！

一定是重力模拟系统发生了故障！沐从没有像这一刻一样庆幸这艘船坏得这么快，他跛着腿蹦蹦跳跳走下金属梯，又等了大概三分钟，等重力加速度降到了差不多之前的一半，立刻将金辙沉重的身体背了起来，一步一步挪到了动力舱工作室。

明亮的灯光下，沐才彻底看清金辙伤得到底有多重，他的脸简直像死人一样白，断臂泛着青灰的死色，全身的血液怕都要流光了，只有心脏还在微弱地跳动。

会好的，会好的，他会好的……沐不停地暗示着自己，用剪刀剪开金辙破烂的上衣，用大量生理盐水清洗他上身的血渍，然后拿出治疗箱里的麻醉剂，打进他断臂的伤口。

这种伤普通麻醉剂是起不了多大作用的，按理应该使用深度全麻，最少也应该是硬膜外麻醉，但沐没有多余的药物，只能把一切都寄托在金辙的耐受性上——强异能者的生命力是非常顽强的，以金辙的年纪，在有向导的情况下不过算是中年而已，正是体能最充沛的时候。

挂上替代血浆，沐正式开始手术，他要在尽可能短的时间内切断金辙整条右臂和肩部相连的部分，处理断骨、肌腱和血管，为将来装生物机械臂预留最佳状态的接口。他不知道他们还能不能活过下一个小时，他只知道他必须在这一分、这一秒，最大限度地保护他的异能者，做到最好。

没有助手，没有仪器，没有设备，甚至连最基础的无影照明都没有，沐全凭出色的经验和过人的直觉，在金辙的断臂上细心地工作着。不管之前有多么害怕，多么激动，站到手术台边他立刻就恢复成了那个冷静、果断的医学院院长，身体的不适、左腿的钝痛，都被他完美地摒弃在了意识之外，他所有的注意力都集中在了自己那双价值八千万联邦币的手上。

切断、缝合、清洗……沐像微雕艺术家一样小心翼翼处理着金辙的伤口，半个小时之后，他长长舒了口气，完美收官。

金辙的右臂被整个截了下来，沐擦了擦额头的汗，轻轻抚摸那只三十五年前曾经拥抱过他的手臂，从今天开始，金辙就要失去这只手臂了，以后他只能用另一只手臂来拥抱他，保护他……如果他们还有以后的话。

沐心中酸涩不堪，回头却又安慰自己至少保住了金辙的性命。他给金辙量了血压，将替代血浆撤掉，搬了一把椅子坐在金辙身边，轻轻牵起了他完好的左手。

太累太困，沐嗅到金辙身上熟悉的气息，控制不住打了个盹儿，再醒来的时候却发现一双黝黑的眼睛正注视着他——金辙醒了。

"你醒了！"沐惊喜莫名，揉了揉眼睛，站起身来，"伤口痛吗？为什么不叫醒我……"一边说着，一边打开治疗箱，拿出一支镇痛剂打算给他注射。

金辙张了张嘴，嗓子太哑，说不出话，自然而然使用了意识通感："不，不疼。"

沐一愣，有些不习惯这种有人在他大脑里说话的感觉，扶着金辙的脖子给他推了一针镇痛剂，又用干净的针管给他喂了一点儿葡萄糖，道："疼痛会持续几天，骨痛最难忍，用点儿镇痛剂比较好。放心我会控制药量，不会让你上瘾。"

金辙一瞬不瞬地看着他的脸，眼珠随着他的动作追着他转，整个人有一种梦幻般的表情，像是根本不相信这是真的，直到眼角扫到自己的断臂，神情才稍微颤动了一下。

"伤口太大，这里没有仪器和药物，我接不回去。"沐轻轻握住他的左手，安慰地摸他手心，"别担心，伤口我处理得很好，将来装生物机械臂，对生活没有任何影响。"

金辙看着他的眼睛，眼神渐渐流露出柔软眷恋的神情，喉结动了好久，才勉强说出两个沙哑的字："很丑。"

断臂创口离肩部只有不到十公分，看惯了外科伤患，沐并不觉得有什么丑的，但视线扫过金辙强壮的胸肌，轮廓分明的腹肌，以及修长有力的左臂，才意识到失去一只手对他来说是多么遗憾的事情——他的身材太完美了，即使人过中年，依旧十分傲人。

"并不。"沐忍不住嘴角微翘，淡淡地说，"你依旧完美。"

一丝虚弱的微笑自金辙刚毅的嘴角荡漾开来，浅淡而真实，他渐渐收拢左手五只手指，将沐修长细瘦的右手紧紧握在掌心："你不嫌弃就好。"

沐胸口升起一股热气，堵得他说不出话来，良久才强忍住发酸的眼眶，哑声道："怎么会。"

默然对视，无需任何语言，连思维通感都变得那么多余，他们就这样深深地看着彼此，便读出了对方内心最最真实的心声。

"我会带你出去的。"金辙忽道。

沐一愣，虽然觉得他应该只是安慰自己而已，还是十分信任地点了点头。

两人相视一笑，本来各自都做好了为对方牺牲的准备，经过精神融合，内心忽然莫名充满了勇气和力量，于九死一生之中，依稀看到了希望的光。

飞船残骸正在燃烧，动力中心温度越来越高，即使身处工作室当中，也感觉十分灼热。制氧系统虽然还在运行，但明显已经力不从心，四周的空气正变得越来越稀薄。

这种大型飞船，毁成这个样子怕是撑不过一两个小时。金辙失血过多，头晕目眩，却不敢休息太久，等镇痛剂发挥作用，骨痛稍微减轻了一些，便道："扶我起来。"

沐欲言又止，作为医生他不能让一个重伤患在这种时候活动，但作为向导他不能违背异能者的命令，犹豫了一下，还是扶着金辙的后背将他推了起来。

金辙一阵眩晕，扶着沐的手坐在床沿上默默运气，眉心忽然一皱："你手怎么了？伤着了？"

"一点儿小划伤。"沐展开掌心，一道清浅的伤口横过手掌，是之前被涡轮叶片划的，大概是太紧张了，竟一直没觉得疼。

他不疼，金辙可是要疼死了，比自己断了胳膊还要疼。他胳膊没了可以装机械臂，照样当他的总统，沐可是外科医生，双手金贵无比，无可替代，一点点损伤都有可能影响他的职业生涯，急道："赶快处理一下，落下疤可怎么办？以后会影响做手术……"

"没关系，伤口不深，疤痕不会很严重。"沐早就想通了，倒是没什么可惋惜的，他已经暴露了向导的身份，将来不可能再在外面工作，拿手术刀的机会应该不多了。

人生总要有所取舍，在命运面前，这都是没办法的事情。

金辙感受到他的意识云波动，瞬间便了解了他的想法，捧着他的手一时有些沉默。

沐微微一笑，反过来安慰他："联邦正面临危机，多一个医生少一个医生差别不大，多一个总统少一个总统，却是至关重要。我曾经努力的一切，归根结底还是让向导更自由，让联邦更稳定，我们殊途同归，将来……将来建立GLT契约，我们同为一体，没必要为这些小节惋惜。"

金辙看着他磊落坦荡的黑眸，心中感慨万千，深深觉得自己这辈子真是捡着了一个莫大的宝藏，别说等三十五年，就算等到死，都是值得的。

有些话没有必要说出口，只要努力坚持，让对方看到自己的行动就够了。肩头同时压着两个人的理想，金辙却一点儿也不觉得沉重，反而充满了无尽的力量，深吸一口气，撑着沐的胳膊站到了地上。

失去一条手臂，身体本就有些不大平衡，何况这里的重力加速度已经掉得七七八八，金辙扶着沐的手在舱室里走了两圈，勉强适应了一些，只是额头豆大的汗珠噼里啪啦往下掉，显然极为辛苦。

沐给他擦汗，他伸着脖子乖乖让擦，擦完了自嘲地叹气："老了。"

能在断了一只手的情况下这么快就恢复过来，即使年轻的异能者也很难做到吧？沐头一次对总统阁下的野兽一般的恢复力叹为观止，听他这么说不禁一哂。又问："想吃东西吗？"

金辙迅速收敛神思，道："这里有什么吃的？"

"有水和营养素。"沐将他扶到椅子上坐下，打开小冰箱，里面有些工作人员留下的食物，营养素和维他命水什么的，统统拿出来端过去，"尽量多吃点儿吧，你失血太多了。"自己坐到一边，拿药箱里的东西处理手心和腿部的伤口。

金辙帮不上他什么忙，也不跟他客气，飞快吞下去四人份营养素，两瓶维他命水，擦擦嘴："饱了！"

沐对他风卷残云一般的进食速度叹为观止，看来总统阁下非但有野兽一样的恢复力，更有野兽一样的胃口……不过看着金辙脸色恢复了两分红润，他心里还是十分高兴的，对金辙一笑，打开一袋营养素慢慢地啜吸。

金辙十分稀罕他这种临危不乱、淡定自如的性子，伸手用拇指擦了擦他鼻尖一块黑灰，道："别着急，慢慢吃，我等你。"说完撑着桌面站了起来，摇摇晃晃走到动力源控制台前，单手将挡板拆了下来，弯腰观察里面嗡嗡运转的主机。

"你要干什么？"沐放下营养素跟过来，"我能帮什么忙吗？"

"能啊。"金辙微笑着道，"多吃点儿东西，保存体力，一会儿好跟我跑路。"说着将他的身体拨得转了半圈,"去吧,我只是动点儿软件,一个人应付得来,要你帮忙自然会说的。"

沐懒得矫情,既然他说不用,也就不勉强了,回到桌前继续去吃东西。金辙打开主机后台控制面板,通过残存的网络登录进飞船主控系统,飞快检查着各个模块的受损情况。不查不知道,一查吓一跳,飞船动力源即将焚毁,制氧机还能撑大半个小时,控温系统正在崩溃……重力模拟装置倒是还在运行,但这玩意现在对他们来说没有任何意义。

看来必须尽快离开这里,金辙打开逃生系统,发现主弹射舱是空的,所有救生艇都已经放出,备用弹射舱倒是有三艘逃生艇还在,但弹射装置坏掉了,根本弹不出去。

好吧,无论如何还有三个救生艇可以利用,金辙接通外部监视装置,在控制台上投影出一个球面全息屏,看到围攻他们的舰队尚未离去,只是数量减少了一半,不知道是被总统舰队打残了,还是已经撤退了一部分,留下一小部分在这里准备清场。

将视角调到最远,金辙看到了离他们最近的一个人工建筑,就是之前被敌舰轰烂了一大半的民用港口。

一个逃生计划迅速在脑海中成形,金辙操纵主控系统关闭多个舱室的氧气输送,将他们所在的这间工作室设为首选供氧单位,然后重新分配了控温机制,把这里的温度设到二十五摄氏度。几分钟后,四周的氧气明显充裕起来,温度也变得十分舒适,沐惊讶地四下看看:"你怎么弄的?"

"一点儿小魔术。"金辙得意地挑眉,指着全息屏幕道,"敌舰还有一部分没有离开,我估计他们很快就要派人或者探针进来清场了,我们就藏在这个工作室里,这里离燃烧的动力源很近,他们的主要目标是实验室和主机,应该不会对这里查很严。等他们离开我们再想办法出去。"

沐看着监视图像,诧异道:"出去?去哪里?"

"那儿。"金辙指了指那个残破的民用港口,"大气保护罩还开着,说明那里还有没被毁掉的设施和幸存者。我们先想办法去那里,然后找线路联系总统舰队,或者附近的兵站。"

这倒是个可行的计划,只是……"我们怎么才能到那里?"

"用救生艇。"金辙说,"备用弹射舱有三艘救生艇可以用,只是弹射口出了故障。一会儿等敌舰离开,我们过去看看,如果能修好那就最好了,如果不能,就想办法临时给救生艇装个推进器，然后把舱门炸个洞，直接冲出去。"

总统脑洞太大了……沐觉得他每一步计划听上去都是可行的，就是执行起来十分九死一生。不过不管金辙多么不靠谱，这种时候他也没有更可以靠的谱了，只能点头："好。"

不出金辙所料，几分钟后敌舰便放出了上百枚探针进入飞船残骸，搜寻生命特征，不过大多数探针都聚集在后舱、实验室和主控室内，飘到动力舱的只有零星几个。因为金辙对他们所在的工作舱做了信息屏蔽，所有探针都没有发现他们的踪迹。

探针搜查十分钟之后，敌舰派出了两台触手型搜救机甲，将主控室和实验室的主机拆出来拖走了，还带走了一部分没有销毁掉的药剂。金辙通过监控看到了外面的一切，询问地看向沐，见沐摇头，便知道那些东西都被他处理过了，没有泄密的危险。

触手机甲离开之后，敌舰并没有立刻撤走，而是派了一艘小飞碟过来，沐看着监控，有些不解："这又是什么？"

"意识清洗。"金辙眼睛眯了眯，"有向导在飞碟上，他们要最后确定一遍残骸中有没有幸存者。这是军方惯例。"

"军方惯例……这么说他们是军方的人？"

"不然呢？"金辙冷笑，"除了军方，还有什么人能拥有这样规模的舰队？"

一阵强烈的意识震荡急速袭来，沐立刻建立思维屏障，将他和金辙的意识云隐藏起来，所幸对方向导的攻击力并不很强，轻易就被他挡了回去。小飞碟在废墟附近绕了一圈，撤走了。又等了几分钟，敌舰开始撤退，与此同时，飞船主控系统也开始报警，提示制氧机停止运转，控温系统失灵，所有乘员必须立刻弃舰。

"我们走吧。"金辙打开壁柜，里面是机组人员配备的简易宇航服，"但愿这玩意能让我们从这里走到救生艇弹射舱。"

"尽人事听天命吧。"沐行医数十年，生生死死看得多了，经历过刚才那几个小时的大起大落，已经对能不能活下去没有太大的执念，帮金辙穿上宇航服，细心地调整好搭扣，又收拾好了自己的装备，说道，"走吧。"

金辙用仅剩的胳膊抱了抱他，而后戴上头盔，调整好氧气，打开工作室舱门飘了出去。

外面一片狼藉，没有氧气，动力源彻底熄火，动力舱温度降至零下，除了四处飘飞的火灰和尘埃，就只有冷凝管上挂着的冰溜子。金辙到底是军人出身，习惯独臂之后很快便适应了失重行走，见沐飘来飘去有些步履蹒跚，用一根连接带将他和自己的腰带栓在一起，拖着他往弹射舱的方向走去。

四处都是扭曲变形的金属壁，坍塌的管道将走廊堵得一塌糊涂，好在金辙出来之前便调动飞船上残存的内部摄像头将路线设计好了，还带了切割工具，在沐的帮助下走走切切，半个钟头之后终于到达目的地。

弹射舱情况比想象的要好，硬件没有损坏，救生艇弹不出去只是因为弹射口的控制程序崩溃了，金辙松了口气，打开个人智脑接驳弹射装置，将程序重新启动了一次，便恢复了正常。

"好了，可以走了。"计划一步步顺利施行，金辙心情十分轻快，打开救生艇舱门，做了一个优雅的"请"的动作，"请您上船吧，尊敬的院长。"可惜因为穿着笨重的宇航服，姿势十分滑稽。

沐忍俊不禁，手脚并用爬进救生艇，道："谢谢您，总统阁下。"

"嘿嘿。"金辙跟着笑了起来，钻进救生艇坐到他旁边的椅子上，关闭舱门，摘下头盔，"准备好了吗？要出发了！"

女王大人一挥手："出发！"

金辙将弹射目标设定成民用港口所在的坐标，启动弹射装置，一阵轻微的震颤之后，前方弹射口打开，推进器"嗡"的一声，救生艇像出膛的炮弹一样冲出了科研飞船废墟，往港口疾飞而去。

短暂的失重感过后，沐透过透明舱盖看到外面浩瀚的星空，芝罘链星云反射着恒星的光芒，像一根细长的玉带横跨视野，半毁的民用港口就在他们正前方，残存的灯光像灰烬中的火星一样闪烁挣扎，虽然暗淡，却是他们死地求生的唯一的希望。

一个小时之后，救生艇开始减速，穿过一个开放的登陆口，平稳地降落在一个残存的船坞里，金辙开启外部传感器，系统提示外部氧气充足，温度适宜，可以下船。

"走吧。"金辙褪掉宇航服，弹开舱盖，和沐互相搀扶着走出救生艇。两人举目四望，发现这里损毁得十分厉害，但比他们想象的要稍微好一点儿，虽然大多数建筑物都坍塌了，废墟中却亮着星星点点的灯光，显然幸存者不少。

沐本来一直担心，看到这样的情景松了口气："太好了，我还害怕袭击者会像对付我们一样对付港口，还好我们当时离开得及时，他们没顾上扫荡这里。"

"他们的目的是研究小组，不会在平民身上浪费弹药……走吧，过去看看。"

"等等，我们就这么过去吗？"沐有些担心，"万一有人认出你呢？万一你还活着的消息泄露出去，他们会不会回头攻击这里？"

"我是总统，又不是过街老鼠，难道不是应该他们来怕我吗？"金辙一笑，"放心吧，他们不会掉头回来的，这里是独立纵队辖区，他们可以突袭，但不可能组织大规模战役，总统舰队已经脱出包围圈，几个小时之内就能从就近的兵站调集大规模舰队，他们敢回来，就是找死。"

沐点头，继而问出了一直以来的疑惑："攻击我们的到底是什么人？他们为什么会出现在独立纵队的辖区？"

"叛军。"金辙脸色凝重下来，"有可能是'擒杀'舰队，也有可能是远航军其他势力。至于他们为什么会绕过'天槎'舰队的防线，出现在独立纵队辖区，只有一种可能——独立纵队有他们的内应。"

沐大吃一惊："远航军叛变了？"

"恐怕是。"金辙道，"我也是今天凌晨才收到'天槎'巡逻队在阿尔法阵线发来的消息。金轩发现'擒杀'舰队有异动，怀疑'月槎'内部有人叛变，把他们放进了独立纵队辖区，只是没想到他们的第一个目标居然是你们的科研飞船。"说到这里他不禁佩服金轩的直觉，这小子无论在艺术还是在军事上，脑洞似乎都比一般人要大，"他知道我提前来天阙视察是为了……嗯，接你，所以顺便提醒我注意你们的安全。我正巧从就近的太空堡垒视察归来，查到你们的航线，中途就绕了点儿弯来看看。本来只是以防万一，没想到恰好碰到你们遇袭，这真是天意啊。"

"真是天意。"沐也心有戚戚焉，"那我们赶快过去吧，里面的难民肯定很恐慌，你出现的话局面能尽快稳定下来。"

金辙点头，他在正常重力下行动已经完全恢复正常，发现沐有点儿跛，反过来扶着他："你腿还疼吗？要不要我背你？"

"不，不用。"沐左腿是有点儿疼，但勉强还能支持，再说就算不能支持，也不可能让刚刚做完截肢手术的人背着自己，反而问他，"你胳膊疼吗？要不要补一针镇痛剂？"

"不疼不疼，我吃多了，有点儿撑得慌，你来我背背你，还能帮助消化。"金辙挡在他面前弓起腰，"你自己上来。"

"……"沐看到他宽厚的肩膀，强壮的脊背，心一热，真的趴了上去，紧紧搂着他的脖子，"给你一次献殷勤的机会吧。"

金辙哈哈大笑，院长大人无论庄严还是羞涩还是毒舌的样子，都特别让人稀罕啊！

航站楼一片狼藉，轻金属支架倒了一半，保温材料被烧得七七八八，四个入口有三个都被坍塌的建筑材料给堵了，金辙背着沐绕了半个大厦，才找到了唯一可以进入的大门。

大门内是一个半塌的大厅，穹顶破了个大窟窿，能看到半透明的大气保护罩，一层休息区像是被大型光炮轰过，地面凹下去一个大坑，二层倒是完好的，纵横倒塌的横梁中透出明亮的灯光。

"有人吗？"金辙大声问。话音刚落就传来一阵急促的脚步声，接着一个男人的脑袋从横梁缝隙里伸了出来，大声回道："嘿！你也是逃出来的难民吗？你们有几个人？"

"两个。"金辙回答，"我们都受了伤，上面有能待的地方吗？"

"有有！"那人十分热情，胳膊从缝隙里伸出来，指了指黑暗的角落，"那边有一个安全通道，顺着楼梯上来，我们在一号超市，这里有东西吃，还有一些简单的药品。"

金辙松了口气，背着沐沿安全通道上楼，钻过一条变形的通道，眼前豁然开朗。二层一个小超市居然是完好无损的，之前给他们指路的那个男人就等在超市门口，旁边还放着一把带轱辘的工作椅。

"嘿！我看到你的同伴伤了腿。"那人考虑问题十分周到，将工作椅推过去，"用这个吧，可惜超市没有轮椅。"

"谢谢。"金辙将沐放在工作椅上。那人看到金辙没有右臂，衬衫衣袖在肩部打了个结，上面还渗着血，不禁"咝"地倒吸一口凉气："大哥你可伤得够重的，胳膊都断了，厉害厉害……我来帮你推他吧，你要不要也来把轮椅？"

"不用，我走路没事。"金辙觉得他挺逗的，不过这种时候遇到热心人是好事。

三人进入超市，里面聚集了好几十个幸存者，小一半是老人和小孩，大家或坐或躺，乱糟糟的，但情绪都还不错，纷纷跟他们打招呼：

"哎哟，伤得挺重啊。"

"没事没事，活着就好。"

"坐这来，这里有个充气沙发。"

"还是躺这儿吧，我这个床垫还能再躺个人。"

金辙一一回应，问接他们那个男人："这里有多少幸存者？"

"七十多个。"男人回答，"恐怖袭击发生的时候，我们机组人员组织大家撤退，这里有一半都是最早救下来的那一拨，全是老人和孩子。后来袭击者走了，我们又拢过来一些人，加起来有七十多个吧……你们呢？怎么这么久才求救，之前在哪儿？"

金辙这才注意到他穿着港口地勤制服，只是脏得都看不出颜色了，怪不得在这儿组织难民："我们是从太空逃回来的，刚刚救生艇才着陆。"

"哇，那你们可真够命大的！"地勤啧啧道，"你们是科研飞船上的人？我还以为你们都被恐怖分子给轰了呢，太可怕了，我这辈子都没见过这么大的场面。唉唉，还是首都安全，我再也不跑出来工作了，我妈说得对，不听老人言，吃亏在眼前……"他喋喋不休，旁边坐在按摩椅上的一个老太太一直上下打量着金辙，忽然跳了起来，动作之矫健堪比运动员，沐几乎听到了她老人家腰椎发出的"咔"声。

"你是总统！"老太太不置信地指着金辙，漏风的门牙也无法阻挡她语气中的惊喜，"你你你是金辙总统！我在新闻上见过你！"

站在她旁边舔棒棒糖的一个小男孩被她吓了一跳，手里的糖都掉了，捡起来在衣服上擦了擦，歪头看看金辙："太婆他不是总统，他没有手！"

"您好，老人家。"金辙在民众面前又恢复了他爱民如子平易近人的总统脸，"您可真是好眼力，我是金辙。"

"嗷！"老太太再次跳了起来。沐听到她腰椎发出的脆响，不得不提醒她老人家："您别太激动，女士，注意您的腰椎。"

"天呢！我见到了活的总统！"老太太激动得不行，从身后的货架上随便抓了一支记号笔，"总统！我是您的粉丝，我两次大选都给您投票了呢！请您给我签个名吧！"指了指自己的衣袖，"您签这儿。"

金辙哈哈一笑，道："我左手不大会写字，您可别嫌难看。"说着在她衣袖上歪歪扭扭地写了个自己的名字。

"您这是怎么了？"老太太看着他右肩，眼圈一下子就红了，"怎么伤成这样了，呜呜呜……"

"您别哭了，老人家。"金辙连忙抽了纸巾递给她，"能活下来就很幸运啦，一切都会好的。"

"呜呜呜，有您在一切都会好的，我相信您。"老太太擦擦眼泪，一扭头又看向沐，

"我知道你，你是阿斯顿医学院的院长。总统就职演讲那次太感人了，我都看哭了呢。"

沐实在是不适应这种被围观的场面，一头黑线不知道该说什么。金辙看出他的郁结，忙道："呵呵，老人家您别激动，您还是坐下来歇歇吧！"

他们的对话引起了其他人的注意，说话间四周的难民都围拢了过来。即使是在这个年头，见到活的总统也是很不容易的事情，何况金辙还是个民意极好的总统。大家纷纷向他表示慰问，请他保重身体，早点儿装上机械臂，又安慰沐院长一切都会好的，即使总统残废了也请一定不要嫌弃他老人家。

本来是凄惨的逃难场面，不知不觉变成了同人展的节奏，七十多人七嘴八舌给他们撒花送祝福，沐坐在工作椅上保持微笑，脸都笑僵了，不禁深深怀疑将来自己是否能胜任"总统的向导"这个坑爹的角色。

好不容易大家安静下来，金辙问地勤："你们和外界联系过了吗？"

"没有。"地勤丧气地摇头，"袭击发生之前通信就中断了，估计是恐怖分子阻截了信号，后来他们把中继站给轰坏了，我们就更没法和外界联系了。不过我们和最近的兵站有约定，二十四小时之内他们收不到我们的常规信号，就会派船过来看看。"

"上次常规信号发射是什么时候？"金辙问。

地勤算了算，道："十个小时之前。"

这么说还有十四个小时……金辙皱了皱眉，道："这样，你带我去中继站看看，也许我能把它修好，尽快把消息传递出去。"这里难民很多，十几个小时说不定会拖死人。再说他必须把自己还活着的消息传递出去，总统是联邦政府的象征，越是动荡的时候，他的存在越能稳定人心。

《联邦总统继任法案》这个时候应该已经启动了，副总统暂代总统职务。按规定一旦确定他的死讯，或者七十二小时内他无法回到职位，副总统就会宣誓就职。所以他必须尽快和内阁建立联系，在七十二小时内回到大众视线之内。

金辙在民众中声望极高，地勤听说能和他一起工作，欢天喜地去准备工具了，其他难民也纷纷表示自己愿意帮忙。金辙选了一个机修工，一个搞电子的工程师，四人一起出发去修中继站。沐担心他的身体，本来要陪他一起去的，但自己腿上的伤不能爬高就低，去了恐怕会给他添麻烦，再说这里有几个伤员也急需救治，便没有跟去，只在金辙临走之前给他补了一针镇痛剂。

金辙带着机修小分队一路越过废墟，爬上损坏的中继站，还好这里只是被光炮余波带了一下，主体还是完好的，只要更换里面一些配件就能重新工作。金辙作为前远航军特种兵，前NTU特工，机械信息方面是个全能手，在机修工和工程师的帮助下更换了损毁零件，很快就接通了中继信号。

线路一通，金辙第一个连线霍伯特。霍伯特在个人智脑中听到他的声音，大喊一声："我就知道你还活着！"马上就哽咽了。

金辙也十分唏嘘，简短地跟他说了自己的遭遇，又道："港口可能还有几百名幸存者，你让就近的兵站立刻过来支援，科研飞船已经彻底焚毁，不用再过去找了。"

"严令已经收到了总统舰队发来的消息，一个半小时前率领'星槎'舰队去了港口，预计十个小时内就能到。"霍伯特道，"兵站也知道你们遇袭的事情，派了一个小舰队去接应你们，估计到得更早，他们的大部队跟其他几个星际堡垒联合，正在堵截袭击你们的舰队。"

"袭击我们的是谁？"

"可能是'擒杀'舰队。"霍伯特道，"阿尔法阵线出了漏洞，他们不知道从哪里得到了科研飞船的行程，越过阵线试图劫持沐院长一行。其他一些星际堡垒也受到了他们的攻击，'天槎'和'星槎'正在调派人手还击。"

"'月槎'呢？"金辙沉声问。

"'月槎'也在参加联合行动，不过'天槎'认为他们的忠诚度有待商榷。"霍伯特低声道，"严令星将认同金轩的看法，已经责令他全程监视拉蒂卡准将的动向了。"

"我知道了。"金辙表情十分严肃，"《联邦总统继任法案》已经开始运行，在我安全回到天阙空间港之前，副总统暂行总统职务，你和巴隆务必调集联邦海军待命，随时准备阻击远航军叛乱。"

霍伯特语气一窒："远航军叛乱？"

"我不知道汉尼拔为什么会在这个时候发动，我原以为他会再晚几年。"金辙沉重道，"无论如何他已经动手了，'擒杀'突袭应该只是一个前奏，真正的战争即将开始，独立纵队军力有限，恐怕无力承受远航军后续打击，我们必须早作打算。"

"是。"霍伯特对金辙的政治敏感度是十分相信的，何况这次突袭规模太大，联邦损失太惨重，如果确定是"擒杀"干的，那汉尼拔的野心就昭然若揭了。

"我去集中一下这里的难民，等待兵站舰队的救援。"金辙说，"一切事情，我们见面再谈。"

挂断通信，金辙带着地勤、机修工和工程师回到了航站楼超市。沐在他们离开的这段时间里已经把能处理的伤患都处理了，所幸这批人都是逃出来比较早的，重伤员不多，也没有生命危险。

金辙从难民中选出了几个身体强壮一点儿的，让他们分别出去联络其他聚居点，把救援即将到来的消息散布出去。沐则让他们询问一下伤情，如果有重伤处理不了的，他好过去治疗。

有了总统，大家就有了主心骨，众人各自领命而去。沐和金辙总算暂时闲了下来，能坐下来休息一会儿了。

理货间被改造成了临时医务室，沐给金辙检查伤口，重新包扎、消炎。金辙到底虚弱，忙了这么久也累了，躺在地毯上闭目假寐。沐处理好伤口，将他的头抱在自己大腿上枕着，给他轻轻揉按头部的穴道，问："叛军只袭击了我们的飞船吗？还有没有其他人受到攻击？"

"有，'天槎'和'星槎'正在还击。"金辙没必要对沐保密，他的大脑对向导是敞开的，"金轩守卫着阿尔法阵线，这次压力很大，我已经让海军待命了，随时准备驰援。"

沐迟疑了一下，问："巫承赫跟他在一起吗？他们会不会有什么危险？"

"危险是难免的。"金辙说，"他们是军人，军人的职责就是抵御侵略，保卫联邦。养兵千日用兵一时，现在正是他们发挥作用的时候。"

沐的手蓦然一松，眉心紧蹙，不知不觉出起神来。金辙感觉到他的担忧，睁开眼看了看他，问："你担心他们？"

"当然。"沐回过神来，道，"巫承赫那孩子太呆了，又特别拧……"

"你好像对他特别关照。"金辙坐起身来，看着他的眼睛，"他对你来说有什么特别的意义吗？"

沐眼神幽暗，与他对视，良久轻声道："你一定很详细地查过我吧？那么是不是已经知道这个问题的答案了？"

金辙摇头："不，你的资料非常完整，无懈可击，我什么也没有查到。"顿了一下，道，"好吧，我是了解到了一些资料以外的东西，不过没有证据，只是猜测。"

"那还是查到了不是吗？"沐淡淡一笑，"结果是一样的，你知道我是谁，也知道我为什么对他好……没错，他是我外甥，他的母亲是我的妹妹。"

虽然早就猜到这样的原因，亲耳听到他说出来还是挺震撼的，金辙轻轻握住他右手，沐低声道："我是个隐形向导，一出生就因为向导基因而面临被送去通古斯的命运。那时候大屠杀还没有结束，我有着严重的心肺畸形病，一旦被送去通古斯，只有一死。我母亲为了让我活下去，私下给自由向导组织捐助了一大笔钱，谎称我夭折，其实是把我送到了赛亚娜老师那里。"

他淡淡笑了笑："我做移植手术之前就已经显示出向导性，恢复健康以后也不好再回到自己的家庭，索性就真的把自己当成孤儿了。我母亲理解我的选择，多年来一直资助着我的学业。后来我成为自由向导组织的领导人，为了不给家人带来麻烦，主动和他们断了联系。这么多年，我知道我有个妹妹，但我从没见过她，她死后我曾经想过把巫承赫接到我身边来，但她不知道我的存在，在我联系她之前就把孩子的监护权给了汉尼拔。"

说到汉尼拔，沐的眼神有些阴冷："我一直怀疑我家族的败落和汉尼拔有关，但我没有证据，只能尽可能地照顾好巫承赫，不让他成为下一个受害者。"

"这件事我也在查，巫家的败落和巫溪的死都是蓝瑟一手造成的，军部有相关证据，巫承赫也知道。只是暂时和汉尼拔联系不到一起。"金辙将当年金轩在塔尔塔罗斯查到的情况对沐和盘托出，顿了一下，问，"巫承赫知道你是他舅舅吗？"

沐笑了一下："我猜他已经起了疑心，两年前他就偷过我的血液样本，我想是为了做 DNA 比对吧，不过这孩子很沉得住气，两年了居然没把检测结果告诉我。"

"也许他在等你主动跟他说。"金辙道，"这孩子大事上特别沉得住气，他很尊重你，一定是猜测你有不得已的苦衷，不想让你为难。"

沐的眼神十分温和，点点头："是啊，这孩子虽然小事上又呆又蠢，但大事上聪明起来却是非常聪明，唉，比我强。"

"谁说的。"金辙瞪眼，"在我面前不许诋毁我的向导，你本人也不行！"

沐被他噎了一下，对他这样随时随地发散的神经病一样的维护实在是有些无力承受。谁知道金辙还有更发散的时候："话说这么一来你们的辈分岂不是很乱了？巫承赫如果管你叫舅舅，那壮壮就是他表妹了，双胞胎一直叫壮壮姐姐，以后是不是要改成表姑？"

"……"沐黑线，这种时候考虑这种问题你不觉得浪费脑细胞吗？重重叹气，道，"有什么要紧呢？别说这些了，你休息一会儿吧，这么重的伤跑来跑去，铁打的人也受不住，救援还不知道什么时候来。"

金辙闭上眼睛，枕着他的大腿动了一下，道："嗯，还是你心疼我，他们都拉着我要签名……坑爹啊！我为什么不像金轩一样是个左撇子，这下要练多久才能把自己的名字写好啊！"

沐莞尔，他对自己失去右臂最大的执念居然是无法给粉丝签名，抚了抚他的头发，道："睡吧，大家都指望着你呢，慢慢练总能练好的。"

"嗯嗯。"金辙重伤未愈，折腾了几个小时已经到了极限，很快就睡了过去，鼻腔里发出轻微的呼噜声。

"大黄猫。"沐不知为何想起壮壮对他的称呼。金辙的狮子打着瞌睡忽然抬了抬眼皮，"唬唬"地应了一声，趴在爪子上又继续睡了。伊卡鲁幻色蛱就蹲在它的右耳上，像一只橙红色的蝴蝶结。

Chapter 34
保护、伤害与宿命的分离

星核基地。

天槎军医院正在紧张撤离中,自从几个小时前收到巡航舰队的消息,院长就让行政人员组织医生和病人登船,飞往天阙空间港避难。

大多数人还不知道到底发生了什么事,有些伤员不愿意走,医生们只能一一给他们做思想工作。陈苗苗作为急诊实习生跟主治医生一间病房一间病房地通知病人,安排护士和工人,忙得简直脚不沾地。好不容易把急诊科的病人都打包弄上飞船,他自己也收到了撤离的消息——院方让他作为随船医生,跟病人一起飞往天阙空间港。

陈苗苗回宿舍拿行李,在住宅区遇到很多军属也在准备撤离,这才意识到可能是发生了什么大事。找了一个熟人询问,那人一脸惶恐的表情:"我也不知道,好像是什么人越过了阿尔法阵线准备打独立纵队,星核基地危险了!赶快走吧,还是天阙空间港最安全!"

阿尔法阵线失守?陈苗苗震惊得几乎说不出话来,金轩和巫承赫出去巡航还没回来,阿尔法阵线怎么就忽然失守了?什么人对阵线发动了袭击?

一个他最最不愿想的猜测浮上脑海,陈苗苗激灵灵打了个冷颤。阿尔法阵线的对面,不就是贝塔阵线吗?难道是"擒杀"舰队袭击了独立纵队?天!"擒杀"是远航军的舰队,这要是他们自作主张还好,如果是汉尼拔的授意,那就意味着整个远航军站在了联邦的对立面上!

那第三集团军呢?他的父母在这场战争中又扮演着什么角色?

陈苗苗心乱如麻,飞快地跑回宿舍,打开智脑联系锡灵军港的老爸陈真,最近他太忙了，有一个多月没跟家里通过话，难道就在这段时间里他们发生了什么事？

线路不通，锡灵处于信息屏蔽状态，和外界彻底失联，陈苗苗要疯了，半天想起住在加百列军港的外公和外婆，连忙把通信拨了过去，可惜线路空响了很久，没有人接。

难道外公外婆也出事了？陈苗苗都要惊悚了，忽然想起自己有邻居家小孩的通信ID，打过去一问才知道，一个月前老两口离开加百列去锡灵探亲了。

锡灵到底发生了什么？为什么会信息屏蔽？第三集团军知道独立纵队这边发生的事情吗？陈苗苗六神无主，想问问巫承赫，系统提示对方在星际休眠中，无法通话，又拨通马洛的通信，还好马洛很快就接了，只是声音有些急促："苗苗，你没事吧？我刚要打给你！"

"马洛！"听到他的声音陈苗苗一下子安心了些，"发生了什么事？星核基地收到命令，大批人员都在撤往天阙空间港，他们说有人越过了阿尔法阵线！"

"我不知道！"马洛只是个导航员，接触不到上层机密，此刻也是十分焦急，"我们也收到了天阙的消息，说有人袭击独立纵队的辖区，好几个空间堡垒都受到攻击。我们分舰队现在正在飞往星核基地，拉蒂卡准将亲自带队护送你们去天阙。"

"哦哦。"有"月槎"护送，应该不会有什么危险吧？陈苗苗犹豫了一下，又问："马洛，他们说袭击者是从阿尔法阵线那边过来的，那边是统帅的辖区，会不会……"他话没有说完，但言下之意已经很明显了。

马洛沉默了一会儿，道："不会的。"他语气中带着两分虚弱，明显对自己的结论并不是很自信。

陈苗苗心中一沉，连他这个医科生都知道芝罘链星云局势紧张，远航军和独立纵队水火不容，马洛已经在独立纵队服役一年多了，又怎么会不知道？

但马洛是军人，通信是受军方监控的，有些话就算心里想了嘴上也不能说。陈苗苗理解他的难处，便换了话题："我刚才联系了锡灵军港，信息屏蔽中，我和家里人失去联系了，我很担心。"

"别担心，一切都会好的。"马洛温语安慰他，同时也算是安慰自己，"波波娃星将身经百战，驻守锡灵已经十几年了，不会有什么问题的，何况她还有你爸爸照顾。倒是你，一个人在星核，遇上事情别乱了自己的阵脚，这种时候首要任务是保护好自己，明白吗？"

"嗯。"陈苗苗觉得心里安稳了些，"你也是，不管发生什么事，身正不怕影子斜，咱们这样的身份，问心无愧就可以了。"

"你说得对。"马洛语气也开朗了一点儿，"好了，别瞎猜了，快上船吧，我们舰队会在半路和你们会合，一起飞往天阙空间港……我还在这里，我不相信我爸爸会指使'擒杀'袭击后勤舰队。"

这一点陈苗苗倒也认同，他和马洛都是各自家庭的独苗，如果远航军真想干点儿什么，不会不管他们的死活。

"路上见。"陈苗苗对马洛道。

"保护好自己。"

陈苗苗挂断线路，胡乱收拾了一下行李，刚要去医院报道，忽然接到了一个陌生的通信申请。

"喂！"陈苗苗迫不及待地点了确认，以为是锡灵那边传来的消息，接通后却发现对面是一个似曾相识的低沉的女声："陈苗苗？"

"拉蒂卡准将？"陈苗苗十分意外，"您、您好！"

"哦，太好，你安全就好。"拉蒂卡似乎松了口气，"你还在星核基地吗？"

"是的，不过我马上就要出发去天阙了。"陈苗苗心中有点疑惑，他之前写信询问过老妈，知道她和拉蒂卡确实是军校校友，但除了常规交往，并没有什么特别的友谊，这种时候拉蒂卡忽然亲自关心他的安全，多多少少有点诡异。

"唔，那就好，尽快来天阙吧，阿尔法阵线可能很快会有战事。"拉蒂卡道，"你是跟医院一起撤离吗？第几批？"

"第一批，我作为随舰医生护送病人首批撤离。"

"好的，注意安全。"拉蒂卡道，"我的舰队马上出发去接应你们，保持联络，如果有什么意外，及时和我联系。"

陈苗苗答应了，拉蒂卡叹了口气，道："还好你没出什么事，否则将来我真不知道怎么面对你的母亲。"

这话说得有点过分熟络，陈苗苗感觉十分违和，但出于礼貌还是向她诚恳地道了谢。

几个小时后，天槎军医院的两艘医疗船在"天槎"舰队四艘驱逐舰的保护下，飞往天阙空间港。陈苗苗在焦虑中躺进休眠舱，本以为醒来就能到达天阙，谁知没过多久就被系统唤醒了。

"出了什么事？为什么中途停下来了？"陈苗苗结束休眠，换上实习医生制服去见急诊主任。

主任道:"是'月榉'舰队在和我们会合,他们奉命来护送我们去天阙空间港,稍后交接完毕就出发。"

"哦哦。"陈苗苗了然,问主任,"有什么我能帮忙的吗?要转移伤员吗?"

"不用,等上面通知就好了,'天榉'的人在和他们交涉。"主任皱眉道,"怎么搞的,为什么让'月榉'来接我们,之前舰队长的命令没有提到这个啊……还是大 Boss 的意思?"

他说的大 Boss 是独立纵队星将严令。陈苗苗一听这话也感觉有些疑惑,他们是天榉军医院,金轩已经派舰队护送他们了,为什么"月榉"还要插手?

"算啦,不管啦。"主任摆摆手,"你去跟你的主治医生巡查一下,看看病人的休眠情况,别有什么闪失,离天阙还有好几天的航程,不能大意。"

陈苗苗领命而去,跟着他的主治医生挨个治疗舱巡查病人,记录病例,一圈下来两个多小时,回到主舱发现船队居然还没有开拔的意思,双方军官还在协商。

"不会有什么问题吧?"陈苗苗有些担心,问主任,"我们还要等多久?"

"不知道哦,军方还没传来消息。"主任也有些疑惑,皱眉道,"发生什么冲突了吗?'天榉'的人和'月榉'的人吵起来了?"他话音刚落,系统提示有穿梭机请求接驳,是"月榉"旗舰发来的。

对方级别比他们高,主任不敢不开门。穿梭机通过底舱入口进入医疗船,不一会儿一队荷枪实弹的军人便走进了主控室。

"您好主任。"领头一名身材高挑,面容冷峻的印度裔女子,正是"月榉"舰队长拉蒂卡准将,她向主任微微颔首,"我是'月榉'舰队拉蒂卡准将,奉命接管你的飞船,护送你们前往天阙空间港。"说着手一摆,身后两名上尉军官便走向飞船控制台,试图接管控制权。

"等等,准将阁下。"主任觉得事情有些不对,"请问您是奉谁的命令来接管我们的?我们是天榉舰队医院医疗舰,不在您的管辖之下,而且我们舰队长已经安排人护送我们了,您……"

"我是奉严令星将之命,你有什么意见?"拉蒂卡不耐烦地打断他的话。

主任被她强大的气场逼退一步,但职责所在,还是硬着头皮道:"空口无凭,我们并没有收到严令星将的命令,护送我们的驱逐舰舰长也没有发来消息,您这样说恕我无法相信,请您出示相关公函。"

拉蒂卡冷冷横了他一眼:"你想违抗军令吗?主任,我劝你还是配合我的工作,不要延误军机。"冲身后的士兵打了个手势,让他们强行控制飞船。

"你到底奉谁的军令?你这样是不符合规定的!"主任还想阻拦,被两名士兵一左一右架了起来。

"拉蒂卡准将!"陈苗苗忍不住站了出来,"请您放开我们主任,您这么做是违法的,我们并没有收到上级指令配合您的行动!"

拉蒂卡上下打量他一番,确定他没有什么损伤,冷漠地点了点头,对一边的士兵道:"交给你们了,务必保证陈先生的安全,她母亲是波波娃星将,他的人身安全对统帅的计划至关重要。"

统帅?!陈苗苗惊呆了,拉蒂卡是汉尼拔的人!

她想干什么?汉尼拔为什么要让"月桭"袭击他们的医疗船?

陈苗苗浑身的血液都降到了脚底,难道汉尼拔真的叛变了?那他的母亲呢?第三集团军呢?锡灵为什么失联?

"拉蒂卡准将!"陈苗苗想要质问拉蒂卡,两名士兵已经将他控制了起来,因为他挣扎剧烈,他们掏出磁力手铐将他反剪双臂铐了起来,并在他的太阳穴顶了一支射线枪。

"请你安静。"拉蒂卡准将彻底撕下了虚伪的面具,冷漠地扫了他一眼,"为了避免不必要的悲剧,我劝你还是闭上自己的嘴,配合我的一切行动。"说完,她快步走到控制台前,叫人破解主控密码,接管医疗舰。

所有医务人员都被人从舱室里拖了出来,铐住双手抵在墙边,几名士兵端着枪对着他们,只要有人反抗就是一枪托。不过几分钟工夫,就有好几个医生被打晕了。

拉蒂卡准将锁死了飞船内测系统,对手下一名爆破手道:"可以安装炸弹了。"

炸弹!?陈苗苗惊呆了,不顾脑袋上还顶着枪,愤怒地道:"拉蒂卡!你不能这么做,这里都是普通平民,是伤员和病人!"

拉蒂卡准将冷冷一笑,似乎听到了什么可笑的事情,向他抬了抬下巴,道:"你还是担心一下你自己吧,陈先生。"

"你到底要干什么?"陈苗苗挣扎着喊,"他们是无辜的,你这是屠杀!"

拉蒂卡又是一笑,也不理他,只对手下道:"带他走。"说着率先往出口走去,走到一半又回头,对最后面一名士兵道:"关照好其余的人,别让他们给我们惹麻烦。"

Chapter 34
保护、伤害与宿命的分离

"是!"士兵肃然领命,折返回去。陈苗苗气血上涌,不明白什么叫"关照",还想回头看,后背被人推了一把,一个趔趄摔进了通往底舱出口的过道。就在他挣扎着爬起来的时候,听到身后的主控大厅里传来几声沉闷的"噗噗"声——那是射线枪穿透人体的声音,他们杀了那些医生!

"你们不能……"陈苗苗疯了一样往回扑去,却被一名彪形大汉死死挡住,另一个人扯着他的胳膊将他往走廊上带,顺手捂住了他的嘴。陈苗苗疯狂挣扎,却敌不过那人的力气,很快被拖到底舱,塞进了穿梭机。穿梭机像炮弹一样弹出医疗舰,陈苗苗透过透明舷窗看到外面的情景,立刻连挣扎都忘了。

不知何时外面已经打起来了,"月槎"十几艘舰艇包围了医疗船和"天槎"那四艘驱逐舰,双方正在展开激烈的战斗,不时有光炮打在飞船量场保护罩上,发出刺目的白光!

开战了!

"月槎"正式向"天槎"开火,意味着汉尼拔彻底和联邦撕破了脸,预备叛离联邦,分裂人类!

最可怕的预测竟然变为现实,陈苗苗陷入巨大的不置信当中,缓缓转头看向侧前方正襟危坐的拉蒂卡准将,脑海中立刻浮现出马洛的面孔。

他知道这一切吗?他还安全吗?他也被拉蒂卡准将俘虏了吗?还是……他本身就是叛军的一员?

不!不可能,马洛不可能叛变!

陈苗苗在激烈的思想斗争之中被送进了"月槎"分舰队旗舰,主控室里,他终于见到了阔别月余的马洛。

马洛穿着导航员制服,面无表情地站在导航台前,脸色苍白,双目泛赤,显然刚刚发作过狂躁症。他看到陈苗苗被人带进来,冰蓝色的眸子阴郁地在他脸上转了一圈,含着说不清的担忧与焦虑,却始终没有说话,只微不可察地向他摇了摇头,示意他稍安勿躁。

陈苗苗已经出离震惊以至于完全看不懂他的脸色了,但见他好端端站在导航台前,并没有被抓起来,之前那个可怕的猜测立刻落实——马洛知道拉蒂卡准将的阴谋,他跟他的上司一起叛变了!

巨大的失望和愤怒瞬间占领了陈苗苗,他痛苦地看着马洛,摇头再摇头,最终将视线挪开，不愿再看马洛一眼。

"任务完成，通知'天槎'的人，让他们停火，否则我们立刻引爆炸弹，炸掉那艘医疗船。"拉蒂卡准将的声音冷酷无情，"告诉他们医疗船上所有清醒的人都死了，别指望有人会去拆弹，他们胆敢派出一艘穿梭机登船，我立刻引爆炸弹。"

"是！"

"准备调整航向，等他们一停火我们就撤。"拉蒂卡准将说，"时间拖得太久了，金轩可能已经发现了异常，那小子太难缠，万一被他封锁了我们之前的守卫线，打起来会有大麻烦。"

"是。"大副准备调整航向。马洛作为导航员协助他制定航线，一边打开星域图，一边用眼角的余光注意着陈苗苗。

拉蒂卡准将好整以暇地坐到舰长席上，暗褐色的双眼上下打量陈苗苗，幽幽开口："现在还有问题吗？我的小男孩？需要我再向你解释一下这一切吗？"

她的眼睛有着典型印度裔女子那种深邃多情的感觉，看着人的时候眼神却是冰冷而锐利的，这种巨大的反差感简直让人不寒而栗。陈苗苗想到医疗船上死去的医生们，不禁悲愤莫名："为什么要杀那么多人？就为了抓我吗？你到底想干什么？"

"别害怕。"拉蒂卡笑了笑，那笑毫无温度，"我此行的目的就是接你回远航军，当然，顺便也收拾收拾'天槎'舰队，唔，我真是受够了看金轩那毛头小子的脸色，他以为他是谁！"说着用下巴点了点卫兵，"打开他的手铐，我想他不会反抗的，对吗？"最后那句话是给陈苗苗说的，"你不会还想回到联邦军团吧，我的小男孩，从你跟我上了这艘船开始，你就站在联邦的对立面了，就算你回去他们也不会相信你的，你的同事和老师都是为你而死的呢。"

"你这个魔鬼！"陈苗苗目眦尽裂，愤怒地吼道，"你根本就不配作为军人，你居然屠杀手无寸铁的平民！"

拉蒂卡呵呵一笑："正因为我是军人，才会在重要关头做出最佳判断，这是成年人的世界，孩子，没有对错，只有胜负。看，他们不是已经停火了吗？我们马上就能飞出他们的攻击范畴了……几天后你就能见到你的母亲。"

陈苗苗气息一窒："我母亲？你什么意思？！"

"我花这么多工夫就是为了带你回家，见波波娃星将的啊。"拉蒂卡准将道，"哦，我忘告诉你了，远航军已经宣布脱离联邦，成立一个全新的军事化帝国，汉尼拔统帅出任帝国第一任元首。而你的母亲波波娃星将，很快将会宣布拥护汉尼拔元首！未来她会被任命为帝国两大星将之一。"

陈苗苗听着这匪夷所思的消息，不怒反笑："你该不会就是那两大星将的另一个吧？"

拉蒂卡准将表情一僵，继而淡淡一笑："能和你的母亲并肩站在元首之麾下，我倍感荣幸。"

"你别妄想了！"陈苗苗轻蔑地嗤笑道，"我的母亲不会叛离联邦，她是联邦的星将，不是汉尼拔的拥趸！看门狗这种角色还是留给你这种人吧！贱人！无耻的叛徒！"

拉蒂卡准将的眼睛危险地眯了起来，缓缓摇头："你会为你说过的话后悔的，孩子，我可不是什么善男信女！"说着她站起身来，以迅雷不及掩耳之势抽了陈苗苗一个耳光，"这巴掌是我替你母亲教训你的，叫你知道不可以对长辈乱说话！"

陈苗苗被她抽得头晕眼花，一个趔趄摔倒在地上，鼻血哗一下流了下来。就在他挣扎着想爬起来的时候，一个沉稳的脚步走了过来，一只有力的手臂扶住了他，然后是马洛冷冰冰的声音："他只是个普通人，准将，请你注意自己的言行！"

拉蒂卡准将哼了一声，道："这话你也许应该劝劝你的朋友，马洛，叫他知道自己是个普通人，不要轻易触怒异能者！"

马洛没有再说什么，轻轻将陈苗苗扶起来，道："让他们带你去医务室，先止血。"

"走开！"陈苗苗听到他的声音心里就像有针扎一样难受，他强迫自己甩开马洛，不接受他的帮助，眼圈却忍不住红了。他想骂他叛徒，想骂他助纣为虐，想狠狠揍他一顿，但他做不到，即使马洛的所作所为让他失望到了极致，伤心到了极致，他仍旧无法彻底恨他。

陈苗苗觉得自己悲哀透了，他的友谊和他的付出都是如此廉价，连最起码的真诚都换不来，只能换来欺骗和侮辱。他再次推开马洛试图帮助他的双手，恶狠狠地瞪他，然后被拉蒂卡的卫兵连推带搡弄进了一间光秃秃的舱室。

一名航医给他送来了医疗箱，陈苗苗收拾了自己的鼻子，发现自己脸肿了，一边的眼角也有些胀痛，拉蒂卡准将的手劲儿太大了，恐怕比她老妈也不差。

想到老妈，陈苗苗心里更加难受，波波娃是汉尼拔一手提拔起来的，多年来一直对统帅忠心耿耿，但他相信母亲的这份忠心并不是建立在对汉尼拔个人的崇拜上，而是因为汉尼拔代表着远航军，因为他们共同守卫着联邦的疆界！

有一天汉尼拔背叛人类，母亲绝不会与他同流合污！

可是为什么锡灵失联了？难道汉尼拔已经对第三集团军动手？拉蒂卡搞这么大阵仗把他弄来又是为了什么？难道是想把他当成人质，要挟他父母？

陈苗苗焦躁地猜测着，像困兽一样在舱室里走来走去，波波娃虽然平时对他极为严厉，但打从心眼里还是非常疼爱他的，更别提陈真，那简直是把他当眼珠子一样护着。有了他这张"王牌"，他们会不会屈服于汉尼拔的威胁？

怎么办？是乖乖被抓走当人质，还是自杀？

就在陈苗苗思前想后心急如焚的时候，战舰忽然震了一下，像是受到了什么打击，接着，头顶的照明熄灭，通风也停了下来。

"有人吗！？"陈苗苗意识到他们可能在半路遇到了联邦军队的阻截，立刻跳起来捶门，"放我出去！"

没人理会他，但战舰的震颤开始变得极为频繁，照明亮了又灭，通风再次运行的时候开始逸散出一股子焦糊的味道，像是哪里被烧着了。地面倾斜得厉害，陈苗苗不得不抓着墙角的管路才能勉强控制平衡，剧烈的颠簸让他胃里翻江倒海般翻涌，所幸他休眠唤醒后还没来得及进食，什么都没能吐出来。

混乱持续了近一个小时，就在他考虑要不要把自己捆在管道上以免摔来摔去撞死的时候，舱门忽然"刷"一声开了。门外站着的，是马洛。

四目相对，陈苗苗怔怔地看着马洛，马洛也怔怔地看着他。

两个人的视线纠结地缠绕在一起。陈苗苗的眼神痛苦而愤怒，仿佛烧着黝黑的火焰，要将他们之间曾经肝胆相照的情谊烧个一干二净。

马洛的眼神也同样痛苦，但那痛苦中却压抑着破釜沉舟的决绝。他注视着陈苗苗的脸，像是要把他的模样烙印在自己的灵魂深处一般，连一眨眼的时间都不愿意浪费。良久，他的喉结滑动了好几下，哑声道："还疼吗？"

陈苗苗一愣，下意识地摇了摇头，却立刻止住了，愤愤地扭过脸去，不愿再和他说话。

马洛几不可察地叹了口气，刚要说什么，眼神忽然一变。外面的走廊传来一阵急促的脚步，然后是拉蒂卡准将冷冰冰的声音："怎么，他还在折腾，不想跟我们走吗？"

马洛高大的身躯挡着舱门，挡住了拉蒂卡的视线，他的声音平板无波："是的，他拒绝跟我们一起走，他坚持波波娃星将不会背叛联邦。"

"来不及了，必须马上去救生舱，再晚我们就得和这艘船一起死！"拉蒂卡准将的声音有些焦躁，"金轩太能打了，他的舰队比我们大得多……算了，如果陈苗苗执意不走那就干掉他算了,到时候告诉波波娃星将她的儿子是死于联邦之手,一个愤怒的母亲比一个受胁迫的母亲更加容易对统帅……对元首阁下死心塌地。"

马洛沉默,像是在做艰难的决定。就在陈苗苗犹豫着要不要跟他们一起走的时候,忽见马洛转过身来,冰蓝色的双眸定定看住他的眼睛,道:"好吧,我来。"

什么?陈苗苗难以置信地看着马洛,漆黑的眸子倒映出他英挺的面孔,然后,是他乌黑的枪口。

噗——一声轻响,马洛手里的射线枪被扣动扳机,淡蓝色的光波穿过陈苗苗左胸,殷红的血液瞬间从他胸口喷了出来,溅了马洛一前胸。

陈苗苗大大瞪着双眼,喉咙动了一下,连一声痛呼都没能喊出来,就直直地倒了下去,摔在地上一动不动。

"噢!"拉蒂卡准将轻声叫了一声,似乎很意外马洛竟如此决绝,但飞船剧烈地摇晃了一下,她立刻拔腿就走,"快上救生艇,再晚僚舰也要被他们打散了!"

马洛静静地站在舱室门口,握着射线枪的右手开始颤抖,良久一滴眼泪从眼角滑下来,顺着下巴掉到了胸前的制服上,和陈苗苗的鲜血混在一处。

他嘴唇动了几下,在心里说着只有自己能听到的话,用拇指抹去眼角的水渍,打开个人智脑迅速发了一条消息,然后拎着枪往救生舱跑去。

瞬间休克,陈苗苗后背重重摔在地上,感觉整个世界忽然安静了下来,眼前白茫茫一片,身体像是失去控制的破布偶,不能听,不能看,不能感知。

嗡——双耳如同被电流击穿的音箱,突然发出一声刺耳的锐鸣,紧接着,四周"轰"的一声,嘈杂的声音再次像潮水一样淹了过来。陈苗苗骤然深呼吸,瞳孔收缩,身体痉挛似地抽搐了两下,嘴角呛出一口血沫,终于恢复了意识。

这是哪儿?我还活着?陈苗苗躺在地上不能动,感觉到胸口传来灼热的锐痛,呼吸间扯得喉咙又辣又呛,他挣扎着想抬起手来,但四肢完全不听使唤,只动了一下手指便无力地垂在地上。

马洛离开的脚步声还依稀可闻,"啪""啪啪",一下一下像刀子戳在他的心上。陈苗苗想放声大哭,眼睛却一滴眼泪也掉不出来,只能徒劳地大口呼吸,将带着焦糊味儿的污浊空气用力压进肺里,再送往虚弱的心脏。

我要活下去!

陈苗苗嗅到浓烈的血腥气，那是他的血液正从左胸的伤口不停涌出来，射线枪一定是伤到了大血管。他不是异能者，再这么流血会死的……他看到右手边不远处就是医疗箱，于是挣扎着想要把它拿过来，但只挪动了一下上身，就感觉一阵撕心裂肺的剧痛袭来，再次昏厥了过去。

"他在这儿！我们找到他了……"

"他还活着……叫航医来……"

"没关系，没有伤到心脏……失血太多了……"

嘈杂的人声惊醒了陈苗苗，他茫然睁开双眼，看到几个模糊的人影，接着，一张熟悉的面孔靠了过来，强光扫过瞳孔，有人在他耳边焦急地大声呼喊："苗苗！陈苗苗！听到我说话了吗？"

学长……陈苗苗嘴唇蠕动了一下，没能叫出声来，他听到巫承赫的声音像蒙着一层雾一样听不清楚，带着淡淡的回音："他没事，带他回旗舰……"

再次醒来的时候，陈苗苗发现自己躺在一张干净的病床上，头顶是浅蓝色的弧形穹顶，穹顶正中嵌着联邦军团双剑盾牌徽标。一个消瘦的身影站在舱门口，正在跟门外的人说话："他就快要醒了，我得陪着他，他伤这么重，我要知道是谁伤了他！"

"你知不知道自己做了什么？你知不知道自己刚才的行为有多么危险？是谁把你送到敌舰上去的，哪个王八蛋，啊？！"金轩暴躁的声音传来，"我还是不是舰队长？是不是你的上级？这里还有没有纪律了？为什么不等我回来！"

"他中枪了，中在左胸！离心脏就差那么一点儿！我怎么知道你什么时候回来？！"巫承赫的声音也暴躁起来，"我收到消息的第一时间就找你了，你在机甲里！那种时候我能让你把机甲开回来吗？"

"你不会派别人去吗？为什么要自己去？你是我的全职军医，没有我的命令你哪里也不许去！这是联邦法律，是铁铸的军纪！"金轩吼道，"你是想吓死我吗？你下次冒着炮火出去的时候能不能先想想我？！"

"我……"巫承赫气弱起来，"好吧，是我不对，下次不会了。"

"下次？还有下次？！"金轩怒道，"你想让我发禁制令把你关在主舱里吗？"

"够了！你出去！"巫承赫忍无可忍地推他，"我都道过歉了，你还要怎么样？这是医务舱不是主控室，滚去你的地盘上发飙吧，我没空听！"

"道歉有用的话要军纪干吗？我是舰队长！这里所有的船所有的船舱都是我的地

盘,你敢推我？我要揍你了！"金轩色厉内荏地威胁着,然而根本不敢动手,只能往后退,一边退一边数落着,"你敢假冒我的命令让卫队带你去敌舰,你藐视我的权威,你简直丧心病狂你……"

"去军事法庭告我去吧！"巫承赫将他赶走,恨恨关上舱门,低声斥道,"狂犬病！"

陈苗苗躺在病床上,渐渐从他们的对话中弄明白自己已经在"天槎"舰队旗舰上了,听到他们为自己吵架,不知怎么的有些想笑,可是想起自己左胸被马洛亲手贯穿,又笑不出来了,只得深深运了口气,勉强发出微弱的声音："学、学长。"

"苗苗！"巫承赫立刻扑到床前,"你醒了？感觉怎么样？"

"很、很好。"陈苗苗没什么力气,说了这么几个字已经眼冒金星。

巫承赫按了按他的手背："别说话,你需要休息。"

"不。"陈苗苗闭目休憩片刻,摇头道,"月、月槎打败了吗？全、全歼了吗？有没有,俘虏？"

"有几艘战舰逃走了。"巫承赫道,"歼灭了一半,金轩正在带人整编俘虏。"

"马、马洛……呢？"

"俘虏名单里没有他。"巫承赫道,"阵亡名单里也没有,他应该被带走了。多亏他发给我的消息,我才能带人把你救回来,再晚一刻钟那艘船就爆炸了。"

陈苗苗嘴角浮起一丝惨笑,没有说话。巫承赫摸了摸他的头发,问："谁把你打成这样的？拉蒂卡的人？"

陈苗苗陷入沉默之中,怔怔地看着穹顶上的双剑盾牌出神,良久才低声道："马洛。"

巫承赫震惊莫名："你说什么？马洛？"视线扫过他左胸,"这个位置……他是想杀了你吗？那他为什么还给我发消息让我去救你？"

是啊,为什么？陈苗苗头晕目眩,脑子里不停闪现着和马洛见最后一面的情形：前一秒他还问他"还疼吗",后一秒就向他举起了射线枪……

等等！陈苗苗忽然从混乱的千丝万缕的细节中抓住了一点儿什么,他集中精神苦苦思索,终于发现一个重要问题：以马洛的枪法,面对面不到两米的距离怎么可能打不死他？

"学、学长。"陈苗苗虚弱的手指抓住巫承赫的手,"我、我的伤,具体是什么情况？"

"别担心,没事的。"巫承赫以为他担心自己的伤势,解释道,"射线光束调得非常窄,从锁骨下方穿入,沿着胸廓从后背射出,没有骨折,也没伤到心脏和肺部,只是伤到了一些神经束和血管，产生左胸壁皮下气肿。唯一比较危险的是擦伤了一根大血管，流血比较多，不过我已经给你缝好了，几天之内就能愈合。"

　　陈苗苗自己就是医生，对人体结构十分了解，他一边听巫承赫说，一边已经想象出了马洛那一枪是经过多么精确的计算——马洛把射线调到最弱，从他胸廓上方打入，避开了心脏和肺叶，避开了肋骨……血管擦伤应该是意外，不过大量的鲜血更加利于伪造出他死亡的假象，拉蒂卡那时就站在马洛身后，看到他左胸那么多血，一定丝毫不怀疑他已经死了。

　　拉蒂卡走后马洛又给巫承赫发了消息，马洛知道围攻他们的是"天槎"主力，巫承赫是金轩的全职军医，必然会陪同在金轩身边……

　　马洛一环一环算得非常清楚，既不让拉蒂卡把他带走，又不让他真的面临生命危险。

　　陈苗苗呼吸急促，眼圈隐隐泛起淡淡的红色，他想到自己离开星核基地的时候和马洛最后一次通话，马洛的语气是那么焦急，那么真挚，那不是能装出来的，他没有那么好的演技。那个时候，他一定还不知道拉蒂卡已经叛变了，以为"月槎"舰队真的是来护送他们的医疗船的。

　　后来自己被带到"月槎"旗舰，当时太愤怒了，根本没注意到马洛的表情，现在回忆起来，依稀记起当时马洛十分憔悴阴郁，似乎还发作过狂躁症，双眼带着淡淡的红雾。

　　是的，一定是两支船队交汇的时候，马洛才发现了拉蒂卡的意图，但那时候什么都晚了，他只是个普通的导航员，没有权限率领整个"月槎"舰队返回联邦，也没办法仅靠自己控制拉蒂卡准将。

　　更加严重的是，叛乱的源头是他的父亲汉尼拔统帅……不，现在该称之为汉尼拔元首了！

　　亲生父亲叛国称帝，作为元首的儿子，马洛还有什么立场再留在联邦？率众攻打自己的父亲吗？还是作为人质被控制起来，接受民众的审判？

　　联邦不可能再信任他，返回远航军是他唯一的选择，哪怕他不甘心，不情愿，也没有第二条路可走……陈苗苗飞快地思索着，心跳疾如擂鼓，震得胸腔阵阵发疼。巫承赫注意到他的激动，立刻给他打了一针镇定剂，道："你怎么了？别激动，冷静，你这样对伤口很不好，放心，金轩会把'月槎'追回来的，马洛和拉蒂卡都逃不出阿尔法阵线……"

Chapter 34
保护、伤害与宿命的分离

"不、不。"镇定剂飞快发挥作用，陈苗苗眼神开始涣散，他挣扎着缓慢地摇头，大颗大颗的眼泪从眼眶里滚出来，"别、别伤害他，他好辛苦……他没有……他比我还痛……不要……不……"一句话没能说完，他阖上眼帘睡了过去，只在枕头上留下一片濡湿的印记。

巫承赫知道他和马洛的感情，看着他痛苦矛盾的样子，深深替他感到难过。不管多么坚强、多么豁达开朗的人，被最信任的朋友一枪贯胸而过，恐怕也无法释怀，何况陈苗苗是那样一个单纯炽热的男孩。

"睡一觉吧，你需要休息。"巫承赫替他擦掉额头的冷汗，擦去腮边的泪水，喃喃道，"都会过去的，一切都会好的。"

陈苗苗渐渐睡沉，体征监控趋于平稳，巫承赫开启AI护士，悄悄退出了医务舱。

外面的战斗刚刚结束，士兵们正返回各自的舱室，走廊上全是人，不时有医务兵抬着受伤的战士送过来。巫承赫跟航医一起分配伤员，处理一些简单的病患，直到感觉有些疲劳，才从手术室退了出来，准备回自己的舱室休息。

路过主控室的时候，巫承赫忽然听到一个熟悉的声音，驻足看去，只见里面所有人都注视着控制台上方一个巨大的全息三维投影，投影上，依稀是总统金辙。

之所以说"依稀"，是图像中的男人和金辙一般无二，穿着铁灰色衬衫，黑色长裤，但右臂的袖管却是空的，他是个残疾人！

"联邦的公民们，将士们，晚上好，我是总统金辙，现在在天阙空间港与你们通话。"全息视频当中，金辙的声音低沉而坚定，含着淡淡的沉痛意味，"两个小时前，我们收到了远航军统帅汉尼拔叛国的消息，他已于五天之前在加百列军港单方面宣布带领远航军退出联邦，从今以后不再受联邦政府调配，并以芝罘链星云阿尔法阵线为界建立军事帝国，自封为元首。"

全场哗然，巫承赫更是震惊得说不出话来，倒不是因为汉尼拔叛国，这个他休眠一醒来就知道了，关键是金辙的右臂怎么没了？！

金轩为什么没有告诉他？天阙空间港到底发生了什么事？巫承赫左看右看找不到金轩，随手拉住一名路过的战士："总统发生了什么事？他的胳膊怎么没了？"

士兵显然是从其他舰艇过来的，并不认识巫承赫，也没看到他白大褂下面军服上的全职军医徽章，说道："你不知道吗？总统在天阙空间港附近的民用港口遭到阻击，差点阵亡，还好后来获救了，只是失去了一只右臂。"

"天阙空间港附近？"巫承赫更加诧异，"叛军都打到天阙空间港了？"不可能！他们不可能孤军深入那么长的战线！

"听说是为了一艘科研飞船，那艘船上有远航军想要的秘密。"士兵道，"正好总统舰队路过，两边就打了起来，最终叛军才没有得逞。"

科研飞船？最近在独立纵队辖区内的科研飞船就只有……巫承赫脸色刷一下白了。士兵又八卦道："听说沐院长就在那艘船上，所以总统他才奋不顾身去救人，前几天政府连《联邦总统继任法案》都启动了，以为他已经阵亡，后来才知道他带着沐院长逃出来了……谢天谢地，这个节骨眼上可千万别换总统，还是金辙总统靠得住一些。"

巫承赫已经震惊得不知道说什么好了，为什么没人告诉他这么大的事情？为什么没人告诉他沐和金辙一起发生了意外？金轩呢？这是不是他的授意？

金轩忙得没人影，巫承赫就是想找他算账，一时半会儿也找不到。

主控室的巨型全息投影之中，金辙的讲话还在继续："此刻，我的心情非常沉痛，自离开母星地球，人类绵延了八百五十八年的和平和统一在今天宣布终结。汉尼拔不顾人类整体利益，为一己之野心向全人类宣战，指使'擒杀'舰队越过阿尔法阵线，对独立纵队辖区悍然发动偷袭，致使五处太空堡垒受到大规模损伤，一处民用港口被毁。迄今为止，已有一千八百四十二名无辜平民遇难，六十八艘联邦战舰损毁，五百三十三名联邦战士壮烈牺牲。"

说到这里，他语气有些不稳，停顿了一下接着道："在此，我谨代表联邦政府，向所有遇难者及其家属致以沉痛的哀悼！请你们放心，联邦政府绝对不会向任何黑暗势力低头，绝对不会姑息任何伤害联邦公民的敌人！即日起，联邦海军全体开拔，与独立纵队一同守卫芝罘链星云阿尔法阵线，决不让叛军越过雷池一步！"

全息视屏之中，金辙坚毅的目光缓缓扫过前方，像是面对着无数人民与将士，他的声音并不高亢，却有着令人信服的力量："接下来我们面临的将是一场艰难的战役，我恳请全人类，包括远航军不齿于和汉尼拔为伍的成员，与我们站在一边！联邦政府不接受任何形式的分裂和独裁，我们的人民不接受任何形式的分裂和独裁，我们需要的是民主联邦，而不是自我加冕、罔顾民意的所谓'元首'！"

主控室内，观看视频的军官和士兵们都流露出愤慨的表情，有人紧紧捏着拳头，有人恨恨竖着眉毛，但大家都没有说话，依旧注视着总统憔悴而坚毅的面容。

"自二战以来，'元首'这个称呼已经在人类历史上消失近千年，今天，它死灰复燃，试图将远航军像曾经的轴心国一样带入万劫不复的纳粹的深渊！但是我，联邦总统金辙，绝对不会答应！"视频中，金辙的声音蓦然铿锵起来，"历史不会倒退，人类文明不会倒退，汉尼拔企图将个人私欲凌驾于全人类之上，他绝对不可能得逞！"

"对！"

"不能让他得逞！"

"打过阿尔法阵线去！"

"芝罘链星云是我们的！"

战士们纷纷呼喝起来，义愤填膺，群情激奋，连巫承赫也暂时忘了跟金轩算账。只听金辙接着道："叛乱发生以后，除了第一集团军汉尼拔嫡系部队和'月榕'舰队，我们尚未收到其他军团的战报和公函，包括第三集团军和第一集团军部分外围舰队等。因为汉尼拔制造的信息屏蔽，我们和这些军队失去了联系，目前NTU特遣队和信息部队正奔赴前线，打通线路。在此，我真诚希望联邦军团共为一体，团结起来抵抗叛军，维护联邦统一！得到确切消息之前，请社会各界不要对失联军团的家属妄加指责，他们也是这场战争的受害者，他们和我们一样，是联邦的公民！"

最后，金辙举起左臂，沉声道："联邦必胜！"

"必胜！"众将士跟着振臂高呼，巫承赫心情激荡，也跟着举起右臂，喊完半天，情绪才平复下来，立刻想起金轩，一时间怒从心头起，恶向胆边生，打开智脑给他发消息："回休息舱，我有点累着了，不太舒服，给我带点儿吃的来。"他要说兴师问罪，金轩一准躲起来装死，忍者神龟不是白当的，这货现在没有向导能撑个把月，连平衡剂都不带打的！

果然，巫承赫回休息舱刚换了件衣服，金轩就抱着一大堆吃的屁颠屁颠赶来了："陈苗苗怎么样了？你刚才睡一会儿没？不会又跟着航医去帮忙了吧？昨天做的蛋糕还有，要不要下碗面给你吃？"

"他有点儿激动，打了镇定剂睡了。"巫承赫不忙算账，坐在桌前翻检一番，找到一块巧克力蛋糕吃起来，"他说那一枪是马洛打的，真不敢相信，他们可是铁杆兄弟！"

"不会吧？"金轩的脑筋永远比他转得快，"马洛可是独立纵队新兵射击冠军，一枪过去居然没打死他？"

"呃。"巫承赫被噎了一下，"也对，当时他们距离不过两米，没理由马洛打不中他的心脏，差这么多呢。"拇指和食指比了三公分长度。

"所以他是故意的。"金轩说，"你的臭枪法两米也差不了三公分，马洛可是新人射击王。"

"……你到底和谁是一边的？"巫承赫黑线。

金轩嘿嘿一笑，塞给他一个卷好的热狗："我是就事论事嘛，来，吃热狗，巧克力不能吃太多，对牙齿不好。"

又不是三岁小孩……巫承赫无语，接过热狗咬着吃。

金轩手指在桌上叩了两下，道："不管马洛是出于什么目的，是真把他当朋友，还是失手了，这件事的结局对我们都非常有利，万一陈苗苗被拉蒂卡带回加百列，波波娃和陈真就算不想反联邦，怕是也要反了。"陈苗苗三代单传，波波娃作为星将日理万机，不知道费了多大工夫才腾出时间生了这么一个孩子，必然是当心尖尖一样捧着的，汉尼拔要是控制了陈苗苗，波波娃就算不跟着反叛，也不敢和联邦站在一边。反过来说，万一波波娃本来是想反叛的，现在她的独子在联邦手里，她动起手来也要顾忌几分。

不过这个可能性巫承赫总觉得不大，陈苗苗三观正得吓死人，陈真又是通占斯流水线上制造出来的王牌向导，波波娃一家三口有两个都是忠实的联邦党，她一个人不可能和全家的选择背道而驰。

这么说来，马洛这一枪看似凶险，却解决了好几方面临的难题，无论波波娃、金辙还是他们"天槎"舰队，都要感谢他这一枪。就是陈苗苗，也应该感谢他用这种极端的方式把自己留在联邦的土地上。

只是，向着自己最好的朋友开枪，马洛的心里不知道作何感想。

他一定是非常痛苦的吧……巫承赫咬着热狗懵懂地想，他们那么好的感情，陈苗苗为了他连命都可以不要，这一枪打下去，无论他们将来还能不能再见面，那份过命的友谊是不可能再捡得起来的了。

"锡灵军港失联，是不是可以认为波波娃目前并没有响应汉尼拔的叛乱？"巫承赫思忖片刻，问金轩，"汉尼拔屏蔽了第三集团军和联邦之间的通信，说明他并没有控制住那边的局势。"

"有这个可能。"金轩同意他的猜测，"所以拉蒂卡才会冒着被我们阻击的危险拦截医疗船。她就是想带走陈苗苗，以此要挟波波娃吧，毕竟波波娃和陈真夫妇只有这一个儿子，不可能放任他不管。"

"那还真是多亏了马洛这一枪。"巫承赫感叹道,"苗苗要是真被拉蒂卡带走,我们不知道得花多大代价才能把他救回来,现在好了,我们可以毫无后顾之忧地追杀'月榉'残部。"

金轩"嗯"了一声,表情却有些沉重,一边帮他剥水果,一边道:"'月榉'有三分之一是两年前海军注入的力量,这一仗就算我们打赢了,也没有什么值得高兴的,毕竟损失的还是联邦的兵力。"

巫承赫默然,那些被他们炸毁的战舰,杀死的叛军,都曾经是联邦的精锐之师,说不定"天榉"舰队就有很多人的亲友在叛军里,现在双方兵戈相见,谁的心里都不好受。

"汉尼拔为什么要在这个时候发动战争?"巫承赫蹙眉自言自语,"当年为了一个第二集团军,他都能苦心布局这么多年,这次这么大的事件,却没有耐心先搞定第三集团军吗?"

"他没有时间了。"金轩说,"他已经五十四岁,这个年纪的异能者如果没有向导安抚,情绪会越来越暴躁,性格会越来越古怪……事实上,从一年前内线传来的消息看,他就已经显示出轻微的人格异常,连亲人都无法忍受了。过去两年莉莉兹一直呆在'木兰'舰队驻地,回家不过五次,其中两次还是趁他不在的时候。"

上次见到汉尼拔夫妇还是两年多前总统官邸酒会那次,巫承赫自外环事件之后就对汉尼拔避之唯恐不及,酒会上压根就没跟他打照面,所以并没有注意到他的异常。不过就算他没有异常,莉莉兹怕是也不想见他吧,毕竟蓝瑟星将是死在他手里的。

巫承赫想了想,问金轩:"内线? NTU特工吗?汉尼拔有狂躁崩溃的迹象?"

"总统内线。"金轩说,"金辙的人进入了他的医疗组。从一年前发回来的情报看,汉尼拔表现出人格分裂的迹象,脾气也越来越偏狭。他的秘书尤娜曾多次私下找医疗组开会,让他们想办法控制汉尼拔的变化,减少平衡剂的副作用。"

巫承赫想起加百列公寓那个配备齐全的小药剂室,不解道:"他那么注重保养,多年来一直使用量身定制的平衡剂,为什么稳定性反而不如普通异能者?金辙今年都六十二了,也看不出什么大的精神问题啊。"

"跟个人体质和遗传基因有关吧,还有精神信仰什么的。"金轩说,"黑栗雕异能者目标明确,心志坚定,但耐性和稳定性都比较差,这一点和巴巴里狮子异能者不太一样。其实金辙也有一些变化,只是不大明显罢了,这一两年他经常跟我说他没有以前那么冷静了,很可能哪天会做出冲动的决定,唉,我原本还不大相信,结果这次他为了沐连《联邦总统继任法案》都启动了……"说到这里忽然意识到了什么,心虚地看了一眼巫承赫。

巫承赫冷笑着看他:"怎么,说漏嘴了?"

金轩"哈"地干笑一声:"没,你迟早要知道的,刚才是不是在主控室看过金辙的演讲了?"

巫承赫不置可否,只用杀死人的目光注视着他。金轩嘿嘿笑着避开他的视线,道:"好吧,瞒着你是我不对,但当时情况太凶险了,我实在不敢让你知道。你看现在不是很好吗?一切尘埃落定,大家都安全无虞,你也不用白操那份心。"

巫承赫气结:"这是白操心的问题吗?怪不得最近你都不让我碰你的意识云,假装忙忙碌碌没时间见我!沐院长出了这么大的事你都敢瞒着我!什么为了我好,那是不是以后我都不用过问外界发生的事,只乖乖听你一个人的就行了?我还是不是独立的人?我连亲人的生死都没有资格过问吗?万一沐院长出了什么事,你打算等尘埃落定才带我去他坟上给他烧香吗?"

金轩一脸晦气地由着他数落,听到后半句忽然眼睛一亮:"亲人?你说他是你的亲人?"

巫承赫语塞,发现自己居然和金轩犯了一样的错误。无奈说出去的话泼出去的水,只能认栽,没好气道:"对,他跟我有血缘关系,我两年前取了他的血样做过DNA比对,他应该是我的舅舅。"

"噢!"金轩瞠目道,"这么大的事你居然没有告诉我!你这又是为什么?怕我告诉金辙吗?你不信任我?我的大脑都是对你敞开的你居然不信任我!我要知道他是舅舅,我肯定会第一时间跟你商量的……"

"都怪我是吗?!"巫承赫对他瞎扯的功力简直服了,打断他的话,怒道,"所以你瞒着我是因为我瞒着你是吗?"

金轩闭嘴,和他对视片刻,嘴角勾起一丝怠懒的笑容:"那我们这次就算扯平了吧,你也有不对的地方不是吗?"

巫承赫怒视他半天,发现竟无法反驳,一口气瞬间全泄了,食指一点一点,一个字一个字从牙缝里往外蹦:"没、有、下、次!"

"必须没有!"金轩躲过一劫,舒了口气。

巫承赫努力把话题拉回正途:"继续说战争的事吧。"

金轩道："说来说去太累了，反正秘密也没有了，要不你进我意识云吧，你好久不检阅我脑子都有点儿不习惯。"

"……不，不用，我不想对你了解太多。"巫承赫拒绝接驳他的记忆区，虽然这种方式很方便很快，但金轩脑子里糟粕太多了，那些关于艺术的观点对他来说简直就是精神污染，他不想成为第一个死于异能者思维污染的向导，那太可悲了，"你说汉尼拔人格异常，那他手下那些人都没看出来吗？他这样贸然宣布独立，连第三集团军都没有搞定，就没有人质疑他吗？"

"当然有，不过很少，而且都被他镇压了。"金轩打开个人智脑，投影出一个全息视频，道，"这段视频是他宣布独立后不久，通过病毒向联邦网络播放的，不过联邦信息中心及时截获了，并没有大范围传播开，只有军政内部留有存档。"

巫承赫眉心一跳，只见视频上汉尼拔依旧是从前那高大英武、严肃冷峻的样子，穿着黑色远航军制服，只是肩头"星将"肩章已经撤去，取而代之的是一对狮子头像，大概是他给自己设计的"元首"肩章吧。他的身后，是巨大的双翼狮子浮雕，黑色背景，金色线条，庄重霸气，不过原先最下方的"远航军"变成了"远航帝国"。

"帝国的将士们，公民们，我是远航帝国元首汉尼拔·辛普森，在加百列首都元首官邸向你们发出问候。"汉尼拔的声音低沉而富有质感，隐隐有种金属碰撞的铿锵感，没有金辙的平易近人，却另有一种震慑人的威严，"当你们看到这段视频的时候，伟大的远航帝国已经成立，我们，原远航军第一、第三集团军，即日起宣布脱离联邦，建立一个新的伟大的国家！腐朽的联邦政府早已不能保障人类的集体利益，传统的民主和自由只能加速人类的衰亡，廉价的平等正在阻碍人类进化的脚步。人类，只有在强大的异能者的带领下，才能走向宇宙，称霸宇宙！"

巫承赫目瞪口呆，无论他的话说得多么义正词严，多么冠冕堂皇，都无法掩盖他核心的本质——精英论，种族论，独裁论……金辙说得没错，他就是新纪元之下的纳粹，敦克尔联邦的阿道夫·希特勒！

视频中，汉尼拔还在高谈阔论，从人类基因融合讲到异能者进化，之后又历数近三百年来联邦政府的懦弱和无能，历届总统被他形容成了维护腐朽势力的傀儡，内阁和国会是世家与财团瓜分势力的工具，而远航军则成了一心想要带领人类进步，却被旧势力打压迫害的"进化先锋"。

金辙总统也在他诋毁之列，不过他聪明地放弃了"懦弱无能"这种指责，改而抨击他的个人操守——他的弟弟在未经允许的情况下标记了一名向导，却没有受到应有的惩罚，反而成功洗白当上了舰队长！他本人也无耻之极，表面上声称自己是独身主义，私底下却包庇阿斯顿医学院院长，为自己"豢养"向导。

不得不说汉尼拔这一刀插得极准，巫承赫和金轩确实是钻了《向导保护法》的空子，虽然没有违法，说出来却不太正大光明。至于金辙和沐，他们的故事太过传奇，就算每一个环节都是合法的，有证可循，但难免不引人遐思。

八卦的力量是非常可怕的。汉尼拔在煽动人心上确实很有一套，虽然路数和金辙不一样，但效果都是刀刀见血。

汉尼拔对联邦政府的最后一击，是关于向导的："异能者代表着人类进化的最高阶段，只有异能者才能带领人类走向更光辉的未来，但因为联邦政府的昏庸无知，两百年来向导几乎被屠戮殆尽，导致异能者寿命不足普通人类一半！《向导保护法》实施以后，联邦政府对此做了补救，但他们的着眼点完全错误，他们给了向导太多的人权和自由，完全忽视了异能者的利益！尤其是总统金辙，甚至支持学校对向导进行攻击性教育，允许他们进入职业领域，几乎将他们的地位提高到了与异能者等同的地位！"

"这简直大错特错！"全息投影里，汉尼拔额头的青筋都爆了出来，眼神疯狂而执着，"一味的宽容并不能带给我们更多的向导，只会让现有的向导充满野心，试图取代和控制异能者！为了防止人类走向灭亡，为了保证异能者对全人类的绝对领导权，我们的新帝国将会制定法律，强制增加向导出生率！我们的科学家已经研制出了相关药物，通过胚胎干扰，可以在短时间内大大增加向导数量，我们的教育学家正在制定更加完美的向导教学体系，为异能者培养出最佳的辅助者，最温顺的伴侣！"

巫承赫已经完全无法用语言表达自己的心情，强制生育，强制教育，强制辅助……汉尼拔是不是被希特勒附身了？居然想把向导，把自己的同类当成宠物豢养起来！

汉尼拔接下来说了些什么，巫承赫浑浑噩噩完全没有听清，只听到视频结束时他的声音陡然提高："我，汉尼拔·辛普森，将带着这个伟大的帝国，带着全人类的精英，走向更加光辉的未来！"

"疯子！"良久良久，巫承赫才哆嗦着嘴唇说道，他完全是被气的，"金轩你说得没错，他疯了，他不止人格异常，他简直丧心病狂！他根本就不是人，他连装都懒得装！"

金轩通过意识通感体会到他愤怒的心情，抚摸他的发顶给他安慰："别气，别激动，你再这样我下次有什么事都不敢跟你说了。"

巫承赫深呼吸，暗示自己冷静下来，道："汉尼拔是不是脑子有水，这么极端的种族言论，他就不怕引起民众反抗吗？"

"他脑子可能是有点水儿，但他还是很聪明的。"金轩说，"他非常懂得如何争取大多数人，要知道远航军现在有小一半的军人都是异能者，其中只有两千人拥有向导，他发表这种观点，等于把这一半的军人都变成了自己的忠实拥护者。至于那两千向导，本来就是温顺的辅助者，就算发出声音也没人能听得见。剩下的普通人就更不用说了，汉尼拔已经把他们归入二等公民，根本不会在意他们的意见，真有什么人敢冒头，异能者自发地就把他们碾压了。"

顿了顿，肃然道："谁手里有枪，谁说了算，汉尼拔掌握着战争机器，起码在远航军内部，没有人会质疑他的政策。"

巫承赫沉默了，金轩说的是事实，人都是自私的，异能者也是一样，没有人愿意放弃一半的生命，为了得到豢养的向导，绝大多数异能者都会拥护汉尼拔。忽然，他想到了一个可怕的可能性，不禁打了个冷颤："这份视频要是泄露出去，会不会给联邦带来震荡？"

金轩不愿承认，但不得不点头："联邦异能者比例虽然没有远航军那么高，但人口基数大，算下来数量可能还要多一些。信息中心及时截获这份视频，没有让它流传出去，就是为了稳定局面。好在联邦异能者分散在各个行业，并不完全在军方，信息控制起来容易一些，不至于在短时间内引起军队哗变。"

"可这种东西流传出去是早晚的事情吧。"巫承赫担心地问，"而且汉尼拔肯定也不会甘心，今后还会想其他办法动摇联邦军团的人心。"

"所以金辙才发表了那次讲话。"金轩说，"他那番话多少能凝聚军心，而且内阁和国会也在策划后续的行动。汉尼拔虽然大话放得狠，其实他手里什么都没有，胚胎干扰剂还在联邦手里，只要公布这个消息，他的谎言就不攻自破——他要真有干扰剂，为什么还要围攻沐和小山一美他们乘坐的科研飞船？"

"技术层面的东西反倒是其次的。"身为向导，巫承赫总是为向导想得更多一些，"汉尼拔提出立法强制生育向导，这个观念一定会引起一些异能者的共鸣，现在是战争时期，万一有激进派异能者向国会提出类似的建议，向导未来堪忧。"

"金辙和内阁会处理这件事的。"金轩安慰他道，"同一件事，有不同的执行方法，汉尼拔想用独裁手段控制生育，我们可以用民主手段鼓励生育。民众毕竟还是普通人多，任何时候人们都更能接受自由宽松的环境，没有人愿意在恐怖统治下生活。"

他的宽慰不无道理，巫承赫稍微平静了一些。金轩又道："事情已经发生了，只能水来土掩兵来将挡，我们是军人，只要恪尽职守就好了，政治上的事情，金辙他们会酌情处理的，这方面我们加起来也不及他十分之一。"

术业有专攻，这倒是事实，巫承赫点头。金轩叹道："只是我们又要忙起来了，接下来还得带领舰队追捕拉蒂卡叛军。"他们是在巡航结束后直接切入辖区腹地的，本来是想和"天槎"舰队其他分队会合，增援受到攻击的空间堡垒，后来接到医疗船护卫舰的求救信号，便赶过来阻击拉蒂卡的船队。战斗结束后金轩联系了天阙空间港，"星槎"派来接应的舰艇正在赶来的路上，等他们把医疗船移交以后，就要继续踏上征途，追捕拉蒂卡残部了。

"唔，保卫联邦，职责所在，我们是军人嘛。"巫承赫对打仗已经习以为常，并不觉得辛苦，"我就是担心马洛，他没有做错什么，只是摊上了一个疯狂的父亲。"

"一切按上级指令来吧。"金轩说，"这件事你不要发表任何观点，特殊时期，谨防有人拿你的身份做文章。"

"我知道。"巫承赫这种时候只能保持低调，好在他只是汉尼拔的养子，满打满算挂在汉尼拔名下不到四年，一起生活不到半年，做文章也有限。

两人沉默对视，心中都是雾霾沉沉，接下来的局势会怎样变化？战争会给人类世界造成多大伤害？远航军还能回归联邦吗？

没人知道这些问题的答案，身在局中，他们只能恪尽职守，做好自己该做的一切。

忽然，金轩手心一震，打开个人智脑，是秘书发来的战报，"星槎"舰队派来的人已经到了，要接收"月槎"残部，于是他站了起来："走吧，要交接战俘了，你去看看陈苗苗，把他送到'星槎'航医手里，顺便好好安慰安慰他。接下来我们要上前线，你们可能很久都不能见面了。"

巫承赫心情沉重地点了点头，现在正是陈苗苗最脆弱的时候，作为好友自己最好能陪在他身边，但"天槎"马上要起航了，自己和金轩还有更重要的事情去做……纠结地搓了搓脸，叹气："走吧，我去看他。"

医疗舱里，陈苗苗意外地平静，看到巫承赫，没有再提一句马洛，听说他和金轩要去追杀拉蒂卡，反而嘱咐他一切小心，保重身体。

巫承赫看着他原本明朗的黑眸变得沉郁而沧桑，心里十分不是滋味，但人总要长大，总要面对自己不愿面对的事情，旁人的安慰永远是隔靴搔痒，这种事必须当事人自己想清楚。

于是巫承赫也默契地没有再提关于马洛的一切，亲自护送他上了前来接应的"星槎"护卫舰。临分别之前，陈苗苗问巫承赫有没有锡灵的消息，巫承赫告诉他 NTU 正在想办法打通通信线路，并答应他一有消息就跟他联系。

陈苗苗虚弱地握了握他的手，一字一句地说："学长，如果你们联系上了锡灵，告诉我老妈，我在天阙空间港等她，如果等不到，我就不等了。"

简简单单一句话，却已道尽他的立场和抉择。巫承赫感叹他的勇敢，但又忍不住为他心酸："放心，既然汉尼拔屏蔽了锡灵的信息，就说明波波娃星将还没有和他站在一边，她一定会带着第三集团军回来联邦的。"

"我相信她。"陈苗苗微笑点头，"保重，学长。"

他笑得平和，眼底却带着挥不去的凄苦愁绪，巫承赫知道他担心马洛，但这种时候实在没办法向他保证什么，最终只对他道："保护好自己，不要让他为自己做过的事后悔。"

陈苗苗听懂他说的是谁，鼻尖一下子红了，气息哽了一下，哑声道："嗯。"

金轩带领巡航舰队飞往阿尔法阵线，追捕拉蒂卡叛军，一路与多支分队会合，歼灭了"月槎"和"擒杀"一些零星的战舰，靠近阵线内侧的时候，已经汇聚了"天槎"舰队一半的力量。

　　拉蒂卡是土生土长的远航军后代，在原第二集团军服役近二十年，对这一带星域了如指掌。金轩麾下虽然也有一批当地出生的领航员，但素质远远不能和拉蒂卡相比，于是他放弃了在半路搜捕和截杀的策略，将重点放在阵线防守之上——拉蒂卡要进入远航军辖区，就必须越过阿尔法阵线，绕路的话需要大规模的补给，她承担不起。

　　阿尔法阵线有九成都是金轩的地盘，剩下的一成虽然在拉蒂卡辖下，叛乱发生以后也已经被金轩派出的分队团团包围。这种时候拉蒂卡不可能强冲那些"天槎"镇守的关卡，只能从她自己的辖区下手。

　　为了守株待兔，金轩命令围攻"月槎"关卡的舰队有意放水，留出一个较为偏远的小堡垒，做出不甚重视的样子，等着拉蒂卡自投罗网。

　　巡航舰队在小堡垒附近等了数天，估摸着拉蒂卡给养快要耗尽的时候，终于接到了报警——叛军来了！

　　金轩一声令下，亲自奔赴事发地点，不等拉蒂卡穿越关卡，就将她的舰队困在了阿尔法防线内侧。

　　战斗瞬间打响，金轩以绝对优势将拉蒂卡叛军舰队冲散，打算分散包围逐个拿下。拉蒂卡久经沙场，也不是省油的灯，虽然火力远不是金轩的对手，却胜在临战经验丰富，指挥"月槎"残部负隅顽抗，以打残半个舰队为代价，竟硬生生将包围圈撕开了一个裂口，冲向阿尔法阵线。

金轩的舰队比拉蒂卡的兵力多出三倍,他之所以一直没有下狠手,是想尽可能地保留"月槎"的实力,把它俘虏过来,毕竟它也是联邦的兵力,彻底毁掉太过可惜。但拉蒂卡疯狂突围,毫无悔意,眼看就要冲越过阿尔法防线,他只能下令全歼——就算打烂打死,他也不能让她把一艘船带到汉尼拔那边去!

"全歼"的命令一下达,"天槎"巡航舰队再不留一点儿余地,以最大火力向拉蒂卡残部攻去。无数敌舰燃烧、爆炸,氧气耗尽后又迅速在真空环境下熄灭,冒出滚滚浓烟,在与阿尔法阵线的垂直方向上烧出一道刺目的火龙。

"劝降。"旗舰主控室,金轩站在主控台前紧盯战局变化,见敌方防守减弱,对大副道,"告诉拉蒂卡三分钟之内不停火,我们将实施最后一波打击,把她轰得渣都不剩!"

"是!"大副肃然领命,接驳通信。就在这个时候,导航员忽然道:"舰队长!有大型舰队靠近,就在我们后方!"

"什么人?"金轩神色一凛,开启远程监控。导航员一眼就看出了对方的番号,大声道:"是'擒杀'!"

之前被拉蒂卡放进独立纵队辖区的"擒杀"舰队正在飞向战团,不知道是收到了拉蒂卡的求救,还是与她早有默契,计划在这里汇合后越线回远航军。

不过这种时候是哪一个原因都无所谓了,既然来了,金轩就不可能让他们全身而退:"第一分舰队留下来收拾拉蒂卡,其他人跟我上,围歼'擒杀'舰队!"拉蒂卡已经被打得七七八八,"擒杀"规模虽然略大,但比之于巡航舰队还是相去甚远,两边加起来还不到他们四分之三的兵力,围剿起来应该不是问题。

巡航舰队兵分两路,一路继续劝降,一路迎战"擒杀"。"擒杀"是"天槎"的老对头了,要说大家打"月槎"还有点儿恻隐之心,打"擒杀"那是完全没压力,在金轩的指挥下火力全开,迎头把它揍了个落花流水。

大战正酣,金轩料想拉蒂卡再玩不出什么花样,因此注意力完全放在"擒杀"这头,正在计算对方剩余火力,忽听导航员道:"舰队长!贝塔阵线后方发现异常,有一大片黑影正在飞近我们,离贝塔阵线不足一千公里!"

"是舰队吗?"金轩眉心一跳,心中隐隐升起一股不安。导航员放出一枚探针,五分钟后看到探针发回的影像,不禁悚然变色:"'四分卫'!"

"'四分卫'?!"金轩瞳孔骤然收缩,自两年前"四分卫"撤出芝罘链星云,这么长时间从未来过贝塔阵线，为什么会在这个时候忽然出现？

是来接应"月槎"和"擒杀"的吗？

"四分卫"是汉尼拔麾下嫡系劲旅，战斗力非同小可，即使"天槎"舰队全部集结在一起，也不一定是它的对手，何况现在"天槎"还有一半的兵力撒在阿尔法防线各个哨卡上！金轩双手拄着主控台考虑了十秒钟，道："不管它，集中火力打'擒杀'！"

"擒杀"在前，"四分卫"在后，他必须集中精力先打掉一个，否则等两边联合起来，舰队将腹背受敌，被围在中间！

"立刻向附近的堡垒求援，通知'星槎'我们遇到强敌。"金轩飞快下达命令，"机甲战队待命！跟我一起去贝塔阵线组织防线挡住'四分卫'，给舰队争取时间灭掉'擒杀'！"又对副舰队长道，"这里交给你了，'四分卫'火力强劲，我们可能扛不了多久，你速战速决！"

"是！"副舰队长肃然领命，接手主控台。金轩从主控上撤下来，对卫兵道："通知我的全职军医，在机甲舱等我。"

乘升降机到达机甲舱，巫承赫已经在"铳枪"脚下等他了，金轩握了握他单薄的肩膀，低声问："准备好了吗？"

巫承赫点头："准备好了。"

两人对视，都在彼此眼中看到了决绝。虽然驻守阿尔法阵线两年多以来，他们已经经历了大大小小许多战斗，但从未有一次能和今天相比——汉尼拔已经彻底和联邦撕破脸，把"四分卫"派过来，完全是要把"天槎"团灭的意思，对他们绝对不会有一丝仁慈。

今日之战，比之于塔尔塔罗斯那次殊死之战，情况更加凶险。

要么胜，要么死。

"走吧。"巫承赫感受到金轩的紧张，悄然安抚着他的意识云，与他轻轻碰了碰拳头。

金轩心中蓦然升起一股豪气："走！"

数百名战士井然有序地进入机甲驾驶舱。几分钟后，一百五十台战斗机甲从巡航舰队各个战舰中飞跃而出，在金轩的带领下越过火线，在阿尔法和贝塔阵线之间组织起一道坚固的防线。

远远的，"四分卫"舰队在肉眼可见的范围内隐隐露出了狰狞的轮廓。

"打！""四分卫"领航舰飞进机甲防线攻击范围内，金轩一声令下。

所有机甲立即打开量场防护罩，启动远程武器攻向对方舰艇。"四分卫"前进速度迅速减缓，领航舰后退，十艘强击舰飞速越前，启动轨道炮向机甲战队轰来。

机甲战是金轩的强项，但他从没试过以一百五十台机甲对抗几百艘超级战舰，好在他的目的不是歼灭，而是拖延，所以全程以防守为主，并不硬扛，打完一波就退后少许，等"四分卫"整队靠近，接着再打。

艰苦的阵地战，没有过多的技巧，全凭时机的控制。巫承赫坐在"铳枪"驾驶舱副驾位，双目化作竖瞳，以思维触手紧密接驳金轩的意识云，刺激他的潜力，压制他的狂躁，在最最微妙的顶点控制他的攻击力。

金轩双目隐隐泛起红雾，身上飘动着淡绿色机甲微神经元，精确地操控着"铳枪"机甲，五感延伸到最大，精神视觉几乎已经触及"四分卫"最前方的几艘舰艇。

从塔尔塔罗斯第一次合作，到现在已经三年了，他们亲密合作执行任务几十次，对彼此的意识云早已了如指掌，巫承赫完全清楚金轩的极限，金轩也完全了解巫承赫的底线，"铳枪"机甲在他们的共同操控之下，战斗力几近完美！

然而"四分卫"实在是太强大了，仅凭机甲战队很难彻底阻止他们前进的脚步。一波攻击的间隙，巫承赫通过意识通感道："顶不住了，他们在更改战术，这一次压上来的火力比上次大百分之二十。"

金轩通过精神视觉扫过身后，他们一退再退，已经接近阿尔法阵线最前沿，但副舰队长还没发来战胜的消息，第一分舰队也没有捷报传来，说明"擒杀"和"月樉"还在负隅顽抗。

他们一定是收到了"四分卫"的消息，才这么拼命的。

"继续后撤，再坚持一段时间。"金轩回答，"还有一百公里缓冲，再给他们一点儿时间。"

巫承赫额头渗出细汗，瞳孔几乎变成了一条细线。金轩感觉到他的思维触手在颤抖，但不敢在这个时候让他撤下来，只能咬牙继续坚持。

"四分卫"下一波攻势袭来，金轩调动机甲战队迎战，堪堪挡住他们的炮火，却见两艘驱逐舰从侧翼离开，绕过机甲防线往他们身后飞去。

"挡住他们！"金轩在多角通信中大声喊道。四台机甲应声而动，冲上去阻截，对方却又分出四艘战舰，继续包抄。"四分卫"的舰艇比他们的机甲要多得多，几次分下来，机甲的主力防线就有点儿扛不住了。金轩意识到不能再拖延下去，只能吩咐巫承赫撤退，同时通知其他机甲交叉掩护，撤回舰队。

"四分卫"舰队呈梯形散开，两翼往机甲战队后方包抄，金轩全速撤退，刚刚冲出他们的封锁，却见三艘破烂不堪的战舰从阿尔法阵线飞跃而出，冲进了"四分卫"两翼。正是拉蒂卡叛军残存的三艘飞船。

"该死！"金轩双目赤红，咬牙切齿猛捶控制台。巫承赫几乎无法压制他的狂躁，知道他的潜力已经被激发到极限，忙以暗示力安抚他的情绪："镇定！回撤！'擒杀'还在我们控制之下！"这个时候只能杀一点儿是一点儿了，"四分卫"太强大，他们不可能全面控制战局。

唯一可以期待的，是附近的堡垒尽快派人对他们进行支援。

金轩冷静下来，虽然心有不甘，但也知道现在不能贪多，只能在最大范围内保护战斗成果，于是操纵机甲飞速撤向旗舰。谢天谢地，在副舰队长的指挥下，大部队已经把"擒杀"削得差不多了，金轩驾驶机甲飞到旗舰保护范围内，通过多角通信接驳主控系统，拿回控制权："整队，准备正面迎战'四分卫'！"

所有舰艇同时回答："是！"

接下来的两个小时，金轩经历了他三十年人生中最大的一场硬仗。他终于知道两年多前赴任的时候，金辙为什么说他"缺乏指挥大型舰队的经验"了。两年来他一直自我提升，潜心研究战术，以为自己已经能够全面掌控"天槎"舰队，今天遇上"四分卫"，才知道自己和那些从尉官升上来的舰队长相比差了不是一点儿半点儿——他们的临战经验太丰富，变化太诡谲了！

"必须撤离了，舰队长！"副舰队长在旗舰中发来请求，"'四分卫'火力是我们的两倍以上，再打下去我们就要被他们包围了！"

金轩身在机甲之中，眼角一瞄就能看到冷汗淋漓的巫承赫，打到现在，他也知道已经不可能把拉蒂卡和马洛抓回来了，"四分卫"是第一集团军的精锐，汉尼拔就是派它来接马洛的，除非他打掉整个"四分卫"，否则根本不可能把马洛和拉蒂卡抓回来。

其实能打掉"擒杀"，他们已经算是立了大功，再拖延下去，对方形成包围的态势，巡航舰队很可能遭受重创！

"撤退吧。"金轩无奈地发布命令，"机甲战队交给副队长，旗舰打开底舱，我要回航，我的全职军医已经到了极限，必须休息。"

副队长领命接过控制权。旗舰底舱缓缓打开，金轩驾驶机甲往舱门飞去。就在这个时候，贝塔阵线内侧忽然跃出一片彤云，仿佛一片火红的朝霞，铺天盖地往阿尔法阵线飞来！

"敌军有增援！"副舰队长在通信中急促道，"天！是'木兰'舰队！"

"木兰"？金轩大惊，连精神恍惚的巫承赫都瞬间清醒过来，惊疑道："'木兰'？莉莉兹上校的舰队？她怎么会在这里？这里离她的辖区起码隔着一个光年！"

"全速撤退！"金轩沉声下令。一个"四分卫"就够他们受的了，再加上一个"木兰"，简直是要碾压他们的架势！莉莉兹的舰队虽然属于能源开拓型，但长期在星系拓荒，对付各种奇怪的外星生物，战斗力是极为可怕的。

而且她本人就是个大杀器！

"天槎"巡航舰队有条不紊地回收战车、飞碟，开启量场防护罩，在机甲战队的掩护下往阿尔法阵线内撤退。金轩驾驶"铳枪"飞回旗舰，巫承赫里里外外的军服都已经被冷汗湿透了，他不得不把他从驾驶舱抱下来，交给航医："照顾好他。"

舰队尚未脱险，金轩没有时间照顾巫承赫，三步并作两步跑回主控室。副舰队长一脸疑惑的表情，一见他就道："舰队长！情况有些不对！"

"怎么？"金轩回到控制台前，通过全息系统观察战局。副舰队长紧紧跟在他身边，迅速道："我们全速撤退，有'木兰'舰队增援，'四分卫'按理应该全力追杀我们，但他们居然没有全部跟上来，而是分出了一大半去拦截'木兰'！这是怎么回事？"

"四分卫"拦截"木兰"？金轩也是疑惑万分，将全息视角挪到"四分卫"后方，只见"四分卫"五分之三的舰队掉头迎着"木兰"飞了过去，第一集团军麾下两大舰队在阿尔法和贝塔阵线之间减速，缓缓靠拢，像是在互相试探着什么。

一个大胆的猜测浮上金轩心头，他手指在主控台上敲了敲，道："情况不对，'木兰'应该不是来增援'四分卫'的。"

"啊？"副舰队长诧异，"那它是……"

"莉莉兹上校反了汉尼拔！"金轩两眼发光，他不敢相信这是真的，但直觉告诉他这就是真的，"莉莉兹是带着'木兰'舰队返回联邦的！"

像是为了印证他的猜测，远处的"木兰"舰队领航舰忽然开火，刺目的光炮打在"四分卫"领头一艘驱逐舰上，紧接着，密密麻麻的炮火从"木兰"第一梯队舰艇上闪了出来，铺天盖地往"四分卫"轰去。

"掉头！"金轩当机立断，"和'木兰'舰队前后夹击，攻击'四分卫'！通信员，立刻向莉莉兹上校发出通信请求，和她建立联系！"

战局瞬间扭转，有了莉莉兹的增援，"天槎"巡航舰队再次咬住了"四分卫"，和"木兰"前后包抄发起攻击。

一刻钟后，通信员将莉莉兹的通信接到了金轩的主控台上。

"你好上校，我是远航军'木兰'舰队舰队长，联邦上校莉莉兹·蓝瑟！"莉莉兹身着远航军军服，肩头星光闪耀，清艳的面孔一扫数年来忧郁压抑的表情，冰蓝色的眸子闪着骄傲而坚定的光芒，整个人如同浴火重生的凤凰，焕发着令人炫目的光彩，"汉尼拔·辛普森背叛联邦，对独立纵队辖区发起攻击，作为联邦上校我无法认同他的作为，今日起我宣布退出远航军，率领'木兰'舰队回归联邦！"

"欢迎您归来，我是联邦上校金轩，谨代表独立纵队'天槎'舰队向您表示真诚的感谢！"金轩心中激动万分，万万没想到莉莉兹会在最后时刻和汉尼拔决裂，回归联邦，"感谢您站在正义的一边，蓝瑟上校！"

蓝瑟上校……莉莉兹听到这久违的称呼，冰蓝色的眸子浮上淡淡的水雾。蛰伏四年，她终于摆脱了汉尼拔加诸于她身上的耻辱，终于摆脱了"辛普森"这个令人作呕的姓氏！她终于为她的家族，为"蓝瑟"这个光荣的姓氏留住了最后一抹荣耀！

她的家族原本是敦克尔联邦最最古老的军政世家之一，她的祖辈为联邦披肝沥胆，从星将到将军，从议员到市长，世世代代都被载入联邦史册。自从两年前她的父亲被汉尼拔以"叛军"之名杀死在芝罘链星云，她的家族名誉彻底落入了深渊之中，她的小妹妹因为无法忍受心理压力而辍学，连她自己都只能仰仗丈夫的庇护，才能继续在军队服役。

今天，她终于捍卫了自己独立的人格，捍卫了家族的荣耀，她终于可以昂首挺胸地站在联邦的土地上，和她的舰队一起浴火重生！

"守卫联邦是一名联邦军人应尽的义务。"莉莉兹眼中星光闪烁，高傲地扬了扬下巴，"谢谢你对我的信任，金上校！"顿了一下，接着道，"我已经和'四分卫'舰队接火，'木兰'是能源开拓型舰队，战斗力并不强大，'四分卫'是汉尼拔嫡系，火力同凡响，请你的舰队从后方包抄，配合我的行动，我们联合起来或者还有五六分胜算。"

"好的。"金轩正中下怀，"请随时保持联系，我全力配合你的攻击！

"四分卫"不愧是汉尼拔多年来打造的嫡系舰队，尽管金轩和"木兰"联手夹击，最终仍没能将其全歼。不过莉莉兹的战斗力确实不负盛名，即使在火力远远不敌的情况下，她也咬住"四分卫"狠狠打了五个多小时，最终以失去两艘护卫舰为代价，重创对方差不多六分之一的舰艇。

这五个小时里，附近的太空堡垒接到金轩的求援消息，派出的舰队陆陆续续到达战场，渐渐和"天槎"巡航舰队形成了一个庞大的舰队群，兵力越来越强盛。"四分卫"见势不妙，拼命冲击"木兰"防线，拖着残部在包围圈形成之前撤回贝塔防线内侧，龟缩不出。

贝塔防线是远航军的地盘，没有严令允许金轩不敢贸然深入敌人腹地作战，只能放弃追杀，引导"木兰"回到阿尔法防线。

这次战役可以说是人类历史上规模最大的一次舰队对战，涉及"天槎""木兰""月槎""擒杀""四分卫"五支宇宙级舰队。战线绵延至芝罘链星云深处。从阿尔法到贝塔阵线上千公里的星域，都被人类的战火烧成了一片火海。

金轩作为五支舰队里最年轻的舰队长，虽然没能追回拉蒂卡，全歼"四分卫"，但他的勇往直前给全队官兵都留下了不可磨灭的印象，尤其是率领机甲战队阻挡"四分卫"，为舰队拖延时间灭掉"擒杀"那一战，身先士卒，舍身忘死，令人折服。

尽管最终"四分卫"逃脱，"天槎"也元气大伤，但整个舰队凝聚力大增，士气空前高涨，这比任何胜利都来得珍贵。

"木兰"跟随"天槎"退回阿尔法防线，在一处较大的能量供给站做休整，金轩和莉莉兹终于面对面站在了一起。

经历一场恶战，莉莉兹丝毫不显疲乏，神采奕奕，双目闪亮，一点儿都不像个年过五十的中年女子。她摘下军帽，随手抹了抹凌乱的短发，给金轩一个淡淡的笑容："好久不见，上校。"

"你好，莉莉兹。"金轩与她握手，仅仅一个称呼便拉近了双方不少距离，"真想不到你会回来，金辙一直在担心你和其他一些忠于联邦的将士，前一阵特别发表过善待军属的声明，可惜我们和远航军之间的通信被屏蔽了，联系不到你们。"

莉莉兹对金辙观感一向很好，感激道："谢谢总统对我们的关心，我麾下不少战士家属还在联邦境内，他们一直担心家人会不会受到牵连，这下总算可以放心了。"顿了顿，又道，"我的舰队从三年前开始驻扎仙琴座拓荒，和加百列一直不甚亲密，前一阵忽然联系不上敦克尔首都，派人回军部询问，才被告知远航军已经脱离联邦，要带着我们一起成立'远航帝国'。"说到这里她露出一丝愤恨的冷笑，"我们是联邦的舰队，受联邦人民的供养，凭什么被独立？汉尼拔不过是联邦星将，有什么资格命令我们背叛人类？简直可笑！"

金轩见她对联邦如此忠诚，心中大定："太好了，看来远航军内部也并不是全部被他那套'精英论'洗脑。"

莉莉兹眉头轻蹙："我们也收到了汉尼拔的'独立宣言'视频，平心而论，他的论调非常有煽动性，远航军异能者基数很大，人人都渴望能够延长一倍的寿命。我的舰队因为长期受我的思想影响，相对忠诚，民主氛围也更浓，其他舰队就不好说了……还有第三集团军，听说也收到了他的煽动视频。"

"我们至今未能和第三集团军建立联系。"金轩道，"锡灵离敦克尔首都太远了，中间隔着整个第一集团军辖区，NTU和信息中心的人已经去打通通信线路了，但推进起来非常困难。"

莉莉兹点头道："是，汉尼拔也就是因为这一点，才肆无忌惮地封锁通信……波波娃的儿子还在联邦吗？"

"他受了重伤，在入阙空间港休养。"金轩犹豫了一下，还是把真相告诉了她，"他所在的医疗船受到'月槎'叛军的攻击，拉蒂卡想把他带回加百列，以他要挟波波娃就范。所幸马洛打了他一枪，瞒过拉蒂卡的视线把他留在了联邦，现在汉尼拔应该以为他已经死了。"

听到儿子的名字，莉莉兹忍不住眼眶泛红，她在攻击"四分卫"的过程中，就从金轩口中听说了马洛被拉蒂卡带回远航军的事，之前不惜放弃两艘护卫舰也想把"四分卫"拦下来，就是为了不让儿子回到汉尼拔身边。

但她还是失败了，"四分卫"太强，除非同归于尽，她没办法战胜对方，但她不能这么做，无论为了儿子还是为了"木兰"，都不能这么做。

"那就好。"莉莉兹屏住眼泪，"陈苗苗留在联邦，波波娃哪怕想要归附汉尼拔，也要考虑几分，这个孩子对她和陈真来说太重要了。"

金轩看她强忍痛苦的样子，十分同情，对她的尊敬也更多了两分，道："没能把马洛追回来，实在是遗憾，不过即使他回到远航军，汉尼拔也不会对他不利的，说不定他还能劝说汉尼拔……"

"没用的。"莉莉兹摇头，"汉尼拔已经疯了，狂躁症正在逐步控制他的思想，他已经不是曾经那个英明睿智的远航军统帅了……不，他从来就没英明睿智过，只是以前起码还知道装出英明睿智的样子，隐藏自己黑暗的野心。现在，他连装都没法装了。"

沉默少顷，她叹息道："马洛……算了，这一切都是命运，我本以为把他留在独立纵队就能保护他，没想到汉尼拔竟然策反了拉蒂卡，他一定是两年前就开始策划这场分裂战了，所以才会把马洛放在拉蒂卡麾下。可惜，我和联邦失联，没能及时告诉马洛我会回联邦来。"

她说得豁达，但金轩看得出她内心的痛苦挣扎，马洛之所以回去远航军，很大一部分原因应该是为了保护母亲，没想到莉莉兹回来了，他却被拉蒂卡带回了疯狂的父亲身边。

可能莉莉兹说得对，这一切都是命运吧。

莉莉兹振作了一下，对金轩道："陈苗苗还好吗？伤势很严重吗？"

"还好，马洛在离开之前通知了巫承赫，他及时把陈苗苗救了回来。"金轩道，"他现在在天阙，很安全。"

"我回去看看他。"莉莉兹知道马洛和陈苗苗的感情，想想这两个孩子经历的一切，不禁心如刀绞。但现在过度悲伤无济于事，马洛为了联邦忍辱负重深入敌营，作为母亲，她所能做的只有替儿子照顾和安慰受伤的好友，让他放心。

"夏里……巫承赫还好吗？"莉莉兹问金轩。

金轩道："还好，那天他跟我一起上机甲，有点儿脱力，正在休息。"

莉莉兹对巫承赫没有太大成见，毕竟错的是汉尼拔，他也是受害者，由衷道："辛苦你们了，接下来可能还有很多硬仗要打。"

"联邦已经派海军增援我们了，等阿尔法阵线布防结束，形势就能缓和下来。"

莉莉兹点了点头："'木兰'在这里休整几天，我想带一部分舰艇回天阙空间港。我们是能源开拓型舰队，不适合全员战斗，我把战斗部队留在这里，派一名副舰队长协助你巡航，把工兵舰艇带回天阙驻扎，听从国防部调遣。"

金轩在战斗刚刚结束的时候就给严令发了战报，战报中也提出了相同的建议，此刻自然同意她的意见："可以，独立纵队辖区已经肃清，你带工兵舰艇回去应该不会遇到意外。你的战斗部队留在这儿，仍旧听你的人指挥，我只做监管。"

"好的，那么我三天后回天阙。"莉莉兹与他达成一致，心情稍微放松了一些，道，"告诉巫承赫，我回去以后会帮他去看看双胞胎，让他放心。"

说起双胞胎，金轩完全忘记了他们是怎么爬在自己头上骑马马，抓着自己的胸肌玩的，满心只有温柔的牵挂："谢谢，他们一定会喜欢你的。"

"木兰"工兵舰队在三天后开拔，驶向天阙空间港。金轩率领"天槎"舰队继续守卫阿尔法阵线。

严令星将对此战的批示很快下达，他将金轩破格擢升为准将，并将"星槎"一半的兵力分给了他，协助他加固各个空间堡垒，提防远航军时刻可能发动的侵略战争。然而出乎人意料，整整二十多天阿尔法阵线都平静无波，非但没受到"四分卫"或者"斥候"的攻击，连以往经常骚扰他们的"擒杀"残部都龟缩在贝塔阵线之后，不敢越雷池一步。

芝罘链星云出现了诡异的和平，虽然所有人都不相信汉尼拔会这样乖乖地和联邦划界而治，但他好像真的没有在短期内发动战争的意思。

于是……为什么？

这个悬疑的问题在二十多天后终于迎来了答案——NTU和信息中心组成的通信敢死队偷偷渗透，越过第一集团军防线，与第三集团军成功接上了头！

波波娃和陈真本来听说陈茁茁死于联邦舰队之手，正在独立与回归之间犹豫，得知儿子还活着，看到了他亲自给他们夫妇俩录的全息视频，立刻毫不犹豫率领第三集团军主力舰队杀出一条血路，冲过第一集团军防线返回联邦。

收到NTU消息的时候，金轩正在和巫承赫看天槎军医院发来的，关于小豌豆的胚胎发育报告。小豌豆现在已经不是"小豌豆"了，经过一段日子的发育，他变成了鹅蛋大小，依稀能看到模糊的五官，虽然那坑爹的清晰度根本分不清哪里是鼻子哪里是眼睛，但金轩坚持认为和自己长得一模一样。

巫承赫已经体会过为人父的感觉，所以没有和他抢，反而觉得可喜可贺：可怜的中二病终于彻底长大了，要当爹了，但愿看在小豌豆的分上他能早日成熟起来。

金轩正发挥自己傲人的智商辨认儿子的眼睛所在，忽然收到秘书的战报：贝塔防线出现异动，有超大规模舰队正在开战！

金轩急忙跑去主控室了解情况。副舰队长正和导航员监控局势，见他进来立刻汇报："准将，贝塔阵线动了，我们检测到异常能量波动，还有超大规模舰艇靠近的信号，初步估计那边正在开战！"

"超大规模？有多大？"金轩问。

副舰队长和下面的观察员讨论了一番，回道："有我们'天槎'完整建制的五到八倍规模。"

金轩瞬间就惊悚了，连声道："派探针！派无人飞碟越过贝塔阵线收集情报！通知天阙总部，让海军增援舰队加快速度！"乖乖，他就是再能打也扛不住比自己强大五到八倍的敌人！

"是！"副舰队长匆忙安排人放探针，又让通信兵和总部联系。

金轩在短暂的震惊之后冷静下来，道："大家不要自乱阵脚，既然他们在那头打仗，说明不是一伙的，搞不好是汉尼拔内部爆发兵变，有人想取而代之。或者有忠于联邦的官兵想回来我们这边。"

他的猜测不无道理，但所有人都不敢掉以轻心，在呼叫增援以后又调集舰队加强巡逻，谨防对方耍什么阴谋，趁机冲击阿尔法阵线。

那边打得如火如荼，金轩放出去的探针几个小时都没有发回图像，就在大家都在猜测是不是探针被打掉了的时候，通信兵忽然收到了NTU发来的消息，又惊又喜道："舰队长，好消息！第三集团军回来了，正在贝塔阵线内侧与汉尼拔嫡系舰队'四分卫'和'斥候'激战，信息敢死队的人跟他们在一起，NTU请求我们立刻越过防线进行支援，接应他们回阿尔法阵线！"

瞬间安静，久候数月终于听到第三集团军的喜讯，主控室内立刻爆发出一阵欢呼，金轩更是大喜过望："派一至八分舰队越过防线接应他们！"

"天槎"舰队出动，迅速逼近贝塔阵线，向守卫在那里的远航军舰队发起攻击。阵线内侧，第三集团军杀出一条血路，在他们的接应下一点点压了过来，最终两方合击，将贝塔阵线撕开一条裂口，冲回了阿尔法阵线境内。

金轩亲自带旗舰迎接他们，见到突围回来的舰队，才知道第三集团军为了回归联邦付出了多么惨重的代价——波波娃麾下两大嫡系舰队损毁近半，两大宇宙级远航舰队伤痕累累，四个舰队一路从锡灵杀回阿尔法阵线，被汉尼拔几乎打掉了四分之一的兵力！

金轩和第三集团军旗舰建立通信，引导他们在防线内驻扎，忙碌几个小时之后，终于见到了第三集团军现在的当家人——陈真。

陈真瘦得吓人，原本健康的小麦色肌肤泛着青黑的死气，侧颊和脖颈斑斑点点全是青斑，像病入膏肓的老人一样，一头黑发有大半都变成了灰白色。唯一显示他还活着的，是依旧明亮的双眼，漆黑的眸子像淬过冰一样，冷淡，尖锐。

金轩看着陈真形容枯槁的样子，几乎不敢相认。他还是四年前在加百列军港见过陈真一次，那时候陈真还是个气宇轩昂、风度翩翩的英俊男子，短短四年怎么就变成了这个样子？没记错的话他还不到四十五岁！

"少将……"金轩迟疑着向他敬礼。陈真微微颔首，沙哑着嗓子道："你好，准将。"说完，他像是不堪重负，扶着椅背坐到了椅子上，闭着眼睛深深吸了口气，"抱歉，我身体有些不适。"

"没关系，您请坐。"金轩惊疑不定，试探道，"您是受伤了吗？还是感染了星际病毒？要不要先请航医给您检查一下？"

"不，不用。"陈真抬手制止了他，休憩片刻道，"我们在一个多标准月之前收到加百列军港发来的通知，汉尼拔要求我们响应他的独立宣言，宣布和联邦决裂。当时锡灵军港的信息被屏蔽，我们无法和首都联系，稳妥起见波波娃星将暂时没有拒绝他的要求，只以内部尚未统一意见为由拖延，拒不发表意见。"

他仿佛十分疲惫的样子，说一段就要停下来运气，金轩让人给他拿了维他命水，他也不喝，接着道："二十多天前，汉尼拔告诉我们儿子的死讯，说因为远航军独立事件，联邦已将他作为叛军处死。我和波波娃将非常痛心，还好NTU信息分队及时越过第一集团军辖区，和我们取得了联系，我们才知道苗苗还活着。"

说到妻子和儿子的名字，陈真冰冷的黑眸浮起一丝淡淡的温柔，但很快就被刻骨的悲伤代替："经过内部商议，我们决定拒绝汉尼拔的要求，回归联邦。为了保存实力，我们将第三集团军一半的兵力撤至锡灵军港守卫圈，防止第一集团军对总部发起毁灭性打击，之后波波娃星将亲自带领两大嫡系舰队，两大远航舰队返回联邦，和联邦海军共同抵御汉尼拔叛军。"

"谢谢你们。"金轩由衷道，"谢谢你们能在关键时刻顾全大局，回归联邦！"

"我们是联邦军人，受联邦军校教育，享受联邦的供养，自然要忠于自己的国家。"陈真低声但坚定地道，"任何试图分裂人类的人，都是我们的敌人。"

金轩放下心中一块大石，芝罘链星云之战以后，远航军掌控着联邦一半的兵力，汉尼拔宣布独立，策反"月榰"舰队，虽然有莉莉兹带着"木兰"回归，双方仍旧势均力敌。现在第三集团军返回联邦，意味着局面全面扭转，汉尼拔骤然失去三分之一强的势力，短时间内恐怕都没有胆量向阿尔法阵线发动大规模战争。

而且锡灵军港还在波波娃掌控之中，第一集团军夹在独立纵队和第三集团军之间，向任何一方开战，都要被另一方掣肘，这对联邦来说是莫大的优势。

"波波娃星将现在在哪里？"金轩不解地问，论职位论军衔，波波娃都是第三集团军实至名归的王者，既然陈真说她亲自带领四大舰队返回联邦，为什么和自己交接的却是她的全职军医？

陈真脸上浮现起无法抑制的悲伤痛苦，声音低沉沙哑，甚至带着不易察觉的哽咽："波波娃星将于一周之前，在加百列近地防线战斗中，不幸阵亡。"

不幸阵亡！？金轩几乎不相信自己的耳朵："波波娃星将牺牲了？"

陈真不想复述这个令他肝胆俱裂的消息，只闭了闭眼，微微点头："为了掩护大部队离开，她率领亲卫队与汉尼拔展开决战，最终没能全身而退。不过她已经为自己报了仇，将围攻她的舰队全部歼灭。"

悲伤的沉默。金轩被这个惊人的消息震撼了，联邦成立八百年来，还从没有一个星将死于人类自己人之手，波波娃是头一个死于汉尼拔叛乱的联邦高级将领。

她的阵亡，无疑是联邦巨大的损失，也是第三集团军巨大的损失。

"请您节哀。"金轩沉痛道，同时也终于明白为什么陈真会是这样一种病入膏肓的状态。

向导和异能者生命相联，异能者死去，向导会在恐惧和孤独中迅速衰竭，短则一周，长则数月，最终会因意识云枯萎，器官衰竭而死。波波娃阵亡已经七天，陈真正在走向死亡，他能撑着自己把舰队带回阿尔法防线，已经算是创造了奇迹。

面对一个注定要死亡的人，金轩心中十分难受，一向犀利的口才竟组织不出像样的词句。倒是陈真十分豁达，见他语塞，淡淡一笑："不用为我们感到难过，准将，能够把第三集团军带回来，我们已经死而无憾。只是我的时间不多了，在追随我的妻子之前，想再见见我的儿子。"

"当然。"这个请求无论如何金轩都无法拒绝，"那么稍后我就派舰队送您回天阙军港。请您不要担心，苗苗没有任何问题，他的手术是我的全职军医亲手做的，所以我非常清楚他的状况，想必他现在已经差不多恢复健康了。"

"谢谢。"陈真英挺的眉头轻轻舒展开来，"我会让波波娃星将的副官和你交接一切事宜，我们的舰队先留在你这边休整补给，等联邦委派或者擢升另外的星将，再继续率领他们。"

金轩一一答应。鉴于陈真身体堪忧，很可能随时死亡，他没有耽误一分钟，当日便分出一支轻便精锐的舰队,护送陈真回天阙空间港。

送别之时,巫承赫站在港口落地窗前,看着广袤的宇宙中渐渐远去的舰队,心情沉重而担忧。他不知道陈苗苗要怎么接受这个可怕的现实,几个月前他最好的朋友才刚刚将枪口对准他的心脏,现在,他即将失去自己敬爱的双亲……

原本他是那样明朗而骄傲的天之骄子,星将的后代,可现在,这个世界上只留下他孑然一身,面对未来漫长而孤独的人生。

一切都是战争的罪过,汉尼拔毁掉的不仅仅是联邦统一,还有无数像陈苗苗这样的,普通的、不普通的人的幸福。

他真该下地狱!

天阙空间港。

八大堡垒静静伫立在太空中。从星核撤下来的"天槎"军属被安排在"乾"区,与独立纵队军部比邻,天槎军医院则被安排在军属聚居区旁边。

因为医疗船中途遭遇拉蒂卡叛军偷袭,军医院一下子损失十几名一线医护人员,人手颇为紧张,陈苗苗重伤初愈,早早便回到军医院报到。院长对他这种坚强开朗的性格十分欣赏,安排他在后勤帮忙,管管物资调配,顺便看管托儿所的孩子们。陈苗苗也知道自己现在的情况不适合再在急诊干,于是欣然接受,变成了孩子王。

巫骞和金骁两兄弟现在彻底变成了留守儿童,常住在医院托儿所里。壮壮本来由总统特勤照顾,听说双胞胎来了,闹着要一起,沐就将她也送了过来。还有塔塔,本着"女神在哪里我就在哪里"的人生信条,强烈要求追随壮壮姐姐,小山一美拿他没办法,只好也将他送进豆丁大部队。

于是四个小魔怪就聚集在了一起,跟着陈苗苗混了。

"哥哥你粉开心咩?"这天早晨,塔塔在吃早餐的时候问陈苗苗,"你一直在笑笑耶。"

陈苗苗对这个口齿不清的小朋友十分喜欢,给他添了一勺南瓜泥,道:"对哦,我今天很高兴……不过不可以叫我哥哥,要叫叔叔,或者叫老师。"

"可是你一点儿都不老呀。"塔塔舔着勺子说,"我爸爸最老了呵呵呵呵……"

小山一美年纪是比较大,但你这么黑亲爹真的好吗?陈苗苗无奈摸头:"好了吃饭吧,吃不完这些我就告诉你妈,让他收拾你。"

塔塔对音波多少还是有点儿害怕的,于是乖乖吃东西。壮壮是四个孩子里最大的,最懂事，消息也最灵通："哥哥我知道你为什么这么开心，你爸爸要来看你了对吧？"

"对哦。"想想马上就要见到久别的亲人，陈苗苗忍不住嘴角上翘，连她不靠谱的称呼都选择性无视了。自从听说父母率领第三集团军回归联邦，他就放下了心头一块大石，一周前收到金轩的消息说老爸已经出发飞往天阙空间港，算算时间，这两天就应该到了。

"你爸爸长得帅吗？"颜控小天后最关心脸的问题了。

陈苗苗坐到她旁边的椅子上，给她剥水煮蛋："很帅啊，比我帅多啦，他是个蜂鸟向导。"

"我爸爸也是向导，他是蛾子向导！"壮壮骄傲地说，"我总统爸爸是大黄猫异能者！"

沐在和金辙回到天阙以后就公开了向导身份，并在巴隆夫人的主持下和金辙签订了GLT契约。虽然整个过程有些不符合规定，但现在是战时，而且金辙身份特殊，所以整件事公告以后并没有收到什么反对的声音。

于是现在壮壮就有两个父亲了，为了区别开他们，她将沐称作"院长爸爸"，将金辙称为"总统爸爸"。

陈苗苗哈哈大笑："对哦，你也是异能者，你是小黄猫异能者。"

金骁听到他们讨论动物的问题，也凑过来嘚瑟："我爸爸也是蛾子向导，我二爸也是大黄猫异能者，而且我马上就有弟弟了！"

小豌豆目前就"住"在天槎军医院的培养皿里，有了这个"小三"儿，金骁再也不是最小的那个了，他终于也有跟班了！

"我弟弟也是小黄猫异能者，不过他还没有生粗来，是一个蛋。"金骁拿起自己的水煮蛋，"就是这样的蛋，不过比这个大多了，我爸爸说他比我和我哥加起来都大。"

"我的蛋最大了。"巫骞不服气地插嘴，"医生说我生下来有你一又五分之一那么重，小弟不可能比我还大！"他认真地告诉陈苗苗："老师我蛋大！"

陈苗苗笑得前仰后合，伤口都疼了，抱着胸口直哆嗦："对，没错，你蛋大，你们家都是蛋生的……哈哈哈哈！"

陈苗苗给他们弄好早点，去卫生间洗手，站在水槽边听见豆丁们换了话题，又开始讨论总统的胳膊了。金辙回来以后装了假肢，按沐的意思是应该装仿生臂的，但金辙认为既然自己过去五六十年都用的是真胳膊，以后就没必要再继续用了，最好换一个新装备体验一把新的人生。

于是他特别定制了一只特别炫酷的"蒸汽朋克风可变形机械臂",简单地说就是兼顾了日常使用以及满足他个人奇葩审美的仿生臂,整天给女儿变胳膊玩,把小萝莉哄得一愣一愣的。

"总统的胳膊今天变成红色啦!"壮壮的语气充满崇拜,"可漂亮哩,手指还可以变成好长好长……然后像气球一样拧成好玩的小狗!"

"哗!好厉害!"双胞胎羡慕地道,"我二爸手指好硬,都咬不动呢。"

"天呢噜……"塔塔完全学会了他爸的口头禅,口齿不清地跟着感叹。

"后来总统说既然我喜欢小狗,他就变成小狗手去上班啦,这样内阁的叔叔们一定会很崇拜他。"壮壮两眼发光地说,继而叹了口气,遗憾地道,"不过院长不同意,说除非从他尸体上跨过去,否则绝对不准总统变成小狗手去上班。"

"啊?怎么这样!"双胞胎惋惜地跟着叹气,"那后来谁赢了?他们打架没?"

"没有啦。"壮壮像小大人一样摊了摊手,"总统才不敢和院长打架哩,他只有一只手打不过呀。而且院长说总统如果不听话他就会让他撞墙,撞到把手变回来为止。"

"哗!好厉害!"双胞胎遗憾地说,"我二爸都不会撞墙……"

塔塔:"天呢噜……"

隔壁卫生间里,陈苗苗憋笑憋得肝都要爆了。

"陈医生?陈医生你在吗?"一名行政忽然来敲门。

陈苗苗从卫生间跑出来:"我在,有什么事吗?"

"院长让我通知你,你父亲的舰队到了。"行政道,"他让你去儿科等着,说十分钟后少将阁下来医院。"

"啊?我爸要来医院?"陈苗苗有点意外,按规定他老爸老妈应该先下榻在军部下属的酒店,然后再召他过去见面,"他去儿科干什么?"

"具体我也不太清楚,他马上就要到了哦,你赶快去就是了。"

陈苗苗将豆丁们托付给保育老师,自己换了大褂去儿科等老爸。儿科专门腾了一间会客室给他们见面,陈苗苗坐立不安地等了几分钟,听到外面喧哗起来,忙打开门冲出去,高兴地大叫:"老爸!"

陈真在卫兵的簇拥下正从升降梯上下来,看到陈苗苗,他虚弱地勾了一下嘴角,伸开双臂:"苗苗。"

"……爸爸？！"陈苗苗惊呆了，看着形如垂暮老人一般的父亲，几乎不敢与他相认：这是自己的爸爸吗？这个满头银发，消瘦憔悴的男人，真的是自己的爸爸吗？

"苗苗。"陈真早已预料到他的反应，没有丝毫意外，走过来将他拥在怀里，"爸爸想你。"

陈苗苗倏然被父亲抱在怀中，嗅到他身上淡淡的熟悉的味道，听到他温柔的熟悉的声音，才慢慢有了几分真实感——这是他的父亲，是那个宠爱了他二十二年的父亲。

可是为什么他会变得这么苍老？为什么头发全白了，为什么脸上全是青斑？陈苗苗紧紧抱着父亲消瘦的身体，感受到他清冷的体温，挣扎跳动的心脏，蓦地一个可怕的念头浮上脑海："爸爸，爸爸你为什么会变成这样，是不是妈妈她……"

"她去世了。"陈真平静地抱着儿子，在他耳边说出一直以来瞒着他的噩耗，"两周前在加百列军港，她与汉尼拔力战阵亡。"

陈苗苗像是被人扼住了咽喉，瞪着眼睛一句话也说不出来，喉咙里发出气流阻塞的哽咽声，良久良久才"啊"地一声哭了出来："不！妈妈……爸爸……"

陈真闭了闭眼，沉默地抱着痛不欲生的儿子，不说话，也不哭泣，只轻柔地抚摸他的脊背。隔了很久，等陈苗苗一口气缓过来，才松开了他，哀伤而温柔地道："别哭，苗苗，别哭。"

陈苗苗肝肠寸断，泣不成声，抓着父亲的胳膊语无伦次地喃喃："这不是真的，不是……这不是真的！"

他不敢相信这样可怕的事情会发生在自己的身上，他无法接受自己即将失去父母的现实！两个月前，他以为自己经历了人生最大的变故，体会了人生最大的痛苦，此时此刻听到亲人故去的噩耗，他才发现，与这相比马洛那一枪根本什么都不是！

陈真嘴角浮起一丝凄惨的淡笑，替儿子擦去腮边的泪水，对自己的副官点了点头，然后拉着陈苗苗进了会客室。

房门关闭，将一切嘈杂都阻隔在外面，陈真体力不支地坐到一把椅子上，道："哭吧，一次哭个够，爸爸妈妈都要离开你了，从今往后，不许再掉一滴眼泪。记住，你是波波娃星将的儿子，是陈福记的当家人，像个男人一样活下去，不要让任何人看到你懦弱无助的样子！"

说到最后，他的声音变得史无前例的严厉，几乎有些训斥的意味。陈苗苗压抑着哭声，胸腔发出沉闷的哽咽，扯得伤口一阵阵闷疼，但再疼也比不上他的心痛。他缓缓跪倒在陈真身前，伏在父亲膝头，将脸埋进自己手臂当中，任眼泪滂沱，不敢发出一声哭泣。

陈真垂下眼，悲悯地看着儿子，伸手轻轻抚摸他柔软的头发，语气渐渐温柔下来："别难过，人固有一死，死在战场上，马革裹尸，对军人来说是无上的荣耀。"

陈苗苗肩头耸动，咬牙压抑哭声。陈真像对待小时候的他一样，轻轻揉着他薄薄的耳垂，眼神柔和如同春水："你的母亲是联邦星将，是联邦舰队的守护者，她为了联邦统一而死，为了人民而死，死得其所，我们都应该为她感到骄傲。"

"爸爸……"陈苗苗哽咽着说不出话来。

陈真幽幽叹了口气："爸爸马上就要跟妈妈去了，苗苗，别让我们为你担心，坚强点儿，你已经二十二岁，是个大人了。将来无论你干什么，从事什么职业，都要牢牢记住，不要让你母亲的一世英名蒙羞，不要玷污她用生命为家族带来的荣耀。"

他双手捧起儿子的脸，用拇指擦掉他眼角的泪水，看着他的眼睛一字一句地叮嘱道："苗苗，爸爸要走了，以后你就是陈家的家主，陈福记的掌权人，你要担起这个家，担起陈福记，担起你自己的理想和事业！不要因为失去父母而消沉，不要因为命运加诸在你身上的苦难而一蹶不振，我和妈妈都会在天上看着你，别让我们为你失望！"

"……是，爸爸！"陈苗苗为父亲这一番话而胸口激荡，含泪重重点了点头。

陈真舒了口气，英挺的眉头轻轻舒开，眼中泛起温暖柔和的笑意："还有，替我们照顾好你的小妹妹。"

"小妹妹？"陈苗苗一愣，继而又惊又喜，"我有妹妹了？她在哪儿？"

"在人工子宫里，刚刚副官已经送去儿科特别监护室了。"陈真微笑着说，"你母亲阵亡的时候已经怀孕三个半月，她撑着一口气把机甲开回舰队，临死前让医生把孩子从她身体里取了出来。"说到这里，他忍不住眼圈发红，脑海里再次闪现出妻子临死之前的情形：当时他们的机甲战队被汉尼拔的舰队包围，他和波波娃为了掩护其他人撤退落在最后，不小心被紧追在后面的强击舰轰掉了主引擎。

粒子轨道炮的余波穿透了驾驶舱，操作系统一片血红，那时他正在用思维触手激发妻子的潜能，一不留神差点被负压从破损的洞口吸出去！还好波波娃及时加固安全带，将他牢牢绑在副驾驶座上。后来，他们戴着临时供氧装置继续死撑，打掉了最后一管压缩能量，终于干掉了追击他们的强击舰。

他以为一切都过去了，他们马上就能离开加百列军港防御圈，冲击贝塔阵线，回到联邦与儿子相聚。谁知飞回旗舰的时候才发现波波娃中弹了，整个右胸被击穿，肺叶几乎被烧熟……

一切简直像噩梦一样，陈真至今不敢回忆自己将妻子从机甲里抱出来的那一幕，波波娃小小的身体轻得几乎没有重量，红色卷发被冷汗凌乱地粘在颊边，一向红润的脸庞毫无血色，像瓷器一样雪白。

伤得太重，她已经无法说话，只能通过意识通感一遍一遍向他道歉："对不起，对不起，我没有能够保护你……我不能保护我们的孩子了……让他们，把她取出来，取出来……答应我，活着把她交给她的哥哥……"

心像刀扎一样疼，陈真捂着眼睛，拼命闭眼将眼泪屏回去，告诫自己不要在儿子面前落泪，用尽一切力气保持自己作为父亲的坚强和冷静："你的小妹妹，只有不到四个月，除了外公外婆，今后她就是你唯一的亲人了。苗苗，你是哥哥，也是父亲，你要带她活下去，照顾她，养大她，告诉她她的母亲是怎样一个英雄，告诉她我和妈妈虽然不在了，但我们都会在另一个世界里看着你们，记挂着你们。"

"爸爸！"陈苗苗跪在父亲脚下，尽管脸上满是眼泪，眼中却再见不到丝毫软弱彷徨，他像是在一瞬间长大了，像个成熟的男人一样，尽管痛楚却很坚强，"我会照顾好妹妹，带她长大，和她一起幸福地活下去。我发誓，我们绝不让你和妈妈的英名蒙羞！"

陈真定定看着儿子年轻的面孔，冰冷的手指触摸他额头，滑下来到眼角，再到下颌，欣慰道："爸爸相信你。"

他们一起去了儿科特别监护室，人工子宫里，一个不到拳头大的小胎儿静静漂浮着，因为实在太小，还看不出模样，只看到半透明的皮肤包裹着细小的骨架，心脏在薄膜一样的胸口轻轻跳动，急促而有力。

"她是个向导。"陈真慈爱地看着小女儿，对陈苗苗道，"医生检测出了她的向导基因，应该和我一样是个蜂鸟向导。"

"噢，她好可爱！"陈苗苗看着透明子宫中小巧玲珑的胎儿，心中失去亲人的痛苦被一股温热的暖流渐渐冲淡，右手食指隔着子宫壁轻轻"抚摸"妹妹，"她眼睛好大，也许她会像妈妈一样是红头发。"

陈真温柔地笑了："是的，她很像你的妈妈，医生给她做了遗传推断，让你妈妈临终前看过她长大后的样子，她简直和你妈妈一模一样。"

"真好。"陈苗苗又悲又喜，眼圈红着，嘴角却上翘。

陈真扶着他的肩膀道："她太小了，你要多照顾她，让她顺利出生，今后我不在你们身边，你们就是彼此最大的依靠了。"

陈苗苗不愿意，但不得不接受即将失去父亲的现实，郑重点头："我会的，爸爸，请你放心。"这么小的胎儿，即使在现代最先进的医学技术之下，纯靠人工养育也是非常困难的，必须小心看护，一点儿都不能大意。好在他自己就是医生，儿科也是他专攻项目之一，为了唯一的妹妹，他一定会努力把这一科学好，让她健健康康长大。

"给她起个名字吧。"陈真说，"这也是你妈妈的意思，妹妹的名字由你来起。"

"我？"陈苗苗有些犹豫，想了很久才道，"叫果果好吗？"

"陈果果……好。"陈真摸了摸儿子的头，微笑道，"就叫果果了，很可爱的名字。"

陈苗苗憧憬而爱怜地看着子宫中漂浮的妹妹，小声念着她的名字："妹妹……果果。"

陈真回来之前，波波娃阵亡的消息是封锁起来的，目的是为了不引起第三集团军哗变。他回来之后，金辙立刻和国防部长巴隆商议，擢升波波娃的副官为上将，暂代第三集团军四大舰队管辖权，与金轩和海军援兵共同镇守阿尔法阵线。至于远在锡灵的留守舰队，波波娃临走的时候已经安排好一切事宜，倒不用特别担心，金辙只以总统的名义发了一条讯闻过去，让波波娃任命的将领继续恪守原职即可。

因为第三集团军的回归，汉尼拔的"远航帝国"大受打击，蛰伏不动，短期内貌似没有发动战争的打算，于是芝罘链星云暂时安定了下来。总统金辙离开首都已经数月，多次接到内阁和国会的催促，终于带着舰队和部分将领回到了敦克尔星球。

波波娃的遗体被总统舰队带回首都，在联邦烈士陵园举行了庄严肃穆的葬礼，所有在后方留守的军官政要都参加了她的葬礼，为这名联邦历史上最最杰出的女性星将表达最沉痛的哀悼，最崇高的敬意。

陈真未能出席妻子的葬礼，他的生命已经走到了尽头，意识云枯萎，身体衰竭，只能依靠生命辅助系统维持最后一丝生机。

初春，敦克尔星球的天空澄净而高阔，陈真在一阵混沌的噩梦中醒来，看到窗外明媚的春光，嘴角不禁勾起迷惘的笑意，他想起自己跟波波娃第一次见面的样子，那时他还不到十九岁，腼腆而单纯，第一眼在全息舞会上看到那个身材娇小的红发女郎，就深深地爱上了她。

"我叫陈真，我是个蜂鸟向导，你呢？"他鼓起勇气问她。

波波娃的脸瞬间变得通红,手脚都不知道往哪里摆了,半天才说:"我叫波波娃,我是第三集团军的准将。"

没人会相信远航军最年轻的女准将,战场上杀伐决断的女战士,感情上却是如此羞涩被动。波波娃就是这样一个矛盾的存在,她可以开着最强大的机甲横冲直撞,可以在角斗场上连续打烂十几个彪形大汉,面对自己的丈夫却永远都像个傻乎乎的平凡女子。打坏了他最喜欢的茶具,她会哭着跑来求原谅;怀孕了,她会拉着他的手整夜辗转反侧,担心自己生不出健康的宝宝……

足够啦……有这样的妻子,这样的一生,已经足够了……陈真默默对自己说着,既而看到自己翠绿色的蜂鸟静静趴在胸口。因为失去精神向导,它看上去十分憔悴,背部的羽翎暗淡得接近墨绿,只有翅尖还泛着一丝淡淡的翠绿色。

感受到主人的目光,蜂鸟挣扎着抬起头,无力的翅膀支撑着虚弱的身体爬到了他枕畔,垂着头静静搭在他颊边。

该是离开的时候了,再见,我的儿子……陈真缓缓闭上双眼,头轻轻一歪,与自己的蜂鸟靠在一起,停止了呼吸。

三天后,联邦为第三集团军少将陈真举行了隆重的葬礼,在总统的亲自主持下,将他葬在了妻子的身边。

霏霏春雨之中,葬礼已经结束,陈苗苗穿着黑色丧服,静静地站在父母墓前。陈真和波波娃是合葬的,墓碑是用整块紫红色水晶雕琢而成,深沉热烈,一如波波娃优雅的红发。墓碑并非常见的方形或者十字架,而是遵照陈真的意愿,雕成妻子生前最最喜欢的鸢尾兰,花瓣幽然绽放,静静诉说着未尽的衷肠。

陈苗苗站在雨中,任细细雨丝敲打在自己肩头,短短一个月,他脱胎换骨,从少不更事的少年变成一个肩负重任的男人,这种成长沉痛而惨烈,效果却是显著的,他比任何时候都更像是一名兄长,一名父亲。

"请问是陈先生吗?"一名星际快递员冒雨走近了他,"有人通过网络给您定了一份礼物,要求务必今天送到陵园来,请您签收一下。"

"哦?什么礼物?"陈苗苗有些惊讶,接过盒子,在电子账单上签下自己的名字,"是谁定的?"

"抱歉,我们无权过问礼物的内容,也不能透露客户的姓名。"快递员抱歉地说,看到他身上的丧服,胸口的白花,道,"请您节哀,先生。"

"谢谢。"陈苗苗低声道谢，在他离开后拆开包装盒子的白色缎带，打开盒盖。一朵含苞欲放的黄玫瑰静静躺在黑丝绒上，花瓣还带着水珠，微风吹过，散发出淡淡的幽香。

一张小小的心形卡片压在花梗下，陈苗苗将卡片取了下来，打开，里面是空白的，什么也没有写。

他静静站在雨中，抱着那朵黄玫瑰站在父母墓前，双手不受控制地颤抖起来，虽然左胸的伤口已经完全愈合，此刻却感受到刻骨的疼痛，比被射线枪穿过的那一刻还要疼，还要窒息。

"马洛……"他微微张开嘴唇，无声地默念着那个远在宇宙另一头的人的名字，在敦克尔星球的绵绵春雨之中，流下人生最后一滴眼泪。

黄玫瑰的花语：对不起。

Chapter 36
收割者

星历859年，远航帝国与敦克尔联邦划界而治，以芝罘链星云为界展开对峙。

随着莉莉兹·蓝瑟率领"木兰"舰队回归联邦，波波娃和陈真将第三集团军带回阿尔法防线，汉尼拔手中的兵力一减再减，已不足鼎盛时期五分之三。

所有人都以为他接下来会韬光养晦，休养生息，与联邦展开持久战，然而出乎意料的，他根本没有蛰伏的打算，宣布独裁的第二年初，就同时对阿尔法阵线和第三集团军锡灵防御圈展开了双向打击。

汉尼拔并非一介莽夫，他掌管远航军数十年，深谙用兵之道，因此他的战略侵略一开始并不是明刀明枪正面对决，而是攻心为上，先开展舆论渗透。

和金轩预料的一样，在他的"独裁宣言"病毒被联邦信息中心截获并清除以后，他很快就发起了第二次更加广泛的舆论攻势。他指使自己在联邦潜伏的间谍和黑客，通过各种假身份传播"独裁宣言"的片段，通过造谣抹黑金辙、金轩兄弟，并呼吁民众建立一个类似邪教的组织，取代向导学校，收集和驯养向导，专为异能者服务。

汉尼拔这一手可谓釜底抽薪，他赶在金辙与沐建立GLT契约之际，散布总统包庇甚至"豢养"自由向导的消息，又在向导学校毕业舞会年度遴选开始之后煽动异能者，抗议联邦政府罔顾民主、"论资排辈"的做法。这些行为在一定程度上暗合了一部分对政府不满的激进分子的心意，因此舆论战初期在联邦军政两界掀起轩然大波，甚至影响到了很多不明真相的普通人。

好在金辙对此早有准备，自《联邦总统继任法案》撤销执行之后，他就和内阁针对可能发生的意外制定了周密的计划。汉尼拔甫一动手，他便立刻通过星际直播向全联邦澄清了与沐相识相知的过程，包括在黑珍珠事件中亲密合作，无意中发现沐的女儿与自己拥有一样的基因，之后因为"擒杀"袭击事件公开身份、确定契约等等。

金辙的口才一向是起死人肉白骨，这次澄清他并没有使用煽动性的语言，而是以客观直白的方式叙述事实，用词质朴，态度真诚，于是取得了大多数普通公民的认可。在此之后，内阁和向导学校又配合他在各路媒体上公开了一些细节，比如他们在圣马丁中心第一次见面的情况，他在精子银行注册的历史记录表单、他带着壮壮悄悄做亲子鉴定的记录等等。

一拨接一拨的"揭秘"之后，金辙豢养向导的嫌疑彻底解除，那些别有用心质疑他的人，最多只能指责沐隐藏身份欺骗总统而已。但根据《向导保护法》，沐这种做法在注册以后是可以被赦免的，任何人无法站在法律的立场对他定罪，只能在道德上谴责他的自私。

可是谁又会因为一名向导隐瞒自己的身份而谴责他呢？

沐出生的时候大屠杀还没结束，他身患重疾，一旦被送进通古斯基地根本活不下来。而且之后他在专业领域取得如此惊人的成就，作为阿斯顿医学院院长不愿被向导学校捕获，不愿被异能者豢养，是再正常不过的事情了。就算是圣母，也不能让他在毫无罪过的情况下把自己绑起来送进监狱，不是吗？

总而言之，在金辙强大的舆论防守之下，汉尼拔第一拨的进攻被消弭于无形，连捎带着被黑了一把的金轩和巫承赫，都因祸得福受到了民众的谅解。当然这里面也有金轩人格魅力太过强大的原因，King神粉太彪悍了，汉尼拔任何抹黑King神的言论都被粉丝自动转译成为可歌可泣的励志故事，起不到任何煽动民众喊他下台的作用，反而把他捧成了浪子回头的典范——作为一名驰名宇宙的杀马特，他为了保护自己的向导而洗心革面自强不息，短短七年就把自己打造成了联邦准将，为联邦守住了阿尔法阵线！

还有比他更正的正能量吗？我的偶像简直太炫酷！

总的来说，帅即真理，金轩光凭刷脸就把全联邦的同情心给刷爆了。

首战出师不利，汉尼拔紧接着发起了第二轮舆论攻势，和抹黑总统不同，向导的分配方式牵扯到数亿异能者，尤其是异能者军人的切身利益，这不是普通的解释和洗脑就能解决的，联邦必须得拿出点儿真本事，否则就算战士们暂时不会倒戈汉尼拔，对联邦的忠诚度也会大打折扣。

这种时候金辙和自由向导组织的合作成果就显现出来了，在汉尼拔"邪教"论刚刚散布开来的时候，圣马丁和索罗斯海军联合研究小组立即发表声明，声称历经多年研究的"胚胎干扰剂"已通过一期临床实验，效果显著，即将在全社会征集志愿者，进行第二期扩大实验！

这次志愿者征集对象包括异能者、向导、普通人，作为项目的发起方和资助方，联邦政府向全体公民承诺，任何公民只要愿意参加实验，都能得到政府特别补助的津贴，后代出生后无论是不是向导，都能享受托儿所至大学阶段的免费教育，不限任何星球、任何城市、任何学校！

同时，他们还披露了数月前科研飞船在独立纵队辖区遭受汉尼拔"擒杀"舰队袭击的全部过程，沐作为项目组负责人，亲自向大众公布了当时飞船上的监控摄像，包括科研人员如何撤离，"擒杀"触手机甲如何拆卸科研主机，转移试验药剂等等。

他并没有就这件事多做解释，只将当时的事实客观表述。但事实胜于雄辩，民众不是傻瓜，汉尼拔为什么这样处心积虑地要得到研究组的成果，甚至不惜派出"擒杀"深入独立纵队腹地？不就是为了得到这项研究成果嘛。

那他在"独裁宣言"中说什么他的人已经掌握了胚胎干扰技术，不是放屁吗，你都掌握了还要抢别人的干吗？

就在研究组声明被炒得喧嚣尘上，沸沸扬扬的时候，又一个重磅炸弹爆开——神秘的"自由向导"组织居然出现了！几百年来，它第一次派出负责人，通过互联网向联邦政府投出了橄榄枝！

"请广大民众原谅我们的自私，作为向导，我们也想自由公开地生活在这个星系里，但上帝赐予我们的天赋给我们戴上了沉重的枷锁，从鸡尾酒案到大屠杀，再到《向导保护法》，我们的自由始终如同树叶上的露珠，只要暴露在阳光下就会立刻蒸发，消失无踪。"负责人在视频中诚恳地说道，"虽然联邦法律一再修改，注册向导的处境不断好转，但我们的生存环境与普通人相比还存在很大的差距。我们也是人，我们也有家人朋友，有七情六欲，我们不想成为被豢养的傀儡，一生只为一名异能者而活！"

负责人是一名女性松鼠向导，一边说着，一边眼含热泪："几个月前，远航军统帅汉尼拔罔顾人类统一，对阿尔法阵线发动袭击，并以武力威胁第三集团军，导致联邦军人死伤无数，波波娃星将战死沙场。作为联邦公民的一份子，我们自由向导组织对此感到非常难过和痛心。我们中的一部分人决定站出来，自愿与守卫在一线的异能者将士们结成契约GLT，共同守卫联邦疆界，并力争早日收回被远航帝国占领的星域！"

自由向导组织全盛时期曾保护着近四千名向导，即使《向导保护法》实施之后人员有所减少，多年来也一直保持在两千人以上。这次有一千一百余名成年向导主动站出来，对一线军团的异能者来说简直是百年难遇的重大福利！

汉尼拔那些"豢养向导"的言论算个什么？遑论他手里根本就没有胚胎干扰剂，就算有，养成一个十八岁以上的向导也要近二十年，而联邦呢？一眨眼的工夫就多出来了一千一百多个未经标记的自由向导！

虚构的美景和现实的福利相比，没有丝毫竞争力，汉尼拔妄想挑起联邦内斗，以"邪教"组织撼动向导学校的权威，可惜他的小伎俩在胚胎研究小组和自由向导组织的共同努力之下，就像丢进大海的一粒小石子儿，连个小涟漪都没能荡出来，就淹没在了全民统战的浪潮之中。

更加糟糕的是，他"独裁宣言"的谎言被戳穿了，所有人，包括他远航帝国的臣民们，都知道他手里根本没有传说中的"胚胎干扰剂"，胚胎干扰剂从始至终都掌握在联邦政府手中。

尽管汉尼拔一再发表声明坚称自己已经掌握了核心技术，甚至让加百列第一医院的医生们现身说法，质疑的阴云始终笼罩在他的头顶，除非他现变出几百上千个向导婴儿，否则估计没人相信。

信任危机开始在远航军内部蔓延，尤其是一线将士们中间，当他们知道隔着芝罘链星云的对手们即将迎来一千一百名向导，而他们只能在狂躁中死去的时候，这种信任危机开始变成不满的抱怨，令整个舰队都陷入浮躁和不安。

金辙很快通过自己放在远航军的内线了解到对方的最新动向，看着特工们一封一封简明扼要的加密邮件，老奸巨猾的嘴角露出了狐狸一般的笑意。

"你在笑什么呀？"壮壮就趴在金辙办公室的地板上摆积木，见金辙阴恻恻地笑，用积木丢过去打他的脚，好奇地问道。

从天阙空间港回到首都之后，壮壮没有再去阿斯顿医学院托儿所上学，沐已经办理了离职手续，不用再在学校任教了，她自然也没有理由再待在那里。上个月沐本想把她送进军政中心幼稚园，但金辙舍不得，只说女儿在轰炸事件中受了惊吓，要在家里休息几个月。沐拗不过他，只能同意。

所以现在小黄猫萝莉就变成了金辙的私人助理兼吉祥物，每天都蹲在总统办公室里摆积木打空战，以及玩"芭比公主爱美丽"等低幼游戏。当然，最后这一项完全是童心未泯的总统阁下摇尾巴跪求的结果，作为神奇女汉子壮壮是不会对这种娘炮游戏感兴趣的。

"我们要打胜仗啦，我开心才笑的嘛。"金辙看完战报，心情大好，笑眯眯给女儿飞了个吻，"总统爸爸很快就要把被坏人抢走的地盘收回来咯。"

"爸爸好棒，弄死他们！"壮壮也给他飞了个吻。父女俩同时流露出流氓一般的笑容。

沐从圣马丁中心回来，一进门就看见他们俩笑得贼兮兮的，皱眉道："你们又在计划什么阴谋？"他用脚尖点一点女儿的小脚丫，"谁叫你待在这里的？不是给你说过了吗，这是总统办公室，小孩子不要随便进来。"

"哎呀哎呀，是我让她来陪我的嘛。"金辙连忙把黑锅往自己头上扣，"你不在我身边，我总是心神不宁，只有看见壮壮才稍微安心一点儿，医生也同意的。"

沐对整天对着自己装柔弱的某人无话可说，将女儿从地上抱起来，理了理她凌乱的刘海："好了，把玩具收起来，去楼下叫弟弟们起床，带他们去洗脸吃水果。"

独立纵队辖区战局不稳，沐和金辙将巫骞、金骁两兄弟带回了敦克尔首都。双胞胎在星核早就习惯经常和父亲分离，一点儿没有不适应，因为可以和女神以及大胖二胖三胖三只秋田犬待在一起，还颇有点儿乐不思蜀，最近两天连巫承赫这个可怜的爹都不太提起了。

双胞胎身体弱，每天都要睡长长的午觉，壮壮作为异能者是完全不需要的，所以每天都是她负责叫醒他们，然后带他们洗漱吃东西一起玩。

打发走了女儿，沐把她巨大的玩具箱推到墙角，对金辙道："你不能这样没底线地宠溺她，她还是个小孩子，你整天跟她讨论那些国家大事干什么？吃饱撑的吗？"

金辙十分受用他这种絮絮叨叨数落自己的感觉，像个大猫一样趴在宽大的写字桌上，咕噜咕噜哼唧两下，道："待在一起总不能不说话吧？她跟我分享玩玩具的心得，我当然要和她讨论我的工作内容啦。"

这是什么神逻辑？沐一头黑线，坐到他对面的椅子上，苦口婆心道："你就算想把她培养成女总统，也不至于要从四岁就开始给她讲厚黑学吧？你瞧她现在跟人说话的样子，那个平易近人和蔼可亲，哪里像个萝莉，根本就是XXXS码总统好吗！"

"那是我们长得像。"金辙打开全息镜面，毫无廉耻地欣赏着自己英俊的老脸，叹息，"唉，老了，被金轩那死孩子比下去了。"

沐发现自己根本无法和奇葩的黄猫族沟通，果断决定下周一就把女儿送进幼稚园接受正常人的教育："算了，跟你说正事吧，赛亚娜老师把自由向导志愿者的名单交给我了，下一步我们得找合适的人把他们从各自的居住地接过来，想个安全的办法送去阿尔法阵线。"

"唔，我知道。"金辙看着自家向导一本正经的女王脸，真是怎么看怎么顺眼！他趴在桌子上含混地说，"我已经让向导学校拿个章程出来了，巴隆夫人今晚之前会把计划书提交给自由向导组织的负责人，二十四小时之内，国会将签发针对这批向导的特别保护办法。"

"那就好。"沐松了口气，"消息已经公布出去了，最好在最短的时间内把这件事情办成，以免夜长梦多。"

"嗯，放心，不会让他们出事的。"金辙振作了一下精神，坐起身来，"最迟本周内，向导学校会把这批向导送往前线，唉，真想不到，这一批志愿者居然有这么多，我以为最多也就四五百人。"

"是啊，我也没想到。"沐十分感叹，"向导胆子都是很小的，平时独善其身就已经很不容易了，这次联邦有难，他们居然有这么多人主动站出来，真是……"他一时想不到合适的形容词，半天才道，"可能还是本能的驱使吧，向导都是圣母。"

"以前有科学家说向导才是人类进化的最高阶段，我一直持怀疑态度，现在看来还真有几分道理。"金辙道，"异能者首先在人性上就输给向导，他们更自我更自私一点儿，喜欢用武力征服敌人，但很少会为他人做出牺牲。向导这种悲天悯人的情怀，才是将人类凝聚在一起的最伟大的力量。"

"也许吧。"沐淡淡一笑，"异能者是父性的，代表着强悍和征服，向导则是母性的，代表着宽宥和牺牲。"

金辙细细品味他的观点，发现自己的向导其实是个哲学家，赞叹道："你说得没错，父性的征服如果没有母性的仁慈，世界将会变成野马踏过的荒原，只有破坏，没有新生。"

沐哑然失笑："你不是想跟我探讨这种层面的问题吧，总统阁下，我们还是谈谈具体的问题好吗？"

金辙哈哈一笑，将自己的思绪从野马踏过的荒原上收回来，道："对对，谈谈具体问题，这次一千一百多名向导增援阿尔法阵线，估计到最后还是要以论资排辈的方式为他们筛选异能者，这是没有办法的事。"

"我想大家都想到这一点了。"沐道,"向导们都已经有心理准备,异能者们……我建议向导学校执行细节的时候改善一下态度,不要像以前一样高高在上,毕竟汉尼拔的言论对大家还是有点儿影响,联邦在这方面的做法确实不够民主。"

"嗯,国会的新办法会照顾大家的情绪的。"金辙叹气道,"一切都会好的,毕竟我们已经有胚胎干扰剂,只要找到足够多的志愿者,三十年内'向导荒'就能得到很大缓解。这个时间,年轻的异能者都是等得起的。"

"征集志愿者是大问题。"沐皱眉道,"现在是战争时期,可能有些年轻人出于爱国情怀会参加实验,但这不是长久之计,《向导保护法》不改善,向导没有自由和人权,他们迟早会对联邦失望的,到时候还是恶性循环。"

金辙的眉头也紧紧皱了起来,形成一个深刻的"川"字:"我打算把这件事交给霍伯特,让他和巴隆夫人好好讨论一下,尽快拿出一个具体的改革计划。比如在通古斯之外再设立几处向导学校,让向导们可以就近入学,允许他们定期和家人见面,选择自己喜欢的课程等等……"说着说着他忽然眼睛一亮,"不对,不应该这么简单,也许这个计划的目的不是制定一个新的法案,而是找出一个不断完善法案的方法,这样最终我们得到的成果应该是'根据向导数量实时更新《向导保护法》的法案',这样的话就能实现良性循环了。"

在政治方面金辙的创造力确实令人叹为观止,沐感觉新世界的大门被打开了,虽然这样一份法案做起来估计能把国会主席的脑浆熬出来,不过……听上去还蛮不错的。

"嗯嗯,就这么定了,一会儿我就叫霍伯特来开会。"金辙想通了一个重要问题,十分高兴,跳起来紧紧拥抱沐,"太好了,你在这里陪我果然比壮壮效果好!"

沐猝不及防,被结结实实抱了个正着,恼火地抓着他双肩将他推开:"请你和我保持距离,不要对我动手动脚,我不习惯和别人肢体接触!"

金辙松开他,抬起炫酷的红色机械臂,机械手像风车一样呼呼转:"干吗这么凶,我们可是国民CP呢,你就不能对我温柔一点儿吗?我是个可怜的没有手的男人!"

沐无语凝噎,只能默默败退:"什么国民CP,网络上不都已经删了吗?你说这话的时候应该给自己嘴部打个马赛克!行了,你自己玩吧,总统阁下,我先走了,再见!"

"一会儿霍伯特来了记得来开会呀。"金辙冲他背影喊,"法案的事情我打算交给你跟他接洽,你当了这么久的组织负责人,对管理向导最有经验啦。你现在是联邦第一向导,相当于第一夫人,要为我们的国家负起责任来呀!"

沐头疼地直咬牙。从阿斯顿医学院辞职后，他就变成了"总统的向导"，简称"第一向导"，按金辙的话说，和传统意义上的"第一夫人"是一样的。这坑爹的职位听上去挺风光，干起来挺苦逼，基本兼职了总统的私人医生和贴身助理等等，必须时刻为总统制定的各项计划做辅助。

沐原本还担心自己"退休"以后会闲得发慌不适应，现在才发现是忙得发慌不适应。"娶"总统的代价太大了！

特殊时期，国会和向导学校动作很快，几天后自由向导志愿者就在NTU的保护下被秘密送往阿尔法阵线。在此之前，一线军团少校以上军官已经通过全息网络与志愿者们初步确定了组合意向，向导学校专门委派一组有经验的行政人员亲赴阿尔法阵线，组织接下来的见面和再组合事宜。与此同时，联邦契约GLT登记中心也派了专人随行，就地为他们解决合法注册的问题。

为了解除汉尼拔"独裁宣言"对联邦政府的影响，这件事从一开始就被炒得非常高调，几乎所有人都知道有一千多名向导志愿者将要被送往一线。为了避免远航军借机生事，NTU秘密舰队在最后一批志愿者在首都集结的当晚，就带着他们出发去了阿尔法阵线，而原定护送他们的海军舰队，则在十天后才有条不紊地向前线开拔，目的就是混淆视线。

远在阿尔法阵线的"天槎"舰队更是严阵以待，金轩专门腾出了一个偏僻的堡垒准备迎接NTU舰队，将自己最信任的副官派过去负责一切事宜，而他自己则大张旗鼓整顿"天槎"舰队在一线的大本营——初号堡垒，做出一副厉兵秣马、枕戈待旦的样子，随时准备迎接"向导舰队"。

于是，当海军舰队晃晃悠悠走到初号堡垒防御圈的时候，实际上那一千一百多名向导已经全部注册完毕，与他们自己选中的异能者军官建立了牢固的精神融合。

这次有幸得到福利的异能者，是从一线少校以上军官当中遴选出来的，也就是说经过这次组合，一线几乎一半的舰长都拥有了向导。这种战斗力加持是相当可怕的，舰长的能力决定着舰艇的战斗力，可以毫不夸张地说，阿尔法阵线守卫军团的实力因为这一千一百多名向导，起码提升了百分之十！

所以，当金轩得到战报，听说"四分卫"正在越过贝塔阵线试图攻击初号堡垒，抢夺"即将到来"的向导的时候，没有丝毫担心，反而有种"傻逼们终于来了"的兴奋感。

沉寂数月的阿尔法防线再次燃起了战火，"四分卫"突袭初号堡垒，"天槎"守军迎战，双方打得难解难分。二十四小时后，海军舰队增援"天槎"，"四分卫"不敌，被赶回贝塔阵线附近，于是远航帝国又派出了实力雄厚的"斥候"舰队为"四分卫"助威。

四大舰队在阿尔法阵线外侧展开激烈的战斗，血战三天不分胜负。与此同时，锡灵军港发来消息，他们也受到了汉尼拔舰队的袭击，外围防线被攻破，十二个太空哨卡被占领，所有舰队不得不退回中部防线固守，收缩防御圈。

金轩当机立断，命驻守在阿尔法阵线另外一处关隘的第三集团军四大舰队，分出一半兵力增援初号堡垒。有了他们的增援，战局开始向着一边倒的态势发展，"四分卫"和"斥候"一退再退，一周后几乎退到了贝塔阵线边沿，汉尼拔不得不撤掉部分攻打锡灵的舰队，支援贝塔阵线。

锡灵险情稍减，阿尔法阵线战局趋于平稳，交战双方转入漫长的拉锯战。驻守初号堡垒的"天槎"和联邦海军联合军团终于得到了片刻的喘息，而主将金轩也终于可以缓一口气，和巫承赫稍事休息了。

静谧的凌晨，巫承赫在睡梦中被个人智脑发出的提示震醒，打开一看，发现是天槎军医院发来的邮件。战争爆发以后，小豌豆跟随天槎军医院撤退到了天阙空间港，继续和其他实验体一起参与临床研究。每隔一周，实验组会发一个详尽的简报给巫承赫和金轩，告诉他们胚胎近期发育的情况。

但今天不是例行简报日，且时间上也有点诡异——现在是天阙标准时凌晨三点——于是巫承赫有点意外，担心胚胎育化发生了什么问题。

打开邮件匆匆浏览了一遍，巫承赫的眉头皱了起来，简报中提到，进入孕育中期，小豌豆的身体发育忽然加快，远远高于其他实验体，甚至超过了异能者胎儿有史以来的最高发育记录。与此同时，他的基因链出现了一些微小的变异，虽然当下还看不出确切的变异趋势，但隐隐和向导特有的分子结构有些近似。

什么意思？

巫承赫愕然，他的小儿子这是要逆天吗？身体机能发育超过大多数异能者，基因片段又出现了向导化变异的趋势，那他到底是异能者还是向导？

还是什么前所未见的人类新品种？

"你有没有收到……"房门忽然被人推开，金轩一头汗地闯进来，身上还穿着作训服，显然刚刚完成例行训练。他连汗都顾不上擦一把，便大马金刀地坐到了巫承赫身边，抓过他的杯子灌了一大杯水。

"你有没有收到天阙发来的小豌豆的例行简报？"金轩总算喘上一口气，问巫承赫，"他们说胚胎基因出现异常，可能有新的变异。"

巫承赫拿毛巾丢给他，让他擦擦头上的汗："我刚看完正文，还没来得及看附件，正好一起看吧。"

附件里是一个简短的三维视频，视频里是已经彻底成形的小豌豆，看上去有正常人类胎儿七个月大小，眉眼依稀可见，与金轩有六七分相似，倒是完全看不出巫承赫的影子。视频旁边闪动着科研人员做的备注，包括与上一期记录的比对，以及和预计情况偏移的程度等等。

"确实偏移了一些。"巫承赫打开细节表格一一细看，不禁有些担心，"孕育周期还有好几个月，再这么下去偏移度会不会越来越大？到底是什么造成了他的异化？难道真的是新型变异吗？"

金轩在医学上没什么经验，但鲜见巫承赫这样郑重的样子，也跟着担心起来："要不要我们过去看看，和实验员们面谈一下？报告上的东西毕竟有限。孩子是大事，万一是当初干细胞诱导的时候就出现了问题，那麻烦就大了。"

"应该不会，沐院长亲自审查了整个诱导过程。"巫承赫沉吟片刻，"也许是自然变异，结果未必是坏的……不然我去一趟天阙吧，眼下战事还比较稳定，一来一回不过几天，应该不会耽误正事。"

金轩想和他一起去，巫承赫拒绝了："你是一线主帅，这种时候不能离开初号堡垒，我一个人去足够了，再说你不懂胚胎学，去了也是白搭。"

最后一条说服了金轩，他立刻联系了后勤部，让即将回天阙休整的两艘补给船留出一个空位，带巫承赫回天阙空间港看儿子。

一切吩咐妥当，巫承赫留下来收拾行李，金轩准备去办公室开始一天的工作，刚走出宿舍区，忽然接到副舰队长发来的通信："准将，贝塔阵线有异动！"

"什么异动？"金轩心一沉。

通信那头传来的消息非同寻常："昨晚您离开旗舰以后，'四分卫'忽然撤回，紧接着'斥候'也撤回了！我们不敢贸然越过贝塔阵线，所以只派了一批无人驾驶小飞碟过去打探情况，结果发现……"说到这里他顿了一下，像是在寻找什么适当的措辞，再开口的时候嗓音变得有些颤抖，"发现他们的人在大批地死亡！"

"你说什么？"金轩有些不明白他的意思，"死亡？大批死亡？"

"是的。"副舰队长不安地说，"我们的小飞碟都被他们打掉了，但有几艘在坠毁前发回了摄像，从画面上看，原本驻守在贝塔防线内侧的军人在大批地死亡，很多尸体被人从堡垒内清理出来，送上运输舰运往加百列军港！'四分卫'和'斥候'大概就是因为这个才仓促撤回的！"

金轩有一瞬间的惊讶，继而肃然问：："可以确定死亡人数和死亡原因吗？"

"不知道。"副舰队长道，"我已经让人放出观察哨和探针做进一步侦查，但至今还没有确切的消息。准将，我觉得这件事非常蹊跷，您最好立刻来旗舰！"

金轩心中惊疑不定，宇宙级远航舰队很少发生人员大规模死亡的事件，除非是集体感染了什么传播性极为恶劣的病毒，但芝罘链星云开发已经上百年，人类对这一带的辐射和病毒都研究得比较透彻，有成熟的预防和治疗药物，常规情况下不可能忽然死这么多人。

病毒变异了？远航军内部发生了兵变？还是汉尼拔又想出了什么阴谋？金轩一边匆匆赶往船坞，一边飞速思考着，汉尼拔计谋多端，运兵诡谲，接触几次他已经深有体会，现在双方在芝罘链星云防线僵持，难道汉尼拔是想授意一线士兵诈死，造成内部混乱的假象，引诱他们越过防线坠入圈套？

可是这钩也太直了吧？

几分钟后金轩到达"天槎"旗舰，副舰长见他进来立刻道："准将，观察哨的消息发回来了！他们确实在大规模地死人，已经死了上千人了！"

金轩这下真的惊悚了，上千人可不是个小数目，什么病毒传染得这么快？还是汉尼拔真的要放神招了？

"死的都是什么人？守军吗？普通人还是异能者？"

"是贝塔防线守军，'四分卫'和'斥候'一直在阵线外和我们开战，貌似还没有出现这种状况。"副舰队长道，"据观察哨侦查，死的好像都是异能者。"

金轩更加诧异，异能者除非发狂躁，否则可以说百毒不侵，难道新出现了什么专门针对异能者的病毒？

"现在'四分卫'和'斥候'都撤回去了，我们怎么办？要不要趁胜追击？"副舰队长问。

"不，再观察一下。"金轩道，"把观察哨里的异能者都撤出来，换普通人，让他们小心点儿，对方内部可能爆发了什么对异能者极为不利的病毒。"

副舰队长神色一凛："是！"又问，"那我们要不要撤后？万一病毒泄露，离这么近对我们很不利。"

金轩有点犹豫，但最终还是摇了摇头："不，再等一等。"这种时候必须冷静，不能自乱阵脚，万一汉尼拔真的有什么后招，他们一动，对方大规模舰队掩杀过来就麻烦了。

金轩放出了更多的观察哨和小飞碟，靠近远航军辖区展开侦查。整整一天，"天槎"所有高层将领都守在主控台前，心急如焚地等待着前方的消息。观察哨每隔一小时就发回一条战报，每一条都让他们心惊肉跳——"四分卫"和"斥候"也开始死人了，从他们昨天晚上撤回贝塔阵线到现在，三十多个小时已经死了近两千人！

两千人，加上之前死去的守军，足有三千多人，这么高的死亡率简直令人毛骨悚然，遑论死的还都是异能者！

"后撤！"金轩果断发布命令，"所有战舰撤回阿尔法阵线，留下特战队和机甲战队待命，上尉衔以下异能者全部随队撤回，普通战士留下。"

"是！"副舰队长领命。

金轩将旗舰控制权交给他，道："舰队暂时由你代管，我和特战队留下来。"

"准将！"副舰队长反对道，"您也是异能者，请和舰队一起撤回阵线！"

"不。"金轩坚决地道，"我必须弄清楚对面到底发生了什么事，如果是汉尼拔的阴谋，我得尽快找到真相，想出对策，如果真的是某种病毒，我更得弄明白，否则一旦扩散，我们整个阵线的守军都要遭殃！"

副舰队长不敢违抗他的命令，只好接手控制权。金轩乘穿梭机转移到了特战队的轻型强击舰上，带着机甲战队护送大部队后撤。撤退甫一开始，金轩还十分警惕，担心汉尼拔可能会趁乱命人骚扰他们，没想到整个过程贝塔阵线一片死寂，根本没一个人出来。

不安的疑云越来越浓厚，看着悄无声息、死气沉沉的贝塔阵线，金轩有生以来头一次产生了后背发凉的感觉，正在思考接下来要怎么行动，特战队长报告道："准将，舰队已安全撤离，和海军舰队、第三集团军舰队一起驻扎在初号堡垒两翼的港湾里。"

"好的。"金轩丝毫不敢放松警惕，问，"观察哨有新的消息传来吗？"

"有。"特战队长道,"敌军的死亡还在继续,保守估计死亡人数已经达到六千人。"

六千人,够得上一个中型舰队了……金轩的后背越发凉了,比起凶悍的敌人,看不见的对手更加可怕,远航军到底遭遇了什么,不到两天的工夫就死了这么多人?

这种时候他已经不大相信这是汉尼拔的阴谋了,直觉也好,推断也罢,他觉得汉尼拔既然发动正面战争,就不会用这种奇怪的方式来诱敌深入,这没有道理。

远航军一定是遇上了比联邦军团更加可怕的敌人,或者病毒,或者……异星生物?芝罘链星云的自然环境虽然人类已经研究得比较成熟,但这个星系太大了,很难说在某个角落里生存着什么人类所没有接触过的高等生物。

突发情况四十八小时以后,前线观察哨送回的消息更加严峻——贝塔阵线的死亡人数正在以几何级数增加,刚开始守军们还会把同袍的尸体收集起来,送上战舰运回本部,现在已经完全顾不上了。"四分卫"、"斥候",包括贝塔阵线原有的守军,"擒杀"舰队残部……所有活人都在急着撤出防线。一艘又一艘飞船离开港口,飞向加百列军港。

"现在怎么办?"诡异的情况让身经百战的特战队长也有些惶惶然,问金轩道,"我们继续在这里观察吗?"

金轩已经两天没休息了,黝黑的双眸却丝毫没有疲态,修长的手指一下一下敲着椅子扶手,沉思道:"派一个小分队越过贝塔防线去看看。"

特战队长深吸一口气,欲言又止。金轩接着道:"刚才观察哨传回来的消息说那边死了已经上万人了,如果是真的,守卫一定非常松懈,这个险我们必须要冒,否则阿尔法阵线所有守军都得冒更大的危险。迄今为止情报显示死的都是异能者,所以派一队普通人过去应该稍微安全一点儿。告诉他们不要强冲,一旦靠近贝塔阵线后遇到阻击,立刻折回,我们另想办法。如果对方哨卡没有反应,就越过去看看。"

"是!"特战队长很快组织了一个全部由普通人组成的小队,开着一艘小型隐形飞船往贝塔阵线飞去。一小时后他们发来报告:"已经成功越过贝塔阵线,正在驶入最近的港口。"

听到这个消息,金轩的心情却没有丝毫的放松,反倒更加沉重:看来情况真的已经非常危急了,他们居然连最基本的防守都顾不上了!

又等了半个小时,那头传来小队长压抑着惊恐的声音:"准将!全都死了,整个船坞都是死人……不,不是正常的死亡,好像,好像……植物人一样,很多死人的身体还是软的,心脏还在跳动,但没有脑波……我们看不到他们的意识云,所以不知道他们的量子兽是不是还活着！"

诡异的沉默，整个船舱都没有人说话，大家面面相觑，良久，特战队长才迟疑道："这、这是什么情况？"

"没有活人吗？"金轩表情严峻，问小队长，"我指真正意义上的活人，他们的幸存者，普通人或者异能者。"

"我们还不知道，我们现在停泊在最外围的港口，这里已经没有活人了！"小队长说，"防线深处应该还有，我们能测到他们飞船起飞的能量波动，他们应该还没撤完……我们要继续往前深入吗？"

金轩思忖少顷，道："不，就地搜查一下，如果能找到活口最好，找不到的话就把他们船坞里的监控芯片弄出来，我要知道过去五十多个小时，那里到底发生了什么！"

一小时后，隐形飞船归来，出乎意料，小分队除了监控芯片，还带回了一个活口。那是一名港口地勤，普通人类，不知出于何种原因没有跟大部队一起撤走，而是被单独遗落在港口。据小队长说他们是在一个储藏室的柜子里找到他的，当时他已经被吓破了胆，连完整的话都说不出来。

面对金轩，地勤丝毫没有面对敌方主帅的惶恐，或者说他根本就没注意到站在他面前的就是敌方主帅，像是有一堵无形的墙把他和外界彻底隔开，他人站在这里，魂儿还落在贝塔阵线没回来。

"到底发生了什么事？"金轩将芯片交给手下去转译，亲自审问那名地勤，"贝塔阵线那些人都到哪里去了？"

地勤呆滞地坐在椅子里，嘴唇迅速而无声地蠕动着，视线无意识地落在金轩脸上，神智却不知道飘在哪里。金轩靠近他的嘴巴侧耳细听，依稀听到他在喃喃自语："看不见……我看不见……"

"他眼睛有问题？"金轩问小队长。

小队长摇头："不，他看得见，我们带他上船的时候他是自己走的。"

地勤像个被吓坏的鹌鹑一样缩在椅子上瑟瑟发抖。金轩沉着脸坐到他对面，忽然重重拍了一把桌面，用力之大震得舱室穹顶都嗡嗡作响。陪审的特战队长和小队长同时被他吓得一哆嗦，那名地勤也像是被惊醒了，打了个激灵，瞳孔收缩，视线聚焦在金轩脸上。

"不！别过来！走！走！我只是个普通人！放过我！"地勤忽然发出歇斯底里的尖

叫，跳起来一头往金轩撞去。两名卫兵立刻一左一右控制住了他，将他死死按在椅子上。

"带我走，别丢下我！长官，带我走！"地勤大哭起来，眼泪鼻涕流了一脸，"我不想死，我只是个普通人……"

航医想给他打镇定剂，被金轩制止了。地勤哭了大概十分钟，渐渐镇定下来，眼神也正常了，看看金轩，又看看四周的环境，停止挣扎，又哭又笑地道："天，我在哪儿？这是联邦军团？"

金轩道："这里是'天槎'舰队，你已经被俘了，不要做无谓的抵抗。"

"我、我真的被俘了？"地勤喜极而泣，再次哭了起来，"天！太好了，我终于得救了，谢谢，谢谢你们！谢谢准将大人。"他认出了金轩的肩章，差点给金轩跪下，"请不要把我送回去，太可怕了，都死了，都死了！"

提起死人什么的，他又有崩溃的趋势。金轩打断了他的话："贝塔阵线到底发生了什么事？为什么大批的异能者被运走，港口的守军也不见了？"

"有恶灵！"地勤恐惧地瞪大了双眼，神经兮兮道，"我们受到了恶灵的袭击！"

"恶灵？"金轩诧异，"什么恶灵？"

"看不见的恶灵！"地勤神经质地左顾右盼，像是在躲避什么看不见的敌人，压低声音道，"两天前港口就开始莫名其妙地死人，死的都是异能者。恶灵杀死了他们的量子兽，熄灭了他们的意识云，他们全部变成了木头，变成了活死人！"

他的五官诡异地扭曲着，表情十分狰狞，声音带着森然的寒气，配合在一起有种令人毛骨悚然的感觉。陪审人员忍不住打了个哆嗦，金轩却丝毫不觉得恐惧，沉声道："说清楚点，你怎么知道他们的量子兽被杀死了？"

"有人看见了，说了！"地勤有些前言不搭后语，"他们来了，异能者看见了他们，但无法反抗，他们像割麦子一样割掉了异能者们的意识云，杀死了他们的量子兽……"地勤的瞳孔又开始扩散，眼神癫狂而恐惧，"看不见的敌人，对，那是看不见的敌人，没人能够抵挡……所有人都走了，来不及走的都死了，我想跟他们一起走，他们丢下了我……"说着他忽然歇斯底里地尖叫起来，"不！不要！不要丢下我！"

他的精神受到太大的刺激，再问下去怕是要疯了，金轩摇了摇头，示意卫兵将他带走，对特战队长道："他状态太差，恐怕问不出什么东西来。芯片呢？监控视频修复好了吗？"

"好了。"特战队长道，"信息兵刚刚传过来。"

"打开看看。"

远航军视频编码方式和联邦军团不同,虽然经过解码,清晰度仍然不高,画面跳帧严重。金轩以五倍速浏览了一遍,选定一段稍微流畅一点儿的片段,道:"他说得没错,是有看不见的敌人,看这里。"

视频中一名异能者士兵正在往出口跑,跑着跑着忽然停了下来,像是看见了什么可怕的东西,然后他开始倒退,拿下背在肩头的枪端在手中,但还没来得及扣扳机,整个人就猝然一个倒仰摔在地上,一动不动了。

另两名异能者士兵大约是看见了这边的情况,跑了过来,冲着空虚的一点连连发射,表情恐惧而狰狞。但他们所有的攻击都没能奏效,射线枪的光穿过空气打在金属墙上,光雷在远处炸开,将空无一人的地面炸了一个深坑。

"他们遭遇了高维度敌人的袭击。"金轩沉声道,"普通人看不到那些敌人,普通的摄像装置无法记录他们的身影,还有我们现有的常规武器,对他们似乎完全没有作用。"

特战队长悚然道:"太可怕了,我们该怎么办?现在他们还在远航军辖区,万一越过阿尔法阵线到联邦来……"那联邦舰队岂不是面临着同样的"血洗"?

金轩表情凝重,手指在视频中轻轻拨动,良久忽道:"这是怎么回事?"

视频中一名身材娇小的女兵正扶着一名上校军衔的异能者后退,那名异能者显然已经受到了不明敌人的攻击,但奇怪的是并没有像之前那几个人一样瞬间失去意识,变成活死人,虽然双目发红,身体抽搐,但还在挣扎着后退。他身边的那名女兵脸色煞白,像是非常辛苦的样子,但外表并看不出什么损伤。

"她是个向导!"特战队长指着视频中的女兵道,"看她的眼睛,她是竖瞳!"

"她在抵抗看不见的敌人。"金轩眼神幽深,盯着视频中仓皇逃亡的异能者和向导组合,"她在保护她的异能者!"

审讯舱中陷入沉默,金轩、特战队长和小分队队长都无声地沉思着。少顷,金轩敲了敲桌面,对卫兵道:"去问问航医,俘虏情况稳定下来没有,如果可以把他带过来。"

几分钟后,航医推着轮椅将那名地勤带回了审讯室。大概是用过什么药物,他看上去十分平静,就是眼神有些呆滞,嘴巴张着合不拢,嘴角流下一小摊涎水。

"他精神崩溃得厉害,我只能给他用了点猛药,等送回初号堡垒再做进一步治疗吧。"航医抱歉地说。

金轩点头表示许可,问那地勤:"有异能者从'恶灵'手中逃脱吗?你看见了吗?"

地勤死气沉沉的眼珠微微转动了一下，落在金轩脸上，看了他半天，梦呓似的道："有……有的……他们逃走了……她挡住了他们……"

"谁？谁挡住了他们？"金轩诱导着问，"那个女孩子吗？那名向导？"

"是。"地勤继续低声喃喃，口水无法控制地从嘴角掉下来，却浑然不觉，"她能挡住他们，但她只有一个人……后来他们跑了，把我留了下来……呜呜呜呜……"说着说着哭了起来，捂着脸不停抽噎，"别丢下我，我不想死，呜呜呜呜……"

"立刻带他回初号堡垒。"金轩得到了想要的答案，估计再问他也问不出什么来，便对航医道，"把他交给我的副舰队长，让他们务必在最短时间内把他治好，详细审问。"

"是！"航医领命而去。

金轩对特战队长道："给总部发战报，把我们查到的情况详细汇报上去，告诉他们我们可能即将遭遇高维度敌人，需要大批向导为异能者战士建立思维屏障，还需要特殊的武器进行维度战斗。通知初号堡垒，我需要五名向导组队进入贝塔防线勘察敌情，让他们即刻安排几个有经验的强攻击型向导来。"

"五名向导？"特战队长面现为难之色，即使一线军团刚刚增援了一千多名向导，五名向导对他们来说也还是非常珍贵的，进入贝塔阵线这么危险的任务，很可能有去无回，万一……

"普通人看不见攻击者，只能派异能者过去勘察，但从情报看异能者在敌人面前没有任何自保能力，必须有向导保护他们。"说到这里金轩觉得颇有点儿讽刺，一直以来都是向导依附异能者，异能者保护向导，谁知道居然有一天会反过来。

巫承赫曾向他提过"变异基因进化论"，说向导才是进化的最高状态，他从不觉得赞同，现在却觉得心里有点什么东西被颠覆了。

"是。"特战队长转过弯来，发现这确实是目前唯一的办法，如果他们不派得力的人过去摸清情况，及时制定对策，等敌人的攻击范围扩散到阿尔法阵线，他们就是下一个远航军！

如果异能者都死了，留下向导又能干什么？无非等死而已！

战报和军令迅速发出，穿梭机带着俘虏飞往初号堡垒。前线的观察哨还在不停发回消息，贝塔阵线已经全面溃败，大批舰艇逃往加百列方向，留下的守军还在大批大批地死亡，正如那名地勤所说，看不见的敌人正像割麦子一样收割着异能者的生命，或者准确地说，收割着他们在高维度的灵魂。

特战队强击舰里,气氛低沉而压抑,所有人都心情沉重,包括金轩在内,大家都在等待着向导的到来,但谁也不知道自己还能不能活着回去。

半小时后,来自初号堡垒的穿梭机与强击舰接驳,十一名增援人员走进主控室。金轩看到跟在最后面的熟悉的身影,愕然道:"你怎么来了?你不是回天阙了吗?"

巫承赫摘下头上的军帽,冲他微笑:"增援你啊,我在上补给船之前得到了贝塔防线遇袭的消息,就没有离开,刚才副舰队长说你需要五名向导,我就自告奋勇来增援了。"

金轩无奈叹气,他原本以为巫承赫已经走了,心底里还暗暗庆幸他不用面对这种惨烈的局面,谁知道人算不如天算,巫承赫还是留了下来。

不过往好的方面想,巫承赫是"天槎"舰队最强的攻击型向导,有他出马,事半功倍。

"放心吧,小豌豆会没事的。"巫承赫对金轩说,"实验组的人都是资深科学家,比我专业多了,他们会照顾好他。我已经和他们通过话了,每隔几个小时他们就会发简报过来,我们能实时观测到胚胎的变化,和在天阙面对面观察是一样的。"

这种情况下,金轩只能点头,看了看时间,道:"准备一下吧,我们半小时后出发。"

半小时后,隐形飞船再次出动,船上除了金轩和巫承赫,另有五对异能者向导组合。这些组合是副舰队长精心选拔出来的,异能者都是久经沙场的老将,向导也都是强攻击型。

因为传统向导大多温顺,五名向导倒有三名是这次才注册的志愿者,他们还是头一次执行这么凶险的任务,坐在各自的异能者旁边,十分紧张。

"放松点儿。"金轩看出他们的忐忑,"我们不进入远航军腹地,只在贝塔阵线边缘勘察,危险性有限。"

"是啊。"巫承赫附和道,"从监控视频上看向导对'收割者'还是有一定威胁性的,那名女向导并不是强攻击型,也成功拯救了她的异能者。"所谓"收割者",是他们临时给那些看不见的敌人起的代号,源自于之前那名俘虏"割麦子"的形容。

巫承赫说话的时候带上了一点点暗示力,那几名向导于是镇定了一些。一个竹节虫女向导壮着胆子道:"不知道收割者现在到了哪里,是跟着那些人飞往加百列的飞船走了,还是滞留在贝塔防线的废墟里。"

听到"废墟"二字,金轩皱了皱眉,莫名觉得这词儿十分刺耳:"只有我们到那儿才能知道了。"

众人沉默,目前他们对收割者所有的认知都是来自于那份粗糙的视频,以及那名地勤前言不搭后语的叙述，没人能说得清收割者到底是什么形态的生命，也不知道他们从哪里来。

一时间，每个人都觉得自己肩头沉甸甸的。

很快，隐形飞船就越过了贝塔阵线。和之前的小分队叙述的一样，这里一片沉寂，杳无人烟，飞船驶过关隘，没有受到任何盘查和问询。金轩亲自驾驶飞船绕过空无一人的哨岗，越过一个又一个空荡荡的港口，最后停在一线最后方的一个船坞。

"再往前就是'擒杀'的大本营了。"金轩低声说，打开能量波探测器，"能量波动还在继续，他们还在撤离，我们不能离得太近，否则会被'擒杀'的人发现。"

"或者……我们可以用他们的船？"巫承赫打开外部监控系统，左右扫描，指着一艘穿梭机机道，"那里有穿梭机，我们可以乘那个飞到他们后方的港口。"

"好。"金轩关闭引擎，道，"大家启动伪装，准备下船。"

一行十二人纷纷启动军服上的伪装程序，联邦军团制服和远航军本来非常相似，只要修改一下布料的颜色参数以及肩章、徽章即可。等他们从隐形飞船上走下来的时候，已经变成了一队几可乱真的远航军战士。

"好诡异的感觉。"巫承赫意识云最为灵敏，一下船就皱起了眉头，"你们闻到了吗？有奇怪的气味。"

竹节虫女向导紧张地四下观望，抽了抽鼻子："好像是，甜甜的，带点儿腥味。"她的异能者附和道："是，还有点儿铁锈味。"

金轩没有说话，他也嗅到了奇怪的味道，同时他的意识云还感觉到了一种粘稠的不舒服，令人联想到某种丑陋的爬行动物爬过地面，留下湿漉漉的痕迹；或者某种带着粘液的昆虫从草棵上蠕动过去，到处都沾满它亮晶晶的"脓鼻涕"。

"大家小心。"金轩低声道，带着小队穿过船坞旁边的过道，来到穿梭机旁边。不远处的地面上躺着两名异能者，一动不动，面容栩栩如生，胸口甚至还在缓缓起伏，但意识云已经消失了，量子兽也不知所踪。

竹节虫向导脸色发白，捂着嘴低声道："天！他们的意识云呢，还有他们的量子兽……"她左右张望，试图找到哪怕是量子兽的尸体，却失望地发现周围什么都没有。

"我们走。"金轩打开穿梭机门，一把将竹节虫向导托进机舱，又招呼其他人上机，自己坐到驾驶席上通过个人智脑接驳控制系统，一边破解驾驶权限，一边沉声道，"大家不要慌，稳住，到目前为止情况和我们了解的一样，并没有什么意外。我们的目的是了解真相，并非战斗，一旦与敌人遭遇，不要恋战，迅速撤退即可。"

"是！"众人肃然领命。

金轩三两下就搞定了权限，开着穿梭机徐徐驶出船坞。

穿梭机内部有全息监控，但金轩还是将控制台上方的舱盖转换成了透明模式，通过透明舱盖，所有人都能看到外面的情况：无数异能者散落在各处，横七竖八，大多表情惊恐，也有小部分大概是没反应过来就被"收割"了，趴在地上还维持着奔跑的姿势。

远远的，能看到后方最大的港口正不时冒出淡蓝色的火光，那是大型飞船在起航，就是不是知道船上承载的是活人，还是活死人。

"慢一点儿。"穿梭机驶出大概五六十公里，巫承赫忽然感受到一阵轻微的意识云波动，轻轻按住了金轩的手背，"等等，有情况……我感觉到有奇怪的力量在靠近。"

金轩神色一凛，降低引擎转速，将穿梭机稳在半空中，问："什么？在哪里？"

巫承赫摇头，双目却渐渐化作竖瞳。金轩通过意识通感"看"到他强大的意识云正在翻涌，无数道细小的思维触手向四面八方伸展开来，不断延伸，延伸……延伸向高维空间中某个微微震动的点。

其他向导感受到他的意识波动，顺着他的指引将各自的思维触手伸向同一个地方。渐渐地，所有人的目标都集中在一处。

Chapter 37
信天翁计划

一团前所未见的光。

巫承赫在意识世界"注视"着那团光。

灰黑单薄的线条世界里,它像太阳一样炽烈而刺目,和他以往在人类世界观察到的完全不同,即使最最强大的异能者或者向导,意识云的亮度都远远无法和它媲美。

那是一个无法言喻的强大的精神体,不属于人类的精神体,巫承赫感受得到,它在三维世界没有类似人类身体的载体。它是虚无缥缈又现实存在的,在普通人类无法触摸的高维度空间里。

它极为敏感,只通过轻微的意识波动,就发现了小分队的存在,拖着长长的光影飘了过来。巫承赫鼻端再次嗅到之前在船坞发现的那个奇怪的味道,甜腥的,带着铁锈味,粘滞而沉重。那很可能是这种高维度生物在三维世界中的某种映射,能够让普通人类感知到的映射。

强大的压迫感瞬间袭来,小分队所有向导的意识云都发出剧烈的震颤,不用任何人发话,大家迅速筑起了一道坚固的屏障,将自己和异能者的意识云重重包裹。

收割者在高维空间靠近了他们,炽烈的光刹那间吞噬了向导构筑的思维堡垒。被强光淹过的那一刻,巫承赫感觉自己的意识云像是被岩浆冲击的海水,剧烈地翻涌着,蒸腾起无数细小的蒸汽。与此同时,他的大脑像是被一条烧红的铁钎捅穿,发出灼热的锐痛!

他的意识力是六名向导中最强的,他都成了这样,其他人的痛苦只能更甚,尤其是意识力相对较弱的竹节虫女向导,被强光淹没不久,构筑的屏障便开始像曝露在阳光下的冰墙般消融瓦解。

量子兽们也感受到了敌人的强大，纷纷躲在主人身边瑟瑟发抖，包括金轩的巴巴里狮子，只有精神力最为强大的伊卡鲁幻色蛱除外——巫承赫的量子兽通过思维通感察觉了主人的压力，愤怒地翻飞着，想要冲过去攻击敌人，却放心不下巴巴里狮子，不时停在它耳朵上，用精神力安慰焦躁的小伙伴。

收割者一点点吞噬着向导们构筑的屏障，巫承赫的大脑撑过一波又一波冲击，渐渐剧痛难忍。他觉得"收割者"这个名字简直取得太贴切了，此时此刻他的意识云就像长在麦田里的麦穗，正在被锋利的镰刀一点点从身体里割出去！

不，不能这样下去，一味的防御只能是等死！巫承赫在防御间隙挣扎着思考：他们现在完全暴露在收割者的视线当中，虽然暂时能够挡住对方的攻击，但时间长了肯定要溃败——三次元的身体是有极限的，他们的意识力依附于身体而存在，当体能消耗达到极限，意识云也会随之耗尽。而收割者是纯粹的高维生物，没有身体的桎梏，精神力像浩瀚的大海一样源源不绝。如果再这样耗下去，他们的结局只能是彻底被吞噬，被"收割"。

必须主动出击！

巫承赫铤而走险，猛地伸出一对思维触手，穿过自己修筑的思维屏障，向包裹他们的那团光刺去。经过一段时间的观察，他发现那团光并非均匀的混沌，而是和异能者的意识云一样，有它特殊的结构和板块分布，有的地方亮，有的地方暗，有的地方像星星一样闪烁不停。

这种时候只能碰运气了，巫承赫不管三七二十一，挥动触手向那些闪烁的光点戳去。他猜测那些点很可能就是收割者意识力当中不稳定的部分，而不稳定，就意味着有机可乘！

果然，在他凶狠的袭击之下，收割者的光团猛地暗了一下，吞噬思维屏障的速度也慢了下来，原本轻轻闪烁的光点却更加明亮，像晴夜中的星星一样清晰可辨。

猜对了！巫承赫心中一喜，撤掉一小部分用于构筑屏障的意识力，增加两根思维触手往那些闪烁的星星刺去。

这次收割者的反应更加明显，它的光团中心泛起一团淡淡的黑雾，压在思维屏障上的力量又减轻了几分。巫承赫嗅到那股甜腥的气味变得更加浓烈，仿佛谁在他脚边打翻了一大杯血液一般，看来这种气味非但是收割者在三维世界的映射，还反映着它受到攻击以后的状态!

"注意那些星星!"巫承赫双目化作细细的竖瞳,低声对其他人说道,"那些星星好像是它的弱点,我刚刚攻击它以后,意识压力明显减轻了,也许我们可以一起攻击……"

"我、我做不到!"竹节虫向导脸色煞白,仰靠在座椅上,身体微微颤抖,"我没有多余的力量撤出来攻击,呜……我的头要裂开了!"

"我也做不到。"另一名向导嘶哑道,"我快要撑不住了,它的力量太强大,我的屏障快要被吞噬了!"

"不能这么下去。"一名年纪略大的向导咬牙道,"这样撑下去我们迟早被它耗死,巫上尉说得对,我们必须反击。"

"可是我……"坐在穿梭机最后面的一名年轻向导几乎连话都没法说出来了,还是他的异能者通过意识通感了解了他的思想,替他道:"他也是,没有多余的力量反击。"

"我来。"巫承赫沉声道,"我来负责攻击,你们守好思维屏障,保护我的异能者!"

"嗷呜!"高维空间里,金轩的巴巴里狮立刻站了起来,焦虑地看向在它面前翻飞的伊卡鲁幻色蛱。蝴蝶轻轻落在它鼻尖上,用精神力安抚他的暴躁。渐渐地,狮子平静下来,虽然心有不甘,但还是乖乖趴了下去,只是长长的尾巴左右摇摆,显示着内心的不安。

金轩沉默地坐在驾驶席上,没有说话,战场之上,他必须把巫承赫当做普通战士看待,不能掺杂过多的私人感情。虽然他担心巫承赫的生死,但这种时候他更要为整个小队,整个联邦考虑。

于是他没有阻拦,只通过意识通感道:"小心!"

"放心,我有分寸。"巫承赫简单地回答,继而问其他五名向导:"准备好了吗?"

"好了!"五名向导异口同声道。虽然他们分不出精力攻击,但五个人分担一个人的防御勉强还可以,再说巫承赫每攻击一次,压在他们头上的压力就少一分,这也是一个相辅相成的过程。

五名向导各自分出一部分力量接替巫承赫。巫承赫将所有的意识力凝聚起来,化作数十根细长有力的思维触手,深吸一口气,挥向收割者光团中的星星。

刺鼻的血腥气飞快蔓延开来,收割者的光团开始剧烈收缩,压在向导团头上的压力骤然减轻。所有人都松了口气,那名年长的向导甚至腾出一点儿精力,伸出一对思维触手来帮助巫承赫。

巫承赫的触手深深扎入收割者的光团，一股细细的电流像反作用力一样通过接驳点反馈回他的脑海。他抑制不住轻轻抖了一下，依稀感觉脑子里像是有一道亮光闪过，居然有一种微妙的舒适感。

那是什么？巫承赫心中警惕起来，挡住试图帮助他攻击的年长向导，示意他不要轻举妄动，而后操纵自己的思维触手往收割者的光团更深处探去。

如同细雨落入大海，一开始那种令人难以忍受的触电感过去之后，巫承赫感受到从未有过的放松与舒适，那是一种无法用语言描述的温暖惬意，像母亲的子宫，父亲的拥抱，让人充满孩童一般纯真的安全感。

思维触手仿佛融化在了收割者浩瀚的精神世界当中，巫承赫整个人都懒洋洋的，之前的紧张与斗志慢慢消失，取而代之的是一种从本能深处升腾起来的回归与安心。

他"看"到无数异能者的灵魂，他们的意识云和量子兽，和他一样静静飘浮在收割者的光团里。那光团仿佛变成了无限大，容纳着数万名异能者的灵魂，却丝毫不显得拥挤。

"你好，种子。"一个陌生的声音在巫承赫脑海中回荡，不属于金轩，却比金轩与他的通感还要清晰，"强大的种子。"

"你是谁？"巫承赫惊疑莫名，"什么种子？"

"我是收割者。"那声音回答他，断断续续，语气和语调都非常奇怪，似乎对人类的语言掌握得并不十分熟练，"这是你们给我们起的名字，很好，很贴切。"

收割者……巫承赫刚刚平静下来的意识云因为这个名字忽然再次剧烈翻涌。他蓦然想起了贝塔阵线，想起了船坞中那些躺在地上的活死人，立刻从懒洋洋的状态中警醒过来，问道："为什么要杀死我们的同伴？为什么夺走他们的意识云？"

"杀死？"收割者像是不明白，顿了一会儿才说，"哦，那不是杀死，只是收割……种子熟了，必须收割。"

"到底什么是种子？"巫承赫问。

"你们，都是种子。"收割者说，"你，种子，强大的种子……蝴蝶种子，噢，真美！"

巫承赫的伊卡鲁幻色蛱与他的意识云同为一体，此刻也出现在收割者的光团中。它警惕地四下翻飞着，丝毫没有舒适惬意的模样，显然比它的主人意志坚定得多，并没有受到那些反馈电流的影响。

"为什么叫我们种子？"巫承赫问，"收割者又是什么？你们从哪里来？"

"我们从母宇宙来，母宇宙有特别的通道，通向所有宇宙。"收割者试图用人类的语言向他讲解，但显然掌握的词汇完全不够，"我们播种、巡游、收割种子，带你们一起回母宇宙。"

巫承赫努力思索它这番话中暗含的信息，若有所悟，又有些不得要领。收割者似乎也发觉了他的困惑，发出一声惟妙惟肖的叹息："唉，跟我来。"

周围的世界倏然变化，光团、异能者的灵魂、收割者的声音……一切的一切瞬间消失，取而代之的是一团漆黑的混沌。巫承赫的意识云飘浮在绝对黑暗的空间中，渐渐"看"到黑暗的中央爆发出一点明亮的光，紧接着，那光急速扩张、爆炸，形成更多的光点，然后是无数的星星。

即使对宇宙学只有一知半解，巫承赫也明白了眼前的景象是怎么回事——收割者在用意识幻象给他描述宇宙的形成。

"这是母宇宙。"收割者的声音又出现了，"平行宇宙，你和我，我们的母宇宙。"

原来它们来自于另一个平行宇宙，巫承赫终于了解，但……它为什么要说"我们的母宇宙"？

意识幻象还在继续，蛮荒的宇宙迅速变化、成熟，越来越多的星星上开始出现智慧生物，那是一种和人类完全不同的生命，没有三维世界的肉体，只有高维世界的"灵魂"。

"这是我们的祖先，"空洞的声音又开始讲解，"初期的，有生命力的，收割者。"

"祖先"这个词儿很好理解，但为什么说是"有生命力"的？难道它们现在没有生命力了？巫承赫有些费解。收割者似乎也意识到了自己表达能力的贫乏，于是加快了幻象的推进速度，试图用直观的演示让他明白自己想说什么。

幻象中，生活在母宇宙的光点越来越多，随着不断"进化"，它们的结构开始发生变化，形成不同的种族，每个种族又形成了不同的信仰。和人类世界一样，它们开始划定各自的势力范围，相互防御、相互攻击，并试图消灭与自己不同的种族，用统一的"血统"让整个母宇宙变得更标准，更和谐。

然后有一个种族成功了，整个母宇宙被它们统一。为了防止新的分裂出现，它们制造出了一种方法，将自己身上可能导致变化的部分——暂且称之为"进化基因"——彻底切除掉。

所有收割者都接受了这种切除，然而理想中的和谐与平静却并没有持续多久，很快它们发现整个种族的繁殖都发生了问题：由于失去"进化基因"，它们的身体，也就是高维空间那些明亮的光团变得非常消极，不愿意诞生新的后代，即使诞生出来，也因为和它们一样没有"进化基因"，于是成熟后更加不愿意繁殖。

这是一个可怕的恶性循环，但它们对此无能为力，因为那是身体的本能：失去进化能力，它们的身体就默认它们无法进化，应该被淘汰，不应该再存在下去。

认识到这一点的时候，一切都太迟了，"切除"是不可逆的，它们的身体不可能再生长出进化基因，只能眼睁睁看着整个种族走向灭绝。

好在它们的生命非常漫长，在整个种族灭绝之前，还有那么几万年为自己寻找出路。于是某一位种族领袖制定了"播种计划"，派出几乎一半的族人通过某种特殊的"通道"穿梭各个平行宇宙，将它们的"种子"——可以理解为一种能够跨维度、跨种族镶嵌的基因片段——用特殊的手段播撒在其他宇宙的生物基因链中。

非常不幸，人类现在所处的宇宙，就是他们数万年前光顾过的"试验田"，而曾经大规模生活在依达星球的异星蝎们，就是他们的"播种"对象。后来异星蝎为了消灭人类，将自己的基因片段镶嵌在人类的基因链中，制造出变异人间谍投放人类世界。再后来人类和变异人联手战胜异星蝎，种族大融合，产生了异能者和向导。

经过无数神奇的巧合，经过人类自作聪明的基因融合，奇迹出现了，收割者们已经被阉割了几万年的"进化基因"，居然出现在了异能者和向导的意识云当中。而且因为人类在基因融合中使用了大量动物基因，这些"进化基因"非常多样化，生命力远远超过收割者祖先本身固有的，简直令它们惊喜莫名。

"我们是收割者，"意识幻象不停发展演化，收割者的声音再次出现在巫承赫脑海里，"你们是种子，"停顿了一下，又加了一句，"你们是我们会进化的同类。"

巫承赫内心的震撼已经无法形容，怪不得他在进入收割者意识云的时候会有回归感和认同感，原来从某个细微的基因片段上来讲，他和收割者竟然是同类！

不，不是同类，就像收割者说的那样，异能者和向导只是可以让他们继续进化的"种子"。

"种子怎么使用？"巫承赫问。

收割者回答："带回母宇宙，提取进化基因，融合。"

"那种子在三维世界的肉体呢？"

收割者对"肉体"这个词汇似乎理解不良，通过通感搜索着巫承赫的记忆，很久很久才回答："无用的，丢弃。"

"肉体是我们的一部分，丢弃以后我们就会在三维世界死亡。"巫承赫说。

收割者又花了很多时间来理解"死亡"这个词汇，道："不，没有死亡，种子不会死，融合以后，会诞生新的生命，新的我们。"

巫承赫仔细咀摸着它的话，依稀明白了一些什么：收割者无论从生命形式和思维模式上来说，都和人类是完全不同的，它们没有"肉体"的概念，只要精神活着，就是活着。它们对"自我"的观念也非常淡漠，更多的是把自己看做种族的一部分，种族延续，它们就认为自己的生命在延续。

一切的真相都已经明了，没有侵略，没有杀戮，它们是来自于另一个宇宙的另一种生命，几万年前它们在异星蝎身上撒下种子，现在异能者和向导身上长出了果实，于是它们来"收割"了。

可惜，他们试图收割的东西，是人类的生命。

"如果我拒绝被收割呢？"巫承赫问，"我拒绝回到母宇宙。"

收割者沉默了，似乎无法理解他这种奇怪的要求，很久才道："不能允许，种族必须存活，你们必须被收割。"

"可是我不愿意，"巫承赫试图用让它们理解什么是"我"，什么是"个人意愿"，"种子是我的，我想让它以原来的方式继续存活。"

"不行！"这次收割者的回答非常迅速，"没有'我'，只有种族。"

巫承赫想了想，试着用妥协换取对方的让步："你们已经收割了这么多种子，足够了，剩下的可以让我们继续以原先的方式存活吗？"

"不行，种族需要很多、很多的种子。"收割者斩钉截铁地说，顿了一下，又道，"你们，很美，很神奇，每一个都是不同的，这些——"它在意识幻象中投映出一大批异能者，"是初等的。"又投映出一批向导，"这些是更好的。"最后对巫承赫道，"你是最好的，强大的，蝴蝶很美。"

沟通到了这一步，巫承赫已经确定双方无法达成任何妥协，人类不可能用所有的异能者和向导换取和平，而且即使换取了，这种和平也是短暂的，只要普通人还活着，就有可能生出异能者和向导来，若干年后，收割者必然会再来，再收割，直到收无可收为止。

"抱歉,我不同意被你们收割。"巫承赫坚定地说,"我不是你们的同类,我是'人',我的肉体和我的意识,我的量子兽,都是我作为'人'的一部分,缺一不可,所以我拒绝被收割。"说着他猛地挥动思维触手,向收割者精神世界深处刺去。

随着变调的惊呼声,意识幻象刹那间消失,他再次回到了光团当中,四周无数异能者的灵魂包裹着他,不稳定的星星在光团中闪烁,他的伊卡鲁幻色蛱勇敢地扇动着翅膀,凛然无惧。

巫承赫不顾一切地攻击着收割者的星光,四周的空间扭曲起来,光团渐渐变得混沌,像被墨水污染的雾气一般涌动着。忽然,一道明亮的闪电从雾气中刺了出来,巫承赫大脑一阵刺痛,几乎瞬间昏厥,两道思维触手像是被利剑斩断,落入浓雾,失去了踪影。

巫承赫的意识云翻涌得更加厉害,他知道自己已经受伤了,但他不能放弃,因为他已经落入了收割者的精神世界当中,如果认输,只能被收割。于是他集中所有的意识力,将所有触手合并在一起,朝收割者最亮的那一点星光刺去。他的伊卡鲁幻色蛱也不甘示弱,跟着触手疾飞而去,冲入星光之中。

浓雾剧烈收缩,像是受到了重大的打击,巫承赫刚要趁胜追击,浓雾深处忽然金光一闪,一道巨大的刺目的闪电激射而出,往他的思维触手斩来!

巫承赫心中一片冰凉,收割者太强大了,仅凭一人之力他根本不可能战胜对方!

千钧一发之际,一团柔和的白光忽然从他意识云中飘了出来,收割者的闪电刚触到他的思维触手,便倏然停住,紧接着消失无踪。

"新的种子!"收割者的声音像是受了伤,微弱颤抖,但充满喜悦,"强大的新种子……很美。"

巫承赫惊魂未定,莫名所以。收割者又道:"未出生的,在你的意识云里,必须保护。"

未出生的?在我的意识云里?什么意思?巫承赫愕然,随即想起那团柔弱的白光——那好像是从他的意识云里分离出来的,但奇怪的是他以前从来不知道自己的意识云竟然能够分裂!

"真是伟大。"收割者赞叹地说,"你们,你们这些人类,真是伟大,你们的进化能力太强了,出现了新的种子……唔,让我把他摘下来……"

剧痛袭来,巫承赫忍不住失声大叫,只觉得一股强大的力量"拽"着那团从自己意识云里分离出来的光团,试图将它彻底从自己的精神世界里连根拔起!

"放、放开我!放开……它!"巫承赫挣扎着尖叫,意识云像被飓风冲击,形成无数混乱的漩涡，他的蝴蝶同时剧烈颤抖，像是要被看不见的风撕成碎片！

意识逐渐混沌，黑暗袭来，巫承赫彻底失去了战斗力，整个人向着黑暗的深渊坠去，迷茫之中，他听到收割者变调的声音模糊地在脑内响起："不行，尚未成熟……新种子太脆弱了，不能从母体中分离……他们会一同死去……放弃……等待……会有办法的……"

无尽的黑暗，难忍的疼痛。

不知过了多久，巫承赫倏然醒来，发现自己的意识云已经退出了收割者的精神世界，他没有被收割，只是大脑有些脱力的眩晕，和从前意识力过载的感觉差不多。

睁开眼睛，视线有些模糊，但依稀能辨别出自己躺在一个熟悉的房间里，不是特战队的强击舰，也不是"天槎"旗舰，而是他位于初号堡垒的卧室。

"他醒了！"航医激动的声音，"准将，上尉醒了！"

急促的脚步声，金轩冲了过来，他的手被他用力握住："巫承赫！巫承赫你听见我说话了吗？你看看我，我是金轩！"

巫承赫努力转动眼珠，终于蒙蒙眬眬地看到了金轩的轮廓，想要说话，但身体虚弱得连嘴唇都无法蠕动，只能通过意识通感回应他："听见了，我没事，我还活着，没有被收割。"

"天！太好了！"金轩的声音沙哑而颤抖，"你还在，你还活着……"说到最后气息略带上了一丝哽咽。

巫承赫心中也是感慨万千，小憩片刻，喝了口水，终于能说话了："我发生了什么事？我们怎么回来的？"

金轩坐在床边拉着他的手不放，好像一松手他就飞了似的，一边反复摩挲他的手心，一边告诉他这些天以来发生的事。

那天他们在贝塔阵线遭遇收割者，向导们建立思维屏障保护异能者，差点被彻底吞噬。后来巫承赫一个人冲进光团攻击对方，刚开始金轩还能感受到他的意识云，渐渐地却感觉不到了，他似乎进入了一种类似"入定"的状态，身体对外界刺激有反应，但意识云沉浸在另外一个世界里，完全无法沟通。

在他"入定"以后，收割者的攻击慢慢减轻，最后彻底消失。所有人都不知道发生了什么事，不知道收割者是被他消灭了，还是只是暂时离开，安全起见便带着他回到了阿尔法阵线。

他保持这种"入定"状态已经七天了,航医不确定他是不是还活着,或者像远航军那些被收割的异能者一样成了活死人,只好用生命辅助系统维持他的代谢,并让金轩做好最坏的准备——巫承赫在体征上看已经比植物人都差了,和死人只差一口气罢了。

金轩听到"做好最坏的准备",整个人都疯了,当场发了狂躁症,差点一枪把航医给崩了,勒令他用尽一切办法把巫承赫给救回来!他坚信自己的向导还活着,只是意识力在某个看不见的空间中和收割者战斗,等战胜了,就会回来。

因为金轩的反应太过激烈,副舰队长为了防止他失去理智做出什么可怕的事情来,便把他的情况上报了严令,严令又上报了金辙,现在,金辙已经在飞往初号堡垒的路上了。

"我就知道你会醒!"金轩捏着他的手指神经质地揉来揉去,"我就知道你不会丢下我一个人。"

巫承赫没想到自己和收割者那一场沟通居然持续了七天,想想金轩七天都对着他这个毫无意识的植物人,内心的痛苦可想而知,攒足力气轻轻回握了一下他:"我没事,我还活着,它们……收割者,好像有什么顾虑,明明可以干掉我的,后来不知道为什么放弃了。"

巫承赫毕竟体力不支,醒过来没多久就又陷入了沉睡当中,好在这一次他的体征渐渐恢复了正常,心率和脑波都显示出旺盛的生命力,金轩总算从刻骨的恐惧中解放了出来。

昏天黑地睡了二十四小时以后,巫承赫再次醒来,体能已经恢复了大半。他第一时间让航医把金轩从旗舰中召回来,对他道:"我想起来了,我好像知道收割者为什么会放过我了。"

金轩在他沉睡的时候也一直在思考这个问题,问道:"为什么?"

"小豌豆。"巫承赫说,"收割者在精神世界里攻击我的时候,我的意识云里飘出了一个光团,很小,很虚弱。"他努力回忆着当时的情景,皱眉道,"光团一出现,它们忽然停止了攻击,并说发现了'新的种子'。想要把它从我的意识云里剥离出来。"

"剥离?"金轩愕然,"你是说,你的意识云竟然能够分裂出新的个体?"

"我不知道。"巫承赫对此也觉得非常费解,他研究向导医学很多年了,从没听说过意识云可以分裂的案例,这实在是太匪夷所思,"它们,收割者们是这么说的,它们本来想带走那个光团,但剥离的过程太痛苦了,我完全无法忍受,它们就放弃了。如果真的强行剥离,我和那个光团可能都会死。"

金轩比他更匪夷所思,瞠目良久,问:"那你怎么联想到小豌豆的?"

"还记得实验组发给我们的简报吗?"巫承赫说,"小豌豆在形成之初就显示有异能者基因,但发育到中期,基因中忽然突变出了向导化的片段,我想可能他的意识云和异能者是不一样的,和向导倒有一些相似……他的基因有一半来自于我,他的意识云会不会也和我有关,需要从我的意识云中分裂出来?"

意识云分裂,这是个前所未有的理念,从前无论是异能者还是向导,意识云都是伴随着身体的孕育而出现的,从没有过从母体分离的案例。

也许是因为他们使用了 IPSCs 技术,又参与了胚胎干扰研究的缘故?

如实验组科学家猜测的那样,小豌豆身上因此同时出现了异能者和向导两种截然不同的特性?

这简直……太神奇了!

金轩和巫承赫同时陷入沉默,不知道该庆幸还是该担忧,诚然这件事对当下的战局来讲是一件好事,给整个敦克尔联邦带来了一线生机,但如果小豌豆真的进化成了一种前所未有的新人类,他出生后要面对的又会是怎样一种未来?

无论如何,小豌豆未来会怎么样,是必须建立在敦克尔联邦还有未来的基础之上的,如果全人类都无法度过这一劫,那他也毫无未来可言。

两个人同时想到了这一点,对视一眼,默契地放下关于孩子的问题。巫承赫道:"收割者是不会收手的,即使顾及小豌豆,它们也照样会对其他异能者进行收割,直到所有的'种子'都被收入它们的精神世界。"

金轩点头同意:"那些被收走的异能者,他们的意识云还活着吗?"

巫承赫思忖着道:"我不知道那算不算活着,我在收割者的精神世界中能感觉到他们的意识云在轻微波动,但似乎又没有自主意识……唔,或许收割者用了什么特殊的方法来为他们'保鲜'吧,它们说过会把这些种子带回去,提取,融合。估计彻底死掉了就不能用了吧。"

"如果我们打败收割者,那些意识云会被释放吗?"金轩接着问,"释放后还能回到他们的身体内吗?"

巫承赫完全没考虑过这个问题，迟疑道："或许吧……不过我们怎么打败收割者？"说实话他当初觉得能保住剩下的人就不错了。

"总会想出办法的。"金轩眉头紧蹙，但眼神中并没有绝望的神色，顿了一下又问，"来我们这个宇宙的收割者有多少个？"

"十个。"巫承赫回答，收割者是没有秘密和欺骗的，他在收割者的精神世界中感知到了很多关于母宇宙的信息，"几万年前母宇宙的领袖发动了一半的族人在各个平行宇宙中播种，但因为范围很广，所以每组人数量并不多，这一组算是比较大的了，也只有十个而已，袭击贝塔阵线的是其中之一，还有九个在星系其他地区。"

"是的，我们这两天陆续收到其他星域的消息，一些地方也出现了收割者，只是因为异能者没那么集中，所以伤亡没有贝塔阵线那么大。"金轩道："如果收割者只有十个的话那还有转圜的余地，全人类几十亿人，光异能者就有几亿，按他们之前的收割速度算，全部收完要花很久。"

"呃，这倒是。"巫承赫想想也对，之前之所以觉得惊悚，是因为贝塔阵线两天之内就没了几万人，如果把全部异能者和向导都算在一起，也够收割者收一阵子的。

不过这又有什么意义，没有彻底打败收割者的办法，晚死早死不都得死吗？

"有了这段时间作缓冲，我们能策划很多的事情。"金轩察觉了他的疑问，解释道，"收割者虽然强大，但数量这么少，既然向导可以和它们对抗，那我们尽快集结全人类的向导一起想办法，说不定能打败他们。"

巫承赫回忆起与收割者对抗时那种的恐惧感，不由得打了个哆嗦。和母宇宙的"祖先"们相比，他们这些"种子"简直就像是蝼蚁一般，根本无力撼动参天的大树。全联邦在册的向导加起来虽然也有近两万人，但即使集结在一起恐怕也无法杀死那十名收割者。

而且收割者并非只有这十名，一旦它们发现人类无法战胜，难道不会求救母宇宙？到时候数不清的收割者通过"通道"来到这个宇宙，人类又该如何面对？

巫承赫心情沉重，沉默不语。金轩道："金辙正在从敦克尔首都赶来，他带来了军部的武器研究专家。还记得'切断'装置吗？它的前身就是高维度武器，现在不管有用没用，只有先拿它试一试了。"

"'切断'装置？"巫承赫眼睛一亮，仅凭人力无法战胜收割者，但有武器的话就不同了，如果能以迅雷不及掩耳之势干掉那十个收割者，令它们没有机会向母宇宙求救，那人类起码还能保持若干年的安宁。即使母宇宙某天发现这一批收割者失踪了，再派其他人来，人类也可以如法炮制，逐个歼灭。

"对，'切断'装置。不过金辙这次带来的不是它，而是它的前身，军部试制的维度武器样机。"金轩道，"金辙收到第一拨消息就开始行动了，几天之内他就能赶到这里，还有沐院长，他听说你和收割者近距离接触，失去意识，非常着急，跟金辙一起过来看你了。"

"哦哦。"巫承赫觉得总统这种时候跑到前线似乎有点儿危险，但人类存亡已经到了关键时刻，作为总统身先士卒能让公民安心一些，便道，"那正好，我也想跟院长请教一些思维攻击方面的问题，他比我强得多。"

几天后，总统舰队悄然抵达初号堡垒，巫承赫也在航医的调理下恢复了健康。因为伊卡鲁幻色蛱出色的自我修复和升级能力，他非但没有落下什么后遗症，意识力反而更上一层楼，比原先又强了不少。

"看到你没事我就放心了。"金辙十分憔悴，显然因为收割者的事压力很大，"沐听说你失去意识，急得想插上翅膀飞过来。"

沐默默扶额，表示对他粗俗的形容无法苟同，对巫承赫道："你放心吧，双胞胎我们已经送去了赛亚娜老师那里，她和其他自由向导会照顾好他们的。"

巫承赫松了口气，现在赛亚娜那里可以说是全联邦最安全的地方了，没有送到前线的强攻击型向导都在她那里："这样最好了，谢谢你。"

沐微笑摇头。金辙道："事态紧急，咱们先谈正事吧，等搞定收割者，有的是时间拉家常。"说着打开个人智脑，投影出一个全息星域图，在其中点亮了十个红色的点，"你们交上来的报告我都看过了，十个收割者都已经被定位，它们现在以每天几万人的速度收割着异能者，尤其是贝塔阵线，因为异能者比较击中，损失最大。我打算今天就给汉尼拔发官方函件，建议远航军和联邦合作，共同抵御收割者。"

这种时候再考虑联邦和远航军之间的恩怨，已经没有太大意义了，收割者的收割对象是全人类。金轩点了点头："我同意，如果我们放任远航军不管，总有一天贝塔阵线的收割者会越过芝罘链星云向阿尔法阵线下手。"

"在发函之前，我们得先讨论出一个初步的合作方案。"金辙道，"现在不是玩官样文章的时候，每一分钟我们都在死人，与其来回和汉尼拔扯皮，不如我们先定出一个反攻的办法，让他配合我们。"不是他看不起汉尼拔，实在是双方在科学技术方面不对等，远航军打仗行,论医学、武器,甚至是艺术,底子都单薄得很,和联邦不在一个水平面上。

"不知道远航军有没有向导像巫承赫一样接近过收割者。"沐道,"这种时候了解的信息越多越好,远航军毕竟是重灾区,很多人都直面过收割者。"

"没有,我没有在那名收割者的精神世界中感受到它和其他向导沟通的痕迹,我应该是第一个。"巫承赫肯定地说。

金辙道:"无论如何,所有向导无疆界合作,这一点是一定要确定的,我想汉尼拔不会反对。从你们解码出来的那个视频中看,远航军也有向导和收割者交过手,他应该已经知道向导是唯一可以和收割者对抗的人。"

"可是……"巫承赫迟疑道,"恕我直言,即使全星系近两万名向导全部联合起来,恐怕也不是那十名收割者的对手。"

"如果我们逐个击破,两万人对付一个收割者呢?"金辙问。

巫承赫摇头:"那不可能,收割者之间是有精神共鸣的,如果我们集中所有力量干掉一名收割者,它肯定会向其它同伴反馈,当其它九名联合起来,我们毫无胜算。"

金辙沉默了,粗黑的眉毛紧紧拧在一起,在额头形成了一个深刻的"川"字纹。巫承赫不想打击他的信心,但不得不告诉他事实:"就算我们能灭掉它们全部,那它们感觉任务无法完成的时候,肯定会向母宇宙的同伴求救,等大批的收割者过来,我们就完了。它们真的太强大了,我们无法想象的强大。"

"如果使用维度武器呢?"金轩插嘴问道,"如果维度武器有用,我们可以一举将它们歼灭,这样就不用考虑共鸣和求救的问题了。"

"样机我带来了,不过还没进行过应用实验,因为我们没有实验对象。"金辙道,"所以它在高维空间的威力只能通过理论数据推断。军部的科学家是这么认为的:它可以在一段时间内制造'凝滞'现象,让收割者失去意识,僵化掉。"

巫承赫心中升起一丝希望:"多久?"

"几分钟,或者几十分钟。"金辙说,"不确定因素太多了,科学家也无法给出确切的数据。"

"样机有几台?"金轩问。

"一台。"金辙遗憾地耸肩,"你知道的,这个项目中止已经很多年了,现在忽然提起来,仓促之间能做出一台样机已经非常不容易。军部的人还在加紧研究,但我不认为他们能在短期内搞出什么飞跃性进展来。"

确实，这种前沿课题想要在理论上推进一步，往往要耗费数代科学家的心血，这是自然规律，人的主观意愿无法改变。巫承赫心情沉重，默然不语。金轩叩着座椅扶手，皱眉看着星域图中闪烁的十个光点，喃喃道："只有一台样机，可是有十个收割者，牵一发动全局，如果我们干掉其中一个，另外九个就会联手，甚至还会通知母宇宙……"

"现在唯一的办法是把它们集中起来，启动维度武器僵化，然后一举歼灭。"金辙想了很久，道，"我们和汉尼拔合作，把全人类的向导集中起来，也许可以用强大的意识波动把十个收割者吸引到一起。"

巫承赫迟疑着点头："我想可以，两万名向导，一个收割者收割起来是有困难的，也许它们会启动共鸣合作。"

"等等。"沐忽然道，"我有一个想法。"

三人同时看向他，沐交叠双腿坐在沙发上，修长的手指点了点膝盖："暗示。"

巫承赫心中一动，猛地意识到了什么。沐从他的目光中看出了他的想法，对他赞许地一笑："既然我们和收割者是同类，能够通过精神世界通感，那么是不是可以这样认为，我们的一切意识活动，都可以对他们奏效？"

"我想是这样。"巫承赫道，"它们可以读我的记忆，我也能看到它们的记忆，我愤怒的时候它们会提前警惕我的袭击，我也能感受到它们精神世界的弱点。"

"那我们就可以对它们施加暗示，暗示比绞杀更加安全，也更加容易。"沐抬起身来，一向平静的眼神流露出一丝兴奋，"前期计划仍然不变，我们和汉尼拔联合，让两万名向导用意识波动把十名收割者吸引到一起，然后启动维度武器，让它们陷入临时的僵化状态，我们趁机在这段时间里给它们暗示，让它们形成'这里没有种子'的记忆，然后自行离开我们的宇宙。"

这个想法简直天马行空、异想天开，沐说完以后所有人都陷入了沉默当中，无法贸然说出赞同或者是反对的话。

金辙和金轩都是异能者，他们可以接受暗示，但无法施放暗示，所以无法确定暗示是否能对收割者奏效。巫承赫虽然经常对其他人使用暗示，但对收割者这样强大的对象，实在是没有自信能让它们陷入自己的暗示当中。

"好吧，理论上这个办法是可行的。"最后还是金辙打破了沉默，"现在具体的问题是，谁来施行暗示？谁的意识力可以强大到同时暗示十个收割者？"

"不是谁来施行，而是所有的向导一起施行。"沐辩解道，"拥有暗示力的向导很多，伊卡鲁幻色蛱向导、枯叶蝶向导、光明蝶向导。变色龙和兰花螳螂向导经过培训也可以成为优秀的暗示者。还有其他非拟态向导，虽然暗示力没有那么强，但两万人集合在一起施放同一个暗示，力量还是很大的。"

"对。"巫承赫附和道，"如果维度武器真如专家们所说，能在一段时间内让收割者僵化，那个时候它们的意识世界就像敞开门的金库一样，我们可以对它们的弱点集中力量施行暗示。记得我说过的吗，那些闪烁的星星，它们的精神世界并非一块铁板，也有板块，有板块间的夹缝，那些夹缝就是它们的弱点！"

再次沉默，四个人分别咀嚼消化着这个匪夷所思的计划，推敲其中可能的和不可能的点，一刻钟后同时抬起头看向其他人。

"我赞同这个计划。"金辙第一个开口，"它是目前我们能想到的最安全，可行性最高的计划。"

"是的。"巫承赫道，"如果暗示奏效，那我们可以说是一劳永逸，再也不用担心收割者的到来了。这比杀了它们结果更好。"

"万一它们以后再来呢。"金轩一向想得长远，"这次暗示它们'这里没有长出种子'，也许过一阵子它们还会再来看看。"

"那应该是几千年以后的事情了。"巫承赫说，"上次播种到这次收割，中间隔了上万年呢。"

"也是。"金轩释然，"等它们下次想起'去田里走走吧'的时候，说不定人类已经在高维空间里进化出比它们更强大的物种了。"

他说得如此生动，令原本凝重的气氛陡然一松，连沐嘴角都露出一丝笑意。金轩和巫承赫在通感中碰了一下，同时想到小豌豆，金辙口中"人类在高维空间里进化出的更强大的物种"，是不是就是指小豌豆呢？

如果真是这样，起码小豌豆在政治上讲，是不会受到几十年前向导所受的那种迫害了。

"话说，它们的拖延症还挺厉害的。"金辙忽然摸着下巴感叹道。

关拖延症什么事……巫承赫和沐同时黑线。只有金轩心有戚戚焉，跟着他神奇的哥哥感叹道："是啊，拖延症拯救世界啊！"

无论收割者有没有拖延症，人类在这种生死存亡的关头是一分钟都不敢拖延的。

"暗示计划"初步商定之后，金辙迅速召集内阁、国会、国防部，以及向导学校召开秘密会议，商讨可行性和执行细节。会上尽管所有人统统认为这个计划十分的不可思议，但谁也拿不出其他更加有效的提案来——人类从未遇见过高维度敌人，以往的任何作战经验都没有可参考性，就连七天前巫承赫和收割者的那场遭遇，充其量也只能称之为"遭遇"而已，远远还没有达到"战斗"或者"交手"的水平。

这种时候，唯一可以依靠的，似乎只有想象力了。

每一秒钟都在死人，讨论的时间越长，人类的损失就越大。最终金辙做出艰难的决定：全面启动"暗示计划"。

"我不知道这个决定是否正确。"金辙沉重地说，"更不知道这个计划的结果是拯救还是毁灭。但我是总统，我必须履行我的职责，此时此刻，沉默和犹豫是对人类最大的犯罪。"

与会人员全票通过金辙的决议。金辙说得没错，作为联邦政府最高层，他们必须有所作为，无论人类未来何去何从，是自由生存还是沦为收割者的试验田，此时此刻他们都必须履行自己的职责，为全人类做出决定。

接下来，与会者迅速拟定了行动细节。国防部是整个计划的统筹机构，暗示施行的时间、地点，包括维度武器的调试运行，都由军方负责。向导学校则负责召集全联邦的注册向导，突击训练暗示技能，并在军方限定的时间内将他们送往指定地点。

作为总统的契约GLT，计划的提出者，也是全联邦最强的暗示向导，沐责无旁贷成为向导团的最高领导人，同时负责战前培训和战斗指挥。而巫承赫作为芝罘链星云防线军衔最高的向导，被任命为沐的副手。

一切就绪，内阁以总统的名义向远航帝国元首汉尼拔发出公函，要求他配合"暗示计划"，促成全体向导无疆界合作，共同应对收割者危机。

汉尼拔尚未回应，圣马丁中心首先传来消息：自由向导组织经过内部讨论，一致决定全体向联邦表明身份，接受向导学校的注册，同时，所有已经经历过初潮，意识力觉醒的向导，无论成年与否，都自愿参加"暗示计划"，誓与一线将士共存亡！

当初金辙和赛亚娜是有这方面的约定，但鉴于汉尼拔叛国后绝大多数成年的自由向导已经主动接受注册，所以收割者事件发生以后金辙并没有再对自由向导组织施加压力。他万万没想到，在这种时候剩下的自由向导们会主动站出来，站在曾经迫害了他们几十年的异能者面前，替他们挡住收割者的死亡之镰。

他不禁深深感叹，无论意识力还是情操上，向导似乎都代表着更加强大、更加高尚的进化阶段，沐当初说得一点儿都没错。

也许是收割者的杀伤力实在太大，也许是自由向导组织的大无畏精神感染了远航军，当赛亚娜的公开名单送到金辙手中的时候，汉尼拔的回函也同时发给了内阁。他同意暂时休战，与联邦结成统一战线，配合"暗示计划"促成向导无疆界合作，但要求计划中一切细节都必须向远航帝国公开。

金辙毫不犹豫地答应了汉尼拔的要求，经过收割者这么长时间的清洗，远航军已经损失十几万名异能者战士，人心浮动，士气低迷，这种时候联邦政府越是开诚布公，就越是能增加在远航军内部的号召力。

可以说，双方在执行计划的沟通过程，也是一个思想渗透的过程。将来赶走收割者，双方势必还有一战，联邦政府现在刷一刷声望值，对以后相当有利。

人类在短暂的分裂之后，因为一个残酷的契机奇迹般再次统一了起来。

星历859年初，人类仅有的两万多名向导在芝罘链星云贝塔阵线外侧，一个代号为"信天翁"的小行星上秘密集结，在"天槎"和"四分卫"两大宇宙级舰队的保护下，准备执行"暗示计划"。

这是人类第一次对高维度敌人宣战，很可能，也是最后一次。

敦克尔标准时凌晨五点，总统金辙亲自护送向导团登陆"信天翁"。

在"信天翁"怪石嶙峋的山谷中，军方临时修筑了一个简单的防御工事，供向导团栖身。金辙站在防御工事门口的高台上，凝视着这支看似弱小，但凝聚着人类高维度最强战斗力的队伍，说出一段简短而意味深长的战前动员："我就任总统的时候，老总统曾经送给我一句话。今天，我把这句话转赠给在场的所有人——'联邦的土地稳固在你们的脚下，联邦的星辰闪耀在你们的天空'。"

七年了，他就任总统整整七年，几乎每天都能在办公桌的全息屏保上看到这句话，但直到此刻，与两万名向导站在一起，才真正体会到其中蕴含的沉甸甸的责任，以及作为总统的荣耀。

沉默片刻，他坚毅的目光扫过全场，沉声道："与君共勉！"

两万名向导齐齐注视着金辙高大的身影，有些人的眼神原本是忐忑的，怯懦的，甚至是恐惧的，现在却渐渐变得沉静而坚强。这句话仿佛有着奇特的魔力，给了所有人勇气与信心。

"行动开始！"

无声的战斗瞬间打响，两万名向导同时进入意识攻击状态，他们的眼球渐渐化作细细的竖瞳，意识云在高维空间膨胀、涌动，在沐和巫承赫的带领下，向收割者发出同一个频率的意识召唤。

"强大的种子！"似乎仅仅是一瞬间，那名曾经和巫承赫沟通过的收割者就感受到了他们的意识波动，悄然出现在他们的身边，"很多、很多强大的种子！"

随着脑海中响起的熟悉的声音，巫承赫再次"看到"了收割者。

高维空间里，"信天翁"高耸的巨石全部化成抽象的灰白色的线条，两万名向导的意识云像闪烁的星星，飘浮在线条构筑的世界里，温和、明亮。这时，一团炽烈的白光逐渐靠近了他们，越来越大，越来越大，仿佛无所不在的背景色，将他们重重包裹其中。

那是收割者的精神世界，巫承赫在被它吞噬的一瞬产生了一种弱电流通遍全身的感觉，三维世界的身体都忍不住微微颤抖。通过意识之眼，他看到收割者的精神世界比上次膨胀了不少，仿佛浓浊的雾气在一望无际的天地间翻滚涌动，无数异能者的灵魂飘荡在乳白色的雾气中，麻木而懵懂。而最早被收割的那批依稀现出淡淡的灰黑色，可见收割者的"保鲜"方法也是有极限的，越早收割的意识云，枯萎得越严重。

"你们汇聚在了一起。"收割者的声音在精神世界中响起，比上次流利不少，和普通人类十分相似，它问巫承赫，"是你召唤他们的吗？"

巫承赫沉吟了一下，回答："是的。"

"噢，太好了！"收割者欣慰地说，"强大的种子太少了，不好找，而且很难收割。你把他们汇聚在一起，就容易多了……也许我们很快就能回去母宇宙。"

"以后呢？"巫承赫问它，"收割完成后，你们还会来这个宇宙吗？"

"当然。"收割者仍旧没学会撒谎，开诚布公地说，"这里有能够生长种子的土壤，你们'人类'，基因非常神奇，能够生长无穷无尽的种子，更加强大的种子。"

"所以等新的种子长出来，你们还会来收割？"

"是的。"收割者给了他肯定的答复，"所有的种子，必须回到母宇宙，你们不属于这里，你们的存在会给低维宇宙造成危险，维度混乱，意识塌缩……唔，解释起来很困难，总之就像你们所说的生态平衡，不属于这个世界的强大的物种，会给原本的物种带来灭顶之灾，懂吗？"

巫承赫心中一动，收割者的话在某种意义上其实已经在实现了，汉尼拔的"精英论"，说穿了就是外来物种倚仗天然优势对本土物种的一种奴役。但这种时候他无暇考虑宇宙生态平衡的问题，人类最基本的生存问题还没解决呢！

"我有一个最后的问题。"巫承赫问收割者，"被收割以后，还能恢复吗？假如，假如你现在释放了这些已经收割的种子，他们还能回到三维世界的身体里去吗？"

"这取决于他们的身体强度。"收割者说，"理论上是可以的，但人类的身体太脆弱了，没有意识的支配很快会萎缩和腐烂。唔，所以说收割其实是对种子的保护，你懂吗？只有将高维度的种子和低维度的身体分离，你们才能获得永生！"

收割者没有个人和生死的概念，只要种族存在，基因传承，就认为自己还活着。巫承赫无法评价这种生存方式正确与否，但确定它不符合绝大多数人类的三观。于是他停止了和收割者之间的意识通感，转而向沐发送了一个信号。

沐刚才就和两万名向导一起跟巫承赫进入了收割者的精神世界，听到了他们所有的对话，接到信号后立刻毫不犹豫地率领所有向导发起攻击。

向导原本像萤火虫一样幽暗的思维光点瞬间精光暴涨，在收割者雾霭重重的精神世界中释放出璀璨夺目的光芒，他们纷纷伸出思维触手，攻向收割者精神深处那些不稳定的板块裂缝。

收割者完全没料到温驯的种子会忽然发难，毫无戒备地中了招，浓雾中心瞬间散发出浓郁的血腥味！

"袭击。"收割者精神世界的声音变得衰弱而愤怒，"你们袭击我，袭击同类！"

没有人回答它的话，巫承赫的意识云隐没在了两万名向导之中。无数思维触手伸入收割者闪烁的弱点，搅动、刺探，将那些带着血腥气的浓雾搅得天翻地覆，仿佛被飓风吹拂一般翻滚涌动。

嗡——忽然，一阵摄人心魄的震颤在收割者意识深处爆发出来，如同高频音波向四周扩散，震得所有向导的思维光点都暗淡了一下。三维世界中，"信天翁"基地防御工事里，沐坐在特制座椅上，眉头紧紧拧了起来，对坐在自己身边的巫承赫低声道："共鸣！它在召唤它的同伴！"

"是的。"巫承赫意识力不如他雄厚，无力分心，只简单地回答了一句，就再次沉溺在了意识攻击当中，双眼竖瞳微微波动。

沐轻轻按动右手一个信号发射器。远在"信天翁"外围防御线巡航的"天槎"舰队旗舰里，金辙和金轩立刻收到了他发来的消息。两人对视一眼，同时转向负责操作维度武器的军方科学家："敌人即将集结，准备维度攻击！"

高维空间中，收割者发出共鸣不到一分钟，向导们忽然感受到了一种无法言喻的巨大的压力，正在进行攻击的思维触手不由自主变得凝涩起来，想要再往前伸一分都变得极为困难。与此同时，包裹着他们的白色雾气急剧收缩，收割者原本湍急涌动的意识流变得沉着而和缓。

援兵到了，十名收割者通过共鸣集结在了一起，将两万名向导牢牢困在它们组成的、一望无垠的精神世界当中。它们就像桌面上的水珠，在微风的吹拂下滚动、合并，渐渐汇聚成一滩无边无际的汪洋，互相补给，将彼此精神世界中的弱点——弥合。

向导们的思维触手被一点一点挤出了第一名收割者的板块裂缝，他们感受到一种强大的、排山倒海般的力量正在将他们重重包围，他们甚至听到了收割者们霍霍磨刀的，想要收割他们的声音。

决定成败的关键时刻终于到来，"信天翁"防御工事内，沐额头滴下冰冷的汗珠，他颤抖的右手挣扎着再次按动了信号发射器。"天槎"旗舰里，金辙收到信号的第一时间便大声道："维度攻击开始！"

科学家重重按下维度武器发射键，强大的暗物质能量瞬间贯穿了三维世界和高维世界之间的时空壁垒，像看不见的炮火轰击在十名收割者组成的巨大的意识云上。

万籁俱寂，时空停顿。

高维世界中，浓重的白雾停止了翻涌，定格在被维度武器攻击的那一秒，正在收拢的板块裂缝定在原处，闪烁的光点像被冻住的星星一样，不再眨眼。

成功了！收割者进入了凝滞状态！

防御工事当中，短暂的震惊之后所有向导都露出了不可思议的笑容。巫承赫波动的竖瞳望向身旁的沐，沐正好也望向他，两个人同时嘴角一勾，双手紧紧握在一起。

然而他们知道自己离成功只接近了一小步，更加艰苦的战斗还在后面，交流了一个眼神之后，沐和巫承赫再次进入了精神世界，准备和其他人一起为收割者们进行思维暗示。

"等等。"巫承赫忽然按住了沐的手背，"这些异能者怎么办？"

收割者凝滞的精神世界里，几十万名已经被收割的异能者的灵魂还懵懂地飘着。他们没有受到维度攻击的波及，但因为失去自主意识，根本无法摆脱收割者的精神引力，像无主的孤魂一样漫无目的地飘荡着。

"不能让他们被收割者带走。"沐沉声说,"我们力量有限,暗示越简单,效果越持久,如果他们被收割者带走,也许很快就能勾起它们的回忆,让它们好奇这些'种子'是哪里来的……到时候它们一定会回头来查。"

"是,所以必须释放他们。"巫承赫说,"你感受到了吗,刚才的'共鸣'。"

"你是说……"沐若有所思。

"收割者之间的共鸣是建立在高维空间的同频震动上的,我们同样拥有高维意识云,也许我们可以仿效收割者,利用共鸣唤醒这些异能者的灵魂!"

维度武器的攻击效果尚不明确,没人知道收割者的凝滞状态能持续多久,时间比金子还要宝贵。沐飞快地思考了一下,便同意了巫承赫的建议:"我们试试看!"

经过简单的解释,三维世界中的向导团很快达成共识,所有人调定同一频率,仿效收割者们的共鸣,向飘浮在精神世界中的,数十万名异能者的孤魂发出召唤:"回来吧,你们自由了!"

奇迹发生了,那些最晚被收割的、意识云相对活跃的异能者首先响应了向导团的共鸣,渐渐摆脱收割者的精神引力,恢复了少许自主意识。紧接着,这些恢复自主性的意识云加入了共鸣之中,自动自发地和向导们一起呼唤其他异能者……

星火燎原一般,加入共鸣的异能者越来越多,越来越多,共鸣的力量也越来越大,越来越大,直至最后,连那些萎缩的,快要消失的灵魂也被唤醒了过来。

拥有自主意识的灵魂轻易就摆脱了收割者凝滞状态的精神引力,像自由的气泡一样飞出了收割者浩瀚的精神世界,飞向自己三维世界中尚未死亡的躯体,带着自己的量子兽回归本源。

最后一个半枯萎的灵魂离开了收割者的精神世界,沐飞速巡视全场,沉声道:"暗示开始!"

和之前训练过的一样,两万名向导开始用尽全力向收割者凝固的板块裂缝进行暗示。释放异能者耗费了太多的时间,一向镇定的沐也不禁心急如焚,额头渗出大量的冷汗。巫承赫更是焦灼,拼尽全力暗示,几乎把自己的脑浆熬干。

所幸维度武器的威力比想象的要好一些,整整一个小时,收割者都没能从凝滞状态中恢复过来,给了向导团足够的时间。

"凝滞要结束了!"一个小时之后,一名敏感的蜂鸟向导感受到了收割者精神世界的变化，率先发出警告，"它们的雾气在颤动，它们可能马上就要醒了！"

"不要慌！"沐沉声道，"继续暗示，等待外围舰队的命令！"向导只能通过高维空间的波动感受收割者的存在，至于它们是否接受了暗示，是否离开了这个宇宙，必须由外围舰队进行全面的能量监测才能确定。

几分钟后，十名收割者凝聚成的巨大精神体开始蠕动，静止的白雾再次缓缓翻腾起来，但和受到攻击之前不同，它们的动作明显和缓下来，攻击力大不如前，甚至有些刚刚睡醒的懵懂感觉。

所有的向导都静静屏息，在精神世界中最大限度收起自己的存在感，小心翼翼地，不扰动收割者的意识。

时空仿佛停滞，气氛甚至比对战之前都要凝重。

"通道出现了！"通信系统里忽然传来舰队监测员兴奋的声音，"贝塔阵线内侧有大规模能量波动，有人用大量的暗物质打开了通向另一个宇宙的时空壁垒……不稳定的反德西特黑洞……天！收割者在离开我们！"

绝大多数向导都听不懂他在说什么，但就在他说完最后一句话的时候，所有人都感觉压在自己身上的无形压力倏然一轻——收割者的精神世界消失了！

它们……走了？向导们面面相觑，谁也不敢相信自己竟然成功了，暗示计划竟然真的骗过了收割者！

沐窄细的竖瞳看向巫承赫，一脸不可思议的震惊表情，尽管这个计划是他提出的，但他万万没想到能这么顺利就把收割者赶出去……确切地说是骗出了这个宇宙。

"它们走了？"良久沐颤声问巫承赫，"确定吗？它们离开这里了？"

"我、我不知道……"巫承赫也是惊疑不定，眨了眨眼，竖瞳终于停止波动，"再等等，等舰队的指示。"

沐点了点头，稳了稳自己的情绪，提高声音道："大家稍安勿躁，镇定，待在原地不要动，等待总统和舰队长的通知。"

向导们窃窃私语的声音平息下来，虽然最终消息尚未确定，但感受不到收割者强大的压力，让他们一下子放松下来，再也没有那么紧张了。

时间一分一秒过去，通信系统不时传来舰队监控人员的声音，贝塔阵线内的能量波动还在继续，无论收割者是否已经离开了这里，只要通向"母宇宙"的通道尚未关闭，一切就都还是未知数。

就在这个时候，外面忽然传来一声沉重的轰鸣，紧接着，整个防御工事都颤抖了起来，临时固定岩石的横梁发出不堪重负的咯吱声，细碎的石屑从天花板上纷纷掉落。

"怎么回事？"向导们本就胆小，好多人迟疑着站了起来，惊恐地四下观望，"地震了吗？还是工事哪里加固不稳？我们要不要退出去等？"

沐也吓了一跳，接通金辙的通信频道，问："发生了什么事？外面为什么有爆炸声？"

"待在原地不要动！"金辙的声音冷峻而急促，"是'四分卫'，他们忽然向'天槎'开火，我们正在组织反击。你保护好向导团，一切都按我们的原计划行动！"

"四分卫"！？沐霍地站了起来，快步走到工事前方的高台上，大声道："大家镇定！不要慌！现在开始一级戒备，卫兵！"他向站在工事外围的陆战队员们一挥手，"马上启动保护计划，务必保护好这里所有的向导！"他那漆黑双眸扫过全场，盯住那些隶属于远航军的全职军医们，沉声道，"尤其是和我们无疆界合作的远航军向导们！"

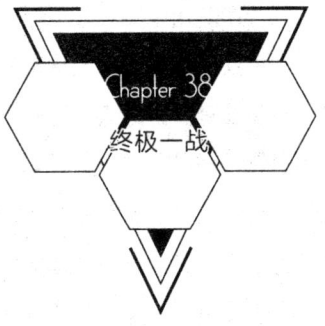

早在"暗示计划"筹划之初，金辙就预料到汉尼拔会临阵倒戈。

"信天翁"防御工事内集结了两万多名向导，其中三分之二以上隶属于联邦，何况还有一批是新近注册的自由向导，没有被标记过，这么大一块肥肉，换成谁也不会轻易放过。而且"信天翁"位于贝塔阵线外侧，本来就是远航军的扩展防御区，加上有"四分卫"以保护为名在外围防御，对他们来说简直是天大的好机会——联邦几乎所有的向导都在这里了，无论生擒还是立毙，都能重创联邦军政高层！

所以，金辙在行动当天亲自压阵，率领"天槎"保护向导团，并将"星槎"、"木兰"、第三集团军联合舰队，以及海军先锋舰队调至阿尔法阵线，呈阶梯防御，随时准备反击远航军。

只是他没料到汉尼拔如此性急，居然在收割者制造的通道尚未消失的情况下，就悍然发动袭击，要知道这种时候局面是极不稳定的，任何意外都有可能发生，万一战争引发的能量波动引起收割者注意，将它们吸引回来，一切岂不是前功尽弃？

汉尼拔此举，可以说是丧心病狂！

"全歼。"金辙站在"天槎"旗舰主控台前，脸色冷峻，以总统的名义下达最高指令，"'天槎'全力迎战'四分卫'，第三集团军联合舰队即刻向'信天翁'推进，两方合围，务必全歼'四分卫'！"

"是！"金轩还是第一次直接受金辙领导，肃然领命，丝毫不敢懈怠。

金辙又道："'四分卫'敢在这个时候发难，'斥候'和'擒杀'必然会跟进，还有汉尼拔其他主力舰队。命阿尔法阵线阶梯防御按计划推进，随时准备驰援。"他用机械手轻轻敲了敲主控台，双眼危险地眯了起来，"该来的迟早会来，既然敢在这个时候动手，那只有奉陪到底了……观察员继续密切注意宇宙通道能量波动，一旦有异状立刻报告！"

金轩有条不紊地下达命令，指挥"天槎"各分舰队迎战"四分卫"，同时命特战队准备登陆"信天翁"，按原计划将两万名向导接回"天槎"舰队。

"我下去接他们。"一切准备就绪，金轩将舰队交给副手，准备下地面去接向导。

金辙叫住了他："一定要注意方式，不要让远航军向导受到惊吓，他们刚刚为联邦解除了重大危机，无论汉尼拔的突袭事先有没有和他们达成共识，这种时候都不要寒了他们的心。"

"知道。"金轩郑重道，"我会严格按内阁的指示行事。"

"好。"金辙拍拍他肩膀，"去吧。"

"信天翁"稀薄的大气层边缘，双方舰队正在开战，高能粒子光束将漆黑的夜空分割成刺目的碎块，龟裂的云层如同鱼鳞一般散落天际。因为早有防备，"天槎"第一时间挡住了"四分卫"的攻击，为特战队建立了安全的登陆通道。金轩乘坐的穿梭机群顺利到达地面，留守在工事四周保护向导的陆战队员们正严阵以待，见他到来纷纷向他敬礼。

金轩点头示意，沉着脸走进大厅。这里秩序尚可，向导们大多坐在自己的座位上，有些相熟的凑在一起小声议论着什么，每个人脸上都带着惶恐的神色，尤其是隶属远航军的向导，因为大厅内负责保卫的都是联邦陆战队员，更加紧张一些。

金轩大致扫了一眼几名军衔较高的远航军向导，观察了一下他们的表情，初步确定他们对汉尼拔的突袭并不知情，心里稍微松了口气，与沐交换了一个眼神，得到"一切正常"的回应，目光又看向巫承赫，自然而然通过意识通感问："你怎么样？"

巫承赫的意识力严重透支，几乎想立刻昏睡过去，但这种时候他不敢说什么让金轩分心的话，只故作轻松地摇了摇头，表示自己没事。

金轩无暇考虑太多，见他摇头便放下心来，站上大厅中央的台阶，扬声道："大家受惊了，请不要害怕，外面只是发生了一点儿小意外，一切尚在我们掌控之中。"

"发生了什么事，准将。"一名联邦向导站起身来，问道，"有人袭击我们吗？"

"是的。"金轩道，"远航军'四分卫'舰队忽然向我方'天槎'舰队发动袭击，原因不明，我们正在组织防御。"

联邦向导纷纷变色，嘈杂地议论起来：

"怎么会这样？'暗示计划'不是协商好暂时休战的吗？"

"远航军为什么忽然动手？"

"他们疯了吗？收割者还没走远呢，刚才观察员还说能量波动在继续！"

"天，他们刚才还攻击了这里，他们不想保护他们的向导了吗？"

远航军向导所在的区域一片沉寂，所有人脸色都是前所未见的凝重，大家面面相觑。少顷，众人不约而同地看向一名少将军衔的年长女向导。

"准将阁下。"少将向导站起身来，虽然身材枯瘦，鬓边已有丝丝白发，但语气十分镇定，显然是这批人的领导人物，"这个情况已经证实了吗？"

"是的，少将阁下。"金轩微微颔首，对方的军衔比他要高，但现在双方不属于同一个编制，因此他无需向她敬礼，"首先开火的是'四分卫'先锋驱逐舰，我已经以'天槎'舰队长的身份向他们提出通信请求，让他们停火，但没有收到任何回应。"

"汉尼拔元首对此有什么解释？"

"尚未有任何解释。"金轩说，"我们和加百列的通信被屏蔽了，无法接通远航军总部。"

少将深深吸了口气，抬了抬下巴，明显压抑着失望和恐惧，但声音还算镇定："准将，我们隶属于远航帝国军部，和'四分卫'没有直接从属关系。目前情势尚未明确，汉尼拔元首未对此事作出回应，所以我恳请联邦遵照'暗示计划'，尊重我方向导的人身权利。"

金轩进一步确定他们对袭击事件并不知情，看来汉尼拔真是疯了，居然连这么多向导的性命都不再顾及。他给少将一个安慰的微笑："请您放心，少将阁下，金辙总统就在'天槎'旗舰，临行前他一再叮嘱我务必保护诸位，将大家安全送上'天槎'运输舰。"

"你想带我们离开这里？"少将皱眉。

"'天槎'和'四分卫'正在开战，这里只是临时工事，并不安全。"金轩道，"这样做也是为了履行'暗示计划'的协议，最大限度保证你们的人身安全。"

"你要把我们送去哪儿？"

"天阙空间港。"金轩道，"那里是联邦离阿尔法阵线最近的一级太空堡垒，安全防御级别最高。"

"我反对。"少将道，"协议规定我们无需离开贝塔阵线扩展防御区，我们要求立刻和帝国总部联系，听从汉尼拔元首的安排。"

"抱歉。"金轩道，"通信被屏蔽了，我们无法和汉尼拔联系，只能先把你们送往安全的地方。"他又提高声音向众人道："诸位，请听我解释，现在外面情况相当紧急，'四分卫'正在全力攻击我方舰队，暂时我们无法确定他们是擅自行动，抑或是受汉尼拔指使，无论如何，安全起见请你们先飞往天阙空间港……"

他一句话还没说完，外面忽然发出一声惊天动地的巨响，整个防御工事"轰"的一声塌了半边，一群荷枪实弹的远航军战士冲了进来，一批身着辅助式战甲的近战士兵在后方掩护，手中重武器对准"天槎"特战队和陆战队员们："放下武器！立刻退后！"

不知何时，"四分卫"竟然将"天槎"的防御线撕开了一个口子，大群穿梭机登陆地面，试图抢夺向导！

金轩在爆炸发生的一瞬瞳孔猛地一缩，手指微动，"嗡"的一声，一道高能量场保护墙立刻闪现，将工事大厅隔为两半，把联邦向导所在的大半边严严实实罩了起来。

"机甲战队增援！"金轩飞快发布命令，"死守工事，在我们撤走之前绝对不能让任何人离开这里，包括远航军向导和袭击者！"

话音未落，外面再次响起轰鸣声，数十台带着"天槎"徽标的战斗机甲从天而降，将整个工事重重包围，与守候在外面的远航军展开战斗。

刺耳的爆炸声接连响起，"四分卫"和"天槎"的战士在地面展开激战，工事内照明闪了两下，熄灭了，耀眼的火光不时透过千疮百孔的金属墙壁闪进来，照得所有人脸上忽明忽暗。

"请登船吧。"金轩极具压迫性的眼神阴沉沉盯着少将，仿佛丝毫不关心外面的战事，"情势不明，我们无法确定'四分卫'是不是还受汉尼拔指挥，为了避免不必要的伤亡，请务必和我们回天阙空间港！"

少将向导一时语塞，虽然金轩说会遵守"暗示计划"的约定，但"四分卫"开火已经算是撕毁了双方协议，这种"遵守"又能保持到什么时候？回到天阙空间港吗？之后呢？

他们是远航军向导，他们的异能者都在远航军，如果他们被联邦控制起来，他们的异能者还能活下去吗？他们还能活下去吗？

回到远航帝国显然是最好的选择，不过现在迎接他们的远航军被联邦军团挡在外面，他们怎么才能和对方会合？

转瞬之间，少将向导已经思考了无数的可能性，最终得出的结论只有一个——拖，拖到远航军的人冲进来，把他们带走。

可惜，金轩不打算给他们这个时间。

"请吧。"金轩侧身让出一条通路，"请登船吧，请您不要挑战我的耐性，少将阁下，我不想撕毁协议强制带你们离开这里，但如果您坚持将自己置于险境的话，我只能违背您的意愿了。非常时期非常手段，希望您谅解。"

守在一旁的卫兵们大步逼近，显然如果他们再不走的话就要抓人了，少将向导犹豫了一下，妥协了，回头对远航军诸向导道，"大家配合准将阁下的命令吧，不要造成不必要的牺牲。"外面仍在激战，显然远航军的人一时半会儿冲不进来，他们拖也拖不了多久。

"谢谢。"金轩挥挥手，叫人将远航军向导送上穿梭机。

沐在他们整队的时候将联邦这边的向导也召集了起来，分配机舱号，准备离开"信天翁"。最后，他将虚弱的巫承赫扶了起来，担心地问："你怎么样？你脸色太差了。"

"还好。"巫承赫扶着沐的胳膊站稳，思维攻击过去快半个小时了，他的竖瞳还没有完全恢复，眼白浮着蛛网一样的红血丝。伊卡鲁幻色蛱向导虽然自愈力极强，每次受伤痊愈后意识力都能增强，但他前几天才和收割者单独对峙过，今天又全力以赴，这样频繁的脑力透支实在是太伤身了。

"你情况看上去不好。"沐摸了摸他的额头，又观察了他的瞳孔，立刻半抱着他往一号穿梭机上走，"快回旗舰，你要休克了！"

金轩正在善后，看见巫承赫被沐扶着上了穿梭机，匆匆将后续事务交给特战队长："把双方向导混在一起送上穿梭机，通知天基防御圈远程保护我们，增援地面部队，务必全歼这批攻进来的人。"

特战队长领命，金轩再也顾不得维护自己的高冷形象，一路飞奔跑到一号穿梭机，扑到巫承赫身边："你怎么样？脸色怎么这么差？"

"没事，只是透支了脑力，休息一会儿就能恢复了。"巫承赫安慰他，"你不要慌，两万名向导都在这里，千万不能出任何差错。"

金轩见他神情镇定，又询问地看向沐。沐犹豫了一下，道："放心吧，有我在没事的。"这种时候说真话于事无补，反而会扰乱金轩的心智，不利于安全撤离。

金轩对他还是比较放心的，松了口气："那就好，交给你了，我去前面看看。"

Chapter 38 终极一战

"去吧。"

金轩回到驾驶舱,打开中控系统,看到前来接应向导的穿梭机已经有大半显示满载待命,立刻下达"起飞"命令,让准备好的穿梭机先走。

在"天槎"天基防线的远程保护下,穿梭机依次起飞,往运输舰飞去。一号穿梭机飞在第一梯队,眼看已经接近大气层,一个银灰色的舰队群忽然从半空中压了下来,中心一艘运输舰底舱打开,一大群密密麻麻的黑色战机从舱内飞了出来,往穿梭机群冲来!

"有人偷袭!"驾驶员立刻向金轩报告,"'四分卫'突破了天基防线!"

"舰队长!"耳机内同时传来"天槎"旗舰导航员的声音,"远航军大规模舰队突袭我军,'斥候'、'擒杀',还有加百列巡逻舰队,连汉尼拔的近卫军都来了!我们和第三集团军联合舰队正在阻击他们,但天基防线出现漏洞,可能有一部分敌舰已经进入近地防御区!"

"我们已经看见了。"危急时刻,金轩反而冷静下来,"'信天翁'是小行星,大型舰队只能在大气层外开战,无法进入近地防御区,所以他们只派出一批无人战机拦截我们。但是特战队空中防护力量不足,恐怕无法保护穿梭机群周全……旗舰,立刻让机甲战队全体出动,确保所有穿梭机安全撤离,把我的机甲也放下来!"

"是!"

几秒钟后,上千台机甲从大气层外破空而来,仿佛流星划过天际。赤红色的铳枪机甲首当其冲,排在第一梯队最前方!

一号穿梭机内,金轩深吸一口气,站起身来准备在半空中与铳枪对接,临走前习惯性地看向巫承赫,想要叫他一起,但见他脸色苍白,又将嘴边的话咽了下去,独自往弹射舱跑去。

穿梭机主控系统计算好铳枪的飞行轨道,在它飞到最近点的时候启动弹射,将金轩弹了出去。金轩在半空中一个流畅的鱼跃,稳稳抓住驾驶舱伸出来的触手,进入了机甲当中。柔软的触丝瞬间接驳他的身体,与他人机合一。

很久没有独自驾驶铳枪了,金轩颇有点儿不习惯,活动了一下手指,刚要进入战斗模式,忽听系统发出警报:"提示,一号穿梭机要求二次对接,您的副驾驶即将弹射入舱。"

金轩吓了一跳,副驾驶?铳枪副驾驶默认只有一个:巫承赫!

他怎么知道自己上了机甲？他想干什么！要不是戴着军帽，金轩的头发都要竖起来了，刚要拒绝，系统又道："穿梭机弹射倒计时，三、二、一……是否启动触手？"

废话！人都弹出来了再不启动触手抓进来，难道要让他掉下去砸成肉饼吗？金轩对巫承赫现在这种先斩后奏雷厉风行的作风十分暴躁，但还是不得不乖乖启动触手把他接进来。

"怎么没通知我？"巫承赫进入驾驶舱，解开触手坐进副驾驶座，"要不是我眼尖看到铳枪从外面飞过来，还不知道你要出战。"

"我没有通知你就是不想让你跟我来！"金轩无奈地说，"你这个样子凑什么热闹？安全带都系不上还要打仗吗？！"

"呃，还可以啊。"巫承赫揉了揉眼睛，又迅速眨眼活动眼球，"怎么样，竖瞳恢复没有？我感觉已经差不多能看清了。"

"……"金轩看着他诡异的眼球，真想骂一句脏话，但人来都来了，又不能扔出去，只能尽量保护他的安全，警告道，"听着，事情没那么严重，只是一个战机群而已，我不需要你加持！所以你坐在那里就好了，我们只要保护这批穿梭机跟运输舰接驳就行。"

"我知道，这不是有备无患嘛。"巫承赫好脾气地笑，"行了，干正事吧，咱们都落到后面了，你不是血牛吗？难道要改行做远程？"

"我愿意吗？谁害的？"金轩皱眉斥道。巫承赫一向不会在他气头上火上浇油，只给他一个招牌的"呵呵"以求息事宁人，趁着他驾驶机甲往前急追，悄悄伸出一根思维触手安抚他的情绪，同时给他一个暗示："乖……"

"乖你妹！"金轩百忙之中还保持着意识敏感性，愤愤给他回了一句。巫承赫尴尬地收回触手，抱着巴巴里狮子的大头搓揉顺毛。

铳枪很快飞到了机甲战队最前方，双手及腿部远程武器加载，火力全开阻击试图偷袭穿梭机群的无人战机，其他机甲跟在他身后，依照金轩的指示呈防御阵型排布，纷纷开火，很快便挡住了对方的冲击。

两万名向导，足足载满了三百余艘穿梭机。穿梭机在机甲战队组成的圆筒状防御区内急速飞行，冲出大气层，往"天槎"运输舰飞去。无数光炮轰在机甲防线上，与量场保护罩碰撞，发出炽烈的白光。

第一艘穿梭机安全进入运输舰底舱，旗舰发来消息，预计十分钟内所有穿梭机都能入港。金轩松了口气，命令机甲战队收缩防御圈，往大型舰队组成的天基防线内撤退，自己则依然顶在最前方,身先士卒挡住最强的火力。

"有人在接近。"巫承赫闭目假寐,坐在副驾驶席上,手指忽然点了点两点钟方向,"很紊乱的意识云,类狂躁异能者。"

异能者介于正常和狂躁边缘的状态,叫做类狂躁。这种状态战斗力极强,但很容易失控,一不留神就会彻底狂躁以至死亡。很少有异能者会让自己处于这种状态,一般在发现有狂躁迹象的时候就会使用抑制剂了。

"是远航军机甲军团!"金轩将视镜调到最远,果然看到数千架超级战斗机甲正以攻击阵型飞向他们,打头一排"鹰隼"机甲胸口镌刻着远航军双翼狮子徽标,显然是汉尼拔嫡系!

巫承赫双目倏然睁开,黑眸收缩,瞬间化作窄细的线:"汉尼拔!我感到了他的意识云!"两次跟收割者交手,他的意识力突飞猛进,几个月前这么远的距离他还只能感受到有异能者,现在居然能通过意识云细微的区别分辨对方的身份了!

金轩心中一跳,立刻接驳"天槎"旗舰:"总统!汉尼拔嫡系机甲军团突袭我军,怀疑之前他们就隐藏在'四分卫'舰队当中!汉尼拔根本不在加百列,他一直就在'信天翁'最前线!"

金辙的声音:"确定吗?确定汉尼拔就在'四分卫'?"

"基本确定,巫承赫感受到了他的意识云。"金轩对巫承赫的判断力还是比较信任的,回答道,"汉尼拔现在处于类狂躁状态,战斗力十分强大,他们的机甲数量大约是我们的三倍,我们需要立即增援。"

"很好!"金辙大声道,"拦住他们,我立刻派第三集团军机甲部队增援你们!"

金轩开启多角通信,向整个"天槎"机甲战队发令:"前方两点钟方向,汉尼拔嫡系机甲军团即将和我们接火,全体改为攻击阵型,迎战!"

"是!"麾下战士轰然应声,在铳枪的带领下迅速转换阵型,迎着远航军机甲军团冲了过去。

机甲飞行速度极快,不过数秒,双方前锋就撞在了一起。铳枪身先士卒闯入对方阵营,神挡杀神,佛挡杀佛,动作流畅凌厉,仿佛幻化出了三头六臂,所过之处无不披靡。

不知不觉间巫承赫已经接驳了金轩的大脑,无数根幼细的思维触手伸入他的意识云,半刺激半安抚,精准地控制着他的情绪。这么危急的时刻,金轩也不再固执己见,顺从地敞开自己的大脑,将自己全身心地交给自己的向导。

三年并肩鏖战，两人早已默契至极，渐渐地，连呼吸都趋于同步。机甲驾驶舱里，只听到主机运转时缈如蜂翼的震颤，以及他们热血奔涌心脏搏动的咚咚声。

即使面对远航帝国元首，类狂躁的超级异能者战士，他们也毫无畏惧！

"杀！"

铳枪如入无人之境，像一枚凌厉的楔子刺入敌方阵营，双肩双腿大功率武器连发狂射，不等飞近便将敌人轰得四下飞散。偶尔有人绕过远程攻击扑近身前，它的双手立刻幻化出两柄闪着冷芒的光刃，以流畅的搏击手法将对方利落了结！

枭首、穿心、腰斩……不过片刻，它所过之处便飘起了无数被肢解的机甲"尸体"！

"血牛"不愧是"血牛"，动作灵活，一击必杀，以攻代守……和伊卡鲁幻色蛱向导一样，越是危急的情况，巴巴里狮子异能者就越能表现出令人瞠目结舌的新境界。

"轰！轰！轰！"一连串光炮在半空中对撞，猛烈的冲击波将四周稀薄的云层吹得瞬间消散，铳枪巨大的身体也扛不住这样的能量波动，抑制不住飞飘开去，腿部动力连续加载数次才稳住了身形。

一台巨大的白色"鹰隼"机甲出现在它的面前，左胸飞翼狮子徽标如同带着流光，上方是一枚金光闪闪的星将徽章。

"汉尼拔！"巫承赫双目圆睁，针状竖瞳微微波动，失声道，"他在找我！"

金轩眼底泛起淡淡的红雾，即使事情已经过去好几年，想起汉尼拔曾经对自己的向导做过的事情，他还是控制不住怒从心头起。

"稳住！"巫承赫意识到自己的失态，立刻安抚金轩暴躁的火星，伸手摸索着抓住他左手无名指，摸了摸戴在上面的抹香鲸戒指，"别冲动，他在类狂躁状态，不要被他牵着鼻子走，这是我们干掉他的好机会！"

收到巫承赫的提醒，金轩眼底红雾渐渐平息，鼻翼快速翕动，心跳渐渐又恢复到了和他一样的频率："我知道……你怎么样？还能坚持吗？"

"能！"这种时候，不能也要能！巫承赫毫不犹豫地道，"机会千载难逢，这次放过了他，下次不知道我们又要耗费多少精力才能靠近他……快！申请增援，把最精锐的机甲调过来给我们掠阵！"远航帝国成立时间尚短，汉尼拔还没有给自己弄到合适的向导，错过这次机会，万一他找到了向导，寿命延长一倍，将会带给联邦莫大的灾难！

巫承赫从未像此刻一般庆幸汉尼拔对自己的执念，类狂躁的异能者是最疯狂的，以往那些心心念念没有得到的东西，没能实现的愿望，都会让他们疯狂地想要粉碎，想要实现！

金轩彻底冷静下来，通过多角通信调兵遣将，将自己周围试图偷袭的其他机甲挡开，渐渐在"信天翁"大气层外围清扫出一片空阔的战场，战场中间，只剩下两台超级战斗机甲——铳枪和鹰隼！

通信系统传来警报，有人强行切入，金轩不动声色地接通了，汉尼拔熟悉而又陌生的声音回荡在驾驶舱里："夏里，我的儿子。"

他的声音像以往一样低沉磁性，但带着类狂躁异能者特有的金属质感，非常刺耳。巫承赫听到他对自己的称呼，又恶心又恐惧，忍不住激灵灵打了个冷战。

汉尼拔似乎并没打算等到他的回答，自顾自说了下去："我很想你，夏里。你知道吗，你的基因是我给你的，你的身体里流着我的血，你是伊卡鲁幻色蚨和黑栗雕最完美的融合！真是可惜啊……你却把自己送给了一个肮脏的巴巴里狮子异能者，一个携带着猫科动物基因片段的白痴！"

金轩已经竭力让自己镇定，听到他骂自己是"猫科动物"还是忍不住怒发冲冠。他的巴巴里狮子更是怒不可遏，焦躁地挥动着尾巴，龇起雪亮的尖牙。

巫承赫对汉尼拔这种毫无理由的近乎变态的自我标榜彻底无语，一边安抚金轩和他的狮子，一边压制自己拼命扑腾的伊卡鲁幻色蚨——小灯泡对自己翅膀上那道丑陋的灰线一直非常纠结，每次见了汉尼拔的黑栗雕都恨不得扑过去扇它。

"上帝，这真是灾难！"汉尼拔还在神经质地继续说着，"听说你通过IPSCs技术把自己的基因和那个可悲的猫科动物进行了融合，而且已经育化出了一个男孩？一想到我伟大的基因居然被一个巴巴里狮子男孩继承，我就恶心得睡不着觉！夏里，我真后悔让你离开加百列，你是我的，你知道吗？你的母亲把你交给了我，你是我的！"

"够了！"巫承赫忍无可忍地打断了他，"你要死了你知道吗？你的狂躁症已经在崩溃边缘！也许你该给自己打一针抑制剂，汉尼拔。"

通信里汉尼拔呼吸一窒，似乎没想到巫承赫会如此强势的针锋相对，顿了一下，道："哈！很好，真是牙尖嘴利！"

"听着。"巫承赫再次打断了他，沉声道，"我不属于任何人，我是我自己，我身体里流淌的是自己的血液，我的基因是我母亲给我的，我一切的一切都跟你无关！我真替莉莉兹夫人感到不值，你根本配不上她，她放弃了自己一半的生命襄助你的事业。你呢？你得到了她带给你的地位和权力，却连最起码的忠诚都做不到！"

"住嘴！"

"还有马洛，你害了他，你罔顾他的个人意愿，把自己无耻的野心强加在他的头上，害他失去实现自己理想的机会，害他伤害自己最好的朋友，遗恨终身……"也许是多年来受沐的影响，也许是这番话一直闷在心里都要发酵了，巫承赫的口齿变得史无前例的犀利，突突突地冲汉尼拔一顿狂扫，"你不配做他的父亲，你不配做任何人的父亲！汉尼拔，你是个自私的暴君，唯利是图的投机者！跟你伟大的黑栗雕一起去死吧，你们才是绝配！你们这些贪婪的食腐动物，天生就只配围着生蛆的尸体打转！"

金轩坐在他旁边，一开始还像个斗牛一样咻咻地喷气，听着听着眼珠渐渐凸了出来，跟见了鬼一样看着巫承赫，嘴巴慢慢张成了"O"形——呆萌他这是女王上身了吗？

俗话说养女像姑姑，养儿像舅舅，遗传真可怕！

"住嘴！"汉尼拔勃然大怒，大吼一声，差点儿把通信系统给震崩溃了，尖利的声音像劣质金属互相擦刮，发出刺耳的噪音，"可恶！混蛋！"话音未落，对面的鹰隼机甲双臂一挥，一连串刺目的光弹打了过来！

金轩在发愣的同时还不忘防御，本能地调动腿部引擎，一个侧翻闪开攻击，同时右手一挥，反击了一串光弹。

攻击引起的能量波动带起一阵疾风，将宇宙中的尘埃吹得四下飘散。汉尼拔没能羞辱到自己的儿子，反而被巫承赫气得怒火万丈，终极狂躁已经在爆发边缘，怒吼一声，操纵机甲往铳枪袭来。

"他快要终极狂躁了！"巫承赫集中精力加持着金轩的意识云，通过意识通感对他道，"距离不稳定，我无法直接攻击他的意识云，只能通过语言刺激他，让他自己发疯。"

金轩没想到他已经进化到会使用嘴炮战术了，一时间不知道该鼓掌还是该为自己的未来担忧，纠结了一下回了他一个招牌的"呵呵"。

巫承赫："……"

电光石火。铳枪和鹰隼短兵相接，在"信天翁"大气层外围广阔的空间内展开决斗。他们周围，联邦和远航军最为精锐的机甲军团先后集结，展开人类历史上史无前例的机甲大战。再远处，"天槎"、"星槎"、"木兰"，以及第三集团军联合舰队等，与远航军王牌战舰"四分卫"、"擒杀"、"斥候"，加百列巡逻队，以及元首近卫军展开规模宏大的天基对战！

骇人的战火在阿尔法和贝塔两大阵线之间爆开，渐渐扩展到了芝罘链星云，大半个反射星云都被人类逆天的鏖战映得雪亮。炽热的能量波在宇宙中飞荡，卷起星尘与电离气体，像飓风卷起的海浪，不停扑打着飘浮在星云中的陨石和小行星。

无数战舰和战机中弹、爆炸，救生艇像蝼蚁般四下逃散，有些被近旁的战舰打捞，有些则不幸被飞溅的残骸击中，爆出一朵转瞬即逝的火花，不见踪影。

整个战场，如同炼狱。

"轰！"鹰隼猛烈的轨道炮击中铳枪右肩，自身却被对方脱手飞来的光弹击中左膝，倒飞出半公里才勉强刹住颓势。铳枪驾驶舱内，金轩面色凝重，再没有之前轻松的表情，十指如飞，以手动方式精确操纵着武器系统，身体则通过神经元触丝协调机甲动作，弥合右肩被射伤的部件。

"能量不足。"巫承赫辅助他掌管动力系统，皱眉道，"叫能源体过来，我们要加油。"

金轩还想冲过去继续打，闻言只好命旁边十台机甲替自己挡住汉尼拔，然后叫移动能源体过来给铳枪加油。

远处鹰隼率先恢复了膝部损伤，腿部引擎一闪，向他们飞了过来，同时，跟在鹰隼周围的十几台大型机甲也跟了过来，与金轩派出去的临时替身陷入混战。

汉尼拔已经彻底疯狂，不顾一切冲开防线，冲到了正在加油的铳枪旁边，双臂变成轨道炮向他们轰了过来！

机甲加油期间必须关闭量场保护罩，金轩不得不断开能源体，仓促间加载出一个薄弱的能量罩，扛住汉尼拔雷霆一击，随即加载肘部近战光炮，猛烈还击。炮火余波漫过能源体，能源体无法承受如此高能的波动，瞬间爆炸，灰飞烟灭！

铳枪离能源体太近，被爆炸的冲击波袭击，腰部一大块合金瞬间被熔解。金轩拼命稳住机甲撤开数百米，腰部熔化的合金在低温宇宙中快速凝固，因为过冷发出脆响，裂为数瓣。

"警告！外层合金发生无法弥合之损伤，必须立刻手动替换，否则内部神经元很可能受到伤害！"系统发出黄色警报。金轩正要放出微型工兵机器人出去给自己换外壳，鹰隼已经如跗骨之蛆一般揉身而上，抬起轨道炮轰了过来！

刺目的白光飞速袭来，金轩依靠逆天的灵活性迅速闪身，到底还是没能彻底避开，右脚暴露在对方攻击范围之内！

千钧一发之际，一个巨大的漆黑的身影如流星般飞了过来，红光一闪，发炮挡住鹰隼致命一击，救下了铳枪。

"鬣狗？金辙！"铳枪驾驶舱内，金轩吓出了一身的白毛汗，又惊又喜，"他怎么来了！"

"院长也在！"巫承赫浑身冷汗，像浇了水似的，滴滴答答不停地掉在脚底下，竖瞳比他的声音还颤得厉害，"我感受到了他的意识云！"

"铳枪！"多角通信传来金辙的声音，"退后，给你五分钟时间维修部件！"

"是！"金轩瞬间斗志满满，操纵铳枪退到漆黑的鬣狗机甲身后。

金辙照旧驾驶着他最最珍爱的鬣狗机甲宇宙版，为了配合他本人骚包的个性，机甲右臂关节处还换了一片红色合金，和他红色的机械臂遥相呼应。驾驶舱内，沐坐在金辙身边的副驾驶位上，双目化作竖瞳，进入意识攻击状态，第一次在实战中控制自己的异能者。

鉴于他的攻击性太强，不经意间经常导致金辙无故撞墙，总统阁下刻意多加了一对安全带把自己固定在座椅上，不管有用没用，好歹多一份安全感。

"吼吼！"金辙操纵鬣狗双拳互撞，像发疯的大猩猩一样发出彪悍的怒吼，"来吧汉尼拔小宝贝儿，让你见识见识什么是战神，什么是传说中脱缰的野狗！"

沐默默扶额，汗如雨下："咱能别这么二吗？什么野狗，有这么比喻自己的吗？"

"老子本来就是战神，二十年前的战神也是战神！"金辙不悦道，"发疯的野狗是大家对我的赞扬，唉！你怎么总是这样，一点都不懂得欣赏我的伟大？"

"……"你的伟大只有和你一样的二货比如你弟才能懂吧？我等常人接受无能！沐无奈磨牙，但这种时候没空和他斗嘴，道，"你在这里放嘴炮有什么用，反正他也听不见！"

"鼓舞士气懂吗？"金辙给他科普，"打仗是这样的嘛！"

沐彻底失语。

二人一如既往地分歧巨大，不过这丝毫没耽误他们迎战鹰隼，凶悍的鬣狗机甲揉身而上，像疯狗一样咬着对手不放。鹰隼最擅长的轨道炮攻击在这么近的距离内无法发挥最大威力，反而被鬣狗全身上下刺猬一般的冷兵刃多处划伤，虽然每一处都伤得不深，但因为太过密集，合金外壳很快便发出警报。

铳枪得到了珍贵的五分钟，金轩飞快放出一对微型工兵机器人替换腰部合金块，修复完成后再次冲进战团。金氏兄弟第一次在战场上联手，一红一黑两台超级机甲伫立在伤痕累累的鹰隼面前，正气凛然，丝毫没有以多胜少、胜之不武的自觉，反倒浑身上下都洋溢着"群殴好棒"的欢乐感。

当然,现在是几万台机甲在混战,他们这个局部二对一也勉强说得过去。

仇人相见,分外眼红!三台机甲不约而同发难,在烈风阵阵的宇宙中战成一团!巫承赫拼尽最后的力量加持着金轩的意识力,脑海中闪过汉尼拔当初对他的羞辱和伤害,以及对巫家残酷的迫害,恨不得将他撕成两半!

巫承赫的执念,就是金轩的执念,金轩这辈子最大的悔恨,就是当初一念之差,差点儿被汉尼拔标记了自己的向导,他四年来无时无刻不想手刃仇敌,一雪前耻!

沐虽然在襁褓之中便离开亲人,但从小到大深受家族庇佑,与家人感情极深,本以为有生之年总有机会回报父母,守护妹妹,没料到一夕之间家族覆灭,连外甥都差点儿失去。这次好不容易等到机会和仇人面对面,他全身的热血都冲到了脑子里,憋着一口气,发誓要将汉尼拔就地正法,为家人报仇!

至于金辙,作为一名总统,最大的耻辱就是被人在自己任期内分裂国土,划界而治!今生今世,他只有干掉汉尼拔,才能重新夺回他的荣耀,完成他的终身理想!

杀!

天昏地暗的鏖战,人类历史上从未见过如此残酷而精彩的一幕,以至于多年后这场机甲大战仍被作为经典案例写入阿斯顿军校必修教材。尤其是鬣狗、铳枪与鹰隼的三方之战,更是前无古人,令多少后辈心驰神往,只恨没能生在那个精彩的年代!

不过战斗当时,五个当事人可都没觉得有什么精彩。汉尼拔本就是一代枭雄,处于类狂躁状态,更是战斗力爆棚,以一敌四,竟丝毫不显劣势!铳枪和鬣狗远近夹击,几乎将它的外壳绞成碎片,露出里面电流涌动的神经束,他仍旧一步不退,步步紧逼!

他们边打边飞,不知不觉间脱离了"信天翁"防御圈,飞进了贝塔阵线内侧。这时,鬣狗忽然一个近身飞扑,尖利的钢齿咬住了鹰隼后背裸露的神经束,硬生生将其扯断。同时,铳枪双刀一划,闪出一串火花,斩断了它的脊椎骨!

庞大的鹰隼机甲像被抽了筋的龙一样瘫软下来,驾驶舱内亮光闪动,显然系统已经发出红色警报。

"杀!"气血翻涌的总统阁下完全失去了平时的优雅温厚,依稀恢复成了二十年前那个令人闻风丧胆的战神野狗,精壮的左臂控制着机甲左侧冷光刃,狠狠刺入鹰隼左胸能量源!

"吼!"几乎与此同时,铳枪一个侧翻从身后跃到鹰隼面前,双手光刃一并,化作一根流光闪烁的光链，像三年前塔尔塔罗斯空战中一样，再次扼住了汉尼拔的咽喉。

就在这时，疾风忽袭，一个巨大的黑影从十二点方向压了过来，"四分卫"旗舰奇迹般冲破机甲军团庞大的战场，竟然接近了三台机甲形成的战团。

机甲战场不同于战舰战场，对战距离极近，小型战团数量众多，之间空隙极小，最小的可能只有几米！以战舰的驾驶精度来说，无异于将巨大的棒槌穿进细小的针眼！

这得是多么逆天的导航能力和驾驶能力，才能把"四分卫"旗舰开进机甲战场？！

"轰！"旗舰头部白光一闪，大型武器铺天盖地袭了过来。

"闪！"金辙瞳孔猛缩，在多角通信中大喊一声，同时将全身引擎动力全开，往侧下方闪去。金轩反应极快，在巫承赫的加持下操纵铳枪灵活转身，收起光链甩掉鹰隼，与鬣狗呈三十度夹角飞速弹开。

几乎是同一时刻，鹰隼驾驶舱打开，一只银白色救生艇弹了出来，避开炮火飞向"四分卫"旗舰底舱。

"轰轰轰！"猛烈的炮火引起连锁反应，将附近没来得及避开的机甲烧成了液态金属，火焰过后，又在宇宙低温环境中迅速凝固，变成狰狞的金属块。

能量波像巨大的涟漪往芝罘链星云深处荡去，一环又一环，一环又一环……几秒钟后，星云深处传来回声般的震荡，刚开始是轻微的，之后越来越重，越来越重！

"超级能量波动！"诡异的静谧过后，联邦所有高级将领的通信系统中，传来通道观察员歇斯底里的吼声，"暗物质在以不受控制的速度爆炸！收割者留下的通道……天！反德西特黑洞在扩张，引力在以天文级数增加！"

"撤退！"金辙不等观察员说完，立刻大吼一声，"全体撤退，所有人，所有舰队！目标阿尔法阵线及天阙空间港方向！全速！快！"一边吼，一边启动机甲引擎往"天槎"旗舰飞去。

金轩驾驶铳枪紧随其后，两台机甲像流星一样消失在漆黑的宇宙中。

总统一声令下，联邦军团有条不紊地整队撤退，飞往阿尔法阵线内侧。刚开始远航军诸人还试图追击，几分钟后收到元首通信频率发来的最高指令，立刻纷纷转向，沿贝塔阵线向远离反德西特黑洞的方向撤退。

一小时后，"星槎"舰队。

鬣狗和铳枪终于追上了大部队，回到了指挥舰。金轩将昏迷的巫承赫从驾驶舱抱出来，交给航医，浑身筛糠似的哆嗦着："我不知道，他忽然昏迷了……他说他没事，可以继续支持，我不知道他已经脱力了……"

"没关系，没关系，体征还在，他还活着。"航医看到巫承赫的样子就暗叫不好，但看到金轩的脸色，又觉得这种时候说真话恐怕事情会更加不妙，于是竭力控制着自己的表情，挤出一个比哭还难看的微笑，"我马上召集所有向导医生为他治疗，这次为了暗示计划，我们几乎把全联邦的向导医生都带来了，一定不会让他有事。"

"不不不，他身体很弱，他是向导，内脏和骨骼比正常人都要弱很多。"金轩攥着拳头，双手抖个不停，"他前两天才受过重伤，我本来不让他进机甲，可他说他还可以坚持，他答应我一有不妥就告诉我的，我不知道他会昏迷……"

"您冷静点儿，准将。"航医就地给巫承赫接驳各种医疗设备，可是每接一样，就多一个尖叫报警的声音。最后他不得不选了全体消音，以防止准将阁下也昏厥过去，同时安慰道："他很年轻，他能撑过去的。现在请您出去，您的眼睛在发红，您要狂躁了，需要马上注射药物……您在这里我们不敢对他进行治疗。"

金轩的眼神死死粘在巫承赫身上，一秒钟都不愿分离，喃喃道："不行，我不能离开他，我感受不到通感了……他是不是要死了？不！别离开我……"他仿佛根本听不见航医的话，像个木桩一样站在那里，对着自己毫无知觉的向导掉眼泪。

"我们会尽力的，请您出去，不要妨碍我们治疗。"航医试着将他往外推，两名卫兵同时跟过来拉他，金轩却像是生了根一样，一动不动。

"啪！"一声脆响，一个结结实实的耳光抽在金轩脸上，一个冷淡沙哑的声音厉声道："你犯什么病？你站在这里他就会醒吗？你这样拖延治疗是不是想让他死？"

沐整个人像水里捞出来的一样，身上的制服都湿透了贴在身上，显出瘦骨嶙峋的肩胛骨。但他的表情却是又冷峻又强势，比最强的异能者还要强悍："你脑子坏掉了吗？他还没死你先垮了，到时候他醒来要靠谁？"说着他夺过卫兵递给他的水瓶，打开盖子哗一下泼在金轩脸上，"没用的东西！"

金轩被他一个耳光加一瓶冰水，彻底刺激醒了，激灵灵打了个冷战，一言不发地转身往门外走去。

金辙终于从底舱赶了上来，跑过来扶住沐的后背，紧张道："怎么了？你们吵架了？别跟那小子一般见识他脑子有病……你没事吧？你哭什么？"

"是汗！"沐掩饰地抹了一把脸，恶狠狠推开他，挺着单薄的脊背往治疗床前走去，

"巫承赫情况不妙，我看看他。"

"啊？刚才打仗的时候不是还好好的吗？"金辙跟着他走了两步，想起还有无数正事等着自己处理，而金轩肯定是指望不上——这货现在走路已经开始同手同脚了——于是只好让特勤跟着沐，自己去主控室主持大局。

金辙一进主控室，"天槎"副舰队长就站了起来，庄严地向他敬了个礼："总统！"

"情况如何？"金辙坐到控制台前，问道。

"所有舰队已经撤回，正在飞往天阙空间港，机甲兵团战损百分之二十七，百分之七十已经撤回各战舰，还有少量在外围流散，都是损伤过重的，我已经派补给舰去打捞和支援了。"

"很好。"金辙看完战损明细，松了口气，这么大的战役，百分之二十七的损失已经是不幸中的万幸，就是不知道远航军那边的情况怎么样了，汉尼拔是不是还活着。

如果他死了，谁会接他的班？联邦面临的下一场恶仗，将是什么时候？

金辙毕竟年纪大了，经历一场大战，体力有些透支，他慢慢地扶着椅背坐下来，疲惫地揉了揉眉心，道："再试试接驳'四分卫'旗舰，探探他们的口风。"

"是！"副舰队长领命而去。

金辙打开个人智脑，开始处理堆积如山的各种文件，在他参与战斗的这几个小时里，内阁和国会已经给他发了一大堆需要确认的公函，另外还有向导学校的信件，以及各大舰队长发来的战报等等。

不知道过了多久，金辙忽然感觉太阳穴一痛，一双熟悉的手按在他头上，轻轻揉着。

"你忙完了？"金辙惬意地闭上眼，摸到沐的手，在他掌心那道熟悉的疤痕上轻轻抚摸，"巫承赫怎么样？醒了吗？"

"没有，他受伤太重，即使用了特效药，怕也要一两个月恢复。"沐叹了口气，"金轩在陪他，应该不会有生命危险。"

金辙想起巫承赫的模样，也跟着叹了口气："那孩子太拼了，这几次受伤太频繁。"

沐没有再说什么，手按在金辙右肩，揉了揉机械臂与断臂相连的部位，问："疼吗？"

"有点儿。"金辙吸了口气，自嘲道，"老了。"

沐脱下他的上衣，检查他机械臂的接驳点，金辙装上义肢才几个月，还没过适应期，剧烈活动很容易引发炎症，伤到筋腱和骨骼。

金辙照他的指示活动关节和指头，告诉他各个部分的感受。沐调整了几个小零件，帮他重新穿好衣服，道："还好，肱骨小结节可能有点儿损伤，不要紧，休息一段时间就好了。"

金辙老老实实答应了，这时副舰队长忽道："总统阁下，'四分卫'旗舰接通了，他们的负责人要求和您亲自对话。"

"哦？"金辙眉头一皱，汉尼拔所坐的救生艇被收回"四分卫"旗舰，如果他在，哪里又冒出个"负责人"来？

金辙走到主控台前，副舰队长打开全息通信，蓝光闪过，一个挺拔的身影出现在他面前。

"总统阁下。"马洛身着远航军制服，表情冷峻，眼神平静，"我是原'月槎'舰队中尉导航员，马洛·辛普森，现在在'四分卫'旗舰向您致意。"

"你好，辛普森中尉。"金辙心中一动，为什么是马洛，汉尼拔呢？还有他为什么自称"原'月槎'舰队导航员"？顿了一下，他才问："你父亲呢？"

马洛深吸一口气，道："家父……原远航军统帅汉尼拔·辛普森星将，已于一小时前去世，现在，由我全权代理远航军第一集团军一切事务。"

死了？真的死了？金辙一愣，虽然他一直盼着汉尼拔死，但亲耳听到这个消息还是有种不可思议的震撼。

"家父近期因为狂躁症频发，身体一直抱恙。"马洛声音很公事化，只是眼神中露出少许悲哀，"'信天翁'一战引发了他的终极狂躁，回到'四分卫'旗舰不久，他就去世了。"

金辙沉默了一会儿，道："请你节哀，中尉。"

"谢谢。"马洛微微点了点头表示感谢，继续道，"家父临死前，对以前所犯下的错误非常后悔，对自己分裂人类的行为非常内疚。遵从他的遗愿，我恳请总统阁下接受远航军的回归，请允许我带领远航军辖下所有舰队，所有星域，重新归入联邦！"

真是意外之喜！虽然早听说马洛和他母亲的政见比较相似，并不赞同父亲的行为，但此时此刻听到他做出这样的决定，还是让人惊喜莫名。金辙心中一块大石落地，眉梢一扬，道："当然欢迎，我代表联邦政府接受远航军的要求，欢迎你们回归联邦！"他顿了一下，由衷地道，"感谢你为联邦做出的一切，孩子。"

马洛眼圈蓦地一红，气息哽咽了一下，但很快就控制住了自己，给金辙敬了个礼，道："谢谢您，总统。"

金辙微笑颔首。马洛深呼吸，又道，"回归事宜我已与远航军各部负责人商议妥当，所有事务委托给我父亲生前近卫队队长，伊万诺夫上校，稍后他会代表我和我父亲去天阙空间港见您，与国防部长讨论回归细节。"

一丝疑惑在金辙心中升起，他皱了皱眉，问："那么你呢？既然你父亲临死前让你代理他的一切权利，为什么你不来天阙空间港见我。"

"因为我所在的飞船，'四分卫'旗舰，已经在反德西特黑洞边缘。"马洛镇定自若，丝毫没有即将赴死的恐惧，"我们无法摆脱通道的引力，正一步一步被它拖往另一个宇宙。"

金辙大惊，瞳孔倏然收缩："你们没能及时撤退？"

"家父死得极为突然，我……年轻识浅，经验不足，未能及时统领远航军离开通道能量危险区。"马洛低声但清晰地道，"所幸只有'四分卫'舰队受到波及，远航军绝大部分舰队已及时撤往加百列军港。"

金辙沉默，尽管马洛将一切都说得轻描淡写，但他完全猜得到事实真相到底有多么残酷——汉尼拔终极狂躁，回到"四分卫"后一定六亲不认，见谁杀谁，至于马洛用什么方法让他"去世"，不想也知道。

汉尼拔死后，远航军四分五裂，马洛太年轻，又一心向着联邦，想要拢住整个远航军谈何容易？而"四分卫"恰好又离收割者留下的通道太近，等他控制住局面，一切都已经晚了，"四分卫"进入反德西特黑洞危险区，根本没有足够的动力逃离。

金辙自问是一个非常理性、非常难以被感动的人，此刻面对这个不到二十三岁的年轻男孩，却有一种喉咙发紧，眼眶发酸的冲动。

他对马洛并不了解，可以说他根本就从没注意过这个不起眼的小中尉，这孩子在他的印象中无非是"汉尼拔的儿子""莉莉兹的儿子""蓝瑟星将的外孙"，抑或"巫承赫的弟弟"。

这是第一次，他认真地把他当做一个独立的人来看待，来重视。

"我很抱歉，孩子。"金辙艰难地说，"我立刻叫军部的舰船科学家和你联系，也许他们能给你一些技术方面的建议。"

"谢谢您，总统。"马洛显然已经接受现实，完全将生死置之度外，微微一笑道，"您不必为我们担忧，我们的舰队是宇宙级舰队，有曲率飞行的经验，设备和动力也许能应付这次突发事件。就算我们渡不过这一关，您也不必为我们感到难过，人固有一死，能够回归联邦,以联邦舰队的名义死去,我们非常欣慰。"顿了一下,他又道,"我们即将进入通道,通信随时可能中断,总统,我有最后一个请求。"

"你说。"

"我请求您任命'四分卫'舰队为人类跨宇宙远航舰队。"马洛冰蓝色的眸子像星辰一般闪闪发亮,语气没有一分自怨自艾,只有坚定与希望,"如果我们能安全飞过通道,进入另一个宇宙,我请求您允许我们作为人类的使者,为其他智慧生命带去问候。我们将以人类的名义,尽自己最大的努力与其他生命建立联系。也许有一天,我们的子孙后代还能回到这个宇宙,那时我们还是人类,我们还属于敦克尔联邦!"

从没有一个人,能让金辙内心发出这样无法抑制的震撼,从没有一个人,能让他体会到"无私"二字最准确的诠释!看着马洛年轻的、英气勃勃的面孔,金辙郑重点头:"我,金辙,以敦克尔联邦总统的名义,任命远航军'四分卫'舰队为人类跨宇宙远航舰队,马洛·辛普森中尉即刻破格擢升为星将,担任舰队长,率领舰队代表人类飞往其他宇宙,与其他智慧生命建立联系,以全人类的名义为他们带去问候!"

全息通信闪了一下,画面变得模糊不清,马洛的影像在那头深深吸气,昂首挺胸,给金辙敬了一个庄严的军礼:"以联邦的名义,我,马洛·辛普森,绝不辱命!"

金辙立正,挺直腰背,给他还了一个军礼。礼毕,他放下左手,含泪道:"祝你们一路顺风,孩子。"

"祝您健康愉快,总统阁下。"马洛的声音开始变得模糊,"祝人类永远和平统一⋯⋯"话音未落,他的声音消失在一阵嘈杂的电流声中,模糊的影像闪烁了一下,跟着也消失了。

"四分卫"被彻底吸入了收割者留下的通道,消失在了这个宇宙当中。

一片静谧,"天槎"旗舰所有的人都看着马洛消失的方向,忽然,一名军官举起右手敬了个军礼,紧接着,其他人也举起了右手。

金辙和他们一样,出神地看着空空如也的全息控制台,沐站在他的身边,默默无语。

任何语言,都无法表达他们此刻的心情。

主舱里,昏迷中的巫承赫被送回了卧室,床头的全息相框里,滚动播放着双胞胎的动态照片,金轩坐在床边,轻轻握着巫承赫的右手。

我们都还活着,孩子们也活着,还有小豌豆⋯⋯金轩满足地叹了口气,将脸颊埋在巫承赫温热的掌心，轻声哼唱起那首熟悉的《抹香鲸之海》。

联邦舰队往天阙空间港飞去，另一个方向，劫后余生的远航军舰队正飞往加百列军港。

背叛、回归、死亡、新生、奴役、自由……从未有一个种族，能像人类这样，丰富而矛盾，自私而慷慨，脆弱，却无比坚强。

Chapter 39
尾声·变装舞会

索罗斯军港。

远离海岸的住宅区，一栋精巧的现代建筑伫立在茂密的椰林中，乳白色的屋顶在碧绿的树冠中若隐若现。

"嘿，下来，不许爬到你爸身上去！"金轩将满地乱爬的小豌豆从熟睡的巫承赫腿边拎起来，双手一托架在脖子上，轻轻捏着他的小肉脚哄他，"好啦，不哭啦，二爸带你去玩弹弹床……"转身看到树阴下正在作死的巫骞，立刻一声虎吼，"巫成功你给我滚下来！你要把弟弟的弹弹床压塌了！"

"嗷！"巫骞冷不丁吓了一跳，一头杵在草地上，连滚带爬逃出二爸的攻击范畴，泥乎乎的小手塞进嘴里吹了个口哨，一头威武雄壮的秋田犬立刻刷刷刷地跑了过来。

然后巫成功同学就骑着他的狗跑远了。

"……"金少将对这个缺乏正常人的世界顿时觉得非常绝望。

金轩已经是一名少将了，两年前他率领阿尔法阵线联合舰队远征加百列，彻底清剿"远航帝国"叛军残部，之后便被军部破格提升为少将，全线接管芝罘链星云防御圈的保卫工作，在天阙和锡灵两大防御圈之间长期巡航。

两年前，"暗示计划"将收割者骗回母宇宙，汉尼拔阵亡，马洛被收割者留下的通道带往未知的宇宙。但远航军并未像马洛希望的那样全部回归联邦，一部分极端分子死守加百列军港，竖起汉尼拔留下的大旗继续与联邦为敌。金轩作为阿尔法阵线守将，大战之后连气都顾不上喘一口，便带着自己尚在恢复期的向导率军远征加百列，与第三集团军锡灵部分两面夹击，历时十一个标准月，终于将叛军全歼。

经此一役，加百列军港重新纳入联邦星域图，敦克尔联邦历史上最大的一次分裂战争彻底宣告结束，人类终于迎来久违的和平，重新成为统一的整体。

值得一提的是，在平叛战争中，那些被向导团从收割者手中解救出来的异能者起到了至关重要的作用——当初被收割以后，他们进入假死状态，因为生命迹象仍然存在，于是大多数人的身体都被运回了加百列，以辅助装置维持生机。"暗示计划"成功之后，他们的意识云和量子兽通过某种人类尚不了解的方式重新回到了他们身边，渐渐唤醒了他们的意识。半年后，远航军辖区内曾被收割的异能者有七成都恢复了生命。

虽然在被收割期间他们并没有自主意志，但最后与向导团的共鸣却深深烙印在了他们的潜意识中，醒来之后，那些处于极端阵营的异能者们纷纷拒绝与联邦继续为敌，并成立反战组织游说其他同袍，最终与金轩率领的平叛大军里应外合，拿下了加百列。

整编俘虏、处理战犯、重建加百列……金轩接下来的一年几乎都耗在芝罘链星云和加百列军港之间，直到两月前被擢升为少将，回索罗斯军港海军基地授勋，才带着巫承赫以及三个儿子回到敦克尔首都，享受为期三个月的休假。

金辙在去年秋天的大选中再次获得连任，连任后他老人家不知道哪根筋抽了，发了善心决定赐予他的穷鬼弟弟一套私产，于是金轩在寄人篱下三十三年之后终于有了自己的住所。

这栋住宅坐落在索罗斯海军基地近旁，房子不大，但前面有草坪，后面有花园，十分适宜有老有小的家庭居住。

"哇哇哇！弹弹弹！"脖子上的小魔星忽然哭了起来，金轩连忙将他放在弹弹床上。小黑胖手脚并用蹦跶了两下，立刻破涕为笑，发出清脆的咯咯声。

没错，小豌豆是个黑胖，和他两个白皙瘦弱的哥哥不同，他完全继承了金轩的外表：皮肤黝黑，膀大腰圆，因为有异能者基因，不到两岁就有普通小孩三岁大了，几个月前唤醒了自己的量子兽，于是现在整天带着个胖得跟皮球一样的小黄猫到处跑。

至于他基因中疑似向导化变异的部分，暂时尚未表现出明显的表征，因此除了意识云比普通异能者更强大一点，他看上去并没有什么超越人类的异能。

巫承赫认为这可能与伊卡鲁幻色蛛的特性有关，毕竟他这个当爹的直到十七岁才表现出向导性，也许小豌豆的变异性也要到十七八岁才会正式显露出来。

"金胜利！金胜利！"金轩还要准备今晚派对的食材，没空看管小豌豆，打开AI保姆，扯着嗓子喊，"出来帮我看着你弟弟，我要去弄烤炉了！"

"噢噢！"金骁牵着湿漉漉的二胖从屋里蹿出来，坐在草地上一边擦狗一边看着弟弟。金轩十分欣慰这货今天没犯病很听话，鼓励地摸了摸他的头："乖哦，一会儿晚餐让你坐壮壮姐姐旁边。"

金骁瘦瘦白白，快六岁了还没普通小孩五岁大，不过他瘦小的身躯蕴含着无穷的破坏力，即使吃了药也每天萌萌哒，只有在提到壮壮女神的时候才会暂时像个正常人一样，比如今天——为了庆祝升职，金轩和巫承赫广发请柬组织了一场烧烤派对，金辙和沐以及壮壮都在被邀请之列。

离派对还有三个小时，尽管阳光十分温暖，金轩还是进去拿了一条毯子出来给巫承赫盖在身上。半小时前巫承赫带着小豌豆出来打扫草坪，不知不觉躺在垫子上睡着了，金轩不忍心吵醒他，决定让他再睡一会儿。

两年前那一战几乎毁掉了巫承赫的意识云，但当时战局紧张，金轩必须赴加百列平叛，所以他没等大脑彻底恢复便再次跟着上了战场。接下来的一年多，他一直没有得到充分的休息，伤势一再反复，平叛战争结束的时候，已经虚弱得连正常生活都难以保证了。

战后多名向导医生对他进行了会诊，给他使用了很多特效药，但他仍旧没能彻底恢复过来，很容易生病，而且非常嗜睡，没事一天能睡够十八个小时。

金轩独自支好烤炉，布置桌椅，分割各种肉类和蔬菜，调好酱汁，又在草坪上挂起彩灯。天色渐渐暗了下来，彩灯亮起，巫承赫猛地惊醒过来："啊！几点了，我睡着了……你怎么没有叫醒我？"

他想爬起来，但因为睡太久头晕，又倒了下去。金轩在围裙上擦擦手，将他打横抱起："叫醒你干吗，家里已经有四个男人在忙啦，少你一个不少。"

巫承赫在他臂弯里打了个哈欠，伸了伸胳膊，左看右看："这一觉睡得好舒服，唔，你都准备好了啊，还有什么我能帮忙的吗？"

"换衣服，打扮得帅帅的下来给大家调酒。"金轩掂了掂手里的分量，感觉他好像比上周重了那么一点儿，心里十分高兴，"孩子们的衣服也要换，还有大胖和二胖，今晚咱们是主场，可别输给客人啊。"

"喊，都是自己人，干吗那么在意。好了放我下来，我先去拾掇孩子们……"巫承赫咬着手指吹了个响亮的唿哨，三秒钟全家都有，连两只狗都争前恐后地跑了过来，蹲在台阶下摇尾巴。

虽然健康堪忧，巫承赫的意识力却是越来越强，经过两年的锤炼已经和沐不相上下，随随便便说话都带着强大的暗示力，打个唿哨就能催眠全家。

"爸爸你醒啦，壮壮姐姐都要到啦，快点给我洗白白换衣服！"巫骞不知道从哪里跑了回来，一身泥脏得跟猪一样，两眼发光盯着爹。金骁跟在哥哥身后拼命点头，表示自己也要以最佳状态迎接女神。至于小豌豆，他现在对女神什么的还没有概念，那玩意对他的吸引力远不如食物，于是他已经拿着金轩切好的火腿开吃了。这孩子胃口好得吓人，什么都能消化，巫承赫甚至怀疑他胃里分泌的不是胃液，而是王水。

"好啦，一个个来，都给我滚进去洗澡！"巫承赫将小儿子往脖子上一架，一手一个拖着双胞胎，大步流星往屋里走去。两只秋田犬忙不迭地跟上。高维空间里，一只圆滚滚的小黄猫顶着爹的蝴蝶，扭着屁股跑得欢快。

为了让孩子们玩得开心，今天他们准备的是化妆派对，巫承赫洗涮干净三个豆丁，给他们换上定制好的丧尸装，又给他们画了黑眼圈和伤疤血口子啥的，最后用立体喷雾给狗染了毛。三人两狗往一块一站，妥妥的丧尸小分队！

"好帅！"巫骞在镜子面前臭美地扭来扭去。金骁看了半天不大满意，又给自己顶了个破烂的路障。小豌豆虽然完全Get不到丧尸的萌点，但看到两个哥哥跟打了鸡血似的，也随大流地兴奋起来，一边瞎叫唤一边踩着滑板车在周围转圈圈。

"行了，下去接姐姐吧，他们应该马上到了。"巫承赫开门放狗和儿子，丧尸小分队呼啸着跑下楼去接客了。他回头冲澡换衣服，顶着复古式礼帽下楼，草坪上已经是人声鼎沸——客人们都到了。

"哈哈！二叔我们是情侣装哦！"七岁的壮壮已经亭亭玉立，颇具甜美的少女范儿。她今天穿着黑色哥特式短裙，顶着银白色假发，头上歪戴一顶小小的红色礼帽，垂着蕾丝，与巫承赫的吸血鬼装居然十分搭调。

"帽子不错。"巫承赫俯身与她拥抱，从兜里掏出单片眼镜夹在鼻梁上，微微一笑，竟然露出两颗吸血鬼假牙，上面还带着猩红的血丝。

"呀二叔好帅！"壮壮星星眼流口水。

"天呢噜，好帅！"塔塔永远都追随着女神的脚步，顶着洛基的大帽子，挥舞着披风跑了过来。混血正太这两年长开了，虽然有点儿瘦弱，但已经初步显现出祸国殃民的帅气，大眼睛一扑闪，八到八十岁通杀！

"嗨，塔塔。"巫承赫忍不住抱起小洛基亲了一口，"好久不见，长这么帅了都。"

塔塔被他的尖牙硌了一下，咯咯咯地笑了起来。

金氏三兄弟发觉自己受到了冷落，纷纷扑过来抱大腿："爸爸我也要亲亲！"

巫承赫不得不一人亲了一下，这才摆脱豆丁小分队，来到了草坪上。秉承金家人一贯脱线的传统，金辙的 COS 永远不走寻常路。巫承赫看着他销魂的身影，违和感十分强烈——这种迫切的想要数钱的感觉怎么破？

还好沐的装扮略正常，黑色汉服加黑鞘佩剑，酷似古代侠客，颇有点儿世外高人的气质。巫承赫上下打量了他一番，迟疑道："金辙没让你扮周公吗？"

沐面无表情地翻了个白眼："他给我买了全套中山装和假发，我送给霍伯特了。"

"也对。"巫承赫赞同点头，"他们俩 CP 感更强。"

"什么意思？要我让位吗？"沐继续面无表情，斜眼瞪他，"你会不会好好聊天？"

"哈哈哈！"巫承赫成功触发了大舅的毒舌攻击，像个抖 M 一样大笑起来，差点把假牙抖掉了，捂着嘴道，"最近过得好吗？在忙什么？"

"《向导保护法》改革的事情。"沐抱着胳膊装大侠，似模似样的，"内阁已经跟巴隆夫人讨论好了，打算在联邦各地设置向导学校分校，保证向导们就近入学，并开启家属探视绿色通道。具体法案下周提交给国会，下个月会进行修正和投票。"

"真是好消息。"巫承赫由衷道，"这么一来既保证了向导的安全，又不至于让他们长期和家人分离。"虽然巫成功和金胜利两兄弟至今为止没表现出明显的向导性，但就他们俩的长势看恐怕不会是普通人，所以《向导保护法》改革对他们来说至关重要。

"也是情势所趋，归根结底还要感谢胚胎干扰计划。"沐抬起下巴指了指小山一美的方向，"从两年前实施计划到现在，向导出生率翻了一番，预计未来二十年内还会有井喷式增长，通古斯容量有限，必须考虑在其他地方开设向导学校。原本巴隆夫人想把伊达星整个圈成向导学校，金辙否决了，建议在全联邦范围内设立多个中等规模的封闭式学校，教育部和国会都支持他的观点。"

巫承赫默默点头，从安全的角度考虑，整个小行星划归向导学校是最好的，但这样等于划出了一个国中之国，经过加百列叛乱，教育部和国会都不想看到这样的情况发生。而且向导太强大了，"暗示计划"已经充分显示出了他们的危险性，把这么多的杀器放在一个地方显然不利于控制，分散教育更加合理。

"放心吧，法案会通过的。"沐视线扫过双胞胎，压低声音对巫承赫说，"天阙和索罗斯这种大都市，将来都会开设分校，不用太为孩子们担心。"

巫承赫知道他在说什么，点了点头，作为父亲他很想让自己的儿子像普通人一样生活，但向导就是向导，不是每个向导都能像他一样开外挂，也不是每个向导都那么好运，能遇到金轩这样的神经病。

在目前的情势下，初潮后把孩子送进向导学校是最安全的选择。

两人聊了两句，巫承赫又过去跟音波打招呼。音波和小山一美这对组合扮演的是古日本漫画经典 CP：蓝胖和大雄。小山一美戴着眼镜穿着 T 恤短裤，十分清凉。音波则穿着胖鼓鼓的蓝皮，顶着厚重的大圆脑袋，苦哈哈地扮演着哆啦 A 梦。

"你不热吗？"巫承赫对音波这样丧心病狂的 COS 十分疑惑，"这个头套一定很沉吧？"

音波哭丧着脸道："还好，是控温材料的，我力气大……"他笨重地挪动了一下步子，绕到远离小山一美的一边，"我们本来说好扮美队和冬兵的，前天我惹他生气，他把我拉风的装备全扔了，重新买了这两套。"随后他又嘤嘤哭泣着举起双手，"等会儿你记得喂我东西吃，不然我肯定得饿一宿。"

巫承赫看着他肢体末端的小圆球，安慰地摸了摸他的大头："我没空，放心吧，一顿不吃饿不死。话说你怎么惹他了？"

"……不说。"音波用小圆球捂脸，"说了我这辈子都得穿这身过了。"

巫承赫推了推鼻梁上的单片眼镜，没有就这个尴尬的话题继续下去，一转头，只见小洛基拖着法杖狂奔过来，抱着音波的腿道："妈妈妈妈，我脖子疼，我可以不戴这个帽子吗？"

"啊，这样就不帅了呢。"音波遗憾地说，但还是将儿子头上那个可以当水桶的头盔摘了下来，又给他理了理头发，"那这个先放在这里，一会儿大家合影的时候再戴吧。"

"天呢噜，好凉爽！"塔塔甩了甩金毛，拖着法杖又跑走了，"壮壮姐姐壮壮姐姐……"

巫承赫看着他倾国倾城的背影，意识云忽然一动，眼角扫到他身后灌木丛中的阴影，依稀明白了什么。

"你看到了？"音波极为敏感，立刻注意到了他的眼神变化，用小圆球搓了搓脑袋，小声道，"两个月前的事情了，小山一直舍不得送他走，我也……唉。"

那是一只极为细小的变色龙，只有五六公分大小，塔塔已经觉醒了，他是个向导，和他的父亲一样。

遇到这样的事，是没有办法的，巫承赫拍了拍音波的肩膀。作为隐形向导，塔塔完全有可能在父亲的帮助下一直隐藏下去，小山一美是这方面的行家。但他们现在已经是军方的人了，这样做意味着知法犯法，而且与他们一直从事的事业相悖。

"或者可以等新的《向导保护法》公布。"巫承赫将刚刚从沐那里得到的消息告诉他，"宙斯城这样的大都市可能会有分校，到时候可以……"

"但愿吧。"音波提起这个就愁眉苦脸，大大地叹了口气，"无论如何我会说服他把孩子送去向导学校，自由向导承受的压力太大了，我不想让塔塔和他爸爸一样。"

想起沐和小山一美曾经历过的一切，巫承赫也不知道这样的选择到底是好是坏，只能跟着音波叹气。

两人唏嘘了一会儿，派对最后一名客人终于到了，陈苗苗一身黑白相间的熊猫装，挂着一根竹子，一进门就冲过来给巫承赫一个熊抱："学长今天好帅！早知道我跟你穿情侣装啦！"

"你还是比较适合演熊猫。"巫承赫回抱他。两人照例一个勒一个，勒得彼此龇牙咧嘴才松手。

巫承赫笑着问他："怎么来这么晚，迟了快一刻钟了，这不是你的风格嘛。"

"去军政中心看望了一下莉莉兹夫人。"陈苗苗说，"她升衔了，这次是回来授勋的，我们好不容易见一次面，所以多聊了一会儿。"

"哦哦。"巫承赫体谅地点头，马洛离开后莉莉兹很是消沉了一阵子，加百利平叛战过后曾经还打算退役，金辙花了好大工夫才把她挽留下来，让她再次带领"木兰"舰队扬帆远航。

也许是因为有着共同挂念的人，在敦克尔首都休整期间陈苗苗经常看望莉莉兹，两个人慢慢建立了一种介于朋友和亲人之间的关系，莉莉兹现在差不多是把陈苗苗当儿子看的，陈苗苗也把她当成自己的母亲。

两个深受创伤的人能够互相填补亲情上的空白，未尝不是一件好事，巫承赫问陈苗苗："莉莉兹夫人还好吗？"

"挺好的，提起马洛她已经很平静了。舰队的工作也很顺利，她这次打算申请给'木兰'扩员，往比仙琴座更远的士狼座推进，寻找新能源。"

"哦，那是够远的，以后她再回来就更不容易了。"巫承赫说。

陈苗苗耸肩叹气："是啊，那么远，一个人太孤单了。我也劝过她，让她趁这次回来递交申请，申请参加明年的通古斯舞会，但……看她的样子根本没把我的建议放心里。"

莉莉兹年过五十，虽然因为频繁的修复看上去还是二十七八岁的样子，但对于一个异能者来说已经算是步入暮年了，最多再过十年，她就会频发狂躁直至死亡。巫承赫对莉莉兹没有太多的感情，不过站在旁观者的角度，对她还是非常尊敬和同情的，现在汉尼拔已死，马洛远航，如果能有个相容的向导安慰她，鼓励她，那再好不过。

"你可以多试着和她提一提，反正离明年的舞会遴选还有半年时间。"巫承赫说着，想起他家小萝莉来，"对了，果果怎么样了？"

"挺好，已经会说话了，走路也很稳，越长越可爱。"陈苗苗提起妹妹就一脸圣光，一点儿都不像个未婚男青年，更像是个慈祥的爹，"而且她的量子兽也出现了，是一只绿色的蜂鸟，漂亮极了，跟我爸一模一样！"

巫承赫没见过陈果果，只在全息通话里看到过她，一名非常漂亮的白俄萝莉，皮肤雪白，脸蛋粉红，一头柔软的酒红色卷发，简直像天使一样可爱。

她和小豌豆同岁，生日只差几个月，因为先天检测出向导基因，在人工子宫中就被送到了通古斯基地。陈苗苗为了照顾妹妹，在父亲去世后申请转去通古斯基地向导医院实习，已经在那里工作两年了，明年夏天大学毕业估计会继续留下来。

"恭喜你。"巫承赫搂搂他的肩膀，对别人来说向导学校意味着禁锢，对陈苗苗来说却意味着家和港湾，当初陈真夫妇先后去世，要不是有陈果果，他很难撑过那段黑暗的日子。

"也恭喜你，以后学长你就是少校啦。"陈苗苗回搂他，四下看看，"对了，King神呢？他今天扮什么，也是吸血鬼吗，还是狼人？"

"他一直在忙，刚才去楼上换衣服了。"巫承赫也有点儿好奇，"鬼知道他要扮什么，我问了一个礼拜了也没问出来，说要保密。"不过金轩知道他要扮吸血鬼，八成应该是扮狼人吧。

事实证明任何人的脑洞都无法和杀马特媲美，即使早已金盆洗手回归正常人的行列，金轩灵魂深处的杀马特之魂还在熊熊燃烧——他根本不屑于扮演任何人，因为在他心目中最牛逼的人就是他本尊！

看到画着烟熏妆一头小辫子穿着破袍子的GLT异能者，巫承赫出离地惊讶以至于完全说不出话了——这货扮的到底是谁？这造型不是和他八年前在加百列的告别演出上一样吗？

他这是COS的他自己吧！人怎么可以无耻到这种地步？！

"你干吗？"金轩好多年没戴过耳环了，摸着耳垂上新定制的四枚子弹颇有点不适应，狐疑地看着巫承赫，"我扮演自己不可以吗？有什么可大惊小怪的？这个时代还有比我更杰出的行为艺术家吗？"

"……"巫承赫张着嘴愣了半天，才诚恳地说，"咱要点儿脸吧。"

金轩早就知道他欣赏不来自己的艺术，但没想到他在这种场合居然公然拆台，不高兴道："喂！你不要这样诋毁我，我是经过深思熟虑的，我告诉你……"

关键时刻陈苗苗打破了两人之间火花四溅的僵局，星星眼捧脸："好帅！King 神我永远是你的脑残粉！"

"我也是你的脑残粉！"音波不知何时跑了过来，举着小圆球手尖叫，"King 神大大我是看着你的表演长大的，你这身行头简直帅呆了！我愿意给你生猴子！"

"天呢噜！"塔塔听到这个惊人的喜讯，忙不迭跑去给小山一美报喜，"爸爸爸爸，我要当哥哥了，妈妈说要给金轩叔叔生猴子哩！"

小山一美扶额抽搐，暗暗决定这个周末都不许音波把蓝胖这身衣服给脱下来！

双胞胎第一次看到二爸如此丧心病狂的装扮，跟打了鸡血一样兴奋起来，纷纷扑过去抱大腿表忠心：

"二爸好帅！"

"二爸萌萌哒！"

"二爸二爸二爸！"小豌豆完全不知道发生了什么事，也不知道为啥爹看上去好像跟平时不太一样了，但习惯了跟两个哥哥混，便像复读机一样重复着他们的话，踩着滑板车绕圈圈。

金轩在一群无脑粉丝的膜拜下虚荣心得到了极大的满足，得意洋洋瞟了一眼不识货的某人，见巫承赫依旧一脸"谁来把这个要饭的叉出去"的表情，懒得跟他这种没有艺术细胞的人解释，冷哼一声，带着拥趸们去烤肉了。

巫承赫只能在秋风中默默黑线。

客人到齐，派对开始。

金轩在吃方面是相当考究的，烤炉里用的不是压缩能源，而是真正的果木炭，铁钎子上穿的也不是合成肉，而是天然放养的鸡鸭牛羊。腌制好的肉串摆上炭火，香料粉撒上去，很快诱人的香气便在索罗斯微潮的空气中散发开来，出炉时刷上金氏秘制酱料，简直人间极品！

巫承赫在做饭方面完全没有点到技能，于是负责调酒，血腥玛丽、长岛冰茶、索罗斯落日……虽然都是临时抱佛脚从网上查到的大众配方，但作为一名擅长化学实验的高手，他似乎就有这方面的天分，每一杯调出来都让大家赞不绝口。

彩灯闪烁，音响里放着一首轻快的乐曲，浓香的烧烤味弥漫在温馨的庭院里，装扮怪异的金辙坐在椅子上跟大雄聊天，哆啦Ａ梦在向侠客请教《向导保护法》改革的事情，熊猫同学在过去两年中已经把自己磨练成了一名优秀的保育员，于是带着三个小丧尸、一个哥特萝莉以及一个小洛基在草坪上做游戏。两只秋田犬在草地上欢快地打着滚儿，壮壮的量子兽扑倒了小豌豆的胖黄猫，爪子摁着它皮球一样的肥肚皮弹弹弹弹……

欢声笑语，宾主尽欢，巫承赫心情十分松快，给孩子们调好一大罐混合果汁，忽发奇想决定创造一个新的鸡尾酒配方给金轩尝尝，转头看向烤炉边的金轩，后者正好也在看他，大约是气还没消，视线一对上就愤愤扭头。

死杀马特……巫承赫对他这种不时发作的中二病十分无语，撇撇嘴，决定给他选个后劲烈的基酒以做效尤。

伏特加、果汁、辣油、食盐……巫承赫充分发挥想象力，很快就调出了一杯红里透黑，黑里透蓝的神奇饮料，鉴于颜色太恐怖，自己都不敢尝，装在漂亮的水晶杯里打算直接给他老人家送过去。

"给你的，别光顾着玩水了。"金轩的声音从身后传来，"好不容易养胖了一点儿，千万注意保持。"

巫承赫看了一眼递在自己面前的盘子，只见盘子里装着各种焦香四溢的烤肉，配着鲜嫩的烤蔬菜，心里不由得一软，捡起一块鸡翅含在嘴里，端起刚刚调好的鸡尾酒打算往垃圾桶里倒。金轩眼明手快，一把将酒杯抓起来，好奇道："这是什么？颜色这么漂亮，给我尝尝看。"

这也叫好看？杀马特的审美就是异于常人！巫承赫忙吐掉鸡翅去抢杯子："放下这不是给你的，我搞错了要倒掉的！"

"哎，一定是好东西，你留给自己喝的吧？让我尝尝吧，我都忙这么久了。"金轩将酒杯高高举起，躲来躲去不给他碰。

巫承赫比金轩矮太多，跳了半天也够不到，心里那点儿圣母念头早散了，无奈道："行行，你喝吧。"喝不死你！

金轩艺高人胆大，将酒杯凑到嘴边舔了一下，眼睛一亮，一口气喝了半杯，陶醉地闭眼摇头，表示好喝极了。

巫承赫意外之极，没想到这么恶心的配方他都能喝得这么欲仙欲死，难道真的歪打误撞很好喝？他求证地向金轩好奇道："好喝吗？"

金轩连连点头。巫承赫抢过杯子看看，实在不敢相信，凑到嘴边打算尝尝，刚一张嘴就感觉胳膊肘被人猛地一抬，"咕咚"一口把剩下半杯都灌进了喉咙里。

"……"巫承赫顿时灵魂出窍，辣得鼻涕眼泪全下来了，扔下杯子大哭着跑去洗手间漱口洗脸。太劲爆了，这跟王水有什么区别？死杀马特是怎么吞下去还假装很陶醉的样子？演技也太好了吧！

巫承赫连灌了好几杯冰水才缓过劲来，舌头像被火炭燎过一样火辣辣的，嘴唇更是木了，完全感觉不到存在的痕迹，还好金轩之前喝掉的是一大半，留给他的只有五分之二，要是全部灌给他，估计他这会儿已经死在草地上了。

"哎呦好可怜，自己挖坑自己埋。"金轩不知何时跟了过来，幸灾乐祸阴阳怪气。

巫承赫完全说不出话来，一边吸气一边瞪他。金轩见他实在可怜，拿毛巾给他擦了擦脸上的水，唏嘘道，"啊，真的那么劲爆吗？我喝着还好啊，就是有点儿辣而已。早知道你反应这么大就不给你了，我全喝了也没什么要紧。"

"滚开！"巫承赫使劲推开他，麻木过后嘴唇又烫又麻，不得不接了一杯冰水泡在里面，感觉自己简直像一只蠢乌鸦。

"好啦！都是我的错。"金轩想笑不敢笑，围着他转圈圈道歉，"你别光顾着喝水了，也该吃点儿东西，不然一会儿胃难受。"好说歹说把他弄到餐厅里，拿出冰箱里的芝士蛋糕给他吃，"吃这个吧，这个凉，又好咬。"

巫承赫胃里也是火辣辣的，又担心一会儿酒劲儿上来出丑，只好忍着嘴疼吃蛋糕。金轩给他倒了冰果汁，坐在旁边拍马屁："话说你刚刚调的那杯叫什么名字，我觉得还挺好喝的，辣是辣点儿，但够劲儿。"

巫承赫恨恨咬了一口蛋糕，道："对，那就是专门给你调的，希望你喜欢！名字就叫'杀马特去死去死'！"

金轩哈哈大笑："好啊！我记得了，我真是喜欢得不得了啊哈哈哈哈！"

巫承赫真想把一整盘蛋糕都扣到他头上，但很快就觉得自己神智有些模糊，心底里莫名有点儿兴奋，看着金轩明明很生气，却控制不住想对他笑。

完了，一定是喝醉了，完了完了！巫承赫拼命往嘴里塞蛋糕，告诫自己一会儿一定不要见谁都喊爹，然后……然后就什么也不知道了。

再醒来已经是第二天下午，巫承赫睁眼的时候发现自己躺在卧室大床上，金轩的狮子就趴在身边的地毯上，但四周没有金轩的影子。

发生了什么事？头好晕……巫承赫挣扎着撑起身体，发现自己一丝不挂，腿上和胳膊肘上有很多淤青，头发乱糟糟像鸟巢一样。

"嗷呜？"巴巴里狮子发现他醒了，摇头晃脑爬起身来，关切地看着他，伊卡鲁幻色蚬扑腾扑腾飞到枕头上，细爪子迈着方步走来走去，嘲笑着主人的无知。

"呜呜！"小豌豆的胖黄猫居然也在，之前窝在巴巴里狮子肚皮底下，这会儿也爬了起来，小短腿蹦啊蹦啊跳上了床，啃着巫承赫的手指求抚摸。

巫承赫苦哈哈地抚摸儿子的量子兽，操纵 AI 机器人给自己拿衣服，刚披上衬衫，金轩走了进来："哟，你醒了。"

巫承赫面无表情看着他。金轩嘿嘿一笑："别这样看着我哟，你的衣服是你自己脱的，身上的伤也是自己造的，我还被你酒后乱性打了一顿，现在腿上都是青的呢……喂喂，我这个正牌受害者都没哭，你就别这样一脸控诉的表情了吧？"

"……"巫承赫对喝醉以后的事情完全没有记忆，狐疑地看着他。金轩见他不信，打开个人智脑投出一段视频："来吧，欣赏一下吧，我都录下来了。"

巫承赫对他这种趁火打劫的行为叹为观止，来不及吐槽，便听见视频中传来自己含混的声音："爸爸你好，爸爸再见，爸你记得陪我妈去跳广场舞，别让隔壁老王把她拐走了！"

万幸，他喊爹的对象是沐，还不算太离谱。巫承赫默默捂脸，视频上金轩已经扶着他把所有客人都送走了，他像根软面条一样靠在金轩身上晃来晃去，见小豌豆正好踩着滑板车路过，忽然像被电打了一样跳了起来，一把揪住他叫道："爸你别乱跑，多大岁数了还玩滑板车，放下那是我儿子的！"

天哪！果然又认了新爹！巫承赫呻吟一声，这下他可算是把一辈子的节操都掉光了，居然冲儿子喊爹！

谁知更掉节操的还在后面，视频上，他抓住小豌豆把滑板车抢了过来，像个无赖一样把豆丁推倒在草坪上，然后就开始踩着迷你小车满院子乱跑，一边跑一边唱着联邦国歌，唱得荒腔走板，完全不知所云……

三个儿子两条狗一个金轩都跟在他后面追，居然没追上，最后他风一样冲到后院，噗通一声一头栽进了游泳池！

金轩费尽九牛二虎之力才把他从游泳池里拖了上来，他还拽着梯子扶手不放："走开！太热了！我要凉快点儿！"

金轩无语望天，一边死死抓着他的衣服不让他往游泳池里跳，一边苦口婆心劝他天气冷身体差会感冒之类。然而他完全不领情，直接在游泳池边开脱，脱了衬衫脱裤子，脱了裤子脱内裤⋯⋯

三个儿子全部斯巴达了，目瞪口呆看着性情大变如同鬼上身的亲爹。金轩眼瞅着他要上演少儿不宜场景，干脆把他往肩膀上一扛，冲孩子们吼道："都给我回去睡觉，巫成功组织大家洗澡，哥哥照顾弟弟，弟弟听哥哥话，解散！"

丧尸小分队被他一吼醒过神来，立刻全体立正，敬礼："是，长官！"

"够了！"巫承赫实在对精分狂暴状态下的自己不忍卒睹，启动意识控制强迫金轩关闭个人智脑，怒道，"我喝多了，你不劝着我还摄什么像，有你这样当爹的吗，快给我删了！"

"不要！"金轩抱着右手道，"我要小心珍藏这段美好的记忆，我怀疑你这辈子都不会再喝酒了，下次遇到这样的好事还不知道要等到什么时候！"

巫承赫跳起来要揍他，金轩身手矫健爬起来就跑，两人在卧室追打了一刻钟，最后统统滚倒在地毯上。到底还是巫承赫更厉害点儿，通过思维暗示强迫金轩把视频删了。不过臣服性也不是白瞎的，在金轩的控制下，他乖乖说了十次"king神最帅，我愿意给你生猴子"。

经过一番殊死搏斗，两个人两败俱伤，一个压一个横在地毯上喘粗气儿，喘了半天不约而同瞪视一眼，又绷不住一起狂笑起来——太傻逼了有没有，好好的一个庆祝会，被一杯"杀马特去死去死"彻底毁了！

笑了半天，巫承赫看了一眼时间，发现已经是黄昏了，便将金轩推了起来："该吃饭了，去弄点儿吃的来，孩子们不能饿。"

金轩爬起身，伸手将他拽起来："弄点儿营养素吧，我打扫了一下午的战场，好不容易把草坪收拾出来，太累了。"

"随便吧。"巫承赫理了理衣服，打开卧室房门，惊讶地发现三人两狗一黄猫小分队站在外面，小豌豆还叼着安抚奶嘴。

"饿死啦!"巫骞不高兴地说,"你们闹够了没有?再没东西吃我要带弟弟们离家出走了噢!"

"哟,你还知道离家出走!"巫承赫哭笑不得,揪着巫骞的脸蛋扯了扯,"二爸马上就去做了,带弟弟们去餐厅等着吧,饿得不行先吃点儿冰箱里的蛋糕。"

"哪里还有蛋糕呀!"巫骞愤愤道,"你昨天和二爸打架的时候都扔碎了!我早上起来照顾植物的时候看到满客厅都是奶油!爸爸你太浪费食物了,还给自己身上抹了那么多,你又不是蛋糕,为什么要给自己抹奶油……"

巫承赫一把捂住儿子的嘴,眼神一飘给他个暗示:"没这回事都是幻觉!"

"杀马特去死去死"太可怕了,以后绝对不能再碰啊!

兵荒马乱的晚餐,鸡飞狗跳的睡前游戏,等把孩子们和狗统统搞回自己的窝弄睡着,已经是深夜了。巫承赫白天睡得太多,晚上反而毫无睡意,便爬到天台上去看星星。房屋的旧主在天台留了一台高倍率的天文望远镜,天气好的时候能看到遥远的银河系。

参宿星、大角星、北河三、天狼……巫承赫花了近一个小时,才终于在视镜中找到了地球的身影。时隔千年,那里早已不复曾经的纯净蔚蓝,而是变成了一种偏绿的灰蓝色,赭石色的斑块像皮癣一样遍布大陆板块,灰白色的第八大陆漂浮在太平洋上,面积几乎是一千年前的十几倍。

"在看什么?"金轩端着一杯热牛奶上来找他,凑在视镜前看了一眼,道,"哦,母星啊,这个季节是观测母星的最佳时间呢……那是什么,雪原覆盖的欧罗巴大陆吗?"

"是第八大陆。一千年前数以百万吨计的塑料垃圾被排入大海,在美国西海岸和夏威夷之间的赤道无风带聚集、粘合,逐渐形成一个巨大的漩涡,人们称之为'第八大陆'。"巫承赫接过牛奶慢慢地喝,对他解释道。

即使像金轩这样知识面极广的学霸,对地球的了解也非常有限。因为那里承载着人类不堪回首的过去,所以现代教育更偏重于将眼光放在未经开发的星域,对失去生机的母星只进行有节制的缅怀。

"在我生存的年代,第八大陆只有一百多平方公里,还没有这么大。"巫承赫皱眉道,第一次观测地球就看到这个让人不舒服的场景,确实有些失望,不过既然人类当初抛弃母星来到敦克尔星球,那里大概已经很难找到什么怡人的风景了,"生化狂潮之前的一百年,垃圾大陆膨胀了起码十倍,人类真是……潜力无穷。"

"这是难免的。"金轩坐到他旁边的椅子里,调整视镜观察满目疮痍的美洲大陆,"每一个种族的发展和成熟都要付出相当高额的代价，人类一直在进步，寻找能够和宇宙和平相处的办法。不过改变总是难免的，这是人类的本能，也是宇宙的命运。"

"流氓哲学。"巫承赫摇头，虽然不认同他关于"命运"的说辞，但似乎也找不到更好的借口为人类开脱。

金轩知道他是圣母病又犯了，揉了揉他的头发："物竞天择，就像我们遇到收割者一样，宇宙遇到我们也只能说是命运所致，总之别想那么多。"顿了顿，道，"唔，也许千万年后宇宙远航军会带来不一样的生存哲学。"

提起宇宙远航军，巫承赫不免又想起马洛来，叹了口气，操纵天文望远镜漫无目的地扫视着广袤的星空："说起来假期就要结束了，授勋仪式之后我们就要返回辖区，组织'星墓'公祭，一转眼宇宙远航军都离开我们两年了。"

当年"暗示计划"之后，联邦舰队和远航军在贝塔阵线展开恶战，数以千计的战舰和机甲被轰成碎片。后来收割者留下的通道发生能量波动，吞噬掉了一部分残骸，剩下的那些则成为战争垃圾，飘浮在芝罘链星云边缘。

加百列叛乱平定以后，"天桥"舰队工兵团申请处理这批垃圾，而联邦也决定在战场原址修筑一个公墓，一来祭奠尸骨无存的战士，二来警醒人类永不分裂。联邦雕塑艺术家协会得知此事，向国会提交申请，建议直接将战争残骸进行艺术加工，形成独一无二的宇宙雕塑群。这一提议受到广泛赞同，于是八个月前联邦一千名雕塑艺术家组成志愿团，赴贝塔阵线完成这一举世无双的创作。

历时半年，宇宙雕塑群全面完工，经过全民投票，被命名为"星墓"。"天桥"舰队作为芝罘链星云防御圈守军，这次将全面负责"星墓"第一次公祭。

"公祭的事情不必担心，计划已经报上去了，授勋仪式之后就会批下来，到时候再组织演练就是。"金轩长腿往天台护栏上一翘，将天文望远镜调到芝罘链星云的方向，看着那片早已烂熟于胸的星域，感叹道，"一转眼都两年了呢，也不知道马洛那批人还有没有幸存者。"

巫承赫几不可察地叹了口气，马洛当时的情景，说"十死无生"也不为过，"四分卫"虽然算是联邦最高级别的宇宙舰队，但从没接受过反德西特黑洞的考验，据军方舰船科学家后来考证，他们安全通过通道的可能性小于万分之三。

"无论如何，马洛最后那场通信给了我们希望，也给了他的舰队希望。"金轩轻轻盖住巫承赫的手背，幽幽道，"任何人处在他的境地，都不可能做到比他更好……他是个英雄。"

"是的。"巫承赫轻声说,印象中那个孜孜不倦与吃货狞猫作斗争的面瘫少年,面孔已经变得有些模糊,"马洛"这个名字,在他心目中仿佛变成了一个标志,一个符号,一个象征着信念与勇气的图腾。

Chapter 40
尾声·星墓公祭

三个月后,"星墓"宇宙烈士陵园。

两年前在战争中损毁的战舰和机甲残骸被雕塑艺术家熔合、雕琢、塑造,重组成了一个巨大的现代雕塑群,静静飘浮在芝罘链星云边缘。

焦熔的金属,狰狞的碎片,千疮百孔的战舰拉伸成为扭曲圆环,破败的机甲垒起抽象的蜂巢……一切的一切都显得那么苍凉悲怆,却又蕴含着无法言说的力量与美。

敦克尔联邦第一次星际公祭即将开始,"天槎"舰队两百艘战舰围绕"星墓"缓缓旋转,标准时上午九点,总统金辙在"天槎"旗舰中亲自按下启动按钮,一瞬间,无声的能量波从两百艘战舰中扩散而出,像涟漪般在广袤的宇宙中扩散,渐渐逼近"星墓"。

"星墓"如同伫立在海洋中的孤岛,被能量波飓风带起的海浪吞没。几秒钟后,点点星光开始在散落的雕塑中闪现,越来越多,越来越密集,最终连成一圈圈柔和的光弧,在雕塑群中迤逦延伸。

忽然,七色彩光沿着光弧冲天而起,幻化出极光般绚烂的光晕,像雨后的彩虹,像华丽的丝带,在雕塑群中卷曲蜿蜒,将扭曲狰狞的艺术品包裹在七色光幔之中。

岑寂如夜的宇宙,绚烂的光幕如同奥罗拉女神轻舞的纱衣,闪动着夺人心魄的瑰丽色彩。仿佛有微风吹拂,它时而轻飘,时而扭动,渐渐在"星墓"正上方勾勒出一个清晰的图腾。

那是敦克尔联邦专属的和平与统一的徽标,柔嫩的橄榄枝重重缠绕,形成一个闭合的圆环,象征圆满与和谐,狰狞扭曲的荆棘与之纠缠,尖锐的蒺藜在圆润的橄榄叶中挣扎刺出,意味着和平与自由从来不是上天恩赐,需要以生命和鲜血来捍卫。

炫丽的光幔在漆黑的星海中升起晨曦，七彩光晕中，上千个白色光点飞出舰艇，那是负责这次公祭的烈士家属，他们穿着特制的宇航服，在矢量推进喷口的带动下穿过光幔，飞进了雕塑群中。

巫承赫和金轩也在公祭团中。金轩照例用一根连接带将巫承赫和自己串在一起，拉着他在鬼蜮一般的残骸中穿梭。四周全是心怀感伤的烈士家属，虽然绝对真空下听不到他们哭泣哀悼的声音，但无形的悲伤似乎形成了一种具象化的氛围，无处不在，让人心酸。

"天槎"舰队的无人驾驶小飞碟、"擒杀"舰队的战车、海魅七型超级机甲……巫承赫和金轩飞过一个又一个扭曲的雕塑，心中翻腾着无数感慨，却没有宣诸于口的心情。他们无言对望，依稀在彼此眼中看到了两年前那场血腥的杀戮，同时也看到了无法抑制的哀伤。

一个白色的身影飘浮在十几米外一个巨大的 X 形雕塑旁边，巫承赫拉了拉连接带，示意金轩停下来，指了指那人右臂，那里有一个"木兰"舰队的徽标，是莉莉兹。

莉莉兹站在 X 中心的凹陷处，仰望着光晕闪烁的雕塑，那是一个由两艘战舰中间折断后焊接在一起的艺术品，X 的左翼是汉尼拔近卫军旗舰，右翼是"木兰"舰队大型驱逐舰，黑色的飞翼狮子与纯白的优昙花遥相呼应，它们分别是远航军和"木兰"舰队的徽标。

莉莉兹默默注视着那两艘千疮百孔，又密不可分的军舰，仿佛注视着自己破碎的婚姻与家庭，巫承赫不知道她在想什么，只看到她的身躯微微颤抖，宇航服透明面罩上不时出现一团淡淡的白雾。

她在哭。

巫承赫没有去打扰这个坚强而又脆弱的女人，悄悄转身，拉着金轩离开了那里。

雕塑群中飘起一个又一个纯白色的荧光小球，那是烈属们在为逝去的亲人祈祷。巫承赫和金轩转过几个大型雕塑，来到一组由十几个两人高的小型雕塑组成的群落中。一个穿着白色宇航服，右臂印着通古斯向导学校徽标的身影站在群落中央，是陈苗苗。

金轩想过去看看，巫承赫阻止了他，隔着面罩摇了摇头，示意他跟自己躲到一台战车残骸身后。

陈苗苗开着矢量推进喷口，漫无目的似的在原地打着转转，巡视着周围那些破败的飞碟和机甲。巫承赫注意到这里所有的雕塑上都带着第三集团军标志，它们全都是从锡灵来的。

陈苗苗还在转，他伸手从腰部的口袋里掏出一个透明盒子，笨拙地打开，戴着手套的右手轻轻拈起放在里面的东西，那是一枝黄玫瑰标本，保存得极为完好，花瓣娇嫩，叶片水润，毫无干枯的痕迹。

他默默注视着那枝花，仿佛注视着某种遥不可及的梦想，足足过了五分钟，才忽然开大了宇航服上矢量喷口的动力。

随着他的身体高速旋转，带起的气流形成一个小小的漩涡，脆弱的黄玫瑰标本渐渐被气流撕碎，变成细小的碎片，像纷乱的蝴蝶飘散开来。碎片飞过七彩光幔，渐渐消失，不知所踪。陈苗苗调小了矢量喷口，在锡灵军团留下的残骸中飘荡片刻，头也不回地离开了"星墓"。

巫承赫看着他倔强的背影，为他心疼不已，也许他这次来就是想放下过去，重新开始，也许他只是想把马洛留给他的一切用另一种方式铭刻在心。

无论哪一种选择，都是锥心之痛。

四周的光幔开始闪烁，公祭的时限要到了，金轩并起两指敲了敲巫承赫的头盔，开启矢量推进，带着他垂直往上，飞到了"星墓"上空。

橄榄荆棘图腾在广袤的星空中飘浮，他们穿过光幔，飞向"天槎"旗舰。一路上一直默不作声的金轩忽然吹起了口哨，悠扬的哨音回荡在头盔里，是那首熟悉的《抹香鲸之海》，纯净、空灵，一如十年前他们初次相遇，怀揣各自理想，飘浮在蚱蜢空间站外第一次共同欣赏太空美景。

十年，弹指一挥，杳如梦境。

巫承赫回头张望，橄榄荆棘图腾在视野中渐渐变小，却愈发清晰。

那是他们共同的理想，他们共同发誓捍卫的，一生的信仰。

《全职军医》全书完

陈苗苗十六年来的人生可谓顺风顺水，爹妈万事不管，外公外婆开明慈祥，连唯一用生命去热爱的偶像King神都是那么完美无缺。

他人生中唯一的不和谐音符，是一个叫马洛的讨厌鬼。

作为加百列数一数二的骨灰级King神粉，他平时在学校论坛上被奇怪的马洛粉追着骂也就算了，万万没想到粉丝大战还能实体化，一个开学典礼差点要了他珍贵的小命！

战斗力负五的弱鸡真是伤不起啊……

"马洛粉滚出校园网！"

"King神粉去死去死！"

随着此起彼伏的叫骂声，陈苗苗一头摔倒在大礼堂的连排座椅下面，拉着他往前走的学长被人群挤散了，他喊了几声无人回应，想爬起来继续往前，奈何胸口剧痛，连站都站不起来。

"学、学长……咳咳咳！"陈苗苗提气大喊，牵动了受伤的肋骨，立刻剧烈地咳嗽起来，在地上没头没脑地爬了几步，勉强蜷缩在一个死角里苟延残喘。

四周是混乱的人群，高年级生像打了鸡血一样高声叫骂，一言不合便冲上去战在一起；低年级的学弟学妹们人小力微，不敢肉搏，于是抓住什么扔什么，纷纷展开远程攻击，文具、书籍、书包……像天女散花似的飞了满天；有人还把古董游戏机抛了出来，巴掌大的PSP像流星一样划过头顶，也不知道落到了谁头上，引来一阵歇斯底里的诅咒。

人太多了，场面太混乱，再待下去说不定会被踩成肉饼……陈苗苗犹豫了一下，强忍疼痛在一群大长腿小短腿以及大象腿之间匍匐前进，试图活着离开这个可怕的地方，然而才走了不到五米远，右手就传来一阵钻心的疼痛，一个足有两百斤的胖子居然踩在了他的手指头上！

十指连心啊，陈苗苗的眼泪和鼻涕瞬间飚了出来，正涕泪交流着哀叹"吾命休矣"，忽觉右臂一痛，一只强有力的手抓着他的胳膊将他硬拉了起来。

"你怎么样？"一个冷漠的声音在耳畔响起。

"啊？"陈苗苗泪眼蒙眬，在一片水光之中懵懂四顾，发现扶着他的是一个似曾相识的高大男生。

淡金色的卷发，冰蓝色的眼睛，少年老成的面瘫脸……马洛？！陈苗苗张着嘴看救他于水火之中的"恩人"，整个人都懵逼了。

"你到底有没有事？"马洛不耐烦地抓着他晃了晃，"说话啊！"

"唔——"陈苗苗肋骨一阵剧痛，难过地蜷起腰吸气，连吐槽的力气都没有了。

"骨折？"马洛作为棒球运动员对这种外伤很有经验，一眼就看出问题所在，皱着眉顿了一秒，忽然长臂一伸，将他平平地打横抱起，"别动，我抱你出去！"

"……"陈苗苗懵了，第一反应是自己居然被对家的大反派给公主抱了！第二反应是今后在校园网论坛怎么混？第三……第三是自己这下不用死在这里了，这货看上去力气很大战斗力很强的样子，应该能把自己安全抱出大礼堂！

关键时刻，保命要紧，陈苗苗本来还想挣扎一下，想了想自己值钱的小命，还是决定搁置争议接受援助，等风平浪静以后再考虑继续黑还是黑转粉的问题。

话说看不出这货还是个有爱心的人哪……

马洛人高腿长，力气又大，很容易就抱着陈苗苗过关斩将冲出了大门。门外鸟语花香，阳光明媚，陈苗苗捂着胸口深深呼吸一口自由的空气，顿时有种劫后余生的感觉。

"你陶醉够了吗？"煞风景的声音传来，马洛居高临下看着他，满眼鄙夷之色，"就你这衰样还学人家粉丝大战，回家好好喝点高钙奶补补吧！不对，你还是先吃点鱼补补脑子吧，智商问题是大问题。"

陈苗苗怒目而视，完全忽略了自己还躺在大反派的臂弯里，冷笑道："智商有问题的是你吧？明知我是对家粉还救我，你有圣母病吗？"

"……"马洛大约是被他的逻辑惊呆了，一时竟无言以对，好半天才气冲冲地把他往地上一放，转身扬长而去。

陈苗苗看着他英俊的后脑勺隐隐冒出黑气，不禁心中暗爽。然而他很快就不爽了，因为他的肋骨貌似受伤颇重，往前挪一步就钻心地疼，根本没办法走去校医院。

陈苗苗有点后悔，想喊马洛回来扶自己一把，但实在拉不下脸——刚才还骂人家圣母病呢，现在难道要劝他病得再重一点吗？

算了，自力更生吧……陈苗苗把求救的话咽了下去，打开个人智脑联系校医院，打算请急救车来把自己拉过去，才翻到校医院的通信线路，忽然感觉一个高大的阴影罩在了自己头上，抬头一看，居然是去而复返的马洛。

"很疼是吧？"马洛面无表情地看着他，"走不了路？"

"啊？"陈苗苗愣了一下，继而色厉内荏地龇牙，"关你屁事？"

"你的肋骨骨裂了。"马洛睥睨着他，一脸的高贵冷艳，"这个位置很危险，弄不好会伤到脊椎，你知道脊椎断裂是什么下场吗？你知道什么叫高位截瘫吗？"

"……"陈苗苗咽了口唾沫，虽然内心有个声音在说："这货是危言耸听吓唬人而已。"但另一个声音却弱弱地反驳："万一他说的是真的呢？"

"校医院离这儿很远。"马洛说，"急救车过来要十几分钟，你确定你还能在这儿站十几分钟吗？你的脊椎还好吗？"

陈苗苗再次咽了口唾沫，梗着脖子没有答话，眼神却明显软弱下来。

马洛看着他的眼睛，忽然抬了抬下巴，问："我是不是圣母病？"

"……"陈苗苗纠结万分，咬着牙不回答。

马洛靠近了一步，冰蓝色的眼睛压迫性地看向他："说啊，说了我就送你去医院。"

"……"陈苗苗被他强大的气场压得气息紊乱，不得不微微后仰，牵到胸口的伤处，"咝"地吸了口气，终于妥协，诺诺道，"病、病有好有坏，圣、圣母病也不一定是坏病……嘛。"

马洛看着他，嘴角控制不住地勾了一下，虽然立刻就绷住了脸，但无法压抑眼神中的笑意。他低头眨了眨眼，然后忽然弓下腰，再次将陈苗苗打横抱起，大步往校医院的方向走去。

很幸运的，陈苗苗的肋骨没有什么大问题，在校医院简单处理了一下就没事了。后来医生说幸亏他受伤之后没有大幅度的动作，又就医及时，否则骨裂一旦加重，怕要休息几个月不能上学。

陈苗苗大大地松了口气，如果他好几个月不能上学，那外公外婆一定会通知家长，他暴脾气的老妈要是知道他参与粉丝大战，非把他押回锡灵封闭式管理不可！

多亏了马洛啊……当陈苗苗伤口恢复，又可以在校园网上叱咤风云的时候，再打开黑马洛的帖子，就有点下不去手了。

怎么办？黑转粉吗？

太没有节操了吧？我可是 King 神死忠粉呢，怎么可以这么轻易就转了墙头？陈苗苗纠结不已，把论坛打开又关上，关上又打开，最终登出注册，换上了一个自己很少用的，几乎没人知道的马甲。

算了，最多不黑他了，做个路人总可以吧，而且还是小号……陈苗苗说服自己，打开马洛专属论坛，点开精华帖一个一个看了起来。

马洛是个低调内敛的人，除了比赛，很少出现在什么公共活动上，和 King 神相比曝光量很少，陈苗苗看了一会儿就腻了，刚要关页面，忽然看见一个跟帖并不太多的帖子被版主飘了红。

帖子的名字叫《吃货日常》，里面八的不是马洛，而是他的量子兽：一只狞猫。

帖子的作者应该是个异能者，可能是马洛的队友，或者同班同学。他隔几天会上来更新一两个小段子，都是和狞猫有关的，有时候是囧事，有时候是糗事，不过十个里有八个离不开"吃"字。

陈苗苗这才知道，马洛的狞猫居然是个吃货。

陈苗苗是个普通人，看不到别人的量子兽，也不知道马洛的狞猫具体长什么样，但这个楼主的叙述分外生动，他十几页刷下来，脑海里居然浮现出了一个栩栩如生的、热爱甜食和辣条的肥狞猫！

有了这么大一个 BUG，陈苗苗忽然觉得以往心目中那个酷爱装逼和面瘫的中二少年不那么讨厌了，反而有种很接地气的、鲜活的感觉。

陈苗苗觉得自己已经成功地黑转路人了。

日子悄然划过，马上就要升十年级了，功课越来越紧张，陈苗苗越来越没时间刷论坛，但在紧张的学习间隙，他总会抽几分钟去看看那个关于狞猫的帖子。有那么几次他在跟帖的楼层里看到一个熟悉的 ID，和马洛的官方 ID 只差一个符号，于是他想会不会马洛其实也在关注这个帖子，只是和他一样用了小号？

这个小小的猜测让他有种奇妙的激动，仿佛和那个曾经救了他一次，但从没给过他好脸的龟毛少年建立了某种秘密的联系。

几个月后，陈苗苗升入十年级，而马洛顺利毕业，踏上了去往敦克尔首都求学的旅程。随着当事人的离开，曾经喧嚣尘上的八卦事件渐渐被人淡忘，马洛的专属论坛也渐渐荒凉下来，去的人越来越少，甚至连版主也不大出现了。只有陈苗苗偶尔想起，还会去那个吃货帖看看。可惜那个楼主也毕业了，帖子停更，他再也看不到关于吃货狞猫的新的小段子了。

也许人生就是这样吧，陈苗苗有点怅惘地想，再多的繁华，也有曲终人散的时候，这是长大必须经历的过程。

再次见到马洛，是一年以后。

因为谎报军情导致老爸伤了沐院长，陈苗苗遭受了父母联合双打，痛定思痛，决定趁着最后一个暑假好好锻炼身体，于是他报名参加了一个业余短期棒球培训班，不奢望练成职业选手，只练练力气和灵活度就行。

谁知道训练第一天他就傻眼了，来教他们的教练居然是马洛！

有没有搞错？！你一个星将的儿子居然要沦落到来打暑期工攒学费了吗？陈苗苗看着训练场上那个高了一截，壮了一圈，黑了一度的面瘫少年，眼珠子差点都凸出来了！

谁知道更让他凸眼珠子的事情还在后面，马洛制定的训练表简直堪称变态，完全是把他们这些业余小弱鸡当专业选手操练的节奏，每天光基础训练就能把他们练得灵魂出窍，更别提比赛技巧了！

一个礼拜下来，陈苗苗彻底明白了，这货哪里是来打暑期工攒学费的，明明就是心里气不顺来找人发泄的，他们这些菜鸟完全被他当成了出气筒！

大写的心塞！

然而鸡血小王子是不会屈服的，陈苗苗冥思苦想了一晚上，决定治一治马洛。

下一次训练的时候，陈苗苗分外努力，豁出命把马洛要求的训练全部完成了，结束的时候特别诚恳地跑去请马洛喝酒，说要感谢他的再造之恩——再造肌肉群之恩。

马洛听他说完，居高临下地睥睨了他足足五秒钟，才淡淡点了点头："好啊。"

那晚陈苗苗偷了爷爷的ID，在虚拟超市订了五斤二锅头，怕上军校的人酒量大，又订了两瓶伏特加，到了约定的时间，背着一个巨大的背囊去了约定的餐馆。

不出所料，马洛酒量不错，一斤二锅头下去，眼神还是清醒的。不过陈苗苗从不打无准备之仗，之所以敢请马洛喝酒，是因为他是天生对酒精不敏感的体质，直接能把酒当水喝，最高纪录曾经喝过三斤白酒不上头。

马洛酒量再好，也是后天练出来的，怎么也拼不过陈苗苗这种先天开挂的货，第三瓶二锅头下肚的时候，眼神已经不大对了。陈苗苗再接再厉，又灌了他半瓶伏特加，马洛就彻底倒了。

有些人喝醉了发疯，有些人喝醉了睡觉，马洛喝醉了却是个话痨，虽然舌头都大了，还是拉着陈苗苗喋喋不休，把他多少前在棒球队的小事儿都倒出来了，还把陈苗苗当成知己，给他数了一遍这些年向自己表白的女孩儿。

陈苗苗牙都酸倒了，又好笑得不行，一边给他倒酒，一边引着他继续说。后来马洛说着说着表情落寞下来，说到了自己家里的事，陈苗苗才知道他这段时间为什么把他们这些菜鸟往死里操练——统帅和莉莉兹上校吵架了，已经闹到了即将离婚的地步。

马洛的情绪很消沉，也许是因为他从来没有对别人说过这些，借着酒劲说出来的时候就特别真实，真实得让陈苗苗心疼。

他从来不知道，原来像辛普森家这样看上去完美无缺、星光熠熠的家庭，内里藏着这么多的矛盾，像马洛这样完美无缺的天之骄子，原来内心压抑着那么多的痛苦。

他有些后悔，后悔不该把马洛灌醉，套出来这么多危险的秘密，但他又有点儿庆幸，庆幸马洛能借着酒劲儿把内心的苦闷都倒出来。

他总觉得，再这么憋下去，这家伙可能要憋坏了。

那晚他们喝掉了整整五瓶烈酒，最后陈苗苗也有点醉了，和马洛靠在饭馆的沙发上沉沉睡去。他们像经年不见的老友一样，头对着头，肩靠着肩，把对方的身体当成自己最踏实的依靠。

那晚之后他们之间所有的龃龉都烟消云散，马洛不再故意刁难他们这些菜鸟，陈苗苗也开始真的沉下心来练习棒球。偶尔他们还会去那家饭馆喝酒，有时马洛请，有时陈苗苗请，但再也没醉到上一次那种地步。

训练结束的时候，陈苗苗鬼使神差又打开了那个关于狞猫的吃货贴，帖子像蒙尘的盒子一样，散发着岁月的味道，但一旦打开，里面的东西还是鲜活而明朗的，好像昨天才刚刚发生。

陈苗苗忽发奇想，决定从第一楼开始，把楼里的段子画成条漫。虽然他的画技不怎么样，对狞猫的描绘也完全来自于自己的想象，但也许这些年已经看了太多次，他对这些小小的故事有着特殊的理解，特殊的感情，画出来竟然十分地顺畅。

暑假还剩一半，时间非常充裕，陈苗苗画上了瘾，几乎每天都能完成一个条漫，到临近开学的时候，已经把所有段子都画得差不多了。

收拾好行李的那天，他最后一次打开帖子，认认真真画完最后一个段子，发布刷新以后，忽然发现下面的浏览者里多了一个名字。

马洛的小号。

原来他一直在看啊……陈苗苗莫名高兴起来，给那个小号发了一朵小红花。

第二天，陈苗苗准备出发去敦克尔首都上医学院，吃完早饭的时候，家里的门铃响了，门外站着的是马洛。

"我马上也要开学了，正好和苗苗同路，您就不用专程送他了，我们结伴去就可以。"马洛礼貌地向陈苗苗的外公问了好，特别诚恳地说，"我已经往返加百列和首都十几次了，不会有什么问题的，您把苗苗交给我就可以了，我保证把他送到阿斯顿医学院。"

外公本来身体不好，长途旅行十分勉强，见马洛态度诚恳，人又长得特别忠诚可靠（主要是因为帅和壮），便欣然同意了。外婆见外公同意，自然没什么异议，只拜托马洛当心点，如果发生什么意外，第一时间和家长联系。

全程居然没有一个人征求陈苗苗本人的意见。

直到几名"家长"完全谈妥了，马洛才像是想到了他这个当事人，走过场似的问他："你觉得怎么样？"

陈苗苗不知道自己的回答还有什么意义，但他也知道，外公的身体不好，马洛确实是和他一起去敦克尔首都的最佳人选。于是他非常不爽地同意了："行。"

"下午出发前我来接你。"马洛完全看透了他的心思，笑得特别招人恨，"五点之前收拾好行李。"

陈苗苗咬着后槽牙应了，在外公的敦促下亲自送马洛出门。

两人一路走到街口，马洛说："留步，我走了。"

陈苗苗胡乱挥了挥手，转身要走，马洛又把他叫住了："喂……条漫不错。"

"啊？"陈苗苗一下子没反应过来。

"我一直在看。"

"啊？"

马洛忽然笑了，冰山脸在加百列的天幕下绽开阳光般开朗的笑容："谢谢你的小红花。"

陈苗苗终于反应过来，想讽刺他两句，话到嘴边却不见了，不由自主跟着他一起笑："谢谢你一直给我点赞。"

"你画得好嘛。"马洛一笑就停不下来，像变了个人一样，浑身都散发着温暖的气息，"把我的狞猫画得惟妙惟肖。"

"过奖过奖，随便脑补的而已。"陈苗苗不好意思地挠头。

马洛看着他，冰蓝色的眸子亮晶晶的："现在你不是马洛黑了吧？黑转粉没有？"

陈苗苗忍不住哈哈大笑："怎么可能，最多转路人啦，谁要粉你这种大变态，一言不合就虐我们这些小菜鸟！"

马洛也哈哈大笑："别这么口是心非啦，做人应该多点真诚，少点套路。粉就粉嘛，粉我也不丢人，我可是战略学院的新人王啊。"

陈苗苗笑了半天，翻着眼睛想了想，说："好吧，黑转粉吧，不过不是脑残粉，只是路人粉喔。"

马洛点了点头，满意地说："那也行，路人粉就路人粉吧。"

陈苗苗冲他摆手："快走吧，回家收拾行李，下午五点见。"

"五点见。"

他们在加百列明朗的天幕下分手，各自转身，向不同的方向走去。

再见，路人粉。

作为三个孩子的父亲，金轩也算是资深奶爸了。

不过因为工作忙，他这个奶爸真正上岗的时间非常有限，大多数时候孩子们是交给保育员和 AI 保姆照顾的，巫承赫每周还会挤出时间陪上一天半天，但一出外勤就只能在精神上给他们点赞了。

三年一度的大休假，巫承赫去天阙向导学校探望双胞胎，星核基地只留下金轩和小豌豆两个光棍儿看家。

巫骞和金骁在十二岁那年显示出明显的向导性，被巫承赫做主送到了向导学校分校——这个年纪太小了，很难控制和隐藏自己，与其冒险留在家里，不如交给专业的老师照顾。所幸国会通过了新的《向导保护法》，通古斯向导学校在联邦境内设立多所分校，虽然学员仍旧不能随意离开校区，但每天都可以通过全息模拟系统和家人相处，非异能者属性的家长还可以定期申请探望。另外他们的课程也被大幅度改革，不再像从前那样以如何协助异能者为主，而是更注重个人素质的培养。

总的来说，这个条件大多数向导家长还是可以接受的。

当时金轩对巫承赫的决定举双手双脚赞同，唯一痛不欲生的是小豌豆，得知两个哥哥要离开自己，未来还将成为其他异能者小朋友的好基友，他完全接受不了这个残酷的现实，从主舱滚到休眠舱再滚到控制舱，和他的小黄猫一起抱着巫承赫的大腿哭得肝肠寸断："哥哥是我的……将来要和我在一起……我才不要他们给别人当哥哥呜呜呜呜……谁这么讨厌！他们自己没有哥哥吗？干吗要抢我的呜呜呜呜……"

家长长期忙于工作，小豌豆基本是两个哥哥带大的，对双胞胎的感情比对他的小黄猫还要深。巫承赫破例和他们一起待了半个月，每天抱着胖成球的小儿子细心安慰，最后差点得了肩周炎，才总算安抚了他的情绪，把双胞胎顺利送到了天阙向导学校。

一转眼两兄弟去天阙都三年了，小豌豆也升入基础学校三年级，成了一名光荣的学渣——这孩子虽然智商高得吓人，但完全没遗传到两个爹逆天的应试能力，一考试就掉链子，成绩始终吊在年级组尾巴尖上，属于全校闻名的考试无能星人。

更加坑爹的是，他在杀马特方面完全继承了金轩的衣钵，不到十岁就显示出了与众不同的审美，并且有提前爆发中二病的迹象。

好的不灵坏的灵，现世报来得也太快了噜……金轩头疼的不行。

标准时上午七点，"天槎舰队之歌"轰轰烈烈响了起来，金轩第一时间惊醒，感觉一个热乎乎的小脑袋拱到了自己怀里，掀开被子一角，只见小豌豆的胖脸皱得跟包子皮一样，右手紧紧堵着右耳，左耳充分利用地形，死死挤在他的胸肌上，空出来的左手则搂着陪睡的毛绒浣熊。

机智成这样也是醉了……金轩等音乐响完两个八拍，伸手关了闹钟。小豌豆的包子脸瞬间摊平，舒服地吧唧了一下小嘴，手脚并用爬到他身上，声音还带着懵懂的睡意："好困。"

"困也要起床，瞌睡攒着晚上再睡。"金轩将懒鬼儿子抱起来，扒掉睡衣，拖到卫生间放水一冲——"嗷！"小豌豆激灵灵一下醒了，瞪着大眼睛看他爹："二、二、二爸！好冷！"

金轩这才发现自己没兑热水。

小豌豆打着激灵冲完凉水澡，像被踩了尾巴的兔子一样蹿了出去，拱在被子里直哆嗦，牙齿发出咔咔的声音："我我我好像病了，在发烧呢，一定是淋了冷水的缘故……不行我恐怕不能去上学了……"嘤嘤嘤嘤今天老师要公布年中综合成绩，学渣的日子不好过呢。

金轩完全明白儿子纠结的心情，用吹风机吹干他的短毛，同情地摸他的头："乖，我现在去准备早餐，给你十分钟穿衣服，如果到我叫吃饭的时候你还没捯饬好自己的话，你懂的。"

"……"小黑胖泪眼蒙眬嘤嘤哭泣：到底是谁发明了考试和排名这种丧心病狂的邪物？年中大清算什么的太虐了！

金轩邪魅一笑，离开卧室去准备早饭。当了十几年的舰队长，他做饭的手艺是一点没落下，不一会儿，吐司煎蛋再加香浓的草莓酸奶就做好了。巴巴里狮子收到主人的命令，踢踏踢踏跑到卧室，将打瞌睡的胖黄猫叼到了餐桌上，一分钟后，垂头丧气的黑胖垮着肩膀坐到了餐椅上。

苦逼的宣判日，连最喜欢的食物也失去吸引力了呢……小豌豆趴在餐桌上晃脑袋，苦哈哈地看着桌上的早点。父子连心，金轩一边给儿子在心里点蜡，一边抹果酱、夹煎蛋，做好一份丰富的三明治放在他面前的盘子里："好了，别这么愁眉苦脸的，不就是宣布排名吗，差就差吧，差才有上升的空间嘛，以后再努力啦。"

小豌豆无精打采地看着盘子里的三明治，撇嘴："站着说话不腰疼，你是学霸啦，当然不会明白我这种学渣的痛苦。"

"学渣还有理了吗？"金轩生气了，拍他的头，"别磨蹭，快点吃饭，要老子喂你吗？"

"喔。"打死他也不敢让二爸喂饭，小豌豆像狗一样叼起三明治吃了起来。

金轩对他惨烈的吃相简直无语了，鉴于时间不多，懒得和他计较，吃完自己的早餐便去儿童房收拾上学要带的东西。

"今天气象台说有冷气流，校服外套要穿吗？"

"要啦，你帮我拿出来。"

"下午有绘画课，要带水彩颜料吗？"

"要哦，你帮我装书包里吧。"

"新的棒球手套带不带？下个月要打区域联赛，你们队增加课后训练吗？"

"周末也要训练呢。"小豌豆趴在餐桌上吃东西，腮帮子像荷兰鼠一样一鼓一鼓的，说话含含糊糊，"棒球手套帮我装一下。"

儿女都是债啊！金轩左手拎着书包，右手拎着画具箱，肩头搭着儿子的校服，嘴里还叼着棒球手套，好不容易都准备好了放在玄关，他坑爹的小儿子又说："对了，我的校徽不知道丢在哪里了，二爸你帮我找找别在外套衣领上吧。"

"你昨天晚上到底在干什么？！"金轩彻底怒了：老子到底是你爹还是你的勤务兵？"什么都没收拾，什么都要我替你弄，那我今天替你去上学好了！"

小豌豆咽下最后一口酸奶，翻着白眼想了一秒钟，跳下来抓住爹的右手"啪"地击了个掌："成交！那我今天替你当二爸。"

"……"金轩觉得自己上辈子一定欠了这小子很多钱！

大丈夫一言既出驷马难追，金轩一时口误，被小儿子抓住把柄不依不饶，最终只得履行诺言，替儿子上学一天。

标准时上午八点，金轩穿着自己二十多年前就退出历史舞台的校服，被小儿子开车送到了星核基础学校门口。小豌豆终于逃掉了年中大清算，心情不是一般的好，吭哧吭哧把书包、画具箱、棒球套装从后舱拿出来，一一放在金轩手中："要好好学习喔，听老师的话知道吗？"

老子玩这套的时候你还在投胎机边上玩泥巴呢，跟我斗！超龄中二病冷冷一笑，摸儿子狗头："记住你答应我的话，要给我做爱心大餐，还要打扫房间喂狗以及模拟越野训练五十公里噢。"

小豌豆挠了挠头，对"五十公里越野"实在是没什么概念，不过能逃脱年中清算一切都是值得的，点头："你放心吧，我会努力完成你所有工作的。"他踮起脚尖想拍爹的脑袋，却因对方太高了够不到，无奈改为拍肩，"要我帮你处理舰队日常文件吗？"

还是让舰队多活几天吧，金轩哼了一声："不用，今天没有公事可以处理，你只要办好我交代的事情就好了。"

对于不能当舰队长，小豌豆表示十分遗憾，不过校园钟已经响了，还有十分钟就要上课，他也就不好再耽搁时间，给金轩一个告别的拥抱："那再见啦，小豌豆，要乖哦。"努力勾着爹的脖子在他额头留下一吻："二爸爱你！"

"小兔崽子你给谁当二爸呢？"金轩暴走，拎着儿子的后脖领就想揍他，"金驰你皮痒了是不是？"

大名金驰小名小豌豆的熊孩子嘿嘿一笑，身手矫健地躲过了二爸的魔掌，以迅雷不及掩耳之势跳上自控小飞碟，一溜烟地跑了："再见！"

天寿啊，我是怎么造出这种小王八羔子的……金轩心都要碎了。

准备铃已经响第二次了，没工夫再收拾熊孩子，金轩拎着大包小包走进学校，径自去了班主任办公室。他还没幼稚到真要替儿子去上学，只是为了履行承诺罢了，星核基础学校曾多次请他做演讲，这次算是个机会，趁机也和班主任面对面交流一下孩子的教育问题。

小豌豆的教育真是太成问题了！

班主任得知联邦第一大舰队——"天槎"的舰队长居然在百忙之中挤出时间莅临

基础学校，简直惊喜莫名，亲自跑到教学楼下来迎接，见了活体 King 神激动得话都不会说了："King 神！我我我是你的死忠粉，我我我是看着你的表演长大的，我我我真没想到有生之年能看到活的你……呜呜呜……"说着说着就哭了起来。

金轩这些年混迹于军队，脑残粉见得不多，乍一撞上还真有点惊悚，忙与他握手："您好，请把我当成普通的学生家长就好了，金驰这些年给您添了不少麻烦，我非常抱歉。"

"不不不，他很可爱的，一点都不麻烦！"班主任近距离看到 King 神那张英俊到毫无瑕疵的脸，已经主动带入诸葛亮模式，"我我我教书育人死而后已，您放心，我一定会把金驰同学培养成才的！"

这种托孤的感觉是怎么回事……金轩无端觉得怪不吉利的，干咳了一声："辛苦您了，我和金驰的父亲这些年忙于公务，对他疏于管教，导致他那个，有点提前中二的趋势。这次我和金驰商量好互换角色一天，体会一下对方的生活，以便于将来互相理解。这件事没有事先取得您的允许，我非常抱歉。"

"不不不，您真是太体贴太让人感动了，为了理解孩子居然替他来上学，还专门穿了校服！"班主任深深折服于金轩对儿子的爱，要不是公众场合要顾及形象，都想跪下来把他舔一遍了，"能有您这样细心的家长真是金驰同学的福气！您放心，金驰同学虽然成绩不好，排名较低，个性诡异，审美奇葩，但性格是十分活泼的，对同学也非常友爱。他智商超过正常人近六十个点，现在成绩不好只是暂时的，将来掌握了考核的窍门，一定会成为全校师生的楷模！"

成绩不好，排名较低，个性诡异，审美奇葩……金轩总结了一下班主任对儿子的评语，默默心塞。

楷模什么的，老师你完全是睁眼说瞎话吧？

鸡血班主任跟苦逼家长就熊孩子的教育问题畅谈了一个小时，之后教导主任和校长闻讯赶来，在膜拜舰队长大人之后，请他老人家不辞辛苦给全校师生做一个演讲。要知道金轩在芝罘链星云可是神一样的人物，不提十年前那场平叛战争，光说这些年他率领"天槎"守护辖区，为大家缔造了一个如此和平和谐的大环境，就足够让人崇拜的了！

再说他还是 King 神，二十年前享誉联邦的顶级行为艺术家，三十年来横行互联网的迷之骇客！

金轩这么多年领导当下来，演讲什么的那都是小 Case，欣然接受校长的请求，分别给高中低三个年级段的学生做了演讲,中午还在学校餐厅和小豌豆的同班同学共进午餐,认识了几个号称"豆哥死忠粉"的脑残基友。

不得不说,他的小儿子在社交方面完爆两个亲爹,再加上两个亲哥也不在话下。

热热闹闹一整天,明明是休假,结果过得比巡逻还累,金轩做完最后一次演讲,看看时间也差不多了,便告别班主任返回家中。

离放学时间还有半个小时,金轩也没通知小豌豆,搭公共交通车回到了家里。家里静悄悄的,玄关的鞋乱七八糟,还是早上离开时的样子,吃剩的餐碟堆在水槽里,昨晚玩过的仿真枪就扔在沙发上——他口口声声要扮演二爸的小儿子就像压根没回来过一样!

要不是空气里有营养素残留的香味,金轩都怀疑小豌豆早上回家被人半路绑架了!

他一整天都在干啥?金轩眉头皱了起来,想喊又改了主意,打发自己的量子兽去里面找儿子。巴巴里狮子深得主人真传,侦查本领十分过硬,将存在感收缩到最小,轻手轻脚走进了儿童房。通过通感,金轩看到他的学渣儿子正撅着屁股在书房里翻腾着什么,胖成球的小黄猫四脚朝天躺在巫承赫常用的椅垫里,呼噜呼噜睡得正香。柜子顶上的收纳箱有几个似乎被打开过,里面有翻腾的痕迹,金轩还想仔细看看,胖黄猫已经发现了巴巴里狮子的存在,眼睛一睁跳了起来,因为太胖,滚了好几下才翻过身来。

这小子的洞察力好得惊人……金轩皱眉,算起来他这么大的时候意识云稳定性还没有小豌豆这么好。

"二爸你回来啦!"小豌豆迅速将收纳箱推回柜子,关上柜门,蹦蹦跳跳跑了出来,往爹身上一蹿,"我想死你喽!"

金轩无奈将小胖墩抱起来,想亲他额头,发现他脸上花里胡哨全是黑灰汗渍,道:"你一整天都干什么了?怎么弄得这么脏,清扫机器人也没开,房间也没有整理,五十公里越野跑了吗?"

小豌豆的胖脸一阵凝滞,继而嘻嘻哈哈地钻到了他怀里:"二爸二爸我想你啦,我一整天都在想,想得根本干不下活儿!"

金轩原本就没打算让儿子做什么家务,毕竟他才十岁,看到他与自己酷似就是胖一圈的大脸上一副"求疼爱"的表情,心早就软了,叹气,将他抱到儿童房门口:"行了!

别拍马屁了,滚去洗澡,脏得像泥猪一样!二爸给你做大餐。"

"呜呜呜二爸就是我的上帝!"小豌豆双手握拳星星眼,"King神我是你的脑残粉!"

"……"金轩现在都怕了这个名字了,将黑胖拨拉转个身,一脚踢在屁股上,"滚!"

去书房扫了一圈,没什么异常,光是顶柜上的收纳箱被打开过,金轩回忆了一下,那里好像都是金辙当年寄给他的童年小玩具什么的,便没在意,径自去厨房做饭了,中午在食堂光顾着说话吃得少,还真有点儿饿。

金轩心情不错,甩开膀子做了六道大菜,给自己倒了杯酒,给儿子倒了杯果汁:"来吧,吃饭了。"

小豌豆洗白白换了衣服坐在二爸对面,看着大餐流口水:"二爸今天有什么可庆祝的吗?老师表扬我了吗?"

"嗯,老师表扬你成绩不好,排名较低,个性诡异,审美奇葩……"金轩一边说一边观察儿子的表情,看到他的胖脸晴转多云转阴转小雨,嘴角一勾笑了起来,"不过这次年中考核有进步,终于不吊车尾了,老师说你有前途!"

"哗!"小豌豆瞬间眉花眼笑,"二爸,我棒棒的!"

"棒棒的!"金轩举杯,"老师还说你性格活泼,团结同学,以后要多保持,当然成绩也要继续进步,知道吗?"

"知道啦!"小豌豆端起果汁与爹碰杯,一饮而尽,"二爸,你也要努力,早日当上星将哟!"

"管好你自己吧!"金轩一哂,到底心里还是很受用儿子的鼓励,微笑着给他夹了一筷子鳕鱼。

因为一个白天的"换位"生活,金轩莫名感觉自己跟儿子亲近了起来,从晚餐到餐后散步到晚上一起玩全息游戏,总觉得小豌豆看着自己的眼神充满一种前所未见的闪闪发光的东西。

尊敬?崇拜?爱戴?金轩无法准确概括,只觉得从这天开始他们父子之间的相处好像哪里不一样了。

难道是我强大的人格魅力终于感染了他?

不过很快班主任就用残酷的事实狠狠扇了他老人家一耳光。

两个礼拜之后,就在金轩掰着指头盼望巫承赫快点回来的时候,接到了班主任的通信："您这两天有空吗？如果可能请您抽时间到学校来一趟，我有一件非常重要的关于金驰同学的事情要和您沟通一下。"

金轩第一时间去了学校。班主任亲自在校门口等他，把他接到了自己的办公室："抱歉打扰您休假了，本来我也没想到事情会发展成这样，现在只能请您谈谈了。"

金轩见他脸色凝重，不禁心里咯噔一下：臭小子不会是打架伤着人了吧？还是无意中发现了一个向导然后偷偷据为己有……

等等！这种事应该不遗传！金轩立刻打断了自己脱缰野马一般的思绪，正了正神色："到底发生了什么事？"

班主任顿了一下，道："金驰同学成立了一个教派，您知道吗？"

"教派？"金轩打死也没想到这一出，彻底愣了，不知道为什么总觉得这个桥段颇为熟悉……

"是的，就是上周的事情。"班主任沉痛地道，"一开始我没有注意，以为他只是和相熟的同学闹着玩，您也知道，金驰这孩子性格开朗交友广阔，这个年纪的小孩子玩得好拉帮结派不算什么大事。但就在上周三晚上，他的美术老师给我发了一封邮件，告诉我他收到了一份看不懂的作业。"说着打开个人智脑，投影出一幅图片，图片上是一叠白纸，纸上写着一些似是而非的不属于人类的文字。

金轩看着这些文字，脑子里白光一闪，像是有一扇久已尘封的暗黑大门缓缓打开，正发出让人牙床发酸的咯吱声。

"这是金驰同学交给美术老师的作业，他应该是弄错了，把这份东西当做美术作业交了上去。"班主任压低声音说，"很巧美术老师是个业余密码爱好者，他通过上古中国甲骨文和希腊文等资料，推断出了这份东西的含义——这是金驰同学发明的一种语言，讲的是如何成立一个恢弘的教派……"

"您不用说了！"金轩打断了班主任，头上的冷汗像下大雨一样哗哗往下淌，他脑子里那扇暗黑的大门已经完全打开了，他清楚地记得，二十年前自己是怎么在那些中二病晚期的深夜写下这些让人掉鸡皮疙瘩的教喻……

子承父业，万万没想到，过了二十多年，他亲亲的小儿子居然在故纸堆里翻出了他的黑历史，还忠心耿耿地继承了他未尽的理想——小豌豆一定就是在换位那天从书房的收纳箱里翻到了潘多拉的宝藏！

现世报来得太快了，金轩总算知道这小子最近为什么总是用看上帝的眼光看着他了——脑残教众膜拜邪教教主不就是这样吗？这表情二十多年前他在同学脸上看得多了去了！

金轩抹一把脑门的冷汗，久经考验的老脸终于有点红了，吭哧了一下，道："这件事请您先不要上报学校，给我一点时间，我会处理好的。您放心，这些东西并不是他写的，他没有建立邪教的意图，只是发现以后有些好奇所以看看而已。我回去一定会认真跟他谈谈这件事，以后严加管教，绝对不会让他在邪路上越走越远！"

班主任没想到 King 神的态度居然这么低调，这么温柔，这么理智，原本以为他听说这件事会立刻跳起来暴揍小儿子一顿，起码把孩子打成半残呢——听说当兵的脾气都比较暴。

偶像就是偶像，太睿智太宽厚了，境界和一般人就是不一样！班主任崇拜地看着他："您放心我不会上报学校的，我相信金驰同学的世界观和人生观绝对正常，我也相信您一定能把他教育好。当然，作为班主任我也会尽全力协助您的。"

"谢谢您的理解。"金轩一头瀑布汗地告别了班主任，腿肚子转筋地走出了学校大门。

站在门口，回望基础学校恢弘的教学楼，以及里面的莘莘学子，他脑海中不知为何想起一句古话："不信抬头看，苍天饶过谁！"

真，真谛啊。

番外三 退休生活

军政中心的夜分外静谧。总统官邸后院，茂盛的乔木被微风吹拂，发出沙沙的轻响，窗下的灌木中跑过迷路的野兔，惊动智能警卫，立刻被看不见的干扰波驱逐到了安全线以外。

书房已经收拾得差不多了，打包好的收纳箱整齐地堆在墙角，沐照着清单一一核对完毕，关掉个人智脑，看着空荡荡的房间淡淡叹了口气。

十年了，他在这座建筑里住了整整十年，虽然每天都生活在沉重的压力与责任当中，但真的要离开了，忽然感觉心里空荡荡的。

总统官邸，敦克尔联邦最威严最神圣的所在，承载了他五十多年人生中最繁忙也是最充实的记忆，记录了他和他的异能者陪伴女儿一起长大的最珍贵的时光。现在，因为金辙卸任，他们终于要离开了。

四届，十六年，金辙已经是敦克尔历史上连任最多的总统，因为民众拥戴和特殊战争时期，他的任期之长甚至超越了《联邦宪法》的基本规定。

该是落幕的时候了……沐深呼吸，关掉书房的灯，往金辙的卧室走去。金辙年近七十，即使作为普通人类，也已人过中年，加上他年轻时频繁受伤，长期使用抑制剂，身体已大不如前，正好趁这个机会好好休养休养。

总统这个位子太伤神了，简直就是加速燃烧生命。

整个官邸静悄悄的，金辙还没有回来，壮壮去跟同学宿营了，沐难得悠闲，路过女儿房间的时候顺手打开了看。中二期的小萝莉和所有孩子一样叛逆而富有活力，墙壁上画满了只有她自己能看懂的涂鸦，梳妆台上散落着她喜欢的水晶和钻石饰品。

沐捡起一顶大波浪长假发，无聊地给它绑上一条浅蓝色缎带，又卡上一枚白色钻石发夹，举到眼前看了看，"哈"的一声笑了。

上半年壮壮发中二病，不顾他的反对把留了五年的长发剪成了毛寸，结果一个礼拜就后悔了，又偷偷买了长假发回来，怕他发现了笑话，只敢出去玩的时候戴一下。

上次给女儿梳头发还是一年多前的事情了，沐欣赏着手里的假发，忽然间就明白了金辙为什么那么喜欢装扮养成游戏——亲手打扮出一个小公主，确实很有成就感不是吗？

可惜，孩子总是长得太快，一眨眼就不需要父亲为她打扮了，沐有点怅然，又有点欣慰，拆下缎带和发卡，将假发放回原处，又把女儿散落在地上的裙子和外套挂回衣橱。马上这间屋子也要打包了，不知道新家能不能装下这么多零碎的东西。

走到金辙卧室门口，门里传来低沉的呼吸声，沐推开门，将趴在门垫上的秋田犬抱起来，轻轻放在屋角的狗窝里。三胖已经十四岁了，风烛残年，百病缠身，但只要金辙离开，它还是会从狗窝里爬出来，趴在门口等着他回来，一开始是趴在院子门口，后来是趴在客厅门口，再后来实在爬不动了，只能趴在卧室门口。

也许很快它就连狗窝也爬不出来了吧，衰老和长大一样，都是无法阻止的事情。

"呜呜……"三胖醒来了，亲昵地蹭着沐的手掌，虽然它名义上属于壮壮，但只有沐才有耐心无微不至地照顾它，它最喜欢粘着的，也是这个最细心的主人。

"我们马上要去新家了，那儿的气候比这里要好，你的哮喘会慢慢恢复的。"沐安慰地抚摸着衰老的三胖，替它梳毛，清理眼睛和鼻子，拍拍它的脑袋，"乖，我要去收拾行李了，待在这里陪我。"

老犬温驯地点头。沐打开衣橱准备收拾金辙的衣服，他的衣服都是特勤包办的，灰色、白色、深蓝色、咖啡色……每一件都庄重而优雅。但其实沐知道，金辙是喜欢红色的，那是一个永远充满活力和斗志的男人，喜欢浓郁激烈的色彩，大红大蓝，张扬而温暖。"总统"这头衔成全了他，造就了他，也束缚了他，让他不得不内敛，不得不含蓄。

也许该给他定做一些花里胡哨的衣服，在家里穿穿没关系的，再说都卸任了，也不用很注意舆论影响……沐的思绪发散起来，丢下收拾了一半的衣服，坐在窗前的摇椅里打开虚拟商店，漫无目的地挑选男装。

大红色的工字背心、宝蓝色的立领T恤、胸口绣着熊猫的白衬衫、印满浣熊和狐獴的领带……沐将一件人体骨架图案的连体保温服丢在购物车里，忍不住笑了起来，可惜这个没有搭配的头套，不然全部穿起来躺在深海休眠舱里才有趣呢，像泡在福尔马林里的尸体一样哈哈哈哈哈……不如再买一件小号的吧，大家一起装尸体好了。

沐嘴角上扬，难得体会到购物的乐趣。

"呜呜……"门外忽然传来一声熟悉的低叫，金辙的巴巴里狮子穿过墙壁走了进来，低头温驯地趴在摇椅旁边，用头顶的鬃毛轻轻蹭沐的胳膊肘。伊卡鲁幻色蛱受到召唤，自然而然现出橙红色的身影，飞到了狮子面前，缠缠绵绵地翻飞。

"你回来了？"沐收起虚拟商店，对门外喊，"要吃宵夜吗？"

没有人回答，走廊上静悄悄的，沐伸出思维触手往门外刺探，忽觉耳鼓一震，左侧落地窗"嗡"的一声取消了存在模式，变成空无一物。沐惊了一跳，猛地转头，清凉的夜风立刻扑面而来，紧接着，一对巨大的银灰色机械飞翼铺满了整个视野，金辙悬停在窗外，一脸黄鼠狼偷了鸡的贼笑："哈哈，吓到了吧？"

沐默默抹掉脸上的草叶，从摇椅上站起来："你搞什么？不是去铁翼大厦开会了吗？怎么大半夜的又玩起了飞翼？！"

"这就是今晚开会的内容啊，军部设计的新型飞翼，使用异星蝎神经元触丝，和控制者可以达到98%人机一体化。"金辙挑眉，操纵飞翼在半空中做了几个他自认为潇洒的动作，"怎么样，帅吧？要不要试试？"

"离我远点，风太大了！"沐被他吹得快飞了，摆摆手，"去换下来，我叫厨师给你弄点宵夜。"

"官邸能有啥好吃的，带你出去吃！"金辙操纵飞翼飞近落地窗，冲沐伸手，"来，哥哥带你飞一飞。"

沐鸡皮疙瘩都起来了，十分钟前的温馨回忆刹那间烟消云散，暴躁道："这种称呼留着给你的宝贝弟弟用吧，你是不是又想撞墙了？！"

"才没有。"金辙抱头道，"我本来就比你大！"

"这么老你为什么不去死？"沐用拖鞋丢他，金辙顺手接住扔给三胖，老态龙钟的秋田犬条件反射蹿了起来，挣扎着咬住拖鞋，献宝似的放到主人脚下。

"……"沐无语凝咽，弯腰抚摸老当益壮的金三胖："乖！"

"好了，我错了，别再丢东西了，这两天特勤从各种角落掏出来十几个凶器，都是你这些年丢我丢出来的，我都不好跟他们解释。"金辙笑着求饶，"话说你这个毛病将来要改改了，以后家里没有特勤，被狗仔抓住你整天冲我丢东西，我们苦心经营的'国民CP'形象可就全毁了，再说三胖这么老了也该让它歇歇嘛。"

"怪我咯？"沐趿上拖鞋，瞪着眼睛问。

金辙立刻自我检讨："怎么会，都是我不好，拍马屁拍到马腿，好了好了，时间不早了，快跳出来我接着你。"

"干什么去？"沐换了鞋，加了件外套，站在窗边问他。

金辙道："带你去出散步，好不容易闺女不在家，过过二人世界难道不可以吗？"

好吧，十年规规矩矩的政要生涯，沐也确实有点腻味了，心一横从窗口跳了出去。金辙稳稳将他接在臂弯，操纵飞翼一个潇洒的滑翔离开官邸。

主卧落地窗重新恢复了存在模式，老迈的秋田犬咬着主人的拖鞋爬回狗窝，静静打起瞌睡来。

飞翼像大鸟一样滑过军政中心上空，它和飞碟、机甲都不一样，是高度仿生的杰作，完全模拟鸟类飞翔姿态，沐窝在金辙怀里俯瞰大地，大片的丛林在视野中掠过，有一种被大鸟抓着在天上飞的感觉，竟有想要呐喊的冲动。

"噢嗬嗬嗬嗬——"金辙与他心意相通，喉咙里发出粗野的吼声。沐被他吓了一跳，紧紧抱住他的脖子，不禁也大笑起来。

飞翼掠过军政中心，穿过海峡，越过双子城，沐衣着单薄，虽然有金辙的体温保护，还是渐渐有些发冷，问："要去哪儿吃宵夜？"

"马上就到了！"金辙大声回答他，话音刚落，调整飞翼减速，飞入了一个灯火通明的城市上空。

约克市？沐看清了下面的地形，有些惊讶："来这里干什么？这儿有什么好吃的餐厅我不知道吗？"他以前的家就在约克市，只是这些年因为金辙已经很少来了。

金辙嘿嘿一笑，却不答话，再次减速下降，以一个流畅的弧度掠过约克市西区，落在一个静谧的小山山顶。

"干吗落在这儿？这里是从前的贵族区啊。"沐腿有点麻，在原地跺着脚跳了跳，四下观望，"说起来我还是第一次来这儿，哗，真漂亮……"这一区住户并不多，但非富即贵，每一个宅院都大而精致，周围由茂密的原始丛林、花海以及湖泊隔开，和市里那些密密麻麻挤在一起的百层公寓完全不可同日而语。

"跟我来，给你个惊喜。"金辙收起飞翼，拉着他往山腰走去。

沿曲折的小径走了不到五分钟，忽见一带粉白的矮墙迤逦圈出一个宣阔的院落，墙上覆着青色的仿古瓦片，古色古香，韵味十足。金辙拉着沐走到院门前，递给他一把古朴的青铜钥匙："到了，开门吧。"

沐莫名其妙，接过钥匙放入锁孔，加密电子锁立刻启动，打开了厚重的原木大门。

门内是一座极为精致的中式庭院，亭台楼阁，曲径通幽，池塘里盛开着荷花，锦鲤在水中嬉戏，几只水鸟站在拱桥的扶栏上，单脚独立，神仙也似，看见有人靠近，傲娇地翻个白眼，转过屁股对着他们。

"这是……"沐都有些看呆了，这地方与其说是宅院，不如说是城堡，即使在这种土豪扎堆的富人区，也是奢华得惊人。

"新家。"金辙一脸得瑟地说。

沐吃惊极了："新家不是在麦圈区吗？"卸任后金辙还会在国会工作，所以他们的新住处就买在军政中心旁边，这两个月他已经陆陆续续把一些私人用品搬进去了。

这货不是在梦游吧？这么奢侈的房子他怎么可能买得起？沐四下看看，有些不相信自己的眼睛。金辙依旧是嘚嘚瑟瑟的样子："麦圈区的房子被我卖掉了，又补了一部分现金，买下了这个庭院，所以这里以后就是我们的新家了，漂亮吧？"

"你疯了！？"沐无法接受他居然背着自己把麦圈区的房子给卖了！而且就算卖掉房子，想要买下这么牛逼的庭院也还得再补九成的钱，他哪来那么多现金？

"是家族遗产。"金辙有点不好意思地挠头，"我的积蓄并不多，所以动用了父母留给我们兄弟的存款，唉，以后赚了钱再补上去好了，金轩不会在意的。"

沐恍然想起他们两兄弟出身世家，祖先里貌似出过那么几个大商人……于是这货搞不好还真是个土豪二代！

"可是你买这么大的庭院干什么？我们只有三个人，壮壮马上又要上大学，以后家里只有我们俩！这么大的地方要用来养小鬼吗？"沐仍旧无法理解他的做法，抓狂道，"再说你以后要在军政中心工作，这里到国会就算每天开飞碟上班也要两个小时，你以为你还是二十岁，有体力长年累月通勤吗？"

金辙叹了口气，拉住他的手轻轻抚摸："别着急，别生气，先说说你喜欢这里不？"

喜欢？当然喜欢了！沐看着水汽氤氲的池塘，宛若仙境般的亭台楼阁，他一直喜欢中式庭院，从小时候就希望能有一个这样的院子，养养鱼，养养鸟，养养老……可是想是一回事，实际又是一回事，他们还要工作，住这么远根本不现实。

"我是很喜欢，但我不想住这么远。"沐知道金辙是想让他高兴，可是换房子这么大的事怎么也该跟他商量一下不是吗？"你为什么不跟我说就做了这么大的决定？"

"唉……"金辙叹息，机械臂搭上他的肩膀，缓缓道，"因为我知道你不会同意我们以后定居约克市的。"

沐也叹气："你在军政中心工作，住这里不方便，你已经不是年轻人了，又有这么多旧伤。"

金辙低声道，"我都知道了，赛亚娜老师请你接替她职位的事情。"

沐一愣。金辙接着道："你跟着我已经有十年了，这十年里你放弃了自己的专业，放下了自己的理想，默默站在我的身后……我每每想到都会觉得愧疚，我太自私了，无法忍受你离开我在另一个地方工作，不单单是因为异能者和向导的羁绊，更因为我对你的占有欲。"

"别这么说。"沐心中微微发涩，打断他的话，"这是我自己的选择，并不是因为你对我的禁锢。再说我们的理想本来就殊途同归，不是吗？"

"那不一样。"金辙难得严肃地否定了他的话，"你是联邦最出色的医生，最受人尊敬的科学家，是我的事业阻止了你前进的脚步。"他无比疼惜地摸了摸沐柔软的头发，"以前我别无选择，远航军坐大，人类面临着分裂和战争，我背负着老总统留给我的责任，背负着军部对我的信任，即使要牺牲你的事业，也必须要走下去。但是现在不一样了，战争结束了，远航军分化瓦解，重新回到了联邦掌控之下，《向导保护法》改革走上正轨，而且我也卸任了。"

金辙的眼神在夜色中柔和如水："该是我站在你身后的时候了，沐，我已经辞去了国会的职务，从今天起，我愿意做你的坚强后盾，支持你的事业。"

沐难以置信地看着他的眼睛，想要像平时一样在其中找出点开玩笑的影子来，但金辙此刻的眼神如此坚毅，如此认真，完全不像是在说笑。

"我跟赛亚娜老师说我会说服你。"金辙微笑道，"事实上我已经替你接受了她的邀请，你的聘用书就在我的个人智脑里，我答应她今晚无论如何会让你签约。"

沐沉默，赛亚娜老师在一周前曾经找过他，请他接任她在圣马丁中心的职位——她的年纪太大了，无法再胜任中心繁重的管理工作，所以决定向董事会推荐新的人选。

沐无疑是最合适的继任者，他是业界首屈一指的科学家，又辅佐总统管理联邦近十年，论技术论人脉，都是无可挑剔的。

对于这个邀请，沐不是没有动过心的，赛亚娜是他的老师，也是他的养母，他熟悉她的工作方式，认同她的价值观，他不想她一生的事业因为找不到合适的继承者而走上下坡路。但金辙今年才刚刚卸任，无论身体还是心理都将面临极大的落差，一旦他接受了赛亚娜的邀请，必然意味着要分出大部分精力在圣马丁中心，无法全身心地照顾金辙，帮他度过这个转折期。

如果晚两年，哪怕是一年，他都会重新考虑自己的决定，但赛亚娜的任期恰好是今年到期，中心不可能先请一个人临时管着这么要紧的部门，给他腾出一两年的时间缓冲。所以最后他拒绝了赛亚娜的邀请，诚然他也想继续自己的事业，但他无法在这个节骨眼上抛下金辙，让他一个人面对卸任后的困境。

"你生气了吗？"金辙发现沐的脸色有些阴郁，小心翼翼地问，"别怪我先斩后奏，实在是被你撞墙撞怕了，这么大的事情，我怕一张口就会被你喷回去，索性一不做二不休，先辞职买房再说。"他顺势指使自己的巴巴里狮子冲沐摇尾巴，讨好地道，"你也别生我的气了，你看我现在都失业了，所有的钱都给你买了房子，你要再生气，我就要跳河了。"

沐心里说不上是个什么滋味，又是感动，又是难过，半天哑声道："你为我付出了太多，我不想你再为我放弃事业，我愿意站在你的身后，帮助你，支持你，不仅仅因为我是你的向导，更因为你是我生命中最重要、最敬佩的人。"他用力眨了眨眼，将浮上来的湿气眨下去，"我想用自己剩下的生命保护你，辅佐你……金辙，我们错过的太多了。"

"我都知道，我都知道。"金辙的眼睛也有些湿润，机械臂安抚地摸他的脊背，"我从没觉得自己付出了什么，我这辈子最走运就是遇上了你。"顿了顿，又微笑起来："你也别觉得内疚，这件事对我也是有好处的。一个退休的总统，待在国会怪别扭的，再说军政两界我这么多年都待腻了，正想换个环境。圣马丁中心近年来一直致力于高维干涉医学，你接任了赛亚娜的职务，就算是这个领域的第一人，我把宝押在你身上，比押在国会那边有价值多了。"

沐明明知道他是为了自己才放弃国会的工作，听他这样牵强附会地找借口，又好笑又感动。

金辙絮絮叨叨接着说："我也不是没私心的，等你当上了主任，我打算通过你给中心注资，进入圣马丁最高董事会，以后呢，你就算是给我打工了。我已经和我的信托基金经理谈过这件事，两年之内把七成以上的家族资产都套现，投入到你那边去，他对我的计划很赞同，已经在着手回笼资金了。"

"你……很有钱吗？"沐以前从没在意过他的财产，现在却对他的身家十分好奇，虽然在政界金辙一向威武霸气，看谁不顺眼就"天凉王破"，但那是基于他深厚的政治背景，现在改行到商界，他又凭什么这么牛逼？

难道这座八位数起价的庭院只是他家族资产的冰山一角？

"是的啊。"金辙得意地点头，"虽然我这个人很低调，但其实我还蛮有钱的。金家在陈福记有很大一笔股份，在仙琴座矿区、士狼座能源区都有产业。金轩的那一份在他成年以后我本来想还给他，他不要，说数不清，就全部委托给了我。所以现在我和他的钱全部加起来，全款买下圣马丁中心也不是不可能的事情。当然他们的董事会是不会允许的，所以我只能通过你注一部分的资。"

"……"沐到今天才知道自己"娶"了个真土豪，震撼过后艰难地问，"你到底有多少钱？"

金辙伸出机械手数了半天，头上滴下一滴冷汗："好像我也数不清，改天让理财顾问告诉你吧。"

"……"沐实在不知道这兄弟俩的博士是怎么毕业的，怎么一个两个都不会数钱！

"好了，不说了，外面凉，我们进去看看房子吧。"金辙踌躇满志地说着，拉着沐往主屋走去。沐哂然一笑，举步跟上。

他们穿过拱桥，冷艳高贵的水鸟被惊动了，翻着白眼振翅而飞，扑棱棱扬起满天白羽，桥下红色锦鲤却不怕人，追着他们的影子一路跟随，搅散了一池银波。

番外四
重返母星

飞船已经在近地轨道停留近三个小时了。

巫承赫透过舷窗看着外面广袤的宇宙，蓝色行星正绕着巨大的黄矮星缓慢旋转，略显浑浊的大气层内盘旋着浅黄色的云层，地面上红斑若隐若现。

"探针回来了。"金轩不知何时走到了他的身后，双手搭在他肩上，"情报显示一小时后穿梭机可以落地。"

"噢。"巫承赫轻声应道，心里说不清是期待还是忐忑，念念不忘的母星就在窗外，虽然远隔一千多年，早已不复当年纯净瑰美的颜色，但仍旧对他这个飘荡的幽魂有着致命的吸引力。

"怎么了？"金轩注意到他眼神有点不对，担心地问，"如果不想下去，我们沿赤道飞一圈看看就算了，母星的环境破坏太严重，我怕你感情上受不了。"

"哦，不。"巫承赫振作了一下，"我只是有点……近乡情怯吧，你懂的，给我点时间，让我再静一静。"

"好吧。"金轩揉了揉他的头发，将观测舱留给他一个人，"我去弄点东西给你吃，半小时后来餐厅好吗？"

"好的。"

观测舱恢复安静，巫承赫坐在工作椅上，调整观测仪透过云层寻找合适的介入点。回到地球是他一直以来的夙愿，对金轩来说，那个遥远的千疮百孔的星球只不过是教科书中一行简单的介绍，对于他来说却承载着对故乡，对亲人的所有记忆。

"我回来了。"

两小时后，全地形穿梭机穿过大气层飞向地球。机舱里，全息屏实时显示着探针群发回的监测结果：亚欧大陆仍旧不适宜人类生存，尤其是东亚片区，土壤沙漠化，植物大面积枯死，地表弥漫生化毒气，动物踪迹罕至……九百多年了，地球仍然未能消化掉人类当年遗留下来的一切。

金轩控制穿梭机在平流层改变航道，渐渐转为与地面平行飞行，而后以一个圆滑的切线缓缓穿过对流层，悬停在离地面五公里的高度。

西北荒漠出现在眼前，透过前窗，巫承赫看到大片的黄沙在视野中绵延，空气昏黄污浊，夹杂着细碎的沙砾，狂风卷过，枯黄的骆驼草在沙地上翻滚。目力可及的远方，是长城的轮廓，嘉峪关高耸的城楼像亘古的图腾，在旷远的天地间留下一抹荒凉的剪影。

"那道墙就是长城吗？"金轩问。

"是的，明长城最西端的起点。"巫承赫回答，记忆中雄伟的关隘已是断壁残垣，烽火台伫立在风化的页岩基石上，仿佛悬崖上的鸟巢一般岌岌可危。

"真是伟大。"金轩赞道。与巫承赫不同，他对这个星球没什么归属感，完全是以旅行者的心态欣赏远古遗迹而已，"探针显示东南方有一个大规模城市遗迹，要不要过去看看？"

巫承赫打开探针传回的地形图，见金轩所说的遗迹貌似就建立在以前酒泉的旧址上，便道："好。"

穿梭机掠过荒漠，不久便到达城市遗迹上空。这里一片荒凉，看不到人或动物的踪迹，流动的黄沙覆盖着曾经繁华的街市，坍塌的建筑物千疮百孔，只有市中心一座空旷的广场还算完整，废旧的喷泉望天独立。

金轩操纵穿梭机降落在广场中心的空地上，道："我下去看看，你在机舱里等我。"

"一起去吧。"巫承赫解开安全带，想想马上就要踏上母星的土地，心中颇有些兴奋。

金轩没有再反对，给他扣上防护服的呼吸器，又将一把射线枪佩在他腰带上："别离我太远，这里被病毒侵蚀几百年，也许会有变异物种出现。"

"嗯，我会小心的。"巫承赫早已习惯他的保护，乖乖点头，跟他下了穿梭机。

时隔千年再次踏上地球，巫承赫有种奇异的战栗感。

防护服显示外界温度零上五度，紫外线弱，空气中有少量刺激性气体、轻微辐射，以及尚未降解的生化病毒，不适宜普通人类生存。

"好呛。"金轩抽了抽鼻子，深深皱眉，他没有戴呼吸器，对异能者来说这样的大气环境完全不造成困扰，最多刺激刺激鼻腔粘膜。

"这里好像不是普通的城市，是航天城。"巫承赫四下观望，发现广场上的雕塑和喷泉都和航天有关，星球、飞船、战舰之类，一个巨大的纪念碑立在广场正中央，虽然历尽风霜，表面仍旧平坦光滑。

"不，这不是航天城，是亚欧太空基地遗址。"金轩通过探针扫描的地面特征与个人智脑中保存的资料比对，"九百年前人类建造的'方舟'，有两艘就是从这里组装和升空的，这座城市是当年的三大太空基地之一。"

原来酒泉被扩建成方舟基地了，果然这种大项目还是中国人最靠谱……巫承赫颇有点自豪，走到纪念碑前，隔着手套在上面摸了摸，触动右下角一个按钮，一阵流光在表面蹿过，很快上面便出现了密密麻麻的全息文字。

如金轩所说，这里果然是九百年前的太空基地之一，当年人类就是在这里把属于亚欧两洲的"方舟"送上了太空。之后这里的环境急剧恶化，病毒肆虐愈演愈烈，健康的市民被转移到了东部的"安全区"，只留下感染者在这里等死。

这块碑与其说是纪念碑，不如说是这个城市的墓志铭，可以想见，"方舟"离开，生化狂潮爆发，这里的人们，尤其是那些被遗弃的感染者，是多么绝望。巫承赫的视线渐渐挪到纪念碑最下方，忽然被一段貌似后来加上去的文字吸引了，冲金轩喊道："嘿，你过来，看看这个。"

"什么？"金轩正在用个人智脑各种自恋地自拍，听到他的话漫步走了过来。

巫承赫一目十行地扫完那段文字，震惊之情简直无以言表："这上面说当年从这里升空的方舟不止两艘，他们还送了另外一批人上天！"

"不可能吧？"金轩十分诧异，"当年六艘方舟先后到达敦克尔星球，组建联邦，没听说有更多的方舟跟过来。"

"不，不是那六艘方舟中任何一艘，是完全不同的另一批人，一些幸存的感染者！"巫承赫指着纪念碑底端的文字给他看，"看看这儿，这是他们离开之前记录下来的文字。"

原来，在"方舟"升空，幸存者撤往"安全区"以后，这座城市被彻底封锁。为了防止病毒扩散，军方决定对整座城市进行毁灭性轰炸。

席卷一切的大爆炸，然后是历时一周的辐射清洗，严酷的打击几乎让整个城市成为不毛之地。然而天无绝人之路，一小批感染者竟然幸运地生存了下来——有人在大爆炸开始之前就预料到了即将到来的厄运，于是带着一些感染病毒但尚未发作的"携带者"躲进了太空基地一个秘密的地下掩体中。辐射清洗之后，这些幸存的人们回到地面，寻找新的生机，不知道是因为辐射引起的基因变化，还是本身的免疫机能突变，他们没有像其他感染者那样迅速发病、死亡，竟然就这么半死不活地存活了下来。

城市已经毁灭，安全区不可能收留他们，离开废墟只能是死路一条，这批人自发组成了一个集体，推选了新的市长，在市长的带领下苟延残喘。没有食物，没有药品，甚至没有干净的水源，漫长而痛苦的地下生活让所有人都生不如死，最终一位参加过"方舟计划"的工程师提出了一个大胆的计划——利用太空基地仓库里一艘小型方舟样机飞出地球，寻找出路。

样机只有正版方舟二十分之一大小，是早期的试验品，早就被废弃了，别说飞出地球，连升空都异常困难，但人在绝境之中往往能产生可怕的创造力，几个月以后，他们居然真的成功了。

"他们乘坐样机离开了地球，在木星采氢、给养，然后飞出太阳系。"巫承赫看着纪念碑喃喃道，"太神奇了，三万四千多名感染者，居然依靠一台废置的样机离开了这座死城！"

"可是我们没得到过他们任何的信息。"金轩眉头紧蹙，"他们到底飞去了哪里？为什么没有到达我们的星系？难道他们设置的目的地和联合国当初确定的不一样？"

"也许他们根本没能飞出太阳系，或者在别的什么地方就机毁人亡了，毕竟他们乘坐的是样机，计划也很仓促。"巫承赫分析道，"而且就算他们成功了，也不可能朝着方舟的方向飞，他们是感染者，在地球上的时候就遭受遗弃和灭绝，如果和方舟会合，很可能遇上新一轮的毁灭性打击。"

"你说得有道理。"金轩赞同地点头，"所以说在宇宙的某个地方，很可能还生存着一批人类的后裔？"

"我想是这样。"巫承赫感叹地道，"人类的潜力太强大，甚至连自己都无法预料。"

"是啊，也许我们将来会遇上他们，或者他们会找到敦克尔联邦也说不定。这个情报很重要，回去以后要报给联邦政府。"金轩说着，点了点纪念碑上的按钮，文字消失了。他打开探针的扫描图看了看，"这座城市没有人类了，只有一些变异的沙鼠和低等动物……想不想去他们生存过的地下掩体看看？"

"算了吧。"巫承赫不知为何对这个苍凉的废墟有些心理不适，虽然这里是人类飞向太空的起源地，但同时也是屠杀同类的不祥之地。

金轩与他意识相通，安慰地摸了摸他的头："天快黑了，要去其他大洲再转转吗？还是回飞船休息？"

巫承赫站在空阔的广场上四下看看，无声叹息，虽然来之前就做好了心理建设，知道自己将会面对什么样的地球，但真的身临其境，亲眼目睹，还是有些无法接受。

就这么离开吗？巫承赫仰头望天，看着厚重的云层，暗淡的阳光，到底心有不足，道："再找找好吗？也许还有其他适合人类居住的地方，毕竟这么多年了，可能有些地方病毒已经彻底降解。"

金轩理解他的心情："低温地区大概情况好一些，我已经往南北两极放了探针，信息传回来还需要一点时间，我们回穿梭机等吧，外面环境太糟糕了。"

两人回到穿梭机，巫承赫情绪低落，窝在座椅上沉默不语。金轩心疼他难受，指使自己的狮子爬过去卖萌，用大头蹭他的小腿，又将伊卡鲁幻色蛱召唤出来各种讨好。巫承赫被大金毛磨得没脾气，瞪金轩："你就不能管管它吗？"

"它俩现在都归你管。"金轩嘿嘿一笑，将自己的椅子并到巫承赫旁边，揽着他的肩膀摸头，"别难过啦，几百年前的事情了，何苦为古人担忧？"

"我也是古人。"

"不不，你是我的'内人'。"金轩哈哈大笑着揉他的头发。

"滚！老子最多是你的'外子'，你这个文盲！"巫承赫反扑过去将他的脑袋揉成鸟窝，也跟着大笑起来，笑着笑着，感觉之前心里那点郁闷渐渐烟消云散，看着前窗外血红的落日，绵延的黄沙，心情豁然开朗——人类在九百年前飞出太阳系，今时今日，过度缅怀母星没有任何意义，一切都应该往前看。

几分钟后，发往两极的探针发回了探测结果，不出金轩所料，低温区域有一些地方环境已经恢复，尤其是北纬五十度以上，北极圈附近，甚至有很多动物活动的痕迹。

"去阿拉斯加怎么样，那里看上去还不错。"金轩在全息地图上漫无目的地乱翻，"阿留申群岛，环太平洋火山带……噢，费尔班克斯怎么样？极光之都，探针显示那里的病毒已经完全降解，大气情况很好。"

阿拉斯加吗？巫承赫随着他的手指在地图上扫过北美大陆，想到那里的温泉、雪山、冰原……渐渐也来了兴致："好啊，现在是初冬，费尔班克斯昼短夜长，去那儿也许能看到极光。"

"就这么定了！"金轩关闭地图，启动引擎，"系好安全带，我们出发！"

穿梭机迎着烈风向东疾飞，越过太平洋，飞入白令海峡，不久便到达北美大陆。金轩将速度降了下来，寻找合适的着陆点，巫承赫则作为副驾驶为他导航。

"前面就是费尔班克斯城。"巫承赫对照地图告诉他，"探针显示城内损毁严重，我们可以沿切纳河找一个平坦的地方降落。白天这里刚刚下过一场大雪，地面温度低于零下二十度。"

"嚯，真够冷的。"金轩驾驶穿梭机越过费尔班克斯城区，在一处宽阔的河岸降落。穿梭机的前灯将整个河谷照得雪亮，引擎喷出的气流卷起积雪，纷纷扬扬撒了满天。

飞雪落尽，一眼望不到边的河谷出现在面前，河面上了冻，冰面厚度超过三十公分，上面覆盖着厚厚的积雪。

"下去走走？"金轩莫名喜欢这个冰封雪盖的地方，跃跃欲试地搓搓手，"地图显示从这里沿河谷走几公里有座山，山顶的雪原是观测极光的上佳位置。"

巫承赫测了一下外面的温度，零下二十三度，虽然身处恒温的机舱，还是忍不住打了个哆嗦："这么冷，不能开穿梭机上去吗？"

"可是我们不是来旅行的吗？一直开着穿梭机算什么旅行啊？"金轩努力煽动道，"好不容易来一趟母星，也该享受一下大自然嘛，话说找到个适宜室外活动的地方可不容易呢。"

巫承赫想想也是，回地球这种事这辈子估计也就这一回了，一咬牙道："好吧，走！"

"等等。"金轩不知道从哪里拖出个箱子，打开，取出一领厚重的皮袄递给他，"外面冷，穿上这个。"

"你搞什么？我有保温服不穿，干吗穿这种东西？"巫承赫拿着夸张的裘皮大衣满头黑线，这玩意大概是早年杀马特先生的舞台装，人造毛华丽闪亮，款式时髦闪瞎狗眼。

"入乡随俗嘛，在母星的雪原上行走，不该穿点皮袄应景吗？"金轩二话不说给他披上，华丽丽的风帽往他头上一兜，满意地点头，"好极了，帅萌帅萌的……保温服没有头套，这样就不会冻坏耳朵了呢。"

他使用了轻微的臣服性，巫承赫无法违抗他的要求，为了这点屁事又不好用思维触手戳他，叹气，妥协地裹着皮袄走向机舱门："我总有一天会忍不住亲手掐死你。"

金轩哈哈大笑，披上同款毛绒装跟他下了穿梭机。

外面果然冷得要命，北风迎面吹来，巫承赫顿时觉得杀马特皮袭也没什么不好——保温服虽然是恒温的，但在这种低温环境里显然厚重的毛绒大衣更能在心理上给人安全感。

漆黑的夜，只有一盏暖黄色的悬浮灯在前面照路，巫承赫与金轩并肩走在冰雪覆盖的河面上，朔风迎面吹来，带着细碎的冰碴，靴子踩着积雪，发出涩涩的咯吱声。

"我们现在是两个爱斯基摩捕鲸人。"金轩闲得蛋疼又开始出幺蛾子，一边走一边用他那经过专业训练的低沉磁性的男中音给巫承赫播讲纪录片，"冬天到了，为了养活三个嗷嗷待哺的小崽子，我们必须在极夜来临之前储备足够过冬的粮食和肉。父爱如山，当爹真是不容易啊。"他感叹地摇了摇头，看向巫承赫："来吧，我们玩故事接龙好吗？"

真是无聊到了一种境界……巫承赫无力吐槽，不过闲着也是闲着，就捧个场好了："天还没亮，我们就出发了，今天我们将要捕猎一条成年的鲸鱼，这种巨大的哺乳动物整个夏天都游荡在温暖的北冰洋里，汲取海水和阳光的力量，为过冬积攒厚厚的脂肪。现在，它即将成为上天免费的馈赠，为我们提供丰美的肉和油脂，以及整个冬天欢乐的时光。"

"哈！不错嘛，文辞优美，从前那些干巴巴连个形容词都没有的季度报告真是你写的吗？"金轩给他竖了个大拇指，"话说这故事应该叫什么名字？"

"'舌尖上的爱斯基摩'。"巫承赫面无表情地说。

"嗯哼，不错。"金轩挑了挑眉毛，刚要继续，瞳孔忽然一缩，猛地回头，人还没动，巴巴里狮子已经像闪电一样沿着冰原狂奔而去。

"噢，真是意外的惊喜，我们好像多了几个粉丝。"透过狮子的眼睛，金轩看到了几个鬼鬼祟祟的身影，那应该是几只大型动物，北极熊或者野狼之类。

巫承赫有点紧张，取下腰带上的射线枪。但金轩马上按住了他的手："别开枪，不要伤着它们，在这种鸟不拉屎的地方找几个追随者可不容易。"

好吧，以他野兽一般的战斗力对付几只大型动物应该用不着武器，巫承赫收起射线枪："不管你想干什么，都给我小心点。"

话音未落，金轩高大的身影已经消失不见，只在暗淡的灯光下留下一道残影。几乎同一时刻，后方三四百米处忽然发出一声惊恐的哀嚎，接着是一阵嘈杂的狼嗥。

现在巫承赫基本确定那是一群饥饿的内陆狼，他能感觉到它们对鲜肉和热血的渴望，残忍的杀气，以及被强者制服时内心的恐惧与膜拜——无论对于敌人还是对于野兽，金轩都有着与生俱来的强大的威慑力。

臣服于这样的异能者，让人感觉安全又自豪。巫承赫咬着手指发出一声尖锐的呼哨，好像猎人夸奖自己能干的猎犬。哨声过后不久，金轩像个真正的爱斯基摩人一样披着皮袭带着狮子走了回来，在他的身后，畏畏缩缩跟着十来头体型庞大的内陆狼，黑褐相间的毛皮上沾满脏污的雪屑，冰绿色的狼眼小心翼翼逡巡着征服者的背影，却完全不敢直视。

"你想干什么？"巫承赫扬声问，"为什么把狼群带过来？"

"临时征用几个跟班。"金轩笑着回答，"这里离极光观测点还有很远，得爬一座山，我怕你坚持不到那里，所以打算给你弄个代步工具。"

"哈！你想让我骑着狼上山吗？"

"怎么会！有点想象力行吗？"金轩走近了，摊手耸肩，"我说了入乡随俗，弄个狗拉雪橇给你坐咯，多浪漫。"

狼拉雪橇也是醉了……巫承赫不得不承认自己的想象力远远比不上杀马特。

那边厢，金轩已经在招呼他的新跟班向一把手阁下行礼了。他口中发出低沉威严的唬声，迫使可怜的内陆狼小组趴在巫承赫脚下，前爪伏低竖起尾巴，像狗一样摇个不停。

"够了。"巫承赫后退一步，摆摆手，"它们要被你吓尿了。"

金轩像狮子一样低吼一声，群狼立刻踩着盛装舞步排成两排，立正敬礼。

一刻钟后，简易版狼拉雪橇上路了，巫承赫盘腿坐在粗树枝扎成的宽大的平板上，金轩站在他身后，双手按着他的肩膀，口中发出原始的野兽一般的号叫，赶着十几头巨大的内陆狼在切纳河的冰面上狂奔。

"嗷嗬嗬嗬嗬——"金轩粗声大喊。

"嗷呜——"狼群发出悠长的狼嗥相合。

悬浮灯在前方散发着温和的暖光，巨大的月亮像银盘一样挂在天上，四周的雪山传来绵绵不断的回声。巫承赫只觉烈风在耳畔刮过，脸都几乎被冻得麻了，心中却不由豪气顿生，手中藤条猛地甩个响鞭，大喊一声："驾！"

"哈哈哈哈！"金轩朗声大笑，差点吓趴了狼群。

内陆狼耐力极好，整整一个小时没有休息，速度却丝毫不减，凌晨时分终于将两名临时主人拉上了山顶。

时值初冬，费尔班克斯接近极夜区，每天太阳出来的时刻不过三五个小时，凌晨五点，依旧如午夜一般。金轩呼停了狼群，解下简易雪橇，却没有解开它们身上的绳索，只命令它们俯趴在原地休息。

巫承赫坐得腿有点麻，在雪地上来回跺了跺脚，揉着脸道："好冷……天气倒是不错，不知道能不能看到极光。"

"可以的吧，这里可是极光之都，据说一年二百六十多天都能看到极光，我们不会那么背，恰好遇上看不到的那几十天吧。"金轩说着，抬头仰望天空，深深吸气，"空气真好，我们算是找对地方了，来吧，享受一下母星最后的宜居地。"

"会越来越好的。"巫承赫叹了口气，"大自然会慢慢消化掉人类留下的一切，清洁大气，净化土壤……说不定再过几千年，又会有新的人类出现，或者不是人类，而是其他什么智慧生物。"

"反正不会是内陆狼。"金轩笑着说，打个呼哨，野狼小组立刻屁颠屁颠跑了过来，在他脚边匍匐成一行。

巫承赫给驯兽员先生竖起大拇指点了个赞。

"极光不知道什么时候才会出现，我们也许还要等很久。"金轩解开自己的皮裘，示意巫承赫过来，"到我怀里来，你看上去有点儿冻着了，别极光没看到，人病倒了，我们的旅行才刚开始呢。"

巫承赫打了个喷嚏，向导的体能确实无法和异能者相比，即使有保温服和裘皮大衣，还是觉得骨头发凉。于是他顺从地贴到金轩怀里，双手环住他的腰，叹道："谢谢，唉……你真是太暖和了。"

金轩得意地笑，搓热双手为他捂着冻得通红的面颊，又向他粉红色的鼻尖哈气："好点了吗？"

"好多了。"巫承赫寒意褪去，困意袭来，靠在他胸口打了个哈欠，"你能计算出极光出现的时间吗？我们还要等多久？要不要搭个帐篷先休息一下？"

"不大好算啊，我还不知道极光的算法，得查查资料。"金轩见他眉目之间浮起淡淡的疲乏，心念一转，口中忽然发出低沉的唬声。

原本排队匍匐在一侧的内陆狼立刻站起身来，头尾相接围成一个圆圈，将他们围在中间。金轩脱下裘皮铺在雪地上，道："你可以在这里先睡一觉，它们可暖和呢，不比恒温帐篷保暖性能差。"

巫承赫看着四周紧紧团起的狼群，有点哭笑不得："这算什么？狼窝吗？"

"嗯哼。"金轩得意地笑，拉着他躺在裘皮大衣上，四周狼群立刻又围紧了些，紧挨着他们组成一个椭圆形的窝窝。

"咦，还不错嘛。"巫承赫枕着一只肥壮野狼的大肚皮，将脚塞到另一只狼的脖子底下，身边依偎着火炉一样散发热气的金轩，顿时感觉又暖和又惬意，忍不住打了好几个哈欠。

"睡一会儿吧。"金轩将他头上的风帽拉下来，盖住他的眼睛，"我帮你守夜，极光出来就叫你。"

"谢谢。"巫承赫含混地说了一句，轻轻蠕动了一下，便沉沉睡了过去。

金轩仰躺在星光下，看着头顶熟悉而又陌生的天空，有种不真实的幸福感——他终于来到了地球，来到了巫承赫前生曾经生活过的世界。这世界比教科书中描写的更加苍茫，也更加雄浑，那是任何文字，任何图像都无法描述的一种生动的美，一种深深烙印在他基因深处的，连他自己都没有意识到的灵魂的召唤。

高大的雪松被微风吹拂，发出哗哗的声响，树冠的积雪洒下点点雪沫，纷纷扬扬飘落下来，散落在他们身上、雪地上，以及狼群的皮毛上……

某大型猫科动物顶着某蛱蝶科昆虫穿过狼群走了出来，在雪原上漫无目的地逡巡了一会，鼻翼抽动，像是嗅到了什么不一样的味道。

"是温泉呢！"巴巴里狮子高兴地甩了甩尾巴。

橙红色的蝴蝶在它脑袋上扑扇了一下，发出女王的命令："去温泉！"

"要叫上主人吗？"厚道的狮子回头看看狼窝，"温泉可比狼窝暖和多了。"

"他们才不在乎呢。"蝴蝶不屑地回答，语气有点儿酸酸的，"他们都有新宠物了哼！"

"是哦。"狮子闷闷地说，最亲密的位置被土狼占领了，真是好糟心。

"走走走，畏畏缩缩像个娘们！"蝴蝶不耐烦地催促。

狮子抖了抖耳朵，乖乖驮着自己暴脾气的精神向导往散发着硫磺气味的山洼走去……等等我们的属性为什么有点错位的感觉，请告诉我我不是一个人……

哦！我确实不是人，我是高维猫科动物……狮子惆怅地自嘲。

两个多小时以后，一道幽暗的绿色忽然从北方的天际线隐隐闪了出来，金轩立刻意识到那是极光，通过意识通感叫醒了巫承赫。

"唔，出现了吗？"巫承赫张开双眼，揉了揉眼睛，打哈欠："我睡了多久？"

"两个小时。"金轩将他头上的风帽拉下来，兴奋地道，"看，极光来了！"

天边的光带越来越宽，越来越亮。渐渐地，更多的光带从天边出现，黄绿色、黄色、橙色，然后是朝阳般的亮红。每一道色彩都像水彩笔在上好的画纸上晕染开一般，流畅地融合渐变，毫无凝涩之感，浑然天成，鬼斧神工。

"真美啊……"巫承赫看着高阔的天穹上舒展卷曲的极光带，由衷地赞叹道，通透的黑眸倒映出变幻的光影。

"是啊，真美。"金轩幽深的眼神注视天空，思绪却像是穿过了极光，看到了不知名的远方。

"在想什么？"巫承赫漫声问道。

"在想家，想孩子们。"金轩低声说，"在想芝罘链星云，还有星墓……很像不是吗？"

"是的，很像。"巫承赫说，"据说当时星墓的设计者们就是借鉴了极光。"

金轩沉默地看着北方天空中变换扭曲的光带，眸子闪耀着黑黝黝的光芒："我一直以为自己属于敦克尔联邦，现在才感觉自己仍旧属于这里——无论走多远，无论存在于哪个时空，哪个宇宙，母星永远是母星，关于地球的一切就像最原始的DNA片段，牢牢镶嵌在我们的身体里。天槎舰队、芝罘链星云、星墓……这一切都源自于地球。"

"是的，我们的文化、思想、基因……一切的一切，都被打上了母星的烙印。"巫承赫与他十指交握，低声道，"无论敦克尔联邦，还是宇宙远航军，甚至是那批逃出去的感染者，归根结底，我们都是一样的。"

"是啊，一样的。"

瑰丽的极光在费尔班克斯城上空迤逦变幻，狼窝中的两人沉默相拥，享受着母星鬼斧神工的自然奇景。内陆狼温驯地趴在他们身旁，温暖的毛皮替他们阻隔寒冷，冰绿色的眼睛仰望天空，充满原始的敬畏之情。

敦克尔联邦、宇宙远航军、感染者方舟……他们都是母星的儿女，阴错阳差飞向不同的未来，但仍旧同属一个总源。

也许有一天，他们会在某个宇宙再次相遇，但愿他们还能记得自己的本源，友好面对自己的同类。

北冰洋的风越过高山，掠过费尔班克斯城，吹向广阔的北美大陆。太平洋波澜乍起，温暖的洋流将湿暖的空气送往阿拉斯加。切纳河畔的雪原上，来自敦克尔联邦的新人类后裔在狼群中紧密相拥，感叹着母星的伟大与慈悲。

人、自然，宇宙……万世轮回，莫过于此。

星历1027年，9月22日，"二叠纪"舰队，433号试验舰。

亿马赫飞行第118天，二次巡航仍旧没有任何发现，这个新兴的宇宙并没有我们期待的新物质，也没有我们一直以来寻找的人，舰队长今天凌晨发布了返航指令，半小时后我就要和"二叠纪"一起回到敦克尔联邦了。

成年之前最后一次旅行，这次回去以后短时间内我都无法离开向导学校了，除非他们帮我找到一个合适的异能者。

长大真讨厌。

实验仍旧是老样子，实验体Z稳定得让人发指，好像任何环境都无法让它们纡尊降贵发芽开花。如果我也像它一样稳定该多好，那样就永远也不用担心成年期的问题了。

陈晟在日志本上画下最后一个句点，合上扉页。这年头已经很少有人使用纸张这种笨重的东西来记录文字了，但他仍旧保持着这个奇怪的嗜好，以至于前年过生日的时候哥哥送了他一箱子竹片，建议他把日记刻在竹简上，好显得更装逼一些。

当然陈晟不是为了装逼，他就是单纯喜欢墨水笔在纸面上摩擦的沙沙声，无法言喻，就是喜欢。

"滴滴"，定时器发出提示声，还有二十分钟舰队就要出发回敦克尔联邦了，他必须在十分钟内做完最后一次状态检查。

这艘试验舰隶属于"二叠纪"舰队，"二叠纪"是联邦第二支宇宙远航舰队，第一支叫"四分卫"，是一百六十七年前加百列叛乱的时候无意间流落出去的，所以"二叠纪"除了宇宙探险，还肩负着寻找"四分卫"的使命。

在无数个未知的宇宙之中寻找一支舰队，无异于大海捞针，从内心讲陈晟不认为这件事真的能成功，不过他那德高望重的祖爷爷显然不这么想，四十年前联邦启动"宇宙远航"项目的时候他老人家兴奋得差点突发脑溢血，不顾所有人反对将他们家的祖业"陈福记"卖掉了一半，全部用于资助"宇宙远航"项目。

所以最后整个舰队都是照他老人家的意思命名的，当初大家都以为这个舰队会叫"陈福记"，或者叫"陈苗苗"（这是他老人家的名讳），结果他眼睛眨都没眨就说："叫'二叠纪'吧。"

听姑祖奶奶家的二表叔的三孙子说，"二叠纪"是祖爷爷基础学校棒球队的名字，人人都知道，他老人家是个棒球迷，年轻的时候还打过少年赛。不过后来大伯爷家的六侄子的外孙女说，祖爷爷当年也就是个业余替补的水平，根本没资格进入"二叠纪"这样高大上的职业队，真正在队里叱咤风云的应该是他的好基友——马洛·辛普森。

马洛·辛普森这个名字在敦克尔联邦可以说是家喻户晓，作为向导童军的陈晟小朋友从小就听着他老人家的故事长大的，他就是一百六十七年前带领第一支宇宙远航舰队"四分卫"飞出母宇宙的人，也是敦克尔联邦历史上最年轻的星将，最年轻的舰队长。

他还是敦克尔历史上第一个分裂者汉尼拔·辛普森的儿子。不过他的母亲却是联邦历史上第一个获得"金木兰"勋章的女上将莉莉兹·蓝瑟。除此之外，他的外公是叛国者，他同父异母的哥哥是史上最强大向导，他的好基友是联邦首富（也就是祖爷爷先生）……总之他的亲友团完全是冰火两重天，不是声名狼藉就是德高望重，一般人生活在这么复杂的圈子里恐怕早就精神分裂了，他却坚强地活了下来，最后还成了其中最为超凡的存在。

所以说英雄就是英雄，一般人是胜任不了这么牛逼的岗位的。

比如陈晟，就是按部就班的典范，他出生在联邦首富"陈福记"，祖父母和父母都是高级军官，兄弟姐妹个个出类拔萃，连那个没事就喜欢变卖家财烧钱玩的祖爷爷，当年也号称"通古斯之王"，掌管联邦最牛向导学校近四十年。

至于他本人，智商超群，性格开朗，唯一比较悲催的是六岁那年被发现有向导性，不得不离开家人进入索罗斯向导学校。不过比起一百多年前向导们的境遇，他们已经好了太多，尤其是成年之前，因为不会散发信息素，他们被允许参加一些安全性比较高的社会活动，还可以参加向导童军，与异能者军人在一定的监管之下共同学习和工作。

陈晟因为稳定性好，成绩出色，被选中参与这次"二叠纪"跨宇宙远航，这也是他成年前最后一次参加大型社会活动——《向导保护法》规定成年后向导必须待在向导学校，直到与相容的异能者融合，才可以在契约 GLT 的允许之下继续自己的事业。

"但愿我能很快遇上一个靠谱的异能者。"陈晟一边做状态检查，一边对自己的量子兽——一只浅黄色的蜂鸟说，"不过听说有资格进入遴选名单的异能者都不会太年轻，上帝保佑，千万别让我遇上个四五十岁的老太婆。"

"四五十岁才中年呢，根本不是老太婆，而且你不是基督徒，求上帝有什么用？"蜂鸟严肃地说。

陈晟早已习惯自己一板一眼的量子兽，自顾自地吐槽下去："话说我现在就想这些是不是太早了，毕竟还有一年多才成年呢。"

"这是正常的，你已经快十七岁了，荷尔蒙指数上升是很自然的事情。"蜂鸟一本正经地说，仿佛是为了证明自己也有那么一点点情趣，又加了一句，"哪个少男不怀春嘛。"

"……不要乱用古典诗词，一点都不恰当好吗？我这是对未来的憧憬，关荷尔蒙什么事！"陈晟"嗤"了一声对它表示鄙视，关闭实验舱往主舱走去。

"这里是 433 号试验舰，现在向旗舰发送状态检查结果。"陈晟将表单上传给旗舰。几秒钟后旗舰回复："状态检查已收到，433 号试验舰准备随队起航，倒计时四分五十七秒，四分五十六秒……"

"回家咯！"陈晟伸个懒腰，带着自己的蜂鸟往休眠舱走去。就在这时，实验舱忽然发出警报："警报！121 号培养室发生异常情况，需人工紧急处理！"

陈晟吓了一跳，转身立刻往 121 号培养室跑去，还有四分钟就返航了，"二叠纪"的宇宙传送通道已经打开，这种时候千万不能出事！

"系统，详细报告！"陈晟站在实验舱门口，通过智能系统检查内部情况，"异常原因找到了吗？"

"实验体 Z 无故激活，正在以无法控制的速度生长！121 培养室已经被破坏，它正在向相邻的 120 和 122、154 等培养室蔓延！"

陈晟惊呆了，那个在他日记中被称为"稳定得让人发指"的实验体 Z，居然在这种时候激发活性，还疯狂生长！

"是否立刻毁灭失控实验体？"系统发出询问，"计算显示半小时内它将充满整个实验舱，一小时内将占领主控室！"

"立刻毁灭！"陈晟果断下达指令，舱门上红灯亮起，透过门上的观测窗，他看到舱内迅速升起淡黄色的浓雾，气压计指数疯狂上升！

"已播撒神经毒素，药物正在起效，压力减轻，实验体 Z 暂时停止生长。"

陈晟松了口气，然而不等他回过神来，警报再次响起："实验体 Z 恢复活性，细胞数量以几何级数增加……它开始加速生长了！"

陈晟后退一步，发现不知何时自己背后已经是冷汗涔涔：实验体 Z 失控了，神经毒素不起作用，实验舱正在被疯狂占领，接下来将会是主控舱、生活舱……很快，整艘船都会成为它的地盘！

"情况比之前预想的更坏。"系统提示再次响起，给陈晟脆弱的神经雪上加霜，"培养室破坏度已经超过 50%，实验舱气密性正在降低，失控生物即将冲破隔离门。建议立刻上报旗舰！"

"……好的。"陈晟艰难地说着，额头的冷汗一滴一滴掉了下来，"接通旗舰。"

"这里是'二叠纪'旗舰，433 试验舰请回答。"旗舰熟悉的声音传来，但陈晟已经无法保持之前的平静："报告旗舰，433 试验舰发生紧急污染，污染度六级。"

"请报告污染原因。"

"实验体 Z 生长失控，现已经占领实验舱 60% 的空间，神经毒素无法起效，隔离门即将被冲破。"陈晟努力让自己的声音听上去镇定点，但依旧战栗而恐慌。

旗舰沉默少顷，沉声道："宇宙传送通道已打开，暗物质引擎满负荷运转，旗舰无法停止这次传送，否则我们将永久滞留在这个宇宙。向导童军陈晟，请立刻将 433 号试验舰撤出返航编队。"

这是要弃船的意思了……陈晟无奈道："是！"

"请你在一分钟内完成撤离，自清洁后乘坐穿梭机转移至 410 号运输船。倒计时五十九秒，五十八秒……"

陈晟飞快跑进主控舱，调整方向将试验舰驶出预定航线。设置坐标花费了半分钟的时间，当他冲进清洁室的时候，倒计时已经数到了"十八"。

刺鼻的喷雾缓缓升起，陈晟感觉自己的心脏跳得比蜂鸟还要快，耳朵内血液涌动的声音像急促的鼓点，敲得他耳膜发麻。然而今天注定是他的倒霉日，就在绿灯亮起，提示自清洁完成的时候，系统再次发出警报："实验舱破裂，实验体 Z 冲破隔离门，正在向主控舱蔓延，整舰污染已达九级！"

完了！陈晟大脑一片空白，整舰污染度超过九级，意味着必须全舰隔离，包括他这个实验员在内，否则很可能将不安全因素带入其他舰艇！

没有时间了，他不能就这样飞去410号运输船，如果他的身体已经被实验体Z感染，他会把同样的厄运带给"410"上其他船员。

"433试验舰，你超时了，请立刻转移至410号运输船！"旗舰倒计时结束，发来催促，"舰队即将完成传送，我们不能让410运输船等你太久！"

陈晟开始发抖，但他知道自己必须做出正确的决定："433试验舰污染度超过九度，申请全舰隔离，旗舰，我不能转移了，请'410'按计划撤离。"

沉默，陈晟咽了口唾沫，一边哆嗦一边坚定地道："再见，旗舰，请告诉我的父母我爱他们，还有我的哥哥。"说完，毅然关闭了通话系统。

没救了，穿梭倒计时还剩三秒，这是他们这次航行的最后一次传送，旗舰没有多余的能量再开启下一次通道，如果为了他放弃返航，整个舰队都会被滞留在这个陌生的宇宙。

早在参加这次远航之前，他就和全体船员一起宣过誓，要将个人生死置之度外，永远把集体利益放在第一位，他不能为了自己一个人让整个舰队陷入险境，这是向导童军最高准则，也是他做人的原则。

虽然他还不到十七岁，严格地说根本不算是个成年人。

"他们走了。"蜂鸟的声音在脑海中响起，惊醒了陈晟。走出清洁舱，他听到船舱里警报声此起彼伏，失控的实验体Z正在疯长，主控舱已经被占领，只有生活区暂时安全。系统提示舰队已全部撤离，现在，整个宇宙只剩下他这一艘船。

"我们要死了吗？"蜂鸟犹豫着问。

"是的。"陈晟腿有点发软，站在原地定了定神，往生活区走去，"实验体Z失控了，我的身体可能已经被感染……你说得没错，我们马上就要死了。"说到一个"死"字，他忽然有点想哭，但忍住了，打开休息舱走了进去。

"系统，封闭生活区。"陈晟给主控系统下达命令，"我们还能坚持多久？"

"实验体长得太快了，最多支持半个小时。"系统回答，"半小时后它会冲破隔离门，塞满整艘试验舰。"

这么说还有最后半小时……陈晟关闭系统，关闭各种警报，耳边终于彻底清净下来，只听到蜂鸟急速振翅的声音。

"现在怎么办？"蜂鸟有点茫然，停在他肩膀上问他，"我们还能做点什么？"

陈晟不知道要怎么回答它，想了一会儿，无奈地说："等死。或者我们可以互相做个临终关怀。"他很奇怪自己在这种时候还能跟量子兽开玩笑。

"哦……"蜂鸟惆怅地叹了口气，跳下他肩头，在桌子上来回走了两圈，"别伤心，人总是要死的。"

"是啊，总是要死的。"陈晟苦笑，"可是我死得也太快了吧？我以为我的人生会一直顺利下去，毕竟前十六年都很顺不是吗？好吧，可能我之前把好运气都用尽了……妈的，我还是个处男呢！"

"我也是啊！"蜂鸟再次惆怅地叹气，"哪个少男不怀春。"

"你又在胡说些什么？"陈晟被它气笑了，"有空纠结这个，不如想想临死前还能干点什么吧。"

"来一发？"蜂鸟不假思索地道。

"和自己吗？"陈晟白它一眼。

"总不能和我吧？"蜂鸟也白他一眼，"你不是还有右手吗？"

"说点正经的！"陈晟不明白自己一向严肃正经的量子兽临死为什么忽然跟变了个人……不对是变了只鸟一样。

"好吧。"蜂鸟抖抖翅膀，又飞到了他头上，"反正要死了，不如死得体面点，你不会就想穿着连体服死在这里吧？"

陈晟低头看看，确实不大体面："有道理，我得给自己换件像样的寿衣。"他打开衣橱，将向导童军的军礼服拿出来换上，又看看镜子，"这样是不是体面多了？"

镜子里的人俊眉修目，头发乌黑，虽然身材偏瘦，但宽肩窄臀，颇有点男子气概，白蓝搭配的童军礼服越发显出白皙的皮肤，文雅的气质……哦，这寿衣不错。

"很体面。"蜂鸟赞道，在他头上来回踱了几步，又道，"你这样算因公牺牲吧，如果在联邦本土，他们会给你的尸体盖一面国旗呢。"

"国旗吗？我好像没有。"陈晟觉得自己一定是疯了，生命的最后一刻居然这样镇定地给自己整理"遗容"。

不过就现在的情况看他貌似也没别的事情可做。

翻了翻衣柜，他找到了一面童军军旗，在身上比了比："凑合一下吧。"

"凑合吧。"蜂鸟体谅地附和。

时间不知不觉已经过去了二十分钟，虽然提示音都已经关闭，但陈晟能感觉到实验体Z的气息正往生活区蔓延，一种奇怪的气味弥漫在休息舱里，那可能是它释放出的细小的孢子。

皮肤有点发麻，那些孢子一定已经进入了他的毛孔，陈晟迈着沉重的步子走到床前，躺平，细心地整理礼服的褶皱，然后将童军军旗盖在身上。

"就是这样了。"他的思维开始变得混沌起来，视野有些扭曲，几乎看不清自己的蜂鸟，"再见了，哥们，但愿我们下辈子还能做拍档。"

蜂鸟的声音回荡在他脑海里，有些奇异的失真："科学认为所谓'轮回'是不存在的，我可是一只唯物主义的鸟。不过看在你英年早逝的分上，万一有下辈子的话我们还在一起好了。"

陈晟的意识开始变得黯淡，仿佛坠入无底的深渊，越来越黑，越来越暗……他知道自己正在走向死亡，恐惧地，平静地……

忽然，他的意识云振动了一下，好像有一个强大的人靠近了他的身体，或者说有一个强大的意识云靠近了他的思维。

"一个人类！长官！这里有个人类！"一个粗犷的男声隐约传来。

"噢，是个男孩子，他还活着吗？"一个清朗的，略带点痞气的声音问道。

"是的，还有心跳，但他好像被污染了。"粗犷的男声道，"他不是我们的人，长官，也许临死之前我们还能从他嘴里搞点情报，或者把他的脑子趁热挖出来？"

"……这种时候你应该建议我叫医生来。"被称为"长官"的男人不悦道，"你现在是我的下属而不是恐怖分子，明白？"

"是，长官，我错了，那我们现在是不是应该叫医生来？"下属虚心改正错误。

"我们没有医生。不过也许我可以救他——他看上去就像是中了魔法睡着了，听说睡美人吻一下就能醒来呢。"长官轻佻地吹了一声口哨，"让开，让本长官亲亲看。"

"他应该是被孢子污染了，长官，并不是中了魔法。"下属认真地反驳，"而且你不是王子，他也不是公主，他是个男孩子，长官。"

"你说得好有道理。"长官叹息道，"我竟无法反驳。"

这他娘的是什么对话？陈晟哭笑不得，想抬手把这些嘈杂的对话拂开，但浑身上下每一个部件都不听使唤，连手指尖都无法移动。就在他混沌纠结的时候，额头传来一阵温热的触感，那人真的吻了他一下。

"噢！长官，你不能这样！他被污染了，你不能就这样接触他！"下属惊叫道。

"我只是在有限的条件下做最后的努力，我以为他会醒呢……"长官毫无诚意地笑道，"好了，我的努力失败了。叫人来把他移走，给总部发消息，让他们派个靠谱的医生来，告诉他们我们有一个孢子感染者，需要隔离治疗十天。"

总部，污染，长官……是"二叠纪"又回来了吗？不，不对……陈晟困惑地纠结着，但很快黑暗袭来，他再次失去了意识。

身体很痛，皮肤像浸在冰水里，大脑仿佛被利刃切开，注入滚烫的岩浆……陈晟在混沌中慢慢醒来，只觉浑身上下无一处不痛，连意识云都翻滚不休。他睁开眼，慢慢清晰的视野中首先出现的是银灰色的天花板，然后是纯白色的墙壁。艰难地扭动脖子，他发现自己躺在一间宽敞而空旷的房间里，身下是舒适的软床，床头的柜子上闪烁着一个拳头大的蓝色光球。

这是哪儿？我还活着吗？陈晟努力想撑起身体，但力不从心，这时床头的光球闪了一下，天花板忽然亮了起来。

"醒了？"陌生的男声传来。

陈晟看向声音发出的地方，只见墙角的椅子上坐着一个身材极为高大的男人。

那是一个人类，穿着灰色衬衫，黑色长裤，金色短发在灯光下熠熠发光，冰蓝色的眸子沉静威严，修长的双手十指交握，抵在削薄的唇角。一只强壮的狞猫卧在他脚下，黄褐色的皮毛油光水滑，三道黑色斑纹从额头一直延伸到尾部，十分英武。

量子兽！他是个异能者！陈晟瞳孔猛地一缩。

"你被孢子污染了。"男人的声音清朗而富有磁性，"我的人发现了你，我的医生会为你治疗。"

"你的人？"陈晟张开嘴，发现自己的嗓子哑得不像话，"你是谁？"

"我是你的主人。"男人的嘴角微微勾了一下，"我是尼古拉斯船长，你是我的船员们发现的，所以你现在是我的奴隶，明白？"

"什、什么？"陈晟大脑一片混乱，"船长？奴隶？你、你们到底是什么人？"

"我们是自由海盗。"自称"尼古拉斯船长"的男人挑了挑眉毛，"宇宙航海准则——'谁发现，谁拥有'，明白？"

"等等。"陈晟困惑地看着他,"你是人类?这个宇宙里有人类?"

尼古拉斯冰蓝色的双眸微微眯起:"你好像没有抓住对话中的关键点呢,亲爱的,我是不是人类并不重要,你现在只要记住一件事,你属于我,就够了。"

他是个人类,没错,和我一样的人类!陈晟的脑袋渐渐灵光起来,挣扎着抬起身:"你是异能者,你、你们是宇宙远航军吗?'四分卫'后裔?"

尼古拉斯船长的眉头皱了起来:"那是什么?我从未听说过。哦亲爱的,别激动,躺下……听我的,除非你想让我帮你躺下。"

温柔的威胁,充满令人战栗的暗示,陈晟咽了口唾沫,乖乖躺了回去:"我叫陈晟,拜托别再叫我'亲爱的'。"太恶心了!

"主人一般会帮奴隶取个新名字,不过无所谓,我是一个随和的人。"尼古拉斯船长走到床前,俯身看着陈晟,"说说看,你从哪来,你是谁的人?疯鳄鱼还是钩子船长?我猜你不是一名水手,你的腰还没我的大腿粗呢,只配当个宠物。"

"我来自敦克尔联邦,我不是什么宠物,我是个军人。"陈晟愤怒地说,想了想又有点气弱地补了一句,"童军。"

尼古拉斯船长的嘴角抽了抽,像是嘲讽:"什么联邦,我从没听说过。言归正传,童军先生,不管你以前是不是宠物,现在是了,我决定豢养你。"

"等等。"陈晟终于抓住了他们对话的关键点,"你到底在说什么?什么疯鳄鱼,什么钩子船长,我不认识他们,我也不是你的奴隶!"

"你已经是了。"尼古拉斯船长微笑着说,"宇宙航海准则——'俘虏的命运由船长决定'。你想在我的船上活下去,就得向我证明你有点用,可是你这个样子能干点什么呢?我看还是宠物这个身份最适合你。"

于是他们真的是宇宙海盗吗?陈晟刚刚清醒了一点的大脑再次混乱起来,难道除了"四分卫",还有其他人穿越到别的宇宙?

事情太复杂了,远远超过一个十六岁少年的想象力,陈晟呆呆地看着尼古拉斯船长,渐渐意识到对方不是在开玩笑,他确实落入了海盗团伙,因为看上去没什么用,很可能沦为船长阁下的玩物。

哦上帝,比死更可怕的事情终于来了。

"我、我能干活。"陈晟恐慌起来,结结巴巴说,"我能做生物实验,还、还会制造机械,或者你们需要导航员吗?我认星域图很在行,虽然我对这个宇宙不熟,但我很快就能记下所有的星系和坐标。"

尼古拉斯船长的眼神看上去有点复杂,似乎在酝酿什么可怕的阴谋。陈晟被他浓郁的大反派气场压得心惊胆战,声音也越来越小:"我、我也可以干点杂活,清洁跑腿之类的,我会很勤快!"

"能干的小家伙,听上去还是个全才。"尼古拉斯船长挑了挑眉毛,大手向他伸了过来。陈晟吓得一哆嗦,但对方只是摸了摸他的头发,顺便捏了捏他的下颔,并没有更多的举动。

"可惜你说的这些职位都已经满员了。"尼古拉斯说,"动力舱还缺个人,不过那里又脏又累,辐射很大,还要和很多大老粗打交道……"

"我可以的。"陈晟马上道,"我愿意去动力舱!"

尼古拉斯船长的下眼睑抖了抖,道:"我忘记了,那里也已经满员了好像。"

你这是在逗我?陈晟要被他气哭了。

"嗯,所以现在你只有两个选择。"尼古拉斯船长正经脸道,"要么做全体船员的宠物,要么做我的私人宠物。"

这也算是选择?陈晟真要哭了:"不,我不选择,我不需要你救我,你把我扔回自己的试验舰好了!"

"你这是想自杀?"尼古拉斯船长诧异地说,"你的勇气真让我耳目一新,可惜你的试验舰现在也属于我了,记得吗,宇宙航海准则,'谁发现,谁拥有'。所以即使你死了你的尸体也属于我。我还挺喜欢你的,你死了我可能会把你做成标本摆在卧室里。"

陈晟激灵灵打了个冷战,恐惧地看着面前英俊冷酷的男人,没错,邪恶的海盗什么事都干得出来,就像哥哥口中那些邪教组织和恐怖分子一样。

和变成标本摆在海盗头子的卧室里相比,当宠物似乎也成了一个可以接受的选项,陈晟苦逼兮兮想了一会,试探着问:"做你的宠物都要干些什么?"

尼古拉斯船长冰蓝色的眸子里露出狡黠的笑意,双手抱胸想了一会,道:"也没什么,吃饱喝好,长胖点,把自己收拾得赏心悦目一些……总之取悦我就可以了。"

听上去好像不难……陈晟觉得十分屈辱,但貌似就目前来看别无选择——他一无所有,身体也没有恢复,只能先忍辱偷生养精蓄锐,再想办法偷个救生艇或者小飞船逃走。

算了,大丈夫能屈能伸!陈晟咬了咬牙:"好吧,我愿意当你的宠物。"

"乖孩子。"尼古拉斯船长志得意满地笑了。

接下来的两天陈晟都在卧床休养,尼古拉斯船长每天会来给他注射一种清除污染物的药剂。陈晟质疑为什么不让医生来,他理所当然地说:"你是我的宠物,宠物当然应该由主人亲自照料,这就是豢养的乐趣啊!"

陈晟恨透了"宠物"这个称呼,但既然已经决定要卧薪尝胆,就不能半途而废,于是默默接受了这一切。

第四天他终于可以下床了,不再依赖注射能量过活。尼古拉斯给他送来一份看上去有点像营养素的食物:"可以吃东西了,不过只能吃一点点,这个会让你尽快恢复健康,变得皮肤光滑,毛发油亮。唔,我喜欢漂亮的宠物,带出去炫耀会很有面子呢。"

陈晟对此非常抵触,但食物的口味不错,带点柠檬的酸香,是他最喜欢的味道。

可惜它的功效不像它的口感那么可爱,陈晟只不过吃了一半,胃就开始像火烧一样疼,疼得几乎连腰都直不起来,最后还是尼古拉斯把他抱到了床上。

"是我大意了,你的肠胃没法适应我们的食物。"尼古拉斯给他做了简单的检查,表情有些不好,匆匆离开又很快回来,给他注射了一些舒缓肠胃的药物,将他抱在怀里揉肚子:"好点了吗?要不要催吐把它们都吐出来?"

"不、不用。"陈晟弱声回答,被他搂在怀里揉来揉去,感觉自己真像个宠物一样了。

不过话说回来,他的身体真强壮,肌肉真结实,给人的感觉好安全……陈晟有些走神。临近成年期的向导总会产生一些脆弱的念头,比如害怕陌生的环境,渴望强大异能者的保护等等。

不,我不能这样,我要坚强起来,想办法逃出这里!陈晟立刻说服自己摆脱这种令人羞耻的本能。

第二天午餐时间,尼古拉斯给他端来了一盘丰盛的食物,不是营养素,而是真正的大餐:鸡蛋布丁、舒芙蕾小蛋糕,还有一小碗香糯的白粥,上面还点缀着一小撮金黄的肉松。

"给你的。"尼古拉斯照旧是那张邪魅冷酷的海盗脸,"传统食物大概能让你的肠胃好受点。"

陈晟简直不敢相信作为俘虏还能有这样的待遇,拿起调羹挖了一小块布丁塞进嘴里……哦,太好吃了!

尼古拉斯像是非常享受他这种满足的表情,翘着长腿坐在餐椅上,嘴角露出一丝满意的笑。他的表情让陈晟想起了自己的哥哥，那家伙费尽九牛二虎之力煮一大锅猫饭给家里那只纯种加菲猫吃的时候，也是这种满足的表情。

标准的铲屎官脸！

等等我才不是猫！陈晟懊恼极了。

这时他的蜂鸟忽然跳了出来，沿着他的脑袋、肩膀和胳膊一直走到了餐桌上——这家伙一直怕尼古拉斯怕得厉害，昨天才稍微好了一点。陈晟顺着它的视线望去，发现它在看尼古拉斯的狞猫，后者像往常一样蹲在主人脚下，华丽的斑纹在灯光下威武霸气，只是今天的眼神有点不对劲，直勾勾看着桌上的餐盘，像是看到了什么金银财宝。

陈晟觉得它口水都要流下来了。

尼古拉斯注意到他的视线，斜了一眼自己的狞猫，嘴角一抽站了起来："你吃吧，我有些公务要忙。"

狞猫猛地扭头，不敢置信地看着自己的主人，渐渐流露出哀怨的眼神，迫于对方强大的压力，不得不抬起屁股跟他出去，可那一步三回头的模样，简直像是要把自己的眼球粘在陈晟的饭碗上。

"可怜的吃货。"沉默了好几天的蜂鸟终于发话了，"船长一定是个饮食方面特别节制的人。"

"他身材很好。"陈晟随口说，"保持身材总是要牺牲很多美食的，哥哥就是这样。"

"他比你哥帅多啦。"蜂鸟毫无立场地说，拍拍翅膀飞回他肩头，"他有金头发和蓝眼睛，多美！他一定是英裔！"

陈晟郁闷地咬着勺子，忽然觉得这破鸟还是沉默的时候比较可爱。

接下来的三天陈晟都吃到了精致的传统食物，他的身体已经恢复得差不多了，皮肤不再痛痒，双腿变得有力，意识云也稳定下来。

尼古拉斯不允许他走出起居室，但每天都会过来陪他一会，当然，一定会错开用餐时间。陈晟发现尼古拉斯对他的吃货狞猫完全没有办法，这货就像是饿死鬼转世，只要看见食物就两眼放光，如果尼古拉斯不顺它的意思吃上那么一点，它就会用哀怨的如泣如诉的眼神把他烦死。

不过只要没有食物的引诱，狞猫就会变得十分正常，姿态优雅，表情高冷。

尼古拉斯不是个难伺候的"主人"，他待在陈晟房间的时候并不需要什么侍奉，就是安静地坐在椅子里看公文，或者写一些东西。陈晟发现他和敦克尔人一样体内植有个人智脑，他就是用左手的终端来处理这些工作的。

他到底是不是"四分卫"后裔？或者真是无意间流落到这个宇宙的自由海盗？陈晟想破脑壳也想不出来。毕竟他才十六岁，只是个毫无社会经验的向导童军。

"今天感觉好点了吗？"尼古拉斯关闭全息屏，像是很累的样子。

"好多了。"大约是因为食物和狞猫的缘故，陈晟面对他的时候不知不觉放松了一些，犹豫了一下问，"你……有什么烦恼吗？"

"唔，一些杂事，没什么要紧。"尼古拉斯捏了捏鼻梁，手忽然一顿，"咦，你在关心我吗？"

陈晟顿时恨不得把自己的舌头剁了——叫你多嘴叫你多嘴！

"你终于意识到自己作为宠物的本分了，很好。"尼古拉斯脸上的烦躁瞬间消失，饶有兴趣地道，"过来，让我教教你怎么取悦自己的主人。"

陈晟大惊失色，猛地后退两步，脊背贴上墙壁，紧张得一句话也说不出来。

"过来。"尼古拉斯眯了眯眼睛，冲他招手，"要我过去帮你吗？"

"不、不要。"陈晟摇头，战战兢兢和他对视了半天，败下阵来，一步一顿地蹭到他面前。

"坐。"尼古拉斯说。就在陈晟打算坐到旁边的椅子上时，又拍了拍自己的大腿，"坐这儿。"

"……"陈晟看着那条传说中比自己腰还粗的大腿，想吐血。

"不喜欢坐这里吗？"尼古拉斯笑，"那我叫船上所有的人都过来，你挨个儿挑，喜欢谁的大腿，我就剁下来给你当椅子。"

陈晟想象了一下那血淋淋的场面，只好硬着头皮侧坐在他大腿上。

"这样才乖。"尼古拉斯满意地说，"唔，你的眼睛很漂亮，像黑宝石。"

陈晟浑身僵硬，用自己的"黑宝石"一瞬不瞬地盯着尼古拉斯，他现在开始后悔自己当初没自杀了——做成标本放在卧室里也比就这样坐在他大腿上强！

"听着。"尼古拉斯说，"你体内的孢子污染已经彻底消除了，明天禁闭就会结束，你将和我的船员们一起生活在这艘船里。"

陈晟茫然"哦"了一声。尼古拉斯接着道："那我现在再问你一次，你愿意做我的专属宠物，只属于我一个人吗？"

陈晟为了逃跑大计，不得不违心地说："我、我愿意。"

"很好。"尼古拉斯像个狐狸一样笑了，摸摸他的头发，顺便冲他的蜂鸟吹了个轻佻的口哨，"那么我们精神融合吧！"

什么？陈晟惊呆了，融合？那怎么可以，一旦融合他这辈子都别想离开这个恶棍了！

"不，不行！"陈晟急急道，"我还没成年，我、我不会散发信息素，也许我们根本不相容！"

尼古拉斯摇了摇头，悠哉悠哉地说："这都不是问题，你只要考虑要不要和我融合就可以了。"

陈晟混乱地摇头，装乖可以，示弱也可以，但融合可不是闹着玩的，那是性命攸关的大事。

"别急着回答我。"尼古拉斯欣赏着他六神无主的模样，同情地摸头，"我给你一个晚上的时间，明天凌晨我再来听你的答复。"

尼古拉斯的最后通牒就像高悬半空的断头刀，陈晟一晚上躺在刀刃下面，没有一分钟能闭上眼睛。

怎么办？和恶棍融合，一辈子留在他身边当个宠物吗？

还是拒绝他？

可是真的能拒绝吗？拒绝以后他会放过我吗？他会不会把我丢出去，交给其他海盗？

现在自杀还来得及吗？

问题是怎么自杀？停止呼吸？哦，别逗了，那还不如咬舌呢，可是咬断舌头真的能死吗？似乎没有什么科学依据啊……陈晟开始后悔晚饭时没有把筷子藏起来，那样他起码可以试着用筷子把自己戳死。

凌晨六点，陈晟顶着巨大的黑眼圈爬进浴室去洗漱，然后换了一身干净的衣服。他决定了，他无法忍受和一个恶棍绑定在一起，如果尼古拉斯非要和他融合，那就翻脸好了，大不了被杀死，正好不用纠结如何自杀了。

"想好了吗？"尼古拉斯不知何时走进了他的房间，看看他的脸，明知故问，"昨晚没睡好吗？脸色这么难看。"

"听着。"陈晟破釜沉舟，不再像前几天那样装乖巧，挺胸抬头严肃道，"我不允许你和我融合，我不愿意做你的宠物！"

"呃——"尼古拉斯被他的话噎住了，半天才问："你说真的？"

"是的。"陈晟道,"你杀了我吧!"

"⋯⋯"尼古拉斯摸了摸鼻子,道,"我不会杀你,只会把你交给我的手下们。"

陈晟开始发抖,但还是坚强地说:"谁也别想和我融合!"

"那好吧。"尼古拉斯抓住他的手腕,将他往门口拖去,"我带你出去。"

就、就这样吗?陈晟跟跟跄跄被他拉到门边,整个人都被巨大的恐慌笼罩——完了,他要把我扔给那些海盗,他为什么不直接杀了我⋯⋯

"唰——"一声轻响,关闭了好几天的大门终于开了,陈晟被门外明亮的光线刺得两眼一花,耳边忽然听到一声响亮的"嘭",像是酒瓶盖被打开了,接着,凉浸浸的液体就从半空中洒了下来。

"Congratulations!"有人大声说,"恭喜你们终于解除隔离啦!"

怎么回事?陈晟脑袋嗡嗡响,还沉浸在自己即将被丢进海盗群的恐惧中,下意识舔了舔嘴角的液体,哦,是香槟!

视野渐渐清晰,陈晟环顾四周,发现自己身处一个小小的过厅,厅里站满了人,全都穿着黑色远航军制服,胸前佩着飞翼狮子徽章。

远航军?!

这到底是怎么回事?!陈晟惊呆了,张着嘴像个傻子一样站在那里。

"嘿,都给我静一静,你们吓到我们的小朋友啦!"尼古拉斯一反平时邪魅狂狷的海盗船长做派,英俊的面孔浮上开朗的笑容,拍拍手,"来吧,给你们介绍一下,这是从遥远的母宇宙到来的小朋友,敦克尔联邦向导童军,陈晟先生。"

士兵们纷纷向陈晟问好,有人还试图和他握手,不过全部都被尼古拉斯凶巴巴地挡开了:"都给我老实点,不许碰他,他是个向导,他还未成年呢!"

"这、这到底是怎么回事?"陈晟终于找回了自己的声音,"你、你们是什么人?"

"我们是宇宙远航军。"一个粗汉大声说,"'四分卫'后裔,哦,你知道'四分卫'吧?"

"可、可你们不是海盗吗?"陈晟茫然地看看尼古拉斯,"你不是海盗船长吗?"

"他是我们的船长,不过可不是什么海盗船长,他是宇宙远航军尼古拉斯·辛普森准将。"粗汉说,"你被孢子污染了,船长为了救你吻了你的额头,所以被一起隔离了,今天才解除封闭。"

陈晟感觉世界被颠覆了,于是尼古拉斯根本不是什么海盗船长,他们也不是什么海盗,而是"二叠纪"一直寻找的"四分卫"后裔?!

"你又跟他胡说了什么？辛普森？"一个文职军官发现陈晟面色有异，皱眉问尼古拉斯，他手里抱着个大酒瓶，刚才那些香槟就是他喷出来的。

"海盗、奴隶、宇宙航海准则，blablabla……你懂的。"尼古拉斯歪着脖子说。

文职军官一脸便秘的表情："你能靠谱点吗准将？他还是个孩子，你这样吓唬他是犯法的！"

"我现在知道了，妈！"尼古拉斯诚恳地对文职军官道，"你这两天是不是更年期没吃药？不然为什么越来越唠叨了？"

"……我就知道我不该来迎接你，你这个该死的痞子！"文职军官表情扭曲地叫："我真后悔参加你的部队，我回去就申请换地方！"说着将酒瓶往尼古拉斯头上一扔，气哼哼走掉了。

"我会想你的宝贝儿！"尼古拉斯冲着他的背影吹了声口哨，接住瓶子灌了一气，打了个嗝儿，递给陈晟，"来一口？"

陈晟机械地接过瓶子，终于有点弄明白过去十天发生的事情了——他被耍了，被一个不着调的兵痞耍了！

没有海盗，没有"宇宙航海准则"，没有主人也没有奴隶，这个自称"尼古拉斯船长"的混蛋就是趁着隔离封闭把他当傻子玩！

"你你你！"陈晟气得直发抖，一根手指指着尼古拉斯，"我我我……"

"哦哦，别这样，我只是开个玩笑，你知道，隔离生活是很枯燥的。"尼古拉斯嘻笑着举起双手，"我道歉好吗？对不起亲爱的，你太可爱了，我只是……"

"我要杀了你，你这个混蛋！"陈晟猛地大叫一声，跳起来冲着他笔挺的鼻梁就是一拳。

鲜红的鼻血"嗞"一下飚了出来，尼古拉斯哀号一声，捂着脸后仰："噢！别冲动！"

"我打死你！"陈晟彻底暴走，抬脚踹在他肚子上，又掐着他的脖子往他的脸上狠揍，"你这个王八蛋！"

围观群众都惊呆了，不明白看上去瘦瘦小小呆如鹌鹑的小童军为什么忽然发飙，任由陈晟揍了半天，居然没人想起来劝架。

"嗷嗷嗷！"尼古拉斯完全不敢还手，只能抱头蹲地护住自己英俊的脸，一边挨打一边叫："你们还愣着干什么，还不快点拉开他！"

"你就让他打一会儿嘛，又打不坏。"文职军官不知何时又回来了，幸灾乐祸地说，

"他没有枪又打不死你……哦对，谁给那孩子扔把枪过去？"

"你给我闭嘴！"尼古拉斯气急败坏地叫，"快把他拉开，他的手要是受伤了我跟你们没完！谁想下个月跟我一起住就站着别动！"

围观群众像被鞭子抽了一样活了过来，争先恐后扑过来劝架："有话好好说有话好好说，大家都是文明人能不动手还是别动手了……"然后陈晟就被他们七手八脚抬到了远离尼古拉斯的地方。

陈晟连气带累，气喘吁吁说不出话来，挣扎着想扑过去，但完全挣脱不了众人的围堵，最后只能用颤抖的右手给尼古拉斯比个中指。

尼古拉斯鼻血横流，捂着脸爬起来，郁闷地摆手："叫医生来，看看他手指骨折了没有，还有脚趾膝盖胳膊肘什么的……哦，顺便给我拿块止血贴。"

一地鸡毛，本来是解除隔离的庆祝会，硬生生被搞成了决斗现场。最后陈晟被送进了医务室，尼古拉斯则带伤回到主控室主持工作。

两人再次见面，已经是三天以后。经过文职军官和心理医生的安抚，陈晟对尼古拉斯刻骨的仇恨消失了大半，好吧，或者说是他在了解到其他船员被船长整过的经历以后，产生了奇妙的心理平衡。

总之面对尼古拉斯那张欠揍的帅脸，他已经能心平气和地坐着而不是扑上去撕烂了。

从文职军官口中，他得知这艘船隶属于"四分卫"，但并不是马洛·辛普森当年从敦克尔联邦带过来的，而是他们到达这个宇宙之后重新建造的。而这艘船的船长尼古拉斯·辛普森，则是马洛嫡亲的曾孙，也是"四分卫"最年轻的准将——这货虽然恶趣味超标，离谱到飞起，但天生有着过人的战斗力和野兽一样的直觉，他的部队永远伤亡率最低。所以虽然所有人都对他令人发指的恶作剧深恶痛绝，但都愿意跟他一起工作。

这次他们离开"四分卫"大本营，本来是出来寻找新能源的，因为发现临近的星系有大规模能量波动（那是"二叠纪"开启宇宙传送通道造成的），所以赶过来看看，结果没遇上"二叠纪"，却阴差阳错救了陈晟。

至于为什么尼古拉斯会和他一起隔离，以及把他当猴耍……没人能够回答这个深奥的科学问题，因为船长先生天生就是这样一个贱人。

"不生气啦？"贱人笑眯眯看着陈晟。尼古拉斯·辛普森今天穿着笔挺的远航军准将制服，高大的身材越发显得威武逼人，衬着闪亮的金发、深邃的蓝眼，简直帅到天际。

不过在陈晟眼里他就是个黑心棉枕头。

"我们正在返回总部。"面对小童军的臭脸，尼古拉斯依旧满面春风，"大约再有一周就能到家了，嘻嘻，可惜你是个未成年的向导，不然我还想把你留在我的部队里呢，我们很缺机械师、导航员以及生物学家什么的，最欢迎你这样的全才噢。"

陈晟被他这话勾起痛苦的回忆，顿时想扑上去再把他打一顿。

"哟，生气了？那我道歉好了。"尼古拉斯笑得要多贱有多贱，"旅途枯燥，不找点乐子怎么过嘛。"

"你怎么不找自己的乐子！"陈晟忍无可忍地道，"干吗老欺负别人？"

"因为别人好欺负啊。"尼古拉斯大言不惭，"好了，我发誓以后都不欺负你了，毕竟你是第一个让我想要融合的向导。"

"……"你这句话就是在欺负人好吗！

"我是说真的。"尼古拉斯敛起笑意，不着调的俊脸儿居然浮上了那么一丝诡异的腼腆之色，"那个……嘿嘿，我是真觉得你不错，看见你盖着面旗躺在那里，我就想这孩子可真淡定，一看就是能干大事儿的人，配得上我！"

什么？陈晟张着嘴瞪着他，感觉自己一百九十二的智商在这个贱人面前完全不够用啊不够用。

"你可以现在不回答我，我会向'向导委员会'提出和你融合的申请的，骨密度显示你还有一年零四个月就成年了，我的军衔完全有资格申请和你融合。"尼古拉斯居然无耻地扭捏起来了，"那个，以'四分卫'目前的科技，恐怕无法送你回联邦，所以你要跟我们生活下去了。离开熟悉的环境很不容易，不过我会努力让你过得开心一点的。"

"你说……什么？"陈晟艰难地问，"你真的打算和我融合？"

"对啊。"尼古拉斯羞涩地说，"不过你得先原谅我之前对你的冒犯。"

"不、可、能！"陈晟一字一句地糊了他一脸。

"我会继续努力的。"尼古拉斯挠了挠头，道，"我一定会成功的。"

"你哪儿来这么大自信？"陈晟抓狂道。

"因为他们都说我是一个诡计多端的贱人。"尼古拉斯淡定地回答。

"……"陈晟彻底给这个贱人跪了。

和一个神经病是没办法讲道理的，好在他们马上就要分开了，为了自己的心血管健康，陈晟没有就融合问题再做深究，就当什么都没听见好了。

一周之后他们到达"四分卫"大本营，一个规模宏大的太空堡垒，飞船降落在军用港湾，尼古拉斯亲自送陈晟去"向导委员会"（类似向导学校的机构）报到。

"对了，我还不知道这艘船的名字。"陈晟坐着磁浮车离开港口，看着逐渐变小的飞船问。

"它叫'燃烧的胖达'。"尼古拉斯说，"我曾祖父亲自起的名字，它是'四分卫'自主生产的第一批宇宙级飞船之一。"

"好熟悉的名字，我好像在哪里听过……"陈晟迟疑道，良久恍然大悟，"我想起来了，是我祖爷爷的网名！他在基础学校校园网当版主的时候就叫这个名字！"

"你祖爷爷？"尼古拉斯好奇问，"那是谁？"

"他叫陈苗苗，是你曾祖父的好朋友！"陈晟隐约觉得自己发现了什么了不得的秘密，甚至忘记了自己和尼古拉斯之间的血海深仇，"他在基础学校的时候管理着一个反对你曾祖父的论坛，名字叫'马洛粉滚出校园网'！"

"我就知道！"尼古拉斯一拍大腿，"我就知道我曾祖父他是个抖M，不然怎么会拿你祖爷爷的网名给我的船起名字——燃烧的胖达！烧你妹啊！熊猫你都烧简直丧病！"

难得他对熊猫还怀着深深的爱，陈晟抽抽嘴角。

尼古拉斯叹息道："不过你祖爷爷也病得不轻，你说'二叠纪'的舰队名是他起的？这可是我曾祖父少年棒球队的队名呢。"

说到这里，两人心有灵犀地对视一眼，眼中同时浮上四个大字：相爱相杀。

"太凄美了！"尼古拉斯喃喃道，"双向暗恋，兄弟情谊，心尖上的朱砂痣，忘不了的白月光……"显然已经脑补出了一部荡气回肠的虐恋大片。

陈晟已无力吐槽。

向导委员会终于到了，尼古拉斯将陈晟送到门口，依依不舍地告别："保重身体，如果觉得闷就跟我通话，我讲他们的糗事给你听，讲完了我会让他们制造更多的糗事……"

"你积点德吧。"陈晟诚恳道，"他们跟着你够不容易的了。"

尼古拉斯哈哈大笑，并起两指在额前一挥："再见了，我会等你长大的，记住我们的约定哟！"

鬼才跟你有约定啊！陈晟又想打他了。

尼古拉斯对他的暴躁视而不见，继续说："你放心，你祖爷爷和我曾祖父那样的悲剧，我绝对不会再让它发生！"

我祖爷爷跟你曾祖父只是好朋友而已有个毛线的悲剧，脑补不要太多啊你这个神经病！陈晟忍无可忍地摆手："你可以走了！"

"记得想我！"尼古拉斯给他一个深情的飞吻，倒退着离去，"多吃点长肥肥哟！"

陈晟默默咽下一口老血，转身往委员会走去。

"其实他还不错啦。"走到升降梯门口，他的蜂鸟忽然说，"你不妨考虑一下他，他实在是太英俊了，而且人也很风趣呢。"

"他那叫风趣？"陈晟简直不可思议，"那叫疯癫好吗！"

"喊！"蜂鸟嗤道，"自欺欺人，总有一天你会明白自己对他的真实感情的。"

"呵呵！"

升降梯飞速上升，陈晟透过透明墙壁看着委员会外的广场，一个熟悉的身影正大步走向停车场，尼古拉斯的背影高大而英挺，充满令人羡慕的力量。陈晟不由自主想起那些和他一起隔离的日子，虽然每天都被他气得发疯，但正因为所有精力都用来生气了，反而没时间悲伤。

于是他也许是故意的吧。

像是感受到了他的目光，尼古拉斯忽然回过头来，对着陈晟所在的方向露出一个清朗的毫无保留的微笑。

浅黄色的蜂鸟在他的肩膀上挪了挪爪子，怅然叹息："哪个少男不怀春，啊！"

Interstellar Army Doctor
全职军医

作者
绝世猫痞

总策划
朱家君

选题策划
熊 嵩

执行策划
李 徽

特约编辑
李 徽

流程校对
李安安

封面绘画
東 刃

封面设计
李 婕

宣传营销
郭海洋

运营发行
常蓦尘

出版社
长江出版社

总出品
漫娱文化

平台支持
好漫画 小说馆

图书在版编目（CIP）数据

全职军医 .4 / 绝世猫痞 著.
—武汉：长江出版社，2016.9
ISBN 978-7-5492-4598-7

Ⅰ．①全… Ⅱ．①绝… Ⅲ．①科学幻想小说 – 中国 – 当代 Ⅳ．① I247.5

中国版本图书馆 CIP 数据核字（2016）第 230210 号

本书由绝世猫痞委托天津漫娱文化传播有限公司正式授权长江出版社，在中国大陆地区独家出版中文简体版本，并取得其他衍生授权。未经书面同意，不得以任何形式转载和使用。

全职军医 4/ 绝世猫痞 著

出　　版	长江出版社
	（武汉市解放大道 1863 号　邮政编码：430010）
出　　品	漫娱文化
	（湖北省武汉市积玉桥万达写字楼 11 号楼 19 层　邮政编码：430060）
出 版 人	赵　冕
选题策划	漫娱文化图书
市场发行	长江出版社发行部
网　　址	http://www.cjpress.com.cn
责任编辑	张艳艳
特约编辑	李　徽
装帧设计	Yvonne
印　　刷	湖北新华印务有限公司
版　　次	2016 年 9 月第 1 版
印　　次	2016 年 12 月第 1 次印刷
开　　本	710mm×1120mm　1/16
印　　张	18.25
字　　数	310 千字
书　　号	ISBN 978-7-5492-4598-7
定　　价	29.80 元

版权所有，翻版必究。如有质量问题，请联系本社退换。
电话：027-82926557(总编室)　027-82926806 (市场营销部)